클레오파트라의 딸

Les enfants
d'Alexandrie

프랑수아즈 샹데르나고르 장편소설
최정수 옮김

클레오파트라의

Les enfants
d'Alexandrie

딸

1

**알렉산드리아의
아이들**

다산
책방

일러두기

- 소설 본문의 각주는 옮긴이 주이다.
- 「저자의 말」에 번호로 표시된 각주는 작가인 프랑수아즈 샹데르나고르의 저자 주이고, 괄호(-옮긴이)로
  표시된 주는 옮긴이 주이다.

피를 삼키듯 거친 비명 소리. 뒤를 이어 문 두드리는 요란한 소리, 메마른 고함 소리가 들려왔다. 컴컴한 그늘 속에서 금속이 번득하더니, 병사 하나가 어둠 속에서 모습을 드러냈다.

왼쪽 손목에 두른 가죽 팔찌는 피에 젖어 있고, 오른손 손톱 밑에는 전날 밤 묻은 피가 엉겨붙어 있다. 옷이 더러워지는 것 따위는 두려워하지 않는 용맹한 병사. 그는 옛 방식으로 일을 한다. 배를 가르고, 목을 따고, 벤다. 깊은 어둠 속에서 그는 피가 묻어 끈끈해진 손을 재빠르게 놀린다.

그가 뭔가를 찾으며 냄새를 맡는다. 어두컴컴한 방의 돌계단 쪽으로 곧장 다가간다. 계단 마지막 단은 진짜 계단이 아니라, 눈속임으로 그려놓은 장식용 그림이다.

아이들은 계단 밑 은신처에 웅크린 채 그 요란한 소리를, 고함 소리와 방에서 방으로 이어지는 덜커덩거리는 소리를, 병사가 다가오는 소리를 들었다. 갑자기 사람의 주먹 하나가 장식용 그림을 찢더니, 찢긴 틈새를 휘젓고 들어와 거미줄처럼 허공에 손가락을 펼쳤다. 이윽고 칼

날이 아이들 근처의 벽널을 베었다. 그사이로 투구 하나가 불쑥 솟아 올랐다……. 아이들은 병사가 하는 말을 알아듣지 못했다. 하지만 그 투구와 무기, 피가 무엇인지는 알았다. 그것이 뜻하는 바는 불을 보듯 뻔했다.

검은 옷을 입은 야윈 소녀가 숨어 있던 곳을 빠져 나왔다. 이윽고 남자아이들 중 나이가 좀더 많은 창백한 얼굴의 금발머리 아이도 기어서 밖으로 나왔다. 어린 남자아이는 꿈쩍하지 않으려 했다. 눈을 꼭 감고 고슴도치처럼 몸을 둥글게 만 채, 구멍 깊숙한 곳에 틀어박혀 있다. 병사가 아이의 목덜미를 움켜쥐고 제 눈높이로 들어올렸다. 한 손으로는 허공에 매달린 아이를 움켜쥐고, 다른 손으로는 더 큰 아이들을 위협했다. 연약한 어린아이는 허공에 매달려 발버둥 치다가 눈을 떴고, 병사의 끈적끈적한 손과 피에 물든 가죽 팔찌, 시커먼 손톱과 피부에 달라붙은 털을 보았다. 아이는 겁에 질려 울부짖다가 오줌을 지렸다. 병사는 팔을 더 벌리고 아이를 흔들어 오줌을 털어냈다. 아이가 더 크게 울부짖었고, 건장한 병사는 너털웃음을 터뜨렸다. 그는 즐거워하며 아이의 몸을 또 다시 흔들었다. 그 순간, 여자아이가 병사의 손에 매달린 남동생을 향해 달려들었다. 자신을 겨누고 있는 날카로운 무기도 아랑곳하지 않은 채…….

늘 이 대목에서 잠이 깬다. 여자아이가 죽임을 당하는 바로 그 대목. 나는 매일 똑같은 악몽을 꾼다. 매일 밤 피에 물든 병사의 꿈을 꾼다.

나는 공포소설을 읽는 걸 그만두었고, 저녁식사 후에는 글도 쓰지 않는다. 잠자리에 드는 시간을 늦추고 수면제 양도 늘렸다. 하지만 소용이 없다.

군중. 그 한가운데로 행렬이 보인다. 흰 옷과 붉은 옷, 깃발들이 보인다. 사람들이 색칠한 조각상들을 성궤聖櫃처럼 들것 위로 옮기고 있다. 예배 행렬일까?

화환을 쓴 암소들과 염소 떼. 키타라*와 심벌즈를 연주하는 이들. 사프란색 가루가 사람들의 맨팔 위로 쏟아져 땀과 뒤섞였다. 어쩌면 인도의 예배 의식일까?

하지만 저 표지판과 창들, 저 외침들은 무엇일까? 쉼 없이 나아가고 후퇴하는, 무장한 병사들 주위에 물결치는 저 군중은? 저 시위는? 저 봉기는?

앞쪽에서 조각상이 눕혀졌다. 돌을 깎아 만들고 보석으로 장식한 여신의 조각상이었다. 줄에 묶인 열 명의 남자가 바퀴 달린 받침대 위로 그것을 고정시켰다. 뒤쪽의 조그만 수레 위에는 대여섯 살쯤 된 소년 하나가 벌 받는 학생처럼 두 손을 등 뒤로 돌리고 앉아 있다. 소년은 꼼짝하지 않았다. 곱슬곱슬한 앞머리가 이마에 달라붙어 있고, 뺨이 붉다. 햇볕이 따가웠다. 정오의 햇볕이 작열했다. 소년이 몸을 약간 비틀었다. 소년 뒤에는 소년보다 더 큰 아이 둘이 걷고 있다. 키가 똑같고, 예쁘고, 헐렁한 긴 옷을 걸친 아이들이다. 여자아이와 남자아이, 갈색머리와 금발머리. 둘은 완벽히 대칭을 이루고 있다. 두 아이의 목에는 똑같은 금 목줄이 둘려 있다. 개목걸이처럼 넓적한 목줄이. 엇비슷한 사슬 두 개가 거기에 연결돼 있고, 사슬 양쪽 끝에는 두 병사가 있다. 머리에 투구를 썼고 손목에는 가죽 팔찌를 찬 병사들이다.

---

* 고대 그리스의 현악기. 리라에서 발전한 것으로 왼쪽 가슴에 안고 오른손으로 연주한다.

두 아이의 상태는 어땠던가? 좋지 않았다. 남자아이는 몸을 흔들흔들하며 몹시 애쓰고 있었다. 몸이 오른쪽 왼쪽으로 번갈아 기울었고, 두 팔을 벌린 채 군중 쪽으로 펼친 손바닥을 내밀었다. 한편 여자아이는 두 팔을 몸에 붙이고 고개를 꼿꼿이 든 채 걷고 있다. 몹시도 경직된 자세. 소녀는 앞쪽을, 받침대 위에 드러누운 조각상과 수레에 앉아 흔들리는 어린 소년 쪽을 똑바로 바라보고 있다.

소녀는 정확히 뭘 보고 있는 걸까? 소년의 손이다. 소년의 두 손은 등 뒤로 묶여 있다. 그래서 그렇게 얌전한 것이다. 금줄이 소년의 손목을 옥죄고 있다. 금줄은 호화롭다. 너무나도. 그리고 너무나 뜨겁다. 소년은 지쳤다. 더 이상 몸을 움직일 수가 없어 소년은 수레 위에 모로 누웠다. 여자아이는 소년의 얼굴이 시뻘게진 것을 알아챘다. 메말라서 부르튼 입술 사이로 소년이 헐떡인다. 여자아이가 군중을 향해 비명을 지른다. 그리고 자신을 따라오는, 수레에 매인 말들 쪽으로 몸을 돌린다. 높은 곳, 그녀 위쪽, 말에 매인 고삐를 잡고 있는 남자의 팔 앞쪽이 겨우 그녀의 눈에 들어왔다. 그가 붉은 얼굴을 약간 내보이자, 여자아이는 얼굴에 색을 칠한 그 남자를 향해 소리를 질렀다. 군중을 향해, 병사들을 향해 소리를 질렀다.

"당신들은 저 아이가 죽어가는 게 보이지도 않아?"

내가 외쳤다.

"당신들은 저 아이가 죽어가는 게 보이지도 않아?"

그리고 그 외침 소리에 잠에서 깨어났다. 예전의 악몽에 등장한 여자아이였다. 계단 밑 은신처에 숨은 아이들에 관한 악몽. 확실했다. 나는 수면제를 더 먹었다. 하지만 그 밤 내내 여자아이는 울부짖었다.

"당신들은 저 아이가 죽어가는 게 보이지도 않아?"

이들은 누굴까. 왜 내 꿈에 자꾸 나타날까.

"넌 영매야."

탁자 돌리기 놀이를 할 때 친구들이 말했었다. 그건 그냥 애들 장난이었다. 하지만 두려웠다. 이제 나는 야등을 켜놓고 잠을 청한다. 침실 문에는 빗장을 질러놓았다. 악몽은 그래도 침입해 들어온다. 그것은 침실 문 밑으로 미끄러져 들어오자마자 바로 부풀어올라 침실 안 공간을 먹어치우고 나를 질식시킨다.

사슬에 묶인 아이들이 감은 눈꺼풀 밑에서 또 다시 솟아오른다. 그 아이들이 내 눈 속으로 들어온다. 항상 똑같은, 잡다한 행렬과 함께. 그들은 언덕에서부터 걸어왔다. 소들이 돌비탈 사이의 가파른 길을 힘겹게 오르며 정상을 향해 나아간다. 누군가가 뿔을 붙잡고 소를 끌어당기고, 다른 이들이 뒤에서 소를 밀어 억지로 비탈을 기어오르게 한다. 아래쪽 광장의 행렬은 걸음을 멈추었을 것이다. 햇볕이 내리쬤다. 석회질의 햇빛이 강렬하다. 금발머리 남자아이와 갈색머리 여자아이는 이제 조각상이 누워 있는 받침대 뒤에 똑바로 서 있다. 어린 소년과 소녀가 탔던 수레는 사라졌다. 어디로 갔을까.

굴러가는 받침대 위의 돌로 만든 여자 조각상. 커다란 유리 눈의 그 조각상은 침과 오물로 뒤덮였다. 남자아이는 그것을 보려 하지 않는다. 옆쪽 행렬의 나이 든 남자가 가리키는 사람들을 바라본다. 절하고 애원하는 사람들을. 남자가 무릎을 꿇으라고 눈짓하자 소년은 자신이 누이동생과 함께 목줄에 묶여 있다는 사실을 잊고 무릎을 꿇으려 한다. 여자아이는 저항하며 뒤로 물러난다. 남자아이가 뒤로 끌려간다.

두 아이의 눈길이 서로 마주친다. 한순간 그들은 서로를 증오한다.

이윽고 여자아이는 양모 술장식이 달린 표지판 위로 눈을 든다. 소녀는 언덕 위에 층지어 선 붉은 석조 건물들과 갈색 기와를, 나무 발코니와 금빛 기둥을 바라본다. 그것들을 다시는 가까이서 보지 못하리라는 사실을 소녀는 알고 있다. 소녀는 가파른 비탈길 밑에서 죽임을 당할 것이다. 한 남자가 거기 그늘 속에 서 있다. 남자는 줄을 풀어주고 그녀를 죽일 것이다. 그녀를 지하실에 던질 것이다. 그 나라에서는 처녀들을 곧바로 죽이지 않는다. 지하실에서 강간한 뒤 목을 졸라 죽인다. 다들 그녀에게 그 일이 빨리 끝날 거라고 했다. 발버둥 칠 필요가 없다고, 넓적다리를 벌리는 것으로 충분하다고.

"아프지 않을 거야. 그리 오래 걸리지 않아."

나는 공포에 소스라쳐 잠에서 깬다. 미지의 소녀가 밤마다 구조 요청을 하고 있다. 하지만 대관절 어디서 그 아이를 찾아낸단 말인가. 어떻게 그 아이를 구한단 말인가.

"꿈을 노트에 기록하세요."

정신과 의사가 조언했다. 나는 그 말대로 꿈을 기록했다. 그러자 기억들이 조금씩 정확한 모습을 갖추었다. 필름을 다시 돌려보고, 녹음테이프를 다시 들을 수 있게 되었다. 초기에 꾼 악몽에서는 아무도 말을 하지 않았다. 하지만 최근에 꾼 악몽에서는 소리가 들렸다. 행렬이 지나가는 도중 군중 속의 한 남자가 "바질, 레아" 혹은 "바실리사"라고 외쳤다(인도 사람이 아니라 러시아 사람들인가?). 남자는 "바질, 레오네"라고 외쳤고, 그다음엔 "레진" 혹은 "레지나"라고 했다. 혹시 그 아이들의 이름을 부른 걸까. 하지만 내가 본 아이들 중 여자아이는 하나

뿐이었는데, 왜 여자 이름을 네 가지나 외쳤을까.

"바질 레오네, 바질 레아, 레지나…… 바질 레아. 혹시 그거 바실레이아 아니야?"

그 악몽에 대해 이야기하자 공부를 많이 한 친구 하나가 외쳤다.

"네가 들은 단어들은 아이들의 이름이 아니야. 바실레온 바실레이아basiléôn Basiléia 그리고 레굼 레지나regum Regina라는 그리스어야. 그리스어와 라틴어! 번역하면 '왕들의 여왕'이라는 뜻이지. 밤마다 고대 그리스의 꿈을 꾸다니, 멋진걸. 그 소녀의 주변 사람들이 호메로스의 언어로 말을 한다면, 그 소녀는 이미 오래전에 이 세상을 떠났다는 뜻이야. 그러니 너의 도움도 필요 없는 거지!"

하지만 친구의 말은 틀렸다. 죽은 자들도 큰 공포심을 느낀다. 잊히는 것을 두려워한다. 그 유령들이 나를 둘러싸고, 자기들 말을 들어달라고 늘 나를 닦달한다. '나보다 먼저 있었던' 그 존재들의 기억이 흘러넘치고, 내 삶 속에 자리 잡는다. 그들은 내가 우선 자기들을 '인정'하고, 자기들 이야기에 귀 기울여주고, 그 이야기를 이해하고, 다시 다른 사람들에게 말해야 하는 책임을 면해주지 않을 것이다.

그런데 '왕들의 여왕'은 대관절 누구일까. 고대사를 보면 '왕 중 왕'이라는 호칭이 존재한다. 페르시아 황제를 일컫는 호칭이다. 하지만 '왕들의 여왕'이라는 말도 존재할까? 세미라미스*? 제노비아**? 그런데 학대당하는 그 어린 포로 소녀를 어떻게 그런 고귀한 호칭으로 부르겠는가. 십자가에 못 박힌 그리스도를 '유대인의 왕'이라 했듯이 반어적 표현이 아니라면.

---

* 고대 오리엔트의 전설적인 여왕.
** 팔미라 제국의 여왕. 재위 기간 267~273, 시리아, 이집트, 그리고 소아시아 대부분을 지배한 다재다능한 여걸이었다.

그리스학을 연구하는 또 다른 친구가 책 몇 권을 찾아본 뒤 나에게
도움을 주었다.

"유레카! '왕들의 여왕', 바실레온 바실레이아basiléón Basiléia는 마르쿠
스 안토니우스가 자기 아이들에게 주려고 오리엔트를 여러 왕국으로
분할할 때 클레오파트라에게 부여한 호칭이었어."

그 친구가 이야기해준 바에 따르면 그 이집트 여자에겐 자식이 넷
있었다. 카이사르에게서 낳은 아이 하나와 안토니우스에게서 낳은 아
이 셋.

"물론 클레오파트라의 아이들에 대해선 이야기하는 사람이 거의 없
지. 아버지가 여럿인데 어머니가 하나라는 건 딱히 '잘 팔리는' 이야기
는 아닐 테니까! 하지만 상상해봐. 그 네 아이 중에 딸이 하나 있었어.
그러니까 네 꿈은 말이 돼. 역사적으로 가능하다고! 한 가지 말해두
자면, 그 아이들은 로마의 승리 이후 모두 어린 나이에 숙청당했을 거
야."

마르쿠스 안토니우스와 클레오파트라. 로마 최고사령관과 왕들의
여왕. 전설적인 부부. 그리고 다산多産의 부부. 친구의 말은 옳았다. 그
들에게는 정말로 딸이 하나 있었다.

다른 인간들과 그 무엇도 같지 않았던 이집트의 여왕 클레오파트라
는 안토니우스와의 사이에 멋진 쌍둥이를 출산했다. 아들과 딸이었다.
그들은 아이들에게 알렉산드로스와 클레오파트라라는 이름을 지어주
었고, 나중에는 헬리오스와 셀레네라는 별명을 붙였다. 태양과 달이라
는 뜻이다. 두 개의 별. 헬리오스는 머리색이 금발이었을 테고, 셀레네
의 머리색은 더 짙었을 것이다. 이 찬란한 쌍둥이 위에 카이사리온이

라는 아들이 있었고, 밑으로는 프톨레마이오스라는 막내동생이 있었다. 어린 왕가의 아이들은 알렉산드리아의 '금지구역'인 왕궁구역에서 자줏빛 천과 향에 감싸여 자랐다. 나이는 각각 두 살, 여섯 살, 열두 살이었다. 로마인들은 상상 속 왕국의 이 하루살이 왕족들을 궁전 테라스에서 주사위 놀이와 오슬레 놀이*를 하듯 가지고 놀았다. 알렉산드리아가 함락되었을 때, 그들은 아직 너무나 연약하고 어렸다.

'모두 숙청당했을까?' 그렇다. 일부는 이집트에서, 나머지는 이탈리아에서. 역사학자들에 따르면 모두 죽임을 당했다. 딱 한 사람만 빼고. 바로 클레오파트라 셀레네.

나는 수년 전 어느 책에서 이 '생존자'와 마주쳤던 것 같다. 마주쳤지만 멈추지 않고 지나쳤다. 그리고 그녀, 셀레네와 마주쳤다는 것을 훗날 기억하지 못했다.

오늘 그녀가 돌아왔다. 기억되지 못한 고아 소녀. 왕국 없는 공주. 밤의 복도를 끊임없이 거닐며 더듬더듬 집과 형제와 부모를 찾는 소녀. 그녀는 나로 하여금 잊힌 세계를 되살리고, 재에 입김을 불어 불씨를 살려내게 하려고 돌아온 것이다. 내가 그 폐허들을 청소하여 그늘을 드러내기를, 그녀의 이야기들을 모아주기를 바란 것이다. 자신의 이야기를 해주기를, 자신에게 내 생명을 주기를, 자신에게 내 피를 수혈해주기를 요청한 것이다. 그리하여 왕녀를 상징하는 그녀의 팔찌들이 다시 그녀의 맨팔 위로 미끄러지고, 알렉산드리아의 등대 꼭대기에서 황금빛 불꽃이 왕관처럼 반짝이기를 바랐던 것이다. 그러면 그녀는 그 광경을 떠올리리라.

그 재 속에서, 검은 것을 젖히고 파릇한 풀이 모습을 드러내고 있다.

---

* 양의 발목뼈로 만든 놀이기구를 던지고, 잡고, 흐트러뜨리는 놀이.

바다 위의 하늘이 다시 불을 피워 올리고 있다. 죽은 자들이 살아 돌아
오기를 요청하고 있다.

그 시절 세상은 젊었고, 알렉산드리아는 세상에서 가장 큰 도시였다. 물론 우리에게 알려진 세상 중에서. 하지만 알려진 세상, 즉 그리스의 외쿠메네*는 결코 작지 않았다. 셀레네가 태어났을 때, 그것은 이미 북해에서 에티오피아까지, 아일랜드 해안에서 실론 섬까지 걸쳐 있었다.

그 세상의 동쪽에는 값비싼 실 뭉치가 마치 열매처럼 나무에 열린다는, 하지만 시리아 대상도, 파르티아 상인도 '직물을 짤 수 있는 그 열매'가 열리는 길을 끝에서 끝까지 주파한 적이 없다는, 신들의 축복을 받은 수수께끼 같은 '실크의 나라'가 있었다. 이 시장 저 시장으로 실크를 거래했던 그 길은 아시아의 사막 속으로 사라져갔다.

남쪽의 나라들로 말하면(우선 아틀라스 산맥의 첫 지맥들과 에리트레아 산맥을 떠올릴 수 있다), 확실한 출처를 통해 우리가 알고 있는 돌을 먹는 외다리, 머리 없이 가슴 한가운데에 입이 달린 자, 분별 있는 자라면 가까이 가서 보려 하지 않을 악취 나는 사티로스들이 가득했다.

---

* 지구상에서 인간이 영속적으로 거주할 수 있는 지역.

15

어쨌든 겉으로 보기와는 달리 지구가 둥글다는 사실(그리스의 학자들이 이를 증명했다)을 받아들일 수 있다면, 그리고 그 원주를 정확히 계산할 수 있다면, 우리는 지구가 움직이지 않는다는 것, 태양이 움직이면서 지구의 절반을, 흑해와 지중해라는 두 내해內海가 있는 인간들의 섬을 비춘다는 사실에 설득될 수도 있으리라. 그 나머지는 지옥으로 이어지는 순환하는 대양에 뒤덮여 있으며, 탐사를 위한 컴컴한 목적지로 남았음도.

그러므로 태양이 비추는 세상에 속하며 추위와 더위가 심하지 않고 항해해서 도달할 수 있는 곳 중 알렉산드리아는 가장 큰 도시였다. 로마, 아테네, 안티오크, 다마스쿠스, 로도스, 에페소스 혹은 페르가몬보다 더 드넓고 인구도 많았다. 그곳은 도로와 운하가 직각으로 교차하는 현대적인 도시, 사막 끝 바다 위에 세워진 인공 도시, 항구에서 온갖 부가 창출되는 도시였다. 그곳의 모든 아름다움은 인간이 만들어낸 작품이었다. 바닷가의 파도는 여행자들이 말했듯 '눈부시게 반짝이며' 희게 부서졌다. 흰 색채, 나지막한 집들, 연한 빛깔의 석조 테라스, 백대리석 기둥, 대리석으로 포장한 도로. 그리고 거대한 노처럼, 배의 키처럼 파도 한가운데에 솟은 '세상에서 가장 높은 탑', 그 희고 커다란 등대.

등대섬 맞은편에는 왕궁구역이 수도의 3분의 1가량을 차지하고 있었다. 도시의 북동쪽 모퉁이 전체가 만灣이었다. 바다에 보호받고 남쪽은 성벽으로 보호받는 그 끝부분(로키아스 곶)은 도시 속의 도시, 사설 항구와 사원이 있는 '금지된 도시'를 이루었다. 방어가 용이한 그곳 위에 셀레네의 조상인 그리스 왕들이 궁전을 지었는데, 그 궁전들은 서로 끼어 박힌 듯한 형상이었다. 곶이 궁전들로 꽉 차서 원래의 성벽을 지나 소마* 주변까지 긴 울타리를 세워야 했다. 소마에는 방부 처리한 알렉산드로스 대왕의 시신이 수정水晶 관 속에서 쉬고 있었다. 그 '귀중한 시신'이 안치된 넓은 정원은 궁전까지 뻗어 있었고, 파라오들은 신격화된 그 정복자를 뛰어넘으려면 그저 높이 쌓기만 하면 된다는 듯이 언제나 더 크고 높은 마우솔레움**을 지었다.

왕가는 궁전과 묘들 사이에, 로키아스와 소마 사이에 보배로운 지식들을 모두 쌓아두었다. 70만 권의 책이 소장된 세상에서 가장 오래되고 가장 큰 도서관이 있었고, 명성 높은 식물원이 있었고, 천문대, 이국의 동물들이 있는 동물원, 이름 높은 지식인들을 위한 박물관이 있었다. 왕족들은 사람들과의 접촉을 통해 경험을 쌓고 그들을 길들이는 법을 배우도록 아주 어릴 때부터 이곳들을 자주 드나들어야 했다. 원숭이들은 온순하고, 악어들과 철학자들은 위험했으며, 기하학자들은 중도를 지켰다. "프톨레마이오스, 너는 어른이 되면 무엇을 수집할래? 사자? 소피스트? 아니면 건축가들?"

삼백 년 전부터 왕가 아이들이 모두 그랬듯, 쌍둥이 역시 로키아스 곶에서 태어났다. 쌍둥이의 어머니 클레오파트라는 계획했던 이사를 몇 달 늦추길 바랐다. 사실 그녀는 만 한가운데 있는 안티로도스 섬 왕궁구역의 부속건물에 정착하기로 마음먹었다. 이집트의 군주들은 이백 년 전부터 거기에 별장을 두었다. 그녀는 그곳에서 마르쿠스 안토니우스를 맞이하겠다는 마음으로 그 여름 궁전을 확장하고 아름답게 꾸몄다. 그가 돌아온다는 가정하에.

그의 귀환 여부보다 불확실한 것은 아무것도 없었다. 총사령관 안토니우스는 임신한 정부情婦 클레오파트라와 헤어져 페니키아를 구하

---

* 알렉산드로스 대왕의 무덤.
** 생전에 유명했던 사람이 묻힌 장대한 규모의 묘.

러 달려갔다가 다시 로마로 갔고, 거기서 아내 풀비아를 잃고 홀아비가 되었다. 그리고 곧장 옥타비아와 재혼했다. 옥타비아 역시 과부였다. 하지만 무척 젊었고, 아름답고 상냥한 여자였다. 특히 그녀는 안토니우스의 위협적인 동맹자인 젊은 옥타비아누스의 누나였다. 몹시 정치적인 여자였던 클레오파트라는 그 결혼을 크게 염려하지 않았다. 안토니우스가 그 사실을 자신에게 미리 알려줄 수도 있었다는 생각을 이따금씩 하기는 했지만. 그가 그녀에게 상의해야 했을까? 아니다. 그런 것은 꿈도 꾸지 말자. 어쨌든 그녀는 이미 사생아를 낳은 전력이 있었다. 이제 일곱 살 된 맏아들 프톨레마이오스 카이사르, 일명 카이사리온은 그녀가 죽은 율리우스 카이사르와의 혼외관계에서 낳은 사생아였다. 그러나 그런 이유 때문에 카이사리온이 정치에서 배제될 일은 없었다. 사생아이긴 했지만 카이사리온은 장래의 이집트 왕 자격으로 공식적인 행사에 참여했다. 클레오파트라의 아이들은 그녀가 낳았다는 사실만으로 적법성을 부여받았다. 그것만으로 충분하고도 남았다. 클레오파트라는 위엄과 명성이 넘치는 여자였다. 그녀의 위엄은 조상인 알렉산드로스 대왕이나 프톨레마이오스 혹은 셀레우코스로부터 온 것이 아니었다. 프톨레마이오스는 이집트의 왕, 셀레우코스는 시리아와 바빌로니아의 왕이었다. 그녀의 마케도니아 조상들은 리비아에서 인도까지 세상의 절반을 지배했다. 이토록 명예로운 피에 굳이 로마 남자의 '부성父性 인정'까지 덧붙여야 할까?

여왕 클레오파트라는 그리스인 의사 올림포스 덕분에 쌍둥이를 끝까지 배 속에 지니고 있었다. 쌍둥이는 어느 초겨울 날, 곶의 끄트머리에 있는 파란 궁전에서 태어났다. 오래된 궁전은 바다에 면해 있었고, 암초 때문에 접근이 힘들어 따로 방어책을 보강할 필요가 없었다. 궁전의 넓은 테라스는 바다와 통했다. 기둥 사이로 가벼운 바닷바람이 불어 들어와 차일을 부풀렸다. 로키아스 곶의 끝, 알렉산드리아의 뱃머리에서 궁전은 마치 닻을 올릴 채비를 하는 듯 보였다.

군주들은 돌로 지은 배와도 같은 이 궁전이 바다와 가깝다는 이유로 '파란 궁전'이라고 부른 걸까? 그건 아닐 터이다. 옛 그리스 사람들은 바다가 파란색이라고 생각하지 않았다. 그들은 바다를 초록색 혹은 보라색으로 보았다. 호메로스는 적포도주 빛이라고 했다. 절대 파란색은 아니었다.

'파란 궁전'이라는 이름은 그보다는 궁전의 화려한 벽을 장식하는 유리의 색에서 유래했다. 다분히 이집트적인 장식이다. 이집트 '토착민들'(그리스 본국인들은 이들을 꽤나 높은 데서 굽어보았다)은 파란 염료를 만드는 까다로운 기술을 잘 구사했다. 구리를 주성분으로 하여 모자이크화와 칠보에 공작 깃털, 사파이어, 혹은 청금석의 색을 냈다. 사람들은 그 색이 행운을 가져다준다고 믿었고, 부자들은 집은 물론 육체도 그 색으로 치장했다. 곳곳에 그 색을 사용했다. 그 강렬한 파란색은 죽음을 몰아냈다. 그러므로 여왕의 쌍둥이처럼 파란색 한가운데에서 태어나는 것은, 그 색 속에서 눈을 뜨는 것은 큰 길조였다. 사제들에게 불려온 박물관의 천문학자들이 이 전조를 확인해주었다. 두 달이 흐른 뒤, 클레오파트라는 이 궁전을 떠나 대항구가 있는 섬 안티로도스의 개보수한 궁전에 머무르게 된다. 그녀는 카이사리온을 그곳에 데리고 갔지만, 갓 태어난 아기들은 로키아스 곶에 그대로 두었다. 의사 올림포스가 파란색이 아기들의 건강에 유익하다고 말했던 것이다.

쌍둥이는 궁전의 너그러운 분위기 속에서 자랐다. 대낮에 햇빛 속으로 나가면 암초에 부딪히는 흰 파도에 눈이 부셨다. 아이들의 눈은 너무나 맑고 여렸다. 유모들과 시중드는 노예들은 밤을 기다리는 것이 습관이 되었다.

알렉산드리아의 여름밤은 상쾌하고 낮보다 습기가 적었다. 밤이면 바다와 호수로부터 올라온 낮의 수증기가 흩어지고, 공기는 더 가벼워졌다. 파란 궁전의 테라스는 달이 뜨지 않은 밤에도 환했다. 등대 때문이었다. 알렉산드리아에서 파란 궁전보다 등대에 더 가까운 곳은 없었다. 등대와 궁전은 대항구 입구를 굽어보는 좁은 길목의 암벽 양쪽에서 서로 마주 보고 서 있었다. 등대의 불은 도시 상공 120미터 위의 높은 탑에서 타올랐고 결코 꺼지지 않았다. 그 불은 궁전의 주랑柱廊들을 곧장 비춘 뒤, 길을 잃고 헤매는 배들을 인도하기 위해 먼 별처럼 반짝였다. 흔들리는 등대 불빛이 궁전의 침실을 어둠 속에서 끌어낼 때면 클레오파트라의 아이들은 자정을 넘겨가며 테라스에서 뛰어노는 비할 데 없는 행복을 맛보았다. 해질 녘이면 인간들의 태양이 아이들을 위해 신들의 태양과 교대했다.

유모들은 매일 아침 눈썹먹으로 아이들의 눈꺼풀을 칠해주었고, 몇 달이 지나자 아이들의 눈은 대낮의 태양에, 먼지에, 하얗게 데워진 바다에 익숙해졌다. 눈꺼풀이 두꺼워지고 눈동자의 색이 진해졌다. 북쪽 야만족처럼 홍채가 흐릿했던 왕자의 눈은 차츰 초록빛을 띤 청동색으로 바뀌고, 공주의 눈은 토파즈 같은 금갈색을 띠었다. 유모들은 가슴을 쓸어내렸다. 쌍둥이 모두 피부가 매우 희었고, 왕자 알렉산드로스는 머리칼이 금발이었다. 하지만 그리스 혈통을 딱히 부인하게 하는 특징은 아무것도 없었고, 그들이 앞으로 이집트를 다스릴 자격에 누를 끼치는 특징 역시 없었다.

파란 궁전 깊숙한 곳에서 보낸 유아 시절, 왕자 알렉산드로스와 공주 클레오파트라는 밤을 유난히 좋아했고, 등대 불빛에 의지해 테라스에서 놀았다.

여름이다. 공주의 나이 두 살 반이다. 공주는 말을 퍽 잘한다. 하지만 잘하는 만큼 말의 앞뒤가 잘 맞는 건 아니다. 저녁이 되자 공주가 시녀의 감시에서 벗어났고, 사람들은 애타게 공주를 찾았다. 어둠이 내렸다. 유모 큐프리스가 신음하며 궁전 안과 무덤 속처럼 어두운 안뜰 이곳저곳으로 공주를 찾아 헤맨다. 큐프리스는 전능한 세라피스*에게, 아이들을 구원하는 여신 이시스에게 차례로 기도했다. 만 개의 이름을 가진 이시스, 바다의 별, 여자들 가운데 여신, 구원의 어머니. 하지만 공주를 찾지는 못했다. 공주를 지키는 임무를 맡은 병사들은 이

---

* 고대 이집트 프톨레마이오스 왕조 때 창시된 국가 신. 그리스인과 이집트인을 신앙적으로 통일할 목적으로 만들었고, 그리스인의 풍모를 지닌 형상으로 표시되었다.

제 등대 불빛을 받으며 바다를 따라 늘어선 주랑을 수색하고 있었다. 그들은 테라스로 올라갔고, 그런 다음 횃불을 손에 들고 좁은 연결통로와 코니스 아래의 돌 틈까지 샅샅이 훑었다. 유모는 계속 공주를 외쳐 불렀다.

"공주님, 우리 귀여운 자고새…… 어디 숨은 거예요, 이 풍뎅이 같으니! 무서워하지 말고 나와요, 우리 금빛 비둘기. 이 큐프리스에게 대답해요. 대답 좀 해보라고요."

멀리, 궁전 끄트머리 방파제 끝에서 리비아 출신 경비병 하나가 파라오 복장을 한 왕조의 시조 프톨레마이오스 소테르의 커다란 조각상 밑에 조그만 옷더미가 놓인 것을 발견했다. 그 화강암 조각상 뒤에 공주가 알몸으로 두 팔을 벌린 채 누워 있다. 죽은 걸까. 아니다. 공주는 등대 불빛에 금색으로 물든 하늘을 올려다보며 한 손으로 제방의 포석을 쓰다듬고 있었다. 포석은 한낮의 열기를 별들에게 돌려주기 위해 아직 간직하고 있었다. 제가 사는 나라에 대해 공주가 아는 것은 한낮이면 하늘이 날카롭고 뾰족한 봉우리들로 가득하고, 밤이 되면 별들이 가득 떠서 고양이의 동공처럼 반짝인다는 것뿐이었다.

경비병이 공주를 안아올리며 중얼거렸다.

"여기서 무슨 장난을 하는 거예요, 이 깜찍한 전갈 같으니. 우리를 겁주는 게 재미있나요? 이 못된 말괄량이, 세트*의 딸!"

세트의 딸이라는 말은 전형적인 욕설로, 강도가 꽤 심한 욕이라고 할 수 있다. 왕가의 딸을 악마의 딸 취급하고 '못된 말괄량이'라고 부르는 것은 왕가에 대한 불경죄로 여겨질 수도 있었다. 하지만 경비병은 공주를 찾아냈다는 감격에 겨워 그런 건 개의치 않았다. 게다가 공

---

* 이집트의 9주신 중 하나. 난폭함, 적대적 존재, 악, 어둠, 전쟁, 폭풍 같은 강력한 힘과 관련된다.

주는 무척이나 반항적이라 경비병이 하는 말을 거의 귀담아듣지 않았다. 공주는 몸을 뒤틀어 경비병의 튜닉에 몸을 긁히면서 품속에서 빠져나가 바닥에 내려앉았더니, 여전히 알몸인 채로 다시 포석에 드러누워 기지개를 켜고 몸을 둥글게 웅크린 뒤, 뺨과 넓적다리, 손바닥을 뜨뜻한 돌에 대고 문질렀다.

"왜 그러십니까, 공주님?"

리비아 출신 경비병이 놀라서 물었다.

"돌은 다정해."

어린 공주가 중얼거렸다. 그러고는 비밀이라도 털어놓는 어조로 덧붙였다.

"돌은 쓰다듬어줘. 나를 상냥하게 달래줘."

요람 깊숙이 눕듯이 등대 불빛 속에 누운 공주는 자신이 대리석을 부드럽게 하고 있는 건지 아니면 대리석처럼 굳어져가는 건지 알 수가 없었다.

사실 여왕은 아이들을 애지중지하고 응석을 받아줄 시간이 없었다. 쌍둥이가 태어난 후에도 지나가는 길에 대여섯 번 본 게 전부였다. 그녀는 안티로도스 섬의 궁전에 살았고, 어쩌다 한 번 의식을 거행할 때 말고는 '육지'에 가지 않았다. 천 개의 기둥이 있는 궁전 옆 성소에서 거행되는 이시스 로키아스에게 바치는 봉헌이나 그녀의 첫 정부情夫 카이사르의 탄신일 행사 같은 의식들 이야기다. 그녀는 세상을 떠난 카이사르를 위해 식물원 가까운 곳에 작은 신전을 세웠다. '내전內殿'들(마지막 군주들이 왕궁 구역 바깥에 지은 궁전들과 대조되는 궁전들로, 로키아스 곶 궁전이라고도 불린다) 중 한 곳의 홀에서 옛 식으로 거행되는 외국 사절들을 위한 연회도 있었다.

배로 섬을 벗어나 수행원들과 함께 사설 항구에 내릴 때면 여왕은 늘 시간에 쫓겼다. 중심지에서 한참 벗어난 파란 궁전까지 간다는 건 말도 안 될 일이었다. 게다가 그녀는 아이들이 안전하다는 걸 알았다. 바위들이 그들을 지켜주고, 등대가 그들을 비춰주고, 바람이 나쁜 공기로부터 보호해주었다. 그리고 파란색이 그들을 수호했다.

이따금 그녀는 아랫사람들에게 아이들을 데리고 나오라고, 신전의 주랑 밑이나 왕들의 항구 부두 위로 그들을 데려오라고 명했다. 키프로스 출신 유모 큐프리스와 테베 출신 유모 타우스는 왕가 아이들을 훌륭하게, 어엿한 이집트인답게 치장했다. 눈꺼풀에 눈썹먹을 짙게 바르고, 뺨에 연지를 칠하고, 머리카락에 향유를 바르고, 팔, 목, 발목에는 청금석 부적을 달았다. 여왕과 시종, 경호원들, 수행원, 비서진, 파리 쫓는 하인이 잠시 걸음을 멈추었다. 여왕은 왕실의 재정 장부를 훑어보듯 제 아이들을 주의 깊게 살폈다.

"내 아들의 얼굴에 왜 이런 피부병이 생겼지?"

"햇빛 때문에 피부에 질환이 생긴 겁니다, 여왕님."

그러자 여왕이 서기들을 돌아보며 말했다.

"내 주치의를 불러라. 그리고 멘케스를 보내 왕자의 침실 벽 전체에 호루스*의 눈을 그리게 해. 적어!"

이렇게 말할 때도 있었다.

"내 딸이 좀 야윈 것 같은데."

"공주님께서 식사를 많이 하지 않으십니다."

"이유가 뭐지?"

---

* 고대 이집트 신화에 등장하는 태양의 신.

"기분이 좋지 않으셔서 그렇습니다. 젖을 뗀 이후로 기분이 좋지 않으세요."

"적어라. '경리담당 서기를 시켜 공주에게 동물원의 침팬지 한 마리를 보내게 하라.' 그리고 명하노니 즉시 요리사를 바꿔라! 새 요리사에게 대추야자 설탕절임을 만들게 하라. 적어라. '대추야자 설탕절임, 구운 무화과, 연근, 시트론 절임.' 내 딸은 너무 어려서 나일 강의 거북이나 하이에나 구이는 맛있게 먹지 못해!"

이따금 여왕은 아이들 중 하나의 뺨을 쓰다듬고는 금세 멀어져갔다. 머리는 절대 쓰다듬지 않았다. 머리카락에 반들반들하게 향유를 발랐으므로 손에 기름이 묻을 것 같아 꺼려졌던 것이다.

유모들은 여왕이 그렇게 살피는 걸 두려워했고, 쌍둥이에게 그런 두려움을 털어놓았다. 보석으로 치장하고 꼭대기에 신성한 코브라가 얹힌, 땋아 만든 무거운 가발을 쓴 그 근엄한 여인과 마주할 때면 아이들 역시 몸이 굳었다. 아이들은 여왕이 거의 신과 같은 인물임을 잘 알았다. 하지만 자기들의 어머니라는 건 알지 못했다. 그뿐이 아니었다. '아버지' '어머니' '부모님' 같은 단어 역시 아이들에게는 의미가 없었다. 그런 단어들은 들어본 적이 없고, 그런 사람들을 보지도 못했던 것이다. 가족이라면 '형' '오빠' '누이' 같은 형제 남매 관계뿐이었다.

"알렉산드로스는 내 오빠야."

공주가 말했다.

"맞아요. 프톨레마이오스 카이사르 님도 그렇고요."

유모가 대답했다.

"그 오빠 이름은 프톨레마이오스가 아니야. 카이사리온이야."

공주가 이의를 제기했다.

"네, 그렇게 부르고 싶으시면요……."

25

"그리고 알렉산드로스는 카이사리온보다는 덜 가까운 오빠야."

"아니에요, 그 반대랍니다."

"아니야, 유모 말은 틀렸어! 카이사리온은 내 남편이 될 거니까 더 가까운 오빠지!"

큐프리스는 한숨을 쉬었다. 이 여자아이에게 어떻게 설명해야 할까. 왕족의 삶은 복잡했다. 물론 상황이 변하지 않는다면 파라오들의 그리스계 계승자인 카이사리온이 공주와 결혼할 것이다. 하지만 그렇다 해도, 카이사리온은 공주의 의붓오빠일 뿐이었다. 알렉산드로스와의 결혼은 카이사리온과의 결혼보다 더 근친이지만, 왕조의 입장에서 볼 때는 더 확실한 방안이었다. 어쨌든 이미 비밀리에 그것에 관해 이야기한 바 있는 두 유모의 의견은 그랬다. 유모들은 쌍둥이끼리 결혼하기를 바랐다. 그들은 신들의 의지를 거스르지 않는 게 현명하다고 생각했다. 남자아이와 여자아이가 나란히 왕좌에 오르게 할 의도가 아니라면, 신들이 왜 여왕에게 완벽한 쌍둥이를 점지하셨겠는가. 쌍둥이인 이시스와 오시리스가 이미 그 모범을 보였다. 그들은 태어나기 전부터 어머니의 배 속에서 사랑을 나누지 않았던가. 이후 그들보다 더 잘 어울리는 부부는 없었다.

"꿈도 꾸지 마요."

큐프리스가 타우스에게 말했다.

"카이사르의 아들은 아주 건강해요."

"그래요, 그 아이의 고약한 유모가 주의를 늦추지 않고 잘 보살피고 있죠! 보아하니 제 '아이'를 노리는 적들을 찾아내게 해달라고 여섯 달에 한 번씩 아누비스*에게 개의 미라를 바치는 모양이에요……. 경비

---

* 고대 이집트의 죽은 자들의 신. 자칼의 머리에 인간의 몸을 가졌다.

가 얼마나 삼엄할지 한번 상상해봐요! 게다가 그 '아이'가 당신이 돌보는 공주님을 호시탐탐 감시하잖아요. 공주님을, 제 약혼자를 엄청 싸고돈다니까요!"

타우스가 덧붙였다.

카이사리온은 열 살이었고, 오직 한 여자, 제 어머니에게만 선망의 눈길과 몸짓을 보였다. 그녀는 그가 "감기 들면 안 돼요" "좀 쉬세요"라고 말하며 보호하는 유일한 여자였다. 그녀에게는 그 말고는 의지할 사람이 없었다. 그는 그 사실을 알았고, 그녀는 이야기를 나눌 상대가 달리 없었다. 오래전부터(즉 카이사르가 암살당한 뒤부터. 하지만 그때 카이사리온은 채 세 살도 되지 않았다) 그녀는 카이사리온 앞에서 자유롭게 생각에 잠겼고, 때로는 그와 함께 생각을 나누기도 했다. 그는 빨리 자라 어머니의 마음을 이해해야 했다. 그런 탓에 그는 의붓동생인 두 쌍둥이처럼 자유롭게 놀아본 적이 없었다. 어머니 클레오파트라는 그를 몹시도 필요로 했던 것이다.

그는 그녀의 파트너였고, 그녀의 위안거리였다. 이집트 왕국의 법에 따르면 한 쌍의 부부가 이집트를 다스려야 했다. 이시스가 누이동생이자 아내로서 오라비 오시리스와 함께 세상을 다스리듯이. 그러나 현 여왕에게는 남자 형제가 없었다. 카이사르가 전쟁에서 그녀의 남동생이자 남편이었던 프톨레마이오스 13세를 죽였고, 그 후 막내 남동생 프톨레마이오스 14세와 재혼했지만 그 역시 음모로 죽음을 맞이했다. 이제 그녀에겐 남편이 없었다. 그러므로 사생아든 아니든 그녀의 아들이 장차 이집트 왕국을 다스려야 했다. 영리한 카이사리온은 그러므로 자신이 여왕에게 필요불가결한 존재라는 걸 모르지 않았다. 아니, 필요불가결한 존재였다는 것을 모르지 않았다. 남동생 알렉산드로스가 태어나기 전까지는.

카이사리온은 남동생 알렉산드로스가 헝겊으로 만든 공을 던지고, 테라스에서 고양이를 쫓아 뛰어다니는 걸 보았다. 그는 자주 들러 남동생을 관찰했다. 가정교사와 함께 '육지'인 도서관이나 박물관에 갈 때마다 파란 궁전에 들렀다 가자고 부탁했다.

쌍둥이의 하인들은 여왕 앞에서 하듯이 그의 앞에 꿇어 엎드렸다. 그런 다음 환심을 사려고 애썼다. 왕자님이 의자를 원하나? 파라솔을, 마실 것을, 부채를, 음악가들을 원하나? 언제나 똑같은 장면이 펼쳐졌다. 그가 나타났다 하면 다들 무릎을 꿇고 허리를 굽혔다. 대신들과 재무장관까지도 허리를 굽혔다. 재무장관은 대신들 가운데 일인자이다. 박물관의 유명인사들도 마찬가지였다. 카이사리온은 그저 자신의 위치 때문에 그들이 존경심을 표하는 거라고 생각했다. 자신이 존경심을 유발한다는 것을, 너무 일찍 철이 든 소년 특유의 날카롭고 근엄한 분위기를 풍긴다는 것을, 그 어떤 어른도 저항할 수 없는 우울한 권위의 냄새를 풍긴다는 것을 알지 못했다. 확실히 사람들은 그를 두려워했다. 하지만 동시에 그의 앞날을 염려했다. 이런 혼란스러운 감정 때문에 사람들은 그 앞에서 과도하게 환심 사려는 태도를 보였다.

카이사리온은 파리를 쫓듯 짧게 손짓해서 하인들을 물렸다. 두 동생하고만 함께 있고 싶었다. 동생들이 재잘거리는 모습을 보는 게 즐거웠다. 그는 그 재잘거림을 예측하고, 뭐라고 하는지 알아내려고 애썼다. 아버지라면 응당 그러지 않았겠는가.

쌍둥이가 놀고 있는 테라스에 그가 나타나면, 여자아이 클레오파트라는 상아로 만든 인형을 손에서 내려놓았다. 그러고는 복종의 표시로 머리를 숙이거나 눈을 내리깔았다. 그런 다음 '왕세자'인 그가 만족스러워하면 팔을 내밀고 웃으며 그를 향해 뛰어왔다. 하지만 남자아이 알렉산드로스는 놀이를 멈추지 않았다. 알렉산드로스가 바퀴 달린 말이나 팽이를 버려두고 복종을 표하러 오도록 카이사리온이 불러야 했다. 카이사리온은 짜증이 났고, 동생들이 받는 교육이 소홀하다고 생각했다.

동생들에겐 아직 가정교사가 없었으므로 카이사리온은 직접 그들에게 뭔가 가르치기로 결심했다. 이를테면 숫자 같은 것을. 오늘은 아이들에게 숫자 세는 법을 가르치기 위해 사문암蛇紋岩 주사위 세 개와 나무로 된 나팔 하나를 가져왔다. '하나' '둘' '넷' '여섯'. 그는 주사위에 찍힌 점들을 아이들에게 보여주며 설명했다. 때로는 관례를 잊고 아이들 옆 바닥에 주저앉기도 했다. 그는 그것을 겸손한 애정 표시로 여겼다. 여자아이는 그 행동에 감동을 받았을까. 어쨌든 여자아이는 오빠를 기쁘게 해주고 싶어서 집중했고, 눈썹을 찡그렸고, 숨을 죽였다. 하지만 카이사리온이 에이스, 즉 1을 가리키자 단숨에 "넷-둘-여섯"이라고 말했다. 주사위 면에 점이 몇 개 찍혀 있든, 숨도 쉬지 않고 "넷-둘-여섯"이라고 되뇌었다. 카이사리온은 다시 설명했다. 하지만 소용없었다. 모든 것이 '넷-둘-여섯'이었다. 얼마 지나지 않아 카이사리온이 화를 내자, 그녀는 고집 부리고, 겁을 먹고, 불분명한 말들을 성급하게 웅얼거리고, 오빠를 실망시킨 것에 낙심했다. 카이사리온은 곧 후회했고, 누이동생에게 실망한 모습을 보였다는 사실에 풀이 죽었다. 꼴좋게 되었다! 남동생 알렉산드로스는 주사위를 쳐다보지 않았고, 아무 대답도 하지 않았다. 나팔 밑에 붙은 메뚜기 한 마리를 갖고 장난치는 데 푹 빠져 있었다.

카이사리온은 포기하고 초록색 돌 주사위 세 개를 나팔 안에 다시 담았다. 그러다가 갑자기 어떤 생각이 떠올라 주사위들을 담은 나팔을 오랫동안 흔들었다. 이번에는 성공이었다! 아이들은 그 지글거리는 소리를 무척 좋아했다. 기쁨의 환호성을 지르며 다시 해달라고 졸랐다.

그래서 카이사리온은 다시 주사위 통을 흔들었다.

"한 번 더! 한 번 더!"

갑자기 알렉산드로스가 몹시 흥분해서 달려들더니 형의 손에서 주사위 통을 낚아채려 했다. 자기가 한번 해보고 싶었던 것이다.

"내가! 내가 해볼래!"

카이사리온은 주사위 통을 든 손을 멀찍이 돌리며 다른 손으로 알렉산드로스의 손가락을 찰싹 두들겼다.

"네가 내게서 뭔가를 훔쳐가더라도 내가 내버려둘 거라고 생각하지 마!"

그 깜찍한 찬탈자를 벌주기 위해 카이사리온은 주사위 통을 누이동생에게 내밀었다. 그녀는 망설였다. 카이사리온이 큰 소리로 권했다.

"가져도 돼! 내가 너에게 주는 거야. 이걸 가져, 클레오파트라."

누가 그녀를 그 이름으로 부른 건 그때가 처음이었다. 그녀는 그 이름이 자신을 부르는 것인지 확신하지 못했다.

"클레오파트라, 너한테 이 주사위들을 주는 거야. 그러니까 이건 네 거야. 아주 예쁜 거지. 내 말 믿어. 나팔도 예뻐. 귀한 나무로 만든 거거든. 마우레타니아* 측백나무로 만든 거야. 너 마우레타니아가 어딘지 아냐?"

그녀는 마우레타니아가 기둥 뒤에 숨어 있기라도 한 양 주위를 둘러보았다. 그런 다음 고개를 흔들었다.

"내가 나라들 이름을 너한테 가르쳐줄게. 아프리카, 이탈리아, 게르마니아…… 이 나팔이 멀리서 온 물건이라고 기억할 거지? 나일 강보다 더 멀리서 왔다는 걸 말이야. 잘 간직해. 내 선물이니까."

---

* 아프리카 서북부에 있던 고대 왕국. 현재의 모로코 및 알제리의 일부를 포함한다.

그녀는 깊은 인상을 받으며 두 손으로 나팔을 받아들고는 옷 허리 띠 안에 그럭저럭 집어넣었다. 서툰 몸짓이긴 했지만, 갑자기 '나팔' '마우레타니아' 그리고 '클레오파트라'라는 보물 세 가지를 갖게 되어 부자가 된 기분이었다.

그때까지 그녀는 얌전하게 굴 때는 귀여운 자고새 혹은 예쁜 비둘기, 못되게 굴 때는 못생긴 재칼이라고 불렸다. 자신에겐 그것 말고 다른 이름이 없다고 생각했다. 클레오파트라는 현 여왕의 이름이기에 유모들은 감히 "이리 와요, 클레오파트라. 내가 볼기를 때려줄 테니!"라고 말하지 못했다. 그렇게 부르는 것을 우회적으로 피하거나 새 이름 같은 여러 가지 별명으로 불렀다. 심지어 악어도 그런 별명 중 하나였다. 오직 카이사리온만 그녀를 그 이름으로 불렀다.

하지만 카이사리온은 오랫동안 떠나 있을 예정이었다. 어머니가 이집트어를 배우고 황소 머리를 한 신들을 숭배하도록 그를 멤피스에 있는 토착민들에게 보내기로 한 것이다. 카이사리온이 멀어져가자 그녀는 왕궁구역의 파란 궁전 안에서 또 다시 부모 없고 이름도 없는 공주가 되었다. 돌 사이의 도마뱀, 구름 속의 구름처럼.

쌍둥이가 세 살 반이 되었다. 시녀들이 쌍둥이의 짐을 꾸린다. 여왕이 그들을 시리아에 데려가기로 한 것이다.

이 여행은 어린 공주의 삶에서 결정적인 사건이 되어, 그녀를 유모의 품에서, 파란 모자이크들과 금빛 찬란한 하늘에서 떼어놓게 된다. 그녀에겐 다른 사람들과 구별되는 특징이 있었다. 이름, 그리고 그녀의 쌍둥이 오빠가 경험하지 않을 고통, 그가 공유하지 못할 특권이다. 그녀는 자신이 쌍둥이 오빠와 다르며 특별한 존재라고 느끼게 된다. 그녀는 '셀레네'가 될 것이고, 그것은 그녀의 진정한 탄생이었다.

하지만 아직 그녀는 시리아로 가는 배에 오른 이름 없는 못난이, 기저귀에서 해방되지 못한 아기, 울고, 기침하고, 코를 훌쩍거리고, 유모를 찾고, 토하는 육신 덩어리일 뿐이었다. 왕실의 배들은 얼마 전부터 유대 양쪽 해안을 따라 흘러가고 있었고, 그녀는 감기에 걸린 상태였다. 끊임없이 비가 내렸다. 무척이나 차가운 비였다. 여왕과 아이들은 관례에 맞지 않게 한겨울에 배를 탄 것이다. 평소 같으면 10월에서 3월까지는 배들이 출항하지 않고 항구에 머물렀다. 지중해 연안의 주민들은 극심한 폭풍우가 두려워 날씨가 궂은 그 기간에는 바다를 '봉쇄'한다. 초봄이 되어 날씨가 좋아지면 바다를 '다시 연다.' 하지만 클레오파트라는 난관이 닥쳐와도 평정심을 잃지 않았다. 그녀는 여행을 많이 했고, 두려워하는 게 없었다. 그녀는 무모하지는 않았으나 카이사르가 그랬듯 늘 분주했고 운명론자였다. 침묵과 망각 속에서 사 년을 보낸 뒤, 마르쿠스 안토니우스가 마침내 그녀를 부르지 않았는가. 그녀는 파도, 바람, 신들에 용감히 맞서며 마르쿠스 안토니우스에게 달려갔다. 이집트 왕국의 운명이 거기 달려 있었다.

이집트 왕국은 부유했다. 하지만 손쉬운 먹잇감이었다. 오래되고 피로에 지쳤으며, 군대는 약하고 사기가 떨어져 있었다. 그리스 혈통 왕들이 획득한 식민지들도 잃었다. 이집트는 제해권制海權으로 보호받는 상태였다. 키프로스조차 얼마 전 이집트로부터 벗어났다. 이집트 왕국은 지리적 한계 속으로 돌아가 한쪽 모퉁이로, 나일 강 골짜기와 알렉산드리아 항구로 축소되었다. 국제정치에는 법칙이 존재했지만, 그 법칙은 정글의 법칙이나 다름없었다. 다른 나라를 집어삼킬 능력이 없는 나라는 삼켜지게 돼 있었다. 과거 풍족하고 평화로웠던 이집트는 유죄를 선고받았고, 로마는 그런 이집트를 한 입에 먹어치울 기세였다. 저희들끼리 서로 다투지 않았다면 로마는 벌써 이집트를 집어삼켰을 것이다. 카이사르는 폼페이우스와 맞섰고, 그 후로는 안토니우스와 옥타비아누스가 카이사르의 암살자들에게 맞섰다. 그리고 이제 안토니우스가 옥타비아누스와 맞설 것이다.

이집트의 운명은 이제 여왕 클레오파트라의 수완에 달려 있었다. 클레오파트라는 로마인들이 요구하기 전에 자신의 부富와 몸을 로마인들에게 팔았다. 카이사르의 승리가 아직 불확실할 때, 그가 이집트의 부를, 의지할 곳을 필요로 할 때, 아직 협상할 여지가 있을 때 그녀는 카이사르의 침대 속으로 들어갔다. 그녀는 매번 운명에 내기를 걸었다. 지금까지는 대체적으로 그 판단이 틀리지 않았다. 카이사르와 연합하는 것은 승산 있는 일이었다. 당시 그녀는 겨우 스무 살 난 여왕이었으나, 그렇다 해도 카이사르와 함께하는 길을 망설일 수는 없었다. 카이사르는 다른 사람들 위, 너무나 높은 곳에 있었다. 그는 신이고 천재였다. 그 신이 암살당하리라는 것은 예측 밖의 일이었다. 천재는 바보 같은 자들의 손에 피를 흘리며 돼지처럼 죽어갔다……. 그가 이토록 그리울 줄은 몰랐다. 그 53세의 남자가! 알렉산드리아 궁정 사람들은 그녀가 늘 카이사르를 그리워하며, 그가 살아 있었다면 자신에게 해줬을 조언들을 상상하려 애쓴다고 생각했다. 그녀가 자신의 생각을 피력할 때 "여왕이여, 그대는 발전하고 있구려!" 하고 칭찬했던 그 로마인의 자애로운 미소를 떠올렸다. 물론 조신朝臣들은 지위 고하를 막론하고 한숨을 쉬었다. 가장 친한 친구라 불리는 자들, 단순한 친구들 혹은 뒤따라오는 자들 모두가. 지위의 높고 낮음을 떠나 위에서 아래까지 다들 한숨을 내쉬었다. 그녀가 카이사르를 그리워한다는 사실에.

그 위대한 남자가 죽자, 그녀는 급박한 상황 속에서 폼페이우스의 아들에게 기대를 걸 뻔했다. 그러나 때늦지 않게 상황을 제대로 파악했고, 옥타비아누스와 안토니우스 중 한 사람을 유혹해 자신의 영향권 안으로 들어오게 하는 동시에, 모든 것에 두 배로 힘을 쏟았다. 그 무렵에는 동맹이라는 차원에서 두 사람 모두 동등한 가치가 있었다. 하지만 지금은 상황이 더욱 미묘해졌다. 두 남자가 공식적으로 처남 매부 사이가 되었고 아주 좋은 관계를 유지하고 있었던 것이다. 하지만 비공식적으로는 서로를 뭉개려 하는 두 개의 턱뼈와도 같았다. 그녀에게 아직 선택의 여지가 있을까?

"그렇지 않습니다."

궁전의 수석 고문인 환관 마르디온이 상(上)이집트의 고귀한 국방장관에게 설명했다.

"그렇지 않습니다."

왕국의 재무장관인 환관 테온이 품위 넘치는 노크라티스 체육장관에게 말했다.

"그렇지 않아요. 왜냐하면 안토니우스가 다시 여왕님을 호출하고, 배들을 요청하고, 설명을 요구했으니까요. 로마의 우두머리들이 모여 세상을 나눠 가질 때 안토니우스는 오리엔트를 받지 않았습니까? 우리 클레오파트라 여왕님은 오리엔트 사람이니, 안토니우스의 '세력권 안으로' 들어가는 거예요."

이런 행정상의 분할에는 불합리한 측면만 있는 것은 아니었다(환관들은 과연 이 사실을 알까?). 새로운 '상급자' 안토니우스를 만났을 때 여왕은 겨우 스물여덟 살이었다. 그녀는 카이사르와 함께 신의 포옹을 경험했고, 안토니우스와 함께 인간의 포옹을 발견했다. 신들은 사랑에 효율적이지만 또한 은밀하다. 신들의 왕인 제우스는 자신이 임신시킨 여자들에게 거의 신경을 쓰지 않았다. 신화만 찾아봐도 분명히 알 수 있다. 우선 레다가 있다. 제우스는 백조로 변신해 레다에게 접근했다. 백조는 매력이 넘쳤다. 하지만 사랑의 유희에서 그 백조는 황소만큼의 가치도 없었다. 그는 레다가 네 쌍둥이와 동침하는 걸 막지 않았다. 제우스는 또한 황금빛 비로 모습을 바꾸어 다나에를 유혹했다. 우리가 잘 아는 바대로 그 비는 유혹적으로 스며들고 황금색으로 빛났지만 그 안에 성실함은 없었다. 가여운 이오로 말하자면 여자들 가운데 가장 운이 없었다. 신들의 왕 제우스, 그는 위장의 귀재였고, 안개로까지 변신했다. 말해보라. 어떤 여자가 안개와 동침하기를 원하겠는가?

여왕은 '동침'을 생각할까? 물론이다. 그럴법한 이야기다. 안토니우스가 그 말을, 궁정에서는 듣기 힘든 단어들을 입에 올리기 때문이다. 그는 호메로스 또는 유리피데스를 인용하거나 그러지 않을 때는 군대식 언어로 주둔지들에 관해 이야기한다. 또한 클레오파트라는 얌전빼는 여자가 아니며, 언어에 재능이 있었다. 그리스어 외에 이집트어, 아람어, 페르시아어, 아랍어, 에티오피아어를 할 줄 안다. 그런 그녀가 왜 경우와 '상황'에 따라 안토니우스가 입에 올리는 단어들을 덧붙이지 않겠는가.

남자들은 사랑할 때 외설스러운 것들을 입에 올린다. 여자들을 품에 안고, 짓밟는다. 여자들을 가혹하게 다루고, 모욕하고, 이러지도 저러지도 못하게 한다. 하지만 즐기고 나면, 포식하고 나면 곧장 잠들어버린다. 그때 그들의 눈은 우유를 양껏 먹은 아이처럼 본능적인 행복으로 반짝인다. 안토니우스도 남자다. 그는 웃고, 울고, 맹세하고, 화내고, 거짓말하고, 배신하고, 속임수를 쓰고, 실수하고, 의기소침해진다. 그는 고통스러워하고, 다른 사람을 고통스럽게 한다. 그도 한 사람의 남자다.

자신의 왕국을 열심히 다스리는 여왕. 그녀는 불멸의 상징인 황금뱀들로 팔과 어깨를 장식했다. 배의 고물에 위치한 침실에서 그녀는 갖고 있는 보석들을 전부 꺼냈다. 발찌들까지. 그녀는 아름다운 무대 의상을 찾고 입장을 준비했다. 그녀는 언제나 멋지게 입장했다. 처음 그녀는 카이사르에게 선보이기 위해 반라 상태가 되었고, 그와 함께 이불 속에서 뒹굴었다. 젊은 아가씨와 패주하는 군주에게는 나쁘지 않은 사건이다. 카파도키아 남쪽 실리시아의 타르수스에서 안토니우스와 처음 만날 때 그녀는 수줍음을 이미 떨쳐낸 뒤였다. 그녀는 위험을 무릅쓰고 우의寓意를 활용했다. 화려한 볼거리를 이용한 상징을. 그녀는 사랑의 여신처럼 옷을 차려입거나(투명한 시돈의 베일로 만든 튜닉) 혹은 아예 옷을 벗은 채로 자주색 돛과 은색 노를 갖춘 황금빛 배를 타고 강을 거슬러 올라갔다. 미역 감는 여자 또는 네레이데스* 복장만큼 효과적인 술수는 없다. 갑판 위와 밧줄에는 큐피드처럼 벌거벗은 어린 아이들이 있었다. '이시스이자 비너스, 아프로디테'인 그녀는 황금색 닫집 안 향로들 한가운데 힘없이 누워 아무 생각 없이 귀여운 아이들에게 부채질을 받고, 바다 처녀들의 키타라 연주에 마음을 달래고 있었다.

이것이 아무 일도 아니었을까? 차라리 그녀가 두려워서 죽을 지경이었다는 쪽에 내기를 거는 것이 옳다. 그녀는 또 한 번 자신의 모든 것을 걸게 된 것이다. 놀라웠던 첫 만남의 순간, 부두에서 왕궁 선단을 기다리던 최고사령관 안토니우스는 다행스럽게도 호의적인 태도를 보였고 무기를 내려놓았다. 오랜 전설들을 따르기 위해 전쟁의 신은 사랑의 여신에게 굴복해야 했던 게 아닐까. 새로운 디오니소스(에페소스 사람들이 그에게 붙인 별명)는 세상에 새로운 생명을 불어넣기 위해 이시스와 협력할 필요가 있었던 걸까. 핑곗거리가 무엇이든 간에 두 사람은 그들의 역할을 너무나 잘 수행했고, 사람들은 그들이 신들의 역할을 되풀이한다고 믿을 정도였다.

그로부터 사 년이 지났고, 클레오파트라는 역할을 바꾸었다. 그녀는 더 이상 청춘이 아니었다. 그녀에게는 세 아이가 있었고, 이제 자신감 넘치는 어머니의 모습을 보이는 쪽이 더 가치 있었다. 게다가 그녀의 쌍둥이는 그녀의 이미지를 한 번 더 고대 신화에 결부시키며 그녀가

---

* 우아한 미모를 갖춘 바다의 여신. 바다의 신 네레우스의 딸들이다.

꿈꾸던 기회를 제공했다. 그녀는 유피테르에게 사랑받은 겸손한 여신 라토나*가 될 것이다. 유피테르의 아내 주노의 질투를 피하기 위해 델로스 섬으로 피신했고, 거기서 눈부시게 아름다운 쌍둥이 디아나 아르테미스와 아폴론을 낳은 여신. 그들 역시 사생아였지만 그들에겐 불멸이 약속되어 있었다.

그런 이유로 여왕은 출발하기 전 자신의 쌍둥이 알렉산드로스와 클레오파트라를 위해 그림과 궁전의 모자이크에 그려진 것처럼 쌍둥이 신의 출현에 걸맞은 의상을 준비하게 했다.

안티오크에 도착하면 두 아이는 앞장서서 걸을 것이다. 이집트 여왕인 그녀는 숭고한 어머니로서(라토나는 라틴 세계에서 어머니들의 모범이다) 그들을 따라갈 것이다. 제 아이들 뒤에 물러난 존재로서. 그녀는 하인들의 호위 없이 작은 종려나무 잎을 왕홀 삼아 손에 들고 천천히 앞으로 나아갈 것이다. 종려나무는 피신하는 여신의 나무다. 그녀는 그것에 의지해 홀로 출산했다. 그녀는 의전 담당자 없이, 과시 없이, 주름 잡힌 소박한 튜닉 차림으로 나아갈 것이다. 어깨 위의 후크가 벗겨져 튜닉이 흘러내리고 그녀의 가슴이 노출될 것이다. 가슴을 드러낸 채 아이들에게 젖을 먹이는 라토나의 모습을 그림에서 흔히 볼 수 있지 않은가. 아마도 그 모습은 최고사령관을 즐겁게 할 것이다.

신화의 내용을 암시하는 그 모습에 그는 틀림없이 기분 좋아할 것이다. 여왕 클레오파트라는 델로스 섬의 외로운 여신 라토나와 자신을 동일시함으로써 안토니우스를 유피테르로 만들 테니까. 기분 좋은 아첨. 타르수스에서 비너스 이시스를 만났을 때 그는 아직 12신 중 하나인 마르스, 혹은 만년에 신이 된 디오니소스일 뿐이었다. 하지만 안티

---

* 아폴론의 어머니 레토의 라틴명.

오크에서 단숨에 신들의 왕으로 승급되는 것이다. 실로 근사한 상승 아닌가.

그녀는 반들반들한 은거울 속으로 왼쪽 가슴과 오른쪽 가슴을 번갈아 살폈다. 양쪽 가슴을 동시에 보기에는 거울이 너무 작았다. 그를 만날 때 어느 쪽 가슴을 드러내야 할까?

"어느 쪽이 더 좋을까, 이라스?"

그녀는 오래전부터 속내 이야기를 털어놓는 머리손질 담당 시녀에게 물었다.

"어느 쪽이 더 매력적이야?"

이라스는 그녀의 가슴이 양쪽 모두 똑같이 예쁘고, 단단하고, 당시 사람들이 좋아하는 만큼 작다고 생각했다. 무인도로 피신했던 가여운 라토나와 달리, 여왕은 아이들에게 직접 젖을 먹여야 한 적이 한 번도 없었다.

클레오파트라의 젖가슴은 어떻게 생겼을까? 역사는 그것에 대해 말하지 않는다. 로마는 이집트에 승리를 거둔 뒤 그녀의 모습을 표현한 조각상과 초상들을 모두 파괴했다. 알렉산드리아에 있던 몇 점만 빼고. 알렉산드리아에 있던 여왕의 부유한 친구 하나가 정복자들에게 2천 달란트(실로 엄청난 액수다)를 주고 그녀의 초상화 몇 점을 건져내도 된다는 허락을 받았던 것이다. 그 후 그녀의 모습을 형상화한 물건들은 모두 사라졌다.

오늘날 우리는 몇몇 박물관에서 '가상으로' 만든 그녀의 흉상들을 볼 수 있다. 고개를 끄덕이기에는 가상으로 만든 티가 너무 난다. 팔다리가 잘린 수많은 대리석상 속에 자리한 비너스의 파편, 복원한 암피트리테*의 끄트머리, 귀퉁이가 깨진 이시스의 파편. 이런 상태에서 어떻게 카이사르의 것을 카이사르에게** 돌릴 수 있겠는가.

우리는 클레오파트라와 관련해 이데올로기적 해석을 적용한다. 유행을 좇기도 한다. 옛날에는 예쁜 여자 조각상을 발견하면 "클레오파트라잖아!"라고 했다. 그런데 오늘날에는 못생긴 여자를 볼 때마다 클레오파트라 같다고 말한다. 이집트 여왕 클레오파트라는 한때는 성인聖人을 지옥에 떨어지게 할 만큼 아름다웠다가, 이제는 끔찍하게 추해진 것이다. 고고학자들도 그녀가 주걱턱이었다거나 매부리코를 가졌다는 설을 더 이상 부인하지 않는다. 고고학자들은 프톨레마이오스 왕조 사람들이 근친결혼을 되풀이한 나머지 못생겨졌다고 생각하는 걸까? 현대의 관점에서 보면 확실히 그렇다. 하지만 반대로 고대인들은 군주제의 근친결혼이 왕조 창시자가 지녔던 훌륭한 자질들을, '파란색보다 더 파란' 피를 보존해준다고 보았다.

어쨌든 클레오파트라의 경우 유전적 결함은 거의 제기되지 않는다. 소박한 첩이었던 그녀의 조모는 그녀의 조부와 아무런 혈연관계가 없었고, 그녀의 아버지('서자')는 그녀 어머니의 의붓형제였다. 게다가 이론과 실제 사이에는 큰 차이가 있으므로 왕가의 근친결혼을 의무화해봐야 별 소용이 없었다. 남매가 동침해서 시조가 되기 위해서는 한 가족 안에 남자아이와 여자아이가 많아야 한다. 또한 그들이 짝을 짓기 위해서는 나이차가 얼마 나지 않아야 한다. 결혼을 통해 육체적으로 결합해야 하고, 누이이자 아내가 불임이 아니어야 한다. 그뿐 아니라 그녀의 형제가 그녀를 암살하지 않아야 하고, 그녀가 해산하다가 죽지 않아야 하고, 그녀의 아들이 성년의 나이에 도달해야 한다. 클레

---

* 바다의 신 포세이돈의 아내. 바다의 여신.
** 신약성경 마태복음 22장 21절에 나오는 구절.

오파트라의 아버지 쪽 계보에서 진짜 후손으로 연결되는 근친 결합은 단 두 건뿐이다. 두 세기 반 동안 단 두 번이다. 그 외의 프톨레마이오스 왕가 남자들은 외국의 공주나 조카, 사촌과 결혼했다. 그러니 이집트 여왕이 루이 15세만큼 우아하지 않을 이유가 없는 것이다.

하지만 나는 아름답든 못생겼든, 키가 작든 크든, 클레오파트라의 모습을 전혀 상상하지 못한다. 그녀의 모습을 도무지 떠올릴 수가 없다. 평소 나는 역사가 말해주지 않는 그녀에 관한 결핍들을 채워보려고 애쓴다. 그 부분에서 역사가들이 나에게 완전한 자유를 주었지만, 나는 아무것도 상상하지 못하겠다. 클레오파트라가 보이지 않는다. 그녀의 얼굴, 그녀의 윤곽은 포개진 문화의 층들 밑으로 사라진다. 카이사르와 안토니우스만 그녀 위로 지나간 게 아니다. 너무나 많은 그림과 많은 문인들이 그녀 위로 지나갔다. 그녀는 한 여인이 아니라 하나의 신화다. 돈 후안이나 카르멘처럼. 영원한 동시대인이다. 그녀의 외형은 시대의 유행을 반영한다. 중세에 그녀는 원뿔형 모자를 썼고, 그랑 시에클*에는 머리에 장식리본을 달았다. 만키에비치**의 영화에서는 곱슬곱슬한 머리칼에 부드러운 눈을 하고 얇은 나일론 반팔 잠옷을 입고 있다. 더 심하게는 '펑크' 스타일에 헝클어진 쇼트커트를 한 경우도 있다. "영화 만드는 인간들은 대체 어디서 저런 생각을 끄집어내는 거지?" 순수를 지향하는 이들은 분개한다.

어디서냐고? 책 속에서다. 많은 역사가 진실에 근접하기도 하고, 거기서 조금 멀어지기도 한다. 시나리오 작가들도 '약간의 역사'를 만들어낸다. 그들은 출신 좋은 이집트 사람들이 가발을 썼으며, 가발을 쓰

---

* Grand Siècle, '찬란한 시대.' 프랑스가 가장 풍요로웠던 17세기를 뜻한다.
** Joseph L. Mankiewicz, 미국의 영화감독. 〈이브의 모든 것〉 〈아가씨와 건달들〉 〈클레오파트라〉 등의 영화를 연출했다.

기 위해 남자들은 머리를 밀고 여자들은 스포츠형으로 머리를 잘랐다는 사실을 발견한다. '멋지군.' 영화 제작자는 이렇게 생각하고, '현대적인 역사'를 만들어낸다. 이집트 여자였던 그녀 역시 가발을 벗으면 스포츠형으로 깎은 머리가 드러났을 것이다. 그런데 클레오파트라는 이집트 여자가 아니고 마케도니아 여자였다. 그녀의 집안은 그리스 정복자들로, 삼백 년 전부터 이집트를 지배하고 권력을 행사했다. 본국을 떠나온 이 식민 지배자들은 자기들이 '이집트인'이라고 생각했고, 남매 사이의 결혼 같은 현지의 관습들을 채택했다. 하지만 그 외의 부분에서는 그리스 식으로 살고 그리스 식으로 생각했다. 그리스 식으로 옷을 입고 그리스 식 머리모양을 했다. 그들은 이종교배를 해야 했고, '고양이 방부 처리나 하는 우둔한 토착민들'을 멸시하면서 신분 낮은 사람들과의 결혼을 통해 받은 마음의 상처를 보상받았다.

우리는 무덤 벽화에서 넓적하고 색이 진한 이시스의 가발을 본다. 클레오파트라도 틀림없이 그 가발을 썼을 것이다. 공식 행사 때 한 번씩. 다시 말해 그녀가 '파라오 역할'을 할 때. 그렇지 않은 날에는 타나그라 인형* 같은 아주 소박한 머리모양을 했다. 이마 주위의 머리칼이 구불거리고 뒷머리는 목덜미에 쪽을 지어 고정한 길고 물결치는 머리모양이다.

하지만 이런 자세한 것들을 알아도 소용이 없다. 나는 이집트 여왕의 얼굴을 식별하지 못한다. 그녀의 눈을 통해 아무것도 보지 못한다. 너무나 많은 사람들이 그랬는데도. 친구들은 내가 누구를, 어떤 여배우를 클레오파트라로 상상하는지 궁금해한다. 그들은 묻는다.

"클레오파트라가 금발인지 갈색머리인지만이라도 말해줘, 응?"

---

* 고대 그리스 테라코타 소형 인물상의 통칭.

나는 그들에게 그녀가 금발에 플랑드르 스타일이었다고 단언한다. 내가 덧붙일 수 있는 말은 오직 그것뿐이다. 그녀는 성모 마리아처럼 금발이었다고, 19세기까지는 그랬다고. 낭만주의 시대에 와서 그녀의 피부색은 단숨에 짙어졌다. 갈색 피부에 향기로운 머리칼을 갖게 되었다. 관능적인 오리엔트 여자, 하렘의 여왕, 술탄의 왕비, 유대인 여자, 안남安南 여자, 타이티 여자……. 물론 이 모든 건 지금도 바뀔 수 있다. 미래는 과거에 관해 놀라운 것들을 예비해둔다.

그런데 나의 여주인공은 왜 자기 어머니의 머리색을 알아야 할까? 그녀는 너무 어릴 때 어머니와 헤어져서 어머니의 생김새를 기억하지 못했을 것이다. 그저 어머니가 무척 예뻤다는 것 외엔. 로마인들이 그녀에게 그렇게 말했다. 그 외에 그녀가 알고 있었던 것은 무엇일까? 거의 없었다. 사실 그녀는 어머니를 볼 기회가 거의 없었다. 시리아로 가던 이 여행 기간을 제외하고는.

바다. 수평선에서는 이따금 파란 바닷물이 너무나 깊어서 보랏빛이 된다. 하지만 그해 겨울 수면의 색은 매우 엷었다. 파도는 대개 베이지색을 띠었고, 더러웠고, 텅 빈 하늘에 비가 잿빛의 줄을 그었다. 멀리 보이는 해안들은 희고, 똑같은 비가 그곳에 서투르게 그림을 그리고, 깎아내고, 지웠다. 저녁이면 별 하나 뜨지 않았다. 날씨가 좋고 바람이 잔잔할 때면 상선이 밤낮으로 항해해 닷새면 알렉산드리아에서 안티오크로 갈 수 있었다. 하지만 그해 12월 중순, 육중한 왕실의 배는 호위용 소형 선단을 끌고 바다 위를 배회해야 했다.

안개가 조금만 끼었다 하면 위험해서 해안에서 멀어질 수 없었고, 기항 시간은 더 길어졌다. 티르에서는 어린 공주의 건강 상태 때문에 더 오래 머물러야 했다. 공주는 몹시 아팠다. 먹지도 못하고, 말도 하지 않았다. 하루 종일 테베 출신 유모 타우스의 무릎 위에서 졸기만 했다. 가끔은 눈도 뜨지 못한 채 유모의 젖가슴을 주무르거나, 젖을 먹고 싶은 듯 열에 달뜬 손을 뚱뚱한 유모의 가슴팍에 밀어넣었다가, 그 풍만한 가슴에 얼굴을 파묻은 채 냄새를 맡고 다시 얼굴을 돌리는 것이었다. 타우스는 그녀의 유모가 아니었다. 그녀의 마음을 안심시켜주는 그 육체가 아니었다. 오래전부터 그녀는 자기가 그 육체의 주인이라고 생각했다. 그 몸을 붙들고 어루만지는 게 좋았다. 오로지 그 접촉을 통해서만 그녀의 고통은 가라앉을 수 있었다.

공주의 유모 큐프리스는 선단을 따라오지 않았다. 그 키프로스 여자 큐프리스가 바다에서 불운을 가져오리라는 것을 알렉산드리아 사람들은 모두 알았다. 그녀는 이미 두 번이나 바다에서 난파를 당했고, 자비로운 이시스 덕분에, 그리고 재빨리 헤엄을 친 덕분에 그 곤경에서 빠져나왔다. 수많았던 나머지 일행이 어찌 되었는지는 누구도 말하지 못했다. 수행원들은 큐프리스를 배에 태워 안티오크에 데려가선 안 된다고 클레오파트라에게 간곡히 말했다. 그녀들은 말했다.

"그 유모는 바다 위에서 여름날 시장의 생선처럼 역한 냄새를 풍길 거예요! 게다가 그 여자는 악귀들을 불러들인답니다!"

여왕은 미신을 그리 믿지는 않지만 신들의 비위를 거스르고 싶지도 않았다. 로마인들과의 외교적 골칫거리만으로도 충분했으므로, 포세이돈의 노여움까지 살 필요는 없었다. 그래서 여행 동안 타우스 혼자 쌍둥이를 보살피게 하기로 결정했다. 이제는 쌍둥이도 많이 컸으니 타우스의 손이 미치지 못하면 다른 하인들의 도움을 받으면 되었다. 그녀는 쌍둥이를 위해 안마사, 이야기꾼, 나이 든 가정교사도 지정해주었다. 헤라클레스의 첫 열두 저서에 헌정한 주해서 스물네 권을 펴낸 쪼글쪼글한 아테네 사람 피란드로스가 가정교사였다.

배에 탄 사람들은 티레*에서 내려 항구의 집들에 숙소를 잡았다. 공주가 병이 났지만 여왕은 야파**에서도, 도르***에서도 배에서 내리지 않았다. 유대의 새 왕 헤로데는 그녀의 친구가 아니었다. 그녀는 그를 찬탈자이자 살인자로 여겼고, 그녀가 목표로 했던 그 풍요로운 땅을 헤로데가 차지하도록 안토니우스가 도와준 이유가 무엇인지 이해하지 못했다. 헤로데는 클레오파트라 여왕의 그런 반감을 알고 있었으므로, 그녀가 안토니우스를 만나러 항해에 나섰다는 것을 알면 항해를 일찍 끝내도록 조처를 내릴 수도 있었다. 명령만 내리면 기꺼이 단검을 휘두를 준비가 돼 있는 애국심 넘치는 자객 몇 명을 고용하면 충분할 것이다. 가자를 지난 뒤부터 그녀는 기항할 때도 수하들이 배에서 내리지 못하게 했고, 구름의 색이 밝아지기 무섭게 선장들에게 닻을 올리게 했다.

그러다가 티레에 와서야 상황을 자세히 파악했고, 셀레네의 병을 의식했다. 그 전까지는 아이들과 한 배를 타고 여행한 적이 없었기 때문에 기항지에서 시녀들이 셀레네의 병에 대해 한 말을 건성으로 들었던 것이다. 하지만 뒤늦게 딸이 거의 의식불명 상태인 것을 깨닫자 딸을 잃지 않을까 두려워했다. 어머니로서 두려워했고, 여왕으로서도 두려워했다. 쌍둥이 중 하나만 남는다면 어떻게 불시에 안토니우스를 찾아가 그녀에게 돌아오도록 마음을 움직이겠는가? 그게 안 될 바엔 라토나의 튜닉, 종려나무 가지 그리고 디아나와 아폴론의 앙증맞은 의상

---

* 레바논 남서부 지중해에 면한 도시. 고대 페니키아의 중심도시로서 알렉산드로스 대왕에게 정복된 뒤 그리스 도시가, BC 64년에는 로마 도시가 건설되었다.
** 지중해에서 이스라엘로 들어가는 관문이자 역사적으로 중요한 항구도시.
*** 이스라엘 카르멜 산 남쪽 지중해 연안에 있던 고대 가나안인의 항구도시.

같은 건 차라리 바다에 던져버리는 편이 나았다.

하지만 그 비극적인 사실을 깨닫자마자 그녀는 평소처럼 다시 희망을 가졌다. 그녀의 사전에 체념이란 없었다. 그녀는 안티오크에서 최고사령관을 즐겁게 하기 위해 알렉산드리아 박물관의 가장 훌륭한 의사, 전 세계의 약용식물을 채집한 남자를 타조들과 함께 데리고 오지 않았던가. 그는 그녀를 위해 유리 증류기로 장미 향유를 조금 만들었다. 기름이 함유되지 않은 향유였다. 올림포스는 알렉산드리아의 카이사리온 곁에 남았으므로, 얼룩지지 않는 향유를 제조할 줄 아는 글라우코스가 셀레네의 열병을 치료해야 했다.

올림포스와 글라우코스는 다른 학파에 속했다. 여왕의 정식 주치의 올림포스는 근대학파에 경험주의자였다. 그는 병을 진단하고 치료할 때 절대적으로 경험에 의지했다. 반면 글라우코스는 교조주의자에 가까웠다. 그가 속한 학파는 '논리학파'였다. 그는 인간의 모든 병이 한 가지 원인에 기인한다고 보았다. 식물학자이자 조향사이기도 한 그는 인간의 모든 병을 체액 불균형으로 설명했다. 반면 경험을 통해 지식을 쌓은 올림포스는 체온을 내리기 위해 찬물 목욕을 권유하고 이질 증세를 가라앉히기 위해 단식을 처방했다. 글라우코스는 '체액의 정확한 비율'을 맞춰야 한다고 보았다. 그는 열 때문에 얼굴이 붉어진 어린 공주를 보고 혈액이 과다하다고 결론 내렸고, 사혈을 처방했다. 그런 다음에는 공주가 토한 것을 담즙 과다 때문으로 보고 하제를 복용하게 했다.

배출. 정화와 배출. 글라우코스의 '체액 이론'은 이틀 만에 공주를 빈사상태로 몰아갔다. 여왕은 논리학자의 처방이 미덥지 않아 딸의 목숨을 구하기 위해 몸소 딸의 머리맡에 자리를 잡았다. 아무런 대응 없이 손 놓고 있을 수는 없었다. 그녀는 온갖 수단을 다 쓰는 동시에 디오텔레스를 불렀다.

디오텔레스는 자신이 돌보는 타조 중 한 마리를 타고 와서는 '술의 장점은 모르면서 논리만 들이대는 불경한 의사들'을 성토하는 장광설을 솜씨 좋게 읊어댔다. 버릇없는 노예 디오텔레스는 여왕 앞인데도 개의치 않고 큰 소리로 떠들어댔다. 하지만 그 말투만은 학식 높은 이들이 구사하는 6음절 운문이었다. 그가 구사하는 그리스어는 흠잡을 데 없었고, 옷차림은 국제적이었다. 허리에 간단한 이집트 옷을 두르고, 발에는 트라키아 편상화를 신고, 사자 가죽을 걸치고, 머리에는 갈리아의 두건을 썼다.

그는 타조에서 미끄러져 내려와 여왕의 발치에 엎드렸고, 여왕이 일어나라고 명하자 두건을 벗고 몸을 일으켰다. 그의 키는 열 살 어린아이보다 크지 않았다. 데모폰, 루르키온, 프로토마코스의 후손인 디오텔레스는 여왕이 거느린 소인족 중 하나였다. 그는 왕자들처럼 로키아스 곶에서 해를 바라보았다. 물론 동물원에서였다. 그의 조상은 메로에 왕이 클레오파트라의 종조부인 프톨레마이오스 10세에게 선물한 귀한 곡예사로, 3세대 전부터 가족을 이루어 그곳에 살고 있었다. 이 그 조그만 곡예사들은 큰 공식 공연에서 덩치 큰 코끼리들과 쌍을 이뤘다. 디오텔레스의 친척들은 모두 대경기장과 전차 경기장에서 가짜 사냥꾼 역할을 하거나 사자 조련사 역할을 맡았다. 그들은 일에 능숙했으나, 대부분은 일을 하다가 목숨을 잃었다. 살아 있는 맹수들이 공연에 등장해 많은 소인족을 죽음으로 몰아간 것이다. 살아남은 소인족은 동물원에 보내졌고, 외국 사절들이 호기심 어린 눈으로 그들을 구경했다. 황금빛 철책 뒤에서 권태로웠던 젊은 디오텔레스는 자기 우리와 가까운 우리에 있는 타조들을 길들였고, 그들의 목에 매달려 공연막간의 춤판과 경주에 참여해 기사들을 무찔렀다.

여왕이 말했다.

"올림포스는 수술 환자들의 고통을 가라앉히려고 너에게 자주 도움을 청했다지. 그 사람 말이 네가 의학에 관심이 많다고 하더구나. 네가 그 방면에 꽤 재능이 있다고 했어. 그리고……."

"저는 재능이 없습니다. 그저 조금 분별이 있을 뿐이지요."

"내 말을 끊지 마라, 디오텔레스. 나는 여왕이다! 예전에 올림포스가 너를 코스에 보내 외과학을 공부시켰으면 하고 바랐다. 하지만 그때는 네 나이가 너무 어렸지. 외과학을 공부하려면 힘이 좀 있어야 하니까. 환자들이 몸부림을 칠 때도 있으니……. 하지만 언변이 좋아진 것을 보니 너의 도서관 출입을 허락해준 보람이 있음을 알겠구나. 곡예사가 시인이 되었군! 경우에 따라선 간호사가 될 수도 있겠지?"

"두 세계의 여주인이시여, 괜찮으시다면 걸상을 가져오도록 허락해 주십시오. 제가 타조를 타고 여왕님의 딸을 살펴야겠습니까?"

"무엄하구나!"

"공주님을 낫게 해드리면 저에게 무엇을 주시겠습니까?"

"공주를 낫게 하지 못하면 회초리 백 대를 내리겠다."

소인족 디오텔레스는 어깨너머로 본 올림포스의 진찰을 따라했다. 맥박을 짚고, 손과 배의 피부를 꼬집어보고, 혀를 살펴보고, 땀을 맛보고, 가슴에 귀를 대고 소리를 들어보았다.

"공주님은 감기에 걸렸습니다. 하지만 탈수증 때문에 죽어가고 있어요. 체액을 너무 많이 잃었습니다. 물을 마시게 하세요."

"마시려고 하질 않는다."

"주둥이가 긴 항아리에 물을 담아 천 조각을 적셔서 입술에 대주세요. 그런 다음 공주님을 품에 안고 숄을 끌러 여왕님의 젖가슴을 꺼내세요. 그러면 공주님이 젖을 빨 겁니다."

"내 딸은 아기가 아니다!"

"지금 공주님은 갓난아기보다 더 연약합니다. 공주님에게 한 번 더 생명을 주세요."

티레에서의 기항은 여드레나 계속되었다. 시간을 들여 셀레네가 완전히 기운을 차리도록 한 뒤 배는 서서히 다시 출항했다. 그리고 시돈과 베이루트, 비블로스에 기항했다. 마침내 여왕의 선단이 대도시 안티오크의 하류, 오론테 강 하구 근처에 도착했을 때, 공주는 아직 창백하고 야위긴 했지만 즐거워했다. 이제 공주는 알렉산드로스와 타우스가 탄 좁은 갤리선과 비교되는 안락한 왕실의 배를 타고 여행했다. 피부가 매우 검은 갈리아 사람이 올라탄 커다란 타조 한 마리가 그녀의 손에 입을 대고 먹이를 먹었다. 유색 보석을 걸친 머리가 길고 아름다운 여자들, 비슷비슷하게 아름다운 여자들이 그녀를 품에 안고 상냥하게 말을 걸었다.

선단은 3주에 걸쳐 바다를 횡단했다. 훗날 공주는 한 여인의 젖가슴 위에 걸린 금목걸이와 쪽진 머리에 꽂힌 머리핀만을 흐릿하게 떠올렸다. 그녀가 햇빛 속에서 가지고 놀면서 빈 공간을 찾아내려고 이리저리 돌려보던 그 기다란 머리핀에는 값비싼 보석들이 박혀 있었다. 이후 그녀는 그 보석들을 자주 들여다보게 된다. 하지만 그녀는 그 기억에 즐거워하면서도 그 여자의 얼굴도, 심지어 머리색도 기억하지 못했다. 머리채의 그 감미로움을, 향기를 기억하지 못했다. 그렇다. 그녀는 그것을 다시 떠올리지 못할 것이다.

여왕과 수행원들은 안티오크 변두리에 있는 아름다운 물의 도시 다 프네에 묵었다. 클레오파트라는 마지막으로 의상을 가봉했다. 야윈 어 깨가 보이지 않도록 딸의 튜닉 후크를 팔꿈치까지 채우게 했다. 그러 나 공주는 파리한 모습을 감추려고 굳이 애쓰지 않았다. 그것은 달의 여신 디아나 아르테미스에게 깃든 파리함이었다. 다행스럽게도 그 파 리함이 두 아이를 대비시켜주었다. 한 아이는 장밋빛 피부에 금발, 다 른 아이는 창백한 피부에 갈색 머리였다.

키 큰 사이프러스, 샘물과 다프네의 성스러운 월계수 사이를 뛰어다 니면서 쌍둥이는 겨울 여행의 여독에서 빠르게 회복되었다. 주위의 모 든 것이 즐거웠다. 당시 안티오크 변두리 지역에는 오리엔트 세계의 새 주인에게 부름 받은 외국 대사들, '친구이자 동맹자'인 약소국 왕들 이 우글거렸다. 음악가, 몸에 그림을 그린 사제들 그리고 그리스 운문 을 목청 높여 노래하는 소인족 하나와 수레에 매인 타조 세 마리가 이 저택 저 저택을 돌아다녔다. 온천요법사들이 낙타와 왕들이 지나가는 것을 보기 위해 아폴론의 성소에서 내려와 길가로 몰려들었다. 그들은 매일같이 다프네의 정원과 안티오크 성벽 사이에서 '동방박사의 경배' 전주곡을 연주했다. 하지만 경배의 대상인 안토니우스는 마구간에 있지 않았다. 그는 구시가 중심지에 있는 셀레우코스 왕조의 오래된 궁전을 차지하고 있었다.

클레오파트라가 격노해서 외쳤다.

"거긴 내 집이나 마찬가지다! 셀레우코스 왕조 사람들은 내 사촌이니까. 그 궁전은 내 것이 될 수도 있었어. 그런데 그는 감히 나를 그 바깥에서 기다리게 하는군! 나를 밖에 버려두었어!"

또한 그녀는 불구대천의 원수 헤로데가 안티오크에 온 것에 격분했다. 그녀가 티레 항구에서 소중한 시간을 허비하는 동안, 유대의 왕 헤로데가 그녀를 앞질러 와서 마르쿠스 안토니우스에게 경의를 표하고 그의 발치에 황금을 바쳤던 것이다. 물론 최고사령관은 동쪽 카프카스 산맥에서 페르시아 만에 이르기까지 로마를 위협하는 파르티아에 맞서 전쟁을 해야 했고, 그러려면 흑해, 시리아, 유대를 합친 것보다 많은 부가 필요했다. 그에게는 이집트의 부가 필요했다. 그는 '이집트 여자'를 무시하는 척 행동할 수도 있었다. 하지만 파르티아에 대항하려면 그녀 없이는 아무것도 할 수 없었다. 그녀 역시 이탈리아의 야욕에 대항하려면 그 없이는 아무것도 하지 못했다. 이런 정치적 맥락이 그들의 연합을 요구했고, 둘 다 그것을 알고 있었다.

협상을 잘해야 했고, 그러려면 상대의 마음을 감동시키는 편이 낫다는 걸 그녀는 깨달았다. 그의 부성을 자극하는 걸로 충분할까? 마르쿠스는 쌍둥이를 한 번도 보지 못했지만, 이미 다른 자식들이 있었다. 세상을 떠난 전처 풀비아가 낳은 아들 둘 그리고 그가 얼마 전 브린디시에 두고 온, 임신한 젊은 아내 옥타비아가 낳은 딸이었다. 그의 고귀한 혈통은 절멸의 위협을 받지 않았다. 혼외 자식들까지 굳이 이야기하지 않더라도, 그가 헤라클레스처럼 강한 남자는 사방에 씨를 뿌릴 의무가 있다고 큰소리치는 모습엔 좀 유치한 데가 있었다. 하지만 쌍둥이 알렉산드로스와 클레오파트라는 그의 마음까지 건드리지는 못한다 해도 그의 미적 감각을 흡족케 하지 않을까? 그 두 아이의 아버지이니, 곧 신들의 왕이라는 암시가 그의 허영심을 자극하지 않을까?

클레오파트라는 마르쿠스 안토니우스와의 관계에서 지나치게 계산을 많이 했다. 안토니우스는 그녀보다 너그러웠고 계산을 많이 하지 않았다. 타르수스에서 만난 후 그들은 여섯 달 동안 함께 살았다. 사람들이 말하듯 축제, 광기, 사치, 도발의 여섯 달, '흉내 낼 수 없는 사건'이었다. 그들의 사랑과 변덕 위로 해가 지는 일은 결코 없었다. 그러나 그것도 사 년 전의 일이었다. 막간극……. 그녀는 그 방법을 거의 잊고 있었다. 그가 지닌 영예와 그가 보인 냉소에도 불구하고 그녀는 그가 단순한 남자, 감상적인 남자임을 다시 한 번 확인하게 되었다.

그는 놀라움에 사로잡혀 아무런 저의 없이 자신이 느끼는 감정에 온전히 몰두했다. 시리아 군주들의 오래된 궁전 안에서 어린 알렉산드로스가 금관을 쓰고 황금 옷을 입고 황금 신을 신은 채, 은실로 짠 긴 드레스를 너무나 가냘픈 몸에 걸치고 머리에는 흰 관을 쓰고 진한 머리칼 밑에 드러난 창백한 얼굴로 너무나 수줍어하는 누이동생의 손을 잡고 환한 표정으로 모습을 드러냈을 때, 그는 넓은 토가 자락이 포석에 끌리는 것도 신경 쓰지 않고 환성을 지르며 달려와 아이들 눈높이에 쭈그리고 앉았다.

그는 쭈그려 앉은 채 경탄하고, 미소 짓고, 웃었다. 그런 다음 아이들을 품에 꼭 끌어안았다. 장군들과 원로원 의원들로 구성된 자신의 조신 앞에서 쌍둥이를 차례로 들어올리면서 갓 아버지가 된 사람처럼 기뻐서 어쩔 줄을 몰랐다.

"친구들이여, 디아나와 아폴론이오! 새로운 디아나, 새로운 아폴론! 신들께서 나를 축복하셨소! 낮과 밤을 함께 낳는 것을 나에게 허락하셨소! 나를, 내 아이들을 보시오. 그래, 나의 불꽃, 나의 황금, 내 눈의 빛, 네가 나를 눈부시게 하는구나. 그리고 너, 갈색머리 아이, 나의 밤새, 나의 어둠. 너는 왜 입 다물고 있느냐? 아무 말도 안 할 거냐? 내 눈의 휴식이여, 나에게 입 맞춰다오. 무서워하지 말고. 낮과 밤, 나의 친구들! 쌍둥이 아이? 아니지! 쌍둥이 별이다. 해와 달이야(헬리오스와 셀레네는 그리스어로 해와 달이라는 뜻이다). 해와 달아, 내가 너희 아버지란다. 헬리오스, 나는 너와 함께 세상을 비출 거다. 셀레네, 나는 너와 함께 세상에 마법을 걸 테다."

헬리오스라는 별명은 이 소년에게 계속 남았으나, 더 영예로우며 아버지의 오리엔트 정복을 선포하는 데 더 잘 어울리는 알렉산드로스라는 본명을 이기지는 못했다. 반대로 소녀는 셀레네로 통칭되었고, 그 이름으로 영원히 남았다.

아버지가 자신을 인정하고 자신에게 이름을 붙여준 바로 이 순간을 셀레네는 기억하지 못하게 된다. 자신이 그에게서 두 번째 이름을 받았고 그 이름이 본명이 돼버렸다는 사실을 그녀는 알고 있다. 하지만 기억해서 아는 것이 아니라 들어서 아는 것이다. 그녀는 안티오크에서 여러 달을 보냈지만, 가을에 쓰러진 사이프러스 둥치와 산책로에서 오라비가 걸인들에게 질문공세를 퍼붓는 동안 추운 지방의 다람쥐가 겨울이 되기 전 솔방울들을 모으듯이 다프네의 오래된 사이프러스 열매들을 자신의 은제 상자에 모아 담았던 일만 기억할 뿐, 아무것도 떠올리지 못하는 듯하다. 궁전에서 일어난 일. "해와 달아, 너희들은 내 아이들이란다." 이때의 일은 그녀의 의식에서 지워졌다. 그리고 아무것도 그것을 되살아나게 하지 못했다. 유모 큐프리스는 난파당했던 위험 인물이라는 이유로 그 자리에 없었으므로 그녀에게 그 일을 이야기해 줄 수 없었다. 그 자리에 있었던 사람들 중 그녀에게 그 일을 이야기해 줄 만큼 오래 살아남은 사람은 아무도 없었다.

자신이 아버지에게서 태어났다는 것을 그녀는 알고 있다. 하지만 그것을 기억하지는 못한다.

나쁜 기억

가짜 목동이 목신牧神의 플루트로 우울한 곡조를 연주한다. 연회장 한가운데에는 버림받은 아리아드네* 역을 연기하는 무희가 잠든 모습으로 누워 있다. 갑자기 그녀의 구원자 디오니소스가 출현한다. 그는 잠든 미녀에게 달려가 이마에 입을 맞춰 그녀를 깨운다. 그런 다음 팔로 그녀를 안고 입술을 훔친다. 그녀는 일단 부끄러운 척한다. 그러더니 갑자기 춤을 추면서 신에게 입맞춤을 돌려준다.

초대된 로마인 손님들이 박수를 친다. 더 고양 높은 로도스 섬의 대표자들은 못마땅하지만 혀를 차는 데 그친다.

여자아이는 어머니가 저녁식사를 하는 침대 발판에서 졸다가 소스라쳐 깨어난다. 그녀 앞에서 '디오니소스'와 '아리아드네'가 다정한 포즈를 취하며 춤을 추고 있다. 아리아드네가 송악 관을 벗기자 젊은 신은 약혼녀의 순결한 허리띠를 풀었다. 그들은 열렬히 입을 맞추었다. 그리고 달아났다가 다시 나타나고, 서로를 애무하고, 다시 키스를 했다. '저 사람들 꼭 서로를 먹으려는 것 같아.' 여자아이는 놀라서 생각한다.

---

* 크레타의 왕 미노스의 딸이자 테세우스의 연인.

손님들 입장에서는 무척이나 만족스럽게도, 이제 무용수들은 더 이상 무도극無蹈劇을 하는 배우들이 아니라, 욕구를 서둘러 만족시키려는 연인처럼 보였다. 그들은 서로 포옹했다. 탬버린 소리, 방울 소리. 이윽고 그들은 얼싸안은 채 연회장의 높은 침대들 중 하나로 향했다. 허리띠를 푼 몇몇 난봉꾼은 다음 요리를 기다리지 않았다. '신들과의 춤'이 이어졌다.

안토니우스와의 결혼을 위해 이집트 여왕이 시리아에서 베푼 이 무도극을 그들의 딸 셀레네는 결코 기억하지 못할 것이다. 소녀는 겁에 질려 눈을 감았던 것이다.

4월 말 안티오크를 출발할 때 셀레네는 장막을 올린 가마 안에 앉아 천에 감싼 파란 도자기 인형을 가지고 놀았다. 왜 이 인형은 그녀가 알렉산드리아에 두고 온 아름다운 여자 상아 인형처럼, 아니면 잊어버리고 안티오크에 놓고 온 예쁘게 색칠한 나무 인형처럼 관절이 구부러지지 않을까? 그리고 왜 이 인형은 무릎 위에 아기 인형을 안고 있을까? 유모를 질리게 하지 않고 인형에게 옷 입히는 건 쉬운 일이 아니었다. 애써보았지만 늘 아기 인형의 머리를 어머니의 치맛자락에 둘둘 감싸게 될 뿐이었다.

"그러면 그 아기가 죽을 거예요!"

타우스가 웃으며 말했다.

"공주님이 그렇게 감싸면 숨을 쉬지 못할 거예요! 그러면 우리의 어린 호루스가 죽을 거라고요."

"앤 여기에 있지 않아야 하는데!"

어린 호루스가 천에 감싸여 제 어머니와 한 덩어리가 되자, 셀레네는 지루해졌다. 장막 너머의 풍경은 햇빛으로 검다. 보이는 게 아무것도 없어서 따분하다. 이따금 수행원들이 그녀를 가마에서 내려 짐꾼들 옆에서 걷게 하지만, 그녀는 곧 발걸음을 늦추었다. 날씨가 너무 더워서 수행원들은 그녀를 다시 가마에 태웠다.

일행 중 많은 사람들이 그녀처럼 열기 때문에 힘들어했다. 확실히 여왕은 이상했다. 겨울에 바다 여행을 하고 여름에 사막 여행을 하다니, 대체 무슨 생각인가.

3월이 되어 지중해에 배들이 다시 다니게 되자, 클레오파트라는 가는 길에 키프로스를 재점령하라는 명령과 함께 선단을 돌려보냈다. 마르쿠스 안토니우스가 얼마 전 그 섬을 이집트에 돌려주었던 것이다. 또한 클레오파트라는 타조들, 불 뿜는 곡예사들, 줄 타는 곡예사들을 다시 배에 태웠다. 자신은 다른 하인들과 함께 육로로 돌아가기로 했다. 시간이 오래 걸리긴 하지만 더 확실한 여행이었다. 현재 상태로는 그러는 편이 더 나았다. 그녀가 또 임신했기 때문이다. 이론에만 코를 박고 있는 글라우코스도 임신을 진단할 줄은 알았다. 그녀가 임신한 원인은 자문해볼 필요가 없었다. 여왕은 석 달 반 동안 안토니우스와 한 침대를 썼기 때문이다. 그녀는 쌍둥이를 '공기 좋은' 다프네에 맡겨둔 채 안티오크 사람들이 모두 보는 가운데 오론테 강 위의 궁전에 공공연히 정착했다.

그녀는 최고사령관 안토니우스와 함께 전함들을 방문하고, 군대를 사열하고, 심지어 시리아의 수도 북쪽으로 200킬로미터 떨어진 유프라테스 강변의 주그마*까지 낙타를 타고 갔다. 지금 주그마에는 로마인을 대장으로 둔 군대가 전부 모여 있었다. 그녀는 자신이 탈 낙타를 이리저리 뛰게 하면서(그녀는 놀랍고 민망하게도 아마조네스 같은 짧은

---

* 지금의 터키 영토에 있던, 로마 시대에 번영을 누린 고대도시. 지금은 수력발전 댐에 의해 수몰되었다.

튜닉 차림으로 낙타에 올랐다) 안토니우스와 함께 곳곳에 모습을 드러냈다. 이제 안토니우스의 아내인데 안 될 게 뭐 있겠는가. 그는 안티오크에서, 물 위의 예스러운 궁전에서 이집트 예법에 따라 그녀와 결혼했다. 물론 그 결혼은 로마인들에게는 아무런 의미도 없었다. 하지만 그녀는 그런 데 신경 쓰지 않았고, 오리엔트의 약소국 왕들도 신경 쓰지 않았다. 최고사령관은 중혼자일까? 그렇다 해도 그게 뭐 어떻단 말인가. 아시아에서 중혼은 '결격 사유'가 아니었다. 결혼 선물은 호사스러웠다. 양쪽 모두.

여왕은 로마인 남편 안토니우스에게 이집트의 동맹을 약속했다. 함대 구성을 위해 파라오의 황금 모두, 나일 강의 밀 전부, 알렉산드리아의 선박 건조장들을 제공했다. 오토크라토르*라는 호칭이 그를 이집트 왕국의 '보호자'로 만들었다. 그 대가로 마르쿠스 안토니우스는 이집트인 아내에게 키프로스와 리비아의 오리엔트 쪽 부분을 돌려주었다. 그 초록빛 언덕들을 사람들은 키레나이카라고 불렀다. 안토니우스는 크레타의 한쪽 끄트머리, 레바논 해안 그리고 소아시아 남쪽에 있는 실리시아 연안지대도 그녀에게 주었다. 사 년 전 그들은 실리시아 연안지대에서 처음 서로를 알고 사랑했다. 이곳들은 겉으로 보이는 것과 달리 단순한 사랑의 선물이 아니었다. 레바논과 실리시아의 숲들이 없으면 클레오파트라는 안토니우스가 필요로 하는 수백 척의 배를 건조할 수 없다. 이집트에는 훌륭한 선박 건조장들이 있었지만 목재가 부족했다.

헤로데의 왕관 이야기를 하자면, 신부는 결혼식 꽃바구니를 그것으로 장식하고 싶었을 것이다. 그러나 최고사령관은 반대했다. 사랑이

---

* Autocrator, '스스로 강력한 자'라는 뜻.

그의 이성을 몽땅 앗아가지는 않았던 것이다. 그도, 다른 사람들도 이성을 전부 잃지는 않았다. 안토니우스는 자신에게 많은 것을 빚진 유대의 왕을 확실한 동맹자로 여겼다. 그는 아내들을 배신했으나, 친구들은 배신하지 않았다.

여왕은 침대에서의 쾌락으로 정치력을 발휘하려 했지만 소용없었다. 말도 행동도. 그녀는 더 잘할 수 없을 만큼 온갖 기교를 발휘했고 안토니우스는 그만큼의 쾌락을 맛보았지만, 유대를 위협해 꼼짝 못하게 하기 위해 필요한 곳, 즉 시나이 반도, 역청이 풍부하게 나는 사해의 오리엔트 쪽 해안과 그곳 중심지 예리코만을 그녀에게 넘겨주었다.

"하지만 예리코만 장악하기 위해 이집트 군대를 꼼짝 못하게 묶어 둘 순 없어요!"

그녀가 항의했다.

"그러면 그곳을 되파시오! 헤로데가 다시 살 거요. 그러면 당신의 재정 상태도 수월해지겠지."

그래서 지금 그녀는 예리코를 놓고 협상한 뒤 오론테 골짜기들과 요르단 강을 통해 다시 알렉산드리아로 돌아가려는 것이다. 건강 상태는 핑곗거리일 뿐이었다. 임신 여부와 상관없이 그녀는 언제나 건강이 좋았다. 오히려 공주의 건강이 다시 나빠지려는 징후를 보였다. 더위 때문에 공주의 눈꺼풀에 난 종기가 곪았다. 공주는 가마 안에서 눈을 감은 채 도자기 인형과 사이프러스 열매들 사이에서 끙끙 앓았다.

디오텔레스는 타조들을 데리고 돌아갔고, 글라우코스 혼자 공주를 돌보며 사혈을 할지 방향 성분의 고약을 붙일지 고민했다. 그들이 방금 도착한 예리코에서는 진정 효능으로 오리엔트 전체에서 이름이 높은 '유대 방향제'를 생산했다. 클레오파트라는 환영 선물로 헤로데에게서 발삼나무 백 그루를 받았고, 글라우코스는 식물학 지식을 발휘해 그것들을 나일 강 삼각주의 기후에 적응시키기로 했다. 글라우코스는 유대 방향제가 효능을 발휘하도록 체액 이론을 버리기로 했다. 그는 학자이기 이전에 궁정 조신이었던 것이다. 권력에 순응하는 것이 지혜로운 행동임을 부인할 자 누구이겠는가. 자신과의 싸움이 끝나자 그는 체념하고 그 경이로운 방향제를 사용해 공주를 치료하기로 했다. 그것은 유대 왕을 부자로 만들어주었듯이 이집트 여왕을 부유하게 만들어줄 터였다.

눈꺼풀에 방향제가 닿자마자 공주는 비명을 질러댔고, 여왕은 몸소 딸을 꾸짖었다.

"너 죽으려고 작정했느냐? 어서 눈을 떠, 이 덩치 큰 얼간이야! 인생은 다채롭단다. 앵무새처럼 아름답지. 하지만 셀레네, 죽은 자들의 왕국은 얼마나 칙칙한지 아느냐! 거긴 연꽃도 없고 새들도 없다. 어둠이 내리기 전 피부를 간질이는 신선한 산들바람도 없지. 바람이 피부를 간질이면 입술이 달콤하지. 혀를 내밀어봐라, 셀레네. 그리고 입술을 맛봐, 세상을 맛보라고. 세상은 살살 녹는 사탕처럼 달콤하단다!"

셀레네는 억양이 마치 고양이 울음소리 같은 이 이해할 수 없는 말에, 감미롭고 관능적인 목소리에 순종하고 싶었다. 하지만 여전히 고통스러워서 소리 지르지 않을 수 없었다. 화도 났다. 몸이 아팠기 때문이다. 그녀는 세상 전부를 원망했다.

거기에는 그녀의 인형도 포함되었다. 바닥에 떨어져 산산조각 나버린 도자기 인형. 별것 아닌 일일까? 아니다, 그것은 비극이었다. 오랫동안 바위산들을 줄줄이 지나친 뒤, 여왕 일행은 마침내 예루살렘 성벽 밑에 도착했다. 헤로데가 선두에서 낙타를 타고 여왕의 가마 옆으로 다가왔다. 누비아인 흑인 노예 스무 명이 여왕의 가마를 메고 있었다. 그들은 배처럼 박자에 맞추어 몸을 흔들었다. 배가 불러오기 시작한 클레오파트라는 구역질이 났다. 그럼에도 그녀는 예리코를 되찾는 대가로 헤로데가 그녀에게 지불할 조공의 총액을 놓고 악착같이 협상했다. 아이들은 뒤쪽 멀리, 수레와 노새들, 짐꾸러미들 한가운데에 있었다. 그래서 인형이 깨어진 것을 보고 유모 타우스가 공포에 사로잡힌 것을 아무도 여왕에게 이야기하지 못했다. 타우스는 베일로 얼굴을 감싸며 외쳤다.

"저주받았어요! 이집트는 저주받았다고요! 공주님이 여신 조각상과 호루스 조각상을 깨뜨렸잖아요. 이건 우리의 불행을 암시하는 사건이에요!"

타우스는 공주의 유모가 아니라 왕자의 유모다. 그래서인지 여기저기서 인형들을 잊어버리고 잃어버렸다. 어쨌든 셀레네가 품에 안고 마음을 달랠 것이 있어야 하므로, 타우스는 조그만 여신 조각상을 공주에게 가져다주었다. 시장에서 흔히 볼 수 있는, 아이를 안은 이시스가 간략하게 조각된 도기였다. 파란 이시스 인형의 무릎에는 머리카락이 없는 조그만 아기가 놓여 있고, 이시스는 오른손으로 자신의 한쪽 젖가슴을 가리키고 있었다. 보잘것없는 조각이지만 이 '젖 먹이는 이시스'는 순진한 사람들에겐 신의 권능을 상징했다. 그런데 공주가 그것을 깨뜨렸고, 그것은 곧 세계의 어머니를 잃는다는 걸 뜻했다. 여신은 사람들이 부르는 모든 여신들 가운데 오직 홀로 인정받는 여신이었다. 그리고 타우스는 죄인이었다. 그녀가 무심하고 경솔한 탓에 그런 일이 일어난 것이다. 타우스는 먼지 속에 몸을 던진 채 여신의 깨어진 조각들을 보며 비탄에 잠겨 있었다.

신중한 성격 탓에 이름을 떨치지 못하고 나이만 먹은 가정교사 피란드로스가 깨어진 여신 조각상의 파편들을 튜닉 자락에 모으며 겁에 질린 하인들을 애써 달랬다.

"이시스가 세상을 두루 돌아다니면서 세트에게 살해돼 사지가 잘린 오빠 오시리스의 시신 열네 조각을 모은 것처럼, 그리고 오시리스의 몸을 복원시키고 소생시킨 것처럼, 우리도 이시스의 파편들을 모아 그녀의 아름다움을 되살립시다."

하지만 설득되는 사람은 아무도 없었다. 다들 말없이 비탄에 잠겨 있을 뿐이었다. 어린 셀레네도 혼란스러운 마음에 울음을 멈추고 자기가 뭔가 나쁜 짓을 했음을 느끼고 있었다. 짐꾼들 역시 그녀가 탄 가마를 내려놓고 바닥에 앉았다. 침묵. 테베 여인 타우스의 신음 소리 말고는 아무 소리도 들리지 않았다.

무장 호위대의 일원인 켈트족 기사 하나가 행렬이 협곡 가장자리에 멈춰 있고 짐수레들이 길을 가로막은 것을 보고 염려하여 행렬을 다시 출발시키려고 다가와 채찍을 몇 번 휘둘렀다. 그러자 사람들은 그의 기세에 압도되어 다시 걷기 시작했다. 여전히 튜닉 자락 속에 이시스 인형의 소중한 파편들을 지니고 있던 피란드로스가 말했다.

"도시에 도착하자마자 꽃과 우유를 바쳐 여신의 마음을 누그러뜨리면 될 거요."

의심 많은 글라우코스가 물었다.

"예루살렘에서 말입니까? 예루살렘에서 이시스 여신을 경배한단 말이오?"

가여운 피란드로스. 그의 제안은 아테네 사람다웠다! 알렉산드리아에는 유대인들이 많이 살았고, 그들이 신앙 문제에 얼마나 까다로운지는 다들 널리 아는 바였다. 유대인들은 다른 민족의 신에게 경배하기를 거부했다. 글라우코스는 그들의 사고방식을 이해할 수 없었다. 다른 민족도 마찬가지로 유대인의 신에게 경배하지 않는다. 하지만 그 괴짜들은 종교 문제에서는 다른 것을 받아들이는 것도, 자기 것을 전파하는 것도 거부한다. 그러니 여기서는 이시스에게 헌주獻酒를 바치는 것도, 이곳의 사원에 들어가 그들을 자극하는 것도, 부재하는 여신 편에 서서 중재하는 것도 말이 안 되는 일이다. 할례 받지 않은 사람들이 한 번 쳐다보는 것만으로도 그들의 성소를 더럽히는 일이 될 테고, 전쟁 발발의 원인으로 비화할 것이다!

글라우코스는 까다로운 사건이 일어났을 때 대책을 잘 생각해내는 편이었지만, 이러한 이유로 셀레네의 신성모독 행위를 해결할 방법을 전혀 찾아내지 못하고 있었다. 물론 그는 박물관의 학자로서 언제나 신들이 자신만큼이나 합리적이리라 믿었고, 따라서 이시스의 복수가 그렇게 무시무시할 거라고는 생각하지 않았다. 더구나 어린애가, 아픈 어린애가 저지른 일 아닌가. 선한 여신은 협상을 거부하지 않을 것이다. 나중에 이것저것 따져 필요한 모든 것과 함께 현금 가치가 있는 은으로 여신에게 보답할 수 있을 것이다. 이 사건에서 그가 염려하는 것은 형벌보다는 불길한 전조였다. 깨어진 이시스 조각상이 여왕의 죽음을, 그녀 치세의 종말을 뜻한다면? 왜냐하면 여왕은 '새로운 이시스'이기 때문이다. 그것은 프톨레마이오스 왕조의 규정에 따른 수식어 목록에서 선택된 그녀의 공식적인 호칭 중 하나였다. 그래서 그녀는 이시스 신의 복장과 태도로 곳곳에 모습을 드러냈다. 신전에서 백성들은 호루스의 어머니와 카이사리온의 어머니를 동시에 숭배했다. 그리고 오래전부터 파라오를 숭배하던 사람들은 오시리스를 소생시킨 여신과 이집트를 소생시킬 군주를 동일시했다. 그런 상황이니 이시스 조각상이 깨진 것을 어떻게 해석해야 하겠는가.

그리고 두 달 전 글라우코스가 유프라테스 강가에서 목격한 이상한 장면은 무엇을 의미하는가. 안토니우스가 파르티아인들을 속이기 위해 유프라테스 강의 다른 쪽 기슭으로 지나는 척하기 직전, 주그마에서 일어난 일이었다. 자신이 처한 상황 때문에 시리아로 돌아가야 했던 여왕은 거기서 그와 헤어지기로 결심했다. 그리고 헤어지기 전 그들은 안토니우스가 사랑하는 생명의 신 디오니소스에게 함께 제물을 바친 뒤 도시의 이름이 유래한 배의 갑판에 마주 앉아 이별의 저녁식사를 나누었다. 그들에게는 각자 요리사가 있었고, 요리사가 내놓는 세련된 요리로 상대방의 경탄을 자아내려고 애썼다. 서로를 알게 된 이후, 비너스와 마르스의, 이시스와 디오니소스의 잊을 수 없는 만남 이후, 최고사령관과 여왕은 서로를 놀라게 하려고 끊임없이 노력했다. 그들은 서로 대결하고 경쟁할 필요가 있었다. 그러니 그들이 어떻게 자존심을 내려놓겠는가? 언제쯤 가야 그들 중 한 사람이 졌다고 인정하게 될까? 침실 안에서? 글라우코스는 그것에 대해 회의적이었다.

이 마지막 저녁식사에 초대된 친구들은 그리 많지 않았다. 마련된 식탁은 딱 하나뿐이었고, 침대는 세 개뿐이었다. 글라우코스가 참석한다면 임신한 여왕 옆에서 식사를 해야 했다.

다들 술을 많이 마셨다. 따뜻한 물을 탄 제비꽃 술과 커민 술이었다. 사람들의 어조는 낙관적인 빛을, 심지어 농담 분위기를 띠었다. 이제 아무도 파르티아 기병부대와 무시무시한 궁수들을 두려워하지 않는 것 같았다. 필리피 전투*의 불세출 영웅 안토니우스는 십육 년 전 이 강 너머에서 파르티아인에게 패한 로마군의 명예를 회복할 작정이었다. 안토니우스는 알렉산드로스에 필적하기 위해 카이사르가 암살된 뒤 그의 서류들에서 발견된 계획을 따르기로 했다. 그는 카프카스 산

---

* BC 42년 친카이사르 진영의 안토니우스·옥타비아누스와 브루투스 사이에 벌어진 전투.

맥을 따라가면서 배후에서 적을 공격할 작정이었다. 공격은 치명적이었다. 유프라테스 강 기슭에 새벽빛이 비쳐들었을 때, 파르티아인들은 이미 오래전에 산산조각 나 있었다. 바닥에 잔뜩 널린 생선가시와 동물 뼈 한가운데에서 그들 군대의 패잔병을 찾아내기가 더 힘들 정도였다.

아침햇살이 홀의 커튼 밑으로 스며들어오는 것을 보면서 클레오파트라가 말했다.

"아아, 이제 우리가 헤어질 시간이네요……."

"아아."

안토니우스가 술 따르는 하인에게 잔을 내밀며 대답했다.

"영광이 나를 부르고, 이제 그대와 헤어져야겠소."

클레오파트라가 짐짓 슬픈 표정을 지으며 화답했다.

"아아, 용장이시여, 아마도 우리는 다시 입 맞추지 못하겠지요?"

두 사람은 유명한 비극 작가들이 그랬듯이 '아아'라는 말을 다양한 형태로 변주하기 시작했다. 그 자리에 있는 친구들은 이에 무척 즐거워했다. 로마인 장군과 여러 언어에 능통한 이집트 여왕이 구사하는 '아아'라는 그리스어가 외국인들의 귀에 의도치 않은 우스운 효과를 자아냈기 때문이다. "아이, 아이!" 주인공 중 한 명이 외쳤고, "오이, 오이!" 합창단이 화답했다. 곧 남자 주인공의 한탄하는 '포포이'가 여자 주인공의 비탄 어린 '파파이'와 교대했다. 그런 다음 '토토이'와 '오토토토이'가 이어졌고, 재앙이 계속되었으므로 상대방은 '오토토토토이'라고 한술 더 떴다. 하지만 통역자들은 그 말을 '세 번의 아아'라고 간단히 통역했다.

이렇듯 마르쿠스 안토니우스와 클레오파트라는 회화적인 한탄을 늘어놓았고, 참석자들은 눈물이 날 정도로 웃어댔다. 술을 별로 마시지 않은 글라우코스만이 그런 즐거움에 동참하지 않았다. '아아'라는 감탄사에 깃든 이 광기. 군사작전을 시작하기에 이보다 더 나쁜 징조가 있을까. 설상가상으로 여왕이 더 긴 인용문을 끼워넣었다.

"아아, 우리 민족의 패주를 생각하면 안된 일이네요."

"아아, 우린 지지자도 없이 여기에 있어요……."

「페르시아인들」*에 나오는 구절들, 유행이 지난 그 옛 비극을 알고 있던 안토니우스는 거기에 덧붙였다.

"아아, 그들은 멸망했소! 그대는 내가 일으킨 군대에서 남은 것들을 보고 있소!"

심지어 그는 죽은 자들을 호출하고 찬양해 글라우코스를 당황하게 만들기까지 했다.

"마술사 아라보스와 흑인 기병 3만 명을 이끈 박트리아 사람 아르타메스는 어디 있소? 최근에 바빌론을 떠난 프사미스는? 지칠 줄 모르는 투창사 암피스트레우스는? 멋진 전사 타리비스는? 용맹스러운 세우아케스와 고귀한 조상을 둔 릴라이오스는 어디에 있소? 무너졌지. 무너졌소. 그들은 무너졌소……."

공포에 사로잡힌 글라우코스는 감히 눈을 들지 못했다. 이 얼마나 불길한 전조인가! 다른 사람들은 왜 웃고 있는 거지? 신들이 그들의 눈을 멀게 했나?

깨어진 이시스 조각상 앞에서 글라우코스는 주그마에서의 그 저녁 식사를 떠올리고는 몸을 떨 었다. 얼마 전부터 매우 불길한 전조들이 다양하게 펼쳐지고 있었다. 안심되는 건 딱 하나뿐이었다. 연극 속에서 남자 주인공이 해전에 져서 파멸한다는 사실이다. 파르티아에서 안

---

* 그리스 3대 비극작가인 아이스킬로스의 대표작. 크세르크세스 1세의 페르시아 군이 아테네 군에게 패하는 내용을 페르시아인들의 관점에서 그렸다.

토니우스는 해전을 치르지 않고 육지에서 싸울 테니까. 그러니 이는 정확한 표지가 아니리라. 운명의 신은 아직도 주저하는 걸까?

예루살렘을 떠나면서 클레오파트라는 셀레네를 자기 가마에 태우라고 명했다. 유대의 방향제는 공주의 상태를 호전시켜주지 않았고, 여왕은 밤새워 딸을 간호하기로 결심했다. 하지만 그것은 헤로데와의 독대를 피하기 위한 핑계였다. 헤로데가 정중함을 가장해 이집트 국경까지 행렬과 동행하겠다고 한 것이다. 그의 감시를 짜증스럽게 여긴 여왕은 딸의 병을 구실 삼아 가마의 장막을 내렸다.

두세 명의 수행원이 딸린 클레오파트라의 가마는 푹신하고 좋은 향기가 나는 커다란 침대 같았다. 누비아인 짐꾼들은 벌레들의 접근을 막기 위해 매일 가마 다리를 레몬유로 문질렀고, 여왕의 머리손질 담당 시녀 이라스는 그사이 공주를 가마에서 내리게 해 여행길에 묻은 먼지를 털어주고, 머리를 땋아주고, 맑은 물로 눈을 씻어주었다. 아직 눈이 보이지 않았지만 뭔가에 몸을 부딪치지 않는 한 셀레네는 잠잠했다. 온 세상이 쿠션과 매트리스, 긴 베개처럼, 그리고 어머니의 배처럼 부드럽고 둥글게 그녀 밑을 굴러가고 있었다. 그녀는 어머니 품에 웅크리고 있는 것을, 어머니의 젖가슴 사이에 얼굴을 파묻는 것을 좋아했다. 티레에서 기항한 이후로 그녀는 어머니의 젖가슴 냄새를 알게 되었다. 이시스의 냄새. 어머니의 옷자락에서는 소회향小茴香과 꽃무 향이 났다.

그들은 가마 안에 숨어 누워 살았다. 낮이면 실크 벽걸이 천 뒤에서 잠을 자고, 콧노래를 흥얼거리고, 시를 읊었다. 밤이면 속삭거리고, 웃고, 아몬드와 피스타치오, 말린 자두를 깨물어 먹었다.

어느 날 아침 세르보니스 늪지를 지나자, 마침내 길 끝에 펠루시움의 탑들이 모습을 드러냈다. 오래된 요새가 삼각주로의 접근을 막고 있었다. 이집트인들은 기쁨의 환성을 질렀고, 셀레네는 그 시끄러운 소리에 놀라 눈을 떴다. 가마의 장막 너머로 도시 왼편의 사막이 운모처럼 반짝이며 지평선과 뒤섞이는 모습, 그리고 초록색의 작은 끈 같은 것이 보였다. 나일 강이었다.

그녀는 보았다. 그녀는 보고 있었다! 시녀들이 경탄하고, 그녀의 눈꺼풀에 입을 맞추고, 이시스에게 감사했다. 그리고 달려가서 글라우코스에게 알렸다. 여왕은 그리 놀란 것 같지 않았다. 그의 치료 능력, 생명을 불어넣는 능력을 여왕은 결코 의심하지 않았다.

셀레네의 회복에 놀라운 점은 전혀 없었다. 병이 정신 문제에 기인한 것도 아니었다. 어린 공주는 어머니의 가마에 함께 타면서 보물처럼 늘 지니고 다니던 사이프러스 열매들과 이별했다. 2천 년이 지난 뒤 우리는 알게 된다. 사이프러스는 알레르기를 유발하며, 그 열매는 말린 것이라 할지라도 극심한 결막염을 일으킨다는 사실을. 그래서 잔인한 여성 소설가인 나는 셀레네로 하여금 다프네 교외에서 사이프러스 열매들을 모으게 한 것이다. 어쨌든 다프네의 사이프러스는 유명했고, 클레오파트라는 다프네에 수행원들을 정착시켰다.

내가 지어낸 이야기라고? 그렇다. 내가 역사를 모독했다고? 그렇지 않다. 나는 역사를 존중한다. 종교를 존중하듯이. 역사가 이야기하기 시작하면 나는 입을 다문다. 하지만 역사가 침묵할 때는 어떻게 해야 할까? 공주 셀레네의 삶에 대해 우리가 아는 정보는 불분명하다. 우리는 한 점에서 다른 점을 향해 선을 그어야 한다. 직선 혹은 곡선을. 그것은 상황에 따라 달라진다. 나는 되도록 점을 많이 배치하려 한다. 하지만 그 방향성을 알려면 날짜가 기록된 대여섯 가지 사건과 날짜를 알 수 없는 열두 가지 사건이 필요하다. 나는 그녀의 가족, 그녀의 주변 인물들, 그녀가 살았던 장소들 중 아무것도 무시하지 않는다.

나는 시리아 여행을 위해 클레오파트라의 안티오크 체류를 지어내지 않았다. 그녀 옆에 쌍둥이가 있었다는 사실도 지어내지 않았다. 아버지가 쌍둥이에게 붙여준 별명들도 마찬가지다. 두 연인이 주그마에 갔다는 것도, 클레오파트라가 임신했다는 것도, 그녀가 유대에 들렀다 귀환했다는 것도, 값비싼 방향제 이야기도, 의사들의 이름도, 예리코를 '되판' 것도, 발삼나무들을 선물로 받았다는 것도, 헤로데가 그녀를 바래다주었다는 것 등도. 하지만 소소한 세부들(공주의 결막염, 마지막 저녁 식사에서 나온 탄식, 깨어진 조각상, 가마 여행)로 감동을 주기 위해, 기억하지 못하는 어린 공주에게 역사가 보존하지 못한 기억들을 부여했다. 누가 이걸 막을 수 있겠는가?

나는 역사를 침해하지 않는다. 그렇다, 나는 절대 역사를 뒤죽박죽으로 만들지 않는다. 사실 나는 역사를 소중히 여기고 애지중지한다. 나는 역사의 공백들을 채우고, 틈새를 교묘히 파고들어간다. 역사에게 나를 위한 작은 자리를 만들어달라고 부탁한다. 나는 역사가 하는 말을 눈을 크게 뜨고 귀 기울여 듣는다. 역사가 하는 말을 이해하고, 역사를 향해 살며시 웃어주고, 역사를 유혹한다. 역사가 나를 좋아하도록. 내가 역사를 좋아하듯 역사도 나를 좋아하도록. 그러면 역사는 자신의 비밀들을 나에게 넘겨준다. 펠루시움의 황갈색 탑들, 벽돌 성벽들, 그곳의 청동문. 거기에, 아주 가까운 곳에 기적이 있었다. 넓적한 잎들이 우거진 나일 강, 선명한 초록빛을 띤 네모난 잠두콩 밭, 마른 갈대로 지은 오두막들, 구덩이 속을 거니는 물소들, 머리에 항아리를 이고 제방 위를 걷는 여자들, 오리들의 날카로운 울음소리, 물총새들의 비행, 그리고 진주를 품은 조개껍데기처럼 이 풍요로움을 품은 축축한 장밋빛 하늘.

'수상 궁전'의 길쭉한 윤곽이 강물에 반사되었다. 수상 궁전은 파라오들이 꾸리는 나일 강 선단의 꽃이었다. 여왕과 수행원들을 가장 편한 길로 데려오기 위해 알렉산드리아에서 10킬로미터 떨어진 천사의 운하 스케디아에 기지를 두고, 이곳 삼각주 입구에 수상 궁전이 마련되었다. 그 거대한 배는 물 위 6층 높이로 솟아 있었으며 레바논 목재로 지어졌다고 한다. 배는 궁전과 다름없는 안락한 환경을 제공했다. 열주가 늘어선 뜰, 금빛 나뭇잎과 진귀한 새들이 사는 큰 새장이 그려진 연회용 홀들, 겨울 정원, '예배당', 그리고 갑판 밑에 숨어 노를 젓는 수백 명 일꾼의 땀 냄새를 지우기 위해 많은 향로들이 있었다.
아이들이 나일 강 위를 여행한 것은 이때가 처음이자 마지막이었다. 삼각주의 평원과 보일 듯 말 듯한 악어, 하마들을 본 것도 처음이자 마지막이었다. 아이들은 나중에 그 모습을 기억할까? 분명 아닐 것이다. 그때 아이들은 작은 종소리를 내며 '돌돌 구르는 굴렁쇠'를 쫓아 갑판 여기저기를 뛰어다니느라 정신이 없었으니까.

여왕은 십일 년 전 똑같은 배를 타고 카이사르와 함께 여행했던 일을 떠올리지 않을 수 없었다. 당시 그들은 아스완까지 강물을 거슬러 올라갔다. 함께 나일 강의 수원을 찾았다. 하지만 그녀는 피로했다. 그때도 그녀는 오늘처럼 임신한 상태였고, 정신없이 잠을 잤다. 그리고 카이사르가 그녀를 보호해주었다.

노들이 회전판처럼 규칙적으로 물을 철썩였고, 졸음이 찾아왔다. 안토니우스도 그녀를 보호해줄 것이다. 전 세계에 맞서서. 멀리서 쌍둥이의 웃음소리가 들려왔다. 곧 카이사리온을 다시 만날 것이다……. 행복했다. 그녀는 예전처럼 임신한 상태로 나일 강 위에 있었다. 똑같은 배 위에. 아주 좋은 전조였다.

"헬리오폴리스를 지나면서 발삼나무들을 심을 거라고 글라우코스에게 전하라. 원예 일을 하면 그의 기분이 좋아지지 않겠느냐. 요즘 침울해하는 것 같던데……."

똑같은 강, 똑같은 배, 똑같은 임신. 행운의 전조였다!

신들은 인간에게 보내는 전언을 왜 그렇게 흐려놓는 것일까.

강 그리고 뱀처럼 구불구불 펼쳐지는 카노포스 운하를 통해 그들은
알렉산드리아로 귀환했다. 스케디아를 지난 후엔 금빛 펠러카 선船을
타고 엘레우시스의 별장들, 마레오티스 호수의 갈대들, 어부들의 오두
막, 도공들이 사는 변두리 지역을 따라갔다. 강을 떠나지 않고 북쪽을
향해 올라가는 좁은 마이안드로스 운하를 통해 도시 안으로 들어갔다.
노예시장을 지나 왼편은 유기 그릇 시장, 시리아 금은 세공사들의 거
리, 그리스 식 대체육관과 격투장, 회의장과 작은 숲이었다. 오른쪽에
는 유대인 구역과 여신 없는 분수, 왕 없는 광장, 금장식 없는 유대교
회당, 반쯤 폐허가 된 헤브루 용병들의 오래된 병사兵舍가 있었다. 그
다음에는 카노포스 대로와 좁은 나선형 길을 따라 올라가면 감탄할
만한 경치가 내려다보이는 판 언덕이, 뮤즈들의 정원이, '색이 아주 잘
칠해져 있어서 마치 진짜처럼 보인다'는 유명인들의 조각상이 있었다.
그리고 도서관의 주랑들을 지나면 갑자기 대항구, 등대, 바다가 펼쳐
졌다.
　　로키아스 곶 끄트머리에서 셀레네는 파란 모자이크화와 밤의 테라

스들과 마주쳤다. 여왕은 안티로도스 섬의 궁전에서 카이사리온과 재회했고, 거기서 사내아이를 낳았다. 아이의 이름을 프톨레마이오스라고 지었다. 별명은 '형제를 사랑하는 자'라는 뜻인 필라델푸스였다. 그것은 일종의 구마의식 같은 별명이었다. 왕조의 아들들은 두 세기 전부터 서로 증오했고, 육친을 죽였다. 파라오의 권력 때문에. 암살을 통해 독재가 행해졌다. 하지만 클레오파트라는 진정한 어머니로서 갓 태어난 아기가 형들을 사랑할 것이며, 자기 아이들 사이에는 왕위계승 다툼이 없으리라는 환상을 품는 듯했다. 같은 배에서 났으니 유산도 함께 나눌 것이다. 출산을 하고 나면 그녀는 언제나 '감상'에 젖었다. 어린 카이사리온도 그렇게 생각했다. 카이사리온은 조심스러운 태도였다. 그는 새로 태어난 아기를 거친 눈빛으로 바라보았다.

두 달 뒤, 큰 바람이 분 어느 날, 프톨레마이오스 필라델푸스는 배에 실려 왕실의 '탁아소'인 파란 궁전으로 갔다. 카이사리온만 어머니와 함께 섬에 남았다. 그는 매일 아침 박물관 학자들의 지도하에 모래가 덮인 탁자 위에 검지 끝으로 기하학 도형들을 그렸다. 카이사리온은 추론을 잘했다. 증명을 하고, 그다음에는 그것을 지웠다. 빠른 필치로 밀랍 서판에 헤시오도스 찬가를 쓰고, 칼리마코스의 경구들을 새겼다. 그는 기억력이 좋았다. 그는 썼고, 그다음에는 지웠다. 때로는 가정교사와 함께 흑단과 상아로 된 체커판을 앞에 놓고 '열두 명의 용병' 놀이를 했다. 그는 이겼고, 말을 놓았다. 그리고 판을 다시 엎었다.

어떤 때는 여왕과 함께 친밀한 분위기에서 저녁식사를 했다. 그녀는 그가 술을 배우기를 원했다. 혹은 그러는 척이라도 하기를, 상황에 맞게 아첨하는 말들을 하기를 바랐다. 그녀는 술기운이 올라 그에게 자

수정 반지를 주었다. 그들은 안토니우스의 승리와 파르티아의 패배를 축하하며 함께 술을 마셨다. 카이사리온은 자신을 숨겼다. 알렉산드리아로 귀환한 이후 여왕은 새 반지를 끼고 다녔고, 카이사리온은 그것을 눈치 챘다. '도취'라는 단어가 음각된 마노 반지였다. 그 로마인의 선물일까? 그녀는 주그마의 태양 아래에서 군단들이 얼마나 찬란한지를 카이사리온에게 열정적으로 설명했다. 너무나 열정적으로……. 안토니우스의 소식은 아무도 알지 못했다.

3월에 접어들자 클레오파트라는 다시 여행을 떠났다. 사람들은 그녀가 남편을, 승리한 최고사령관을 마중 나간다고 했다. 그녀는 축제 때처럼 치장한 선단의 선두에 서서 항구를 나섰다. 하지만 부두에서, 선술집에서 사람들은 그 배들에 군대를 위한 식량과 의복이 실려 있다고 말했다. 그것은 놀라운 일이었다. 정복자는 자신이 정복한 나라에서 식사하는 것이 관례였기 때문이다.

해군대장의 배가 깃발을 펼치고 파란 궁전 앞을 지나갈 때, 가정교사 피란드로스는 그 모습을 보여주려고 쌍둥이를 가장 높은 테라스로 데려갔다. 알렉산드로스는 돛을 접은 갤리선들의 노와 돛대에 묶인 오렌지색 리본들을 기억 속에 새겨두었다. 터키빛 바다 위의 커다랗고 붉은 현장懸章들, 그것은 소년이 앞으로 간직하게 될 알렉산드리아의 이미지였다. 하지만 셀레네는 이 장면을 떠올리지 못할 것이다. 셀레네는 아기 프톨레마이오스를 품에 안아보고 싶은 마음에 주의가 산만했다. 그녀는 배내옷 차림의 아기를 데려다놓은 뒤 다시 길을 떠나는 선단을 감탄하며 바라보는 유모의 옷자락을 잡아당기면서 말했다.

"아기를 나한테 줘, 응? 내가 안고 있을게. 아기를, 내 남동생을 나한테 달라고. 나한테 달라니까, 이 못된 년! 명령이야! 내가 윗사람이라고!"

모름지기 어린 여자아이들이란 살아 있는 인형을 갖고 싶어하는 법이다. 하지만 셀레네가 그 욕구를 만족시키기 위해 반드시 자기 남동생을 빌릴 필요는 없었다. 노예의 아이들을 마음대로 데리고 놀 수 있었으니까. 궁전 안뜰에는 누더기를 걸친 시녀의 아이들이, 머리를 박박 밀고 엉덩이를 내놓은 아기들이 수없이 있었다. 셀레네는 내키는 대로 했다. 아기들을 산책시키고, 어르고, 세수시키는 것이 습관이 되었다. 솜씨가 서툴러 두어 번 눈에 상처를 내긴 했지만……. 프톨레마이오스를 향한 셀레네의 마음은 놀고 싶다거나 유모들을 흉내 내고 싶은 마음이라기보다는 압제적이면서도 너그러운 사랑이었다. 프톨레마이오스는 그녀의 것이었다. 셀레네는 프톨레마이오스의 행복을 너무나 바란 나머지 유모들이 우는 프톨레마이오스를 달래지 못할 때마다 불안감에 눈물까지 흘렸다.

그녀는 열두 살인 오빠 카이사리온도 좋아했다. 그러나 카이사리온은 프톨레마이오스를 좋아하지 않았다.

그녀는 카이사리온에게 반해 있었다. 그의 신중함에 감탄했고, 그의 권위에 깊은 인상을 받았다. 그리고 그의 육체를 부드럽게 갈망했다. 다섯 살이라는 나이에 욕망을 가질 수 있을까? 물론이다. 그녀는 벌거벗은 모습으로 몸져누운 그를 돌봐주는 꿈을 꾼 적이 있다. 꿈은 그녀에게 감미로운 흥분을 불러일으켰다. 전에 그녀는 그의 머리칼을 떠올리거나 그의 상반신을 가려주는 붉은색과 초록색 칠보로 된 목걸이를 꿈꾸었다. 그가 파란 궁전에 올 때면(어머니가 떠난 이후 그는 궁전에 자주 왔다) 그녀는 그의 팔을 어루만지려고 했다. 수줍게. 그녀가 정숙하지 못한 행동을 한 것은 아니다. 그는 그녀의 약혼자니까. 하지만 아직 결혼식을 올리지 않았으므로, 파라오를 향한 그런 친숙한 태도는 부적절하게 보일 수 있었다. 아직 그녀는 반신半神인 오빠의 신하가 아니었다. 그녀는 세 개의 초록색 사문암 주사위와 '마우레타니아' 주사위 통을 소중히 보관하고 있었다.

이따금 그는 그녀를 무릎 위에 앉혀놓고 놀이 하는 법을 보여주거나 그녀의 손을 이끌어 글씨 쓰는 것을 도와주었다. 그녀는 잉크로 글씨를 쓰고 싶었다. 스스로 잉크 막대를 물속에 용해시키고, 거기에 금가루를 넣고 갈대 펜으로 휘저어 섞고 싶었다. 낡은 파피루스에 글씨 쓰기를 시도해본 적이 있지만 망쳐버렸다.

카이사리온은 이 야위고 연약한 여자아이를 무시하지 않기로 했다. 그가 별로 좋아하지 않는 로마인의 딸이라 해도. 대체 그 로마인은 그들을 어디로 끌고 갈 작정일까? 이미 파르티아에게 군대의 절반을 잃었는데. 카이사리온은 형제들에게는 느끼지 않는 애정을 그녀에게서 느꼈다. 셀레네와 함께 놀이를 하면서, 그녀가 이기도록 속임수를 쓰면서 자신의 나이를 웃도는 왕세자의 근심거리들을 잠시 잊었다. 홀로 지니고 있기에는 무거운 비밀들. 하지만 여차하면 반란을 일으킬 알렉산드리아의 하층민도, 이집트 왕국의 고급 관료인 소공국의 왕이나 군수들도, 긴 호칭만큼 지체 높은 귀족인 아르키소마토필라케도, 대참패의 현실을 짐작하지 못했다. 거짓을 말하는 신은 찬양받지 못한다. 오직 카이사리온만이 그것을 알고 있었다.

오직 그만 알고 있었다. 그만 홀로 남았다. 그의 어머니는 그를 몹시 사랑했지만 그보다 더 외로운 아이는 없었다. 이집트 여왕과 로마 최고사령관의 아들, 그가 공동체와 운명을 나눌 수 있을까? 게다가 오만함 때문인지 그는 사제들이 말하는 것을, 사원의 저부조底浮彫들이 지겹도록 되풀이해 말하는 것을 믿게 되었다. 그의 진정한 아버지는 이집트 신들 중 가장 오래된 아몬 신이라는 이야기를. 카이사르는 영혼의 거죽을 감싸는 육체를 빌려주었을 뿐이다. 권력자들에게 일상적으로 일어나는 일이다. 알렉산드로스 대왕도 똑같은 방법으로 잉태되지 않았던가.

그래서 카이사리온은 자신이 카이사르의 아들인 동시에(그는 그 기억을 숭배했다) 아몬 신의 아들이라고 느꼈다. 그는 파란 궁전에 있는 세 아이와는 다른 본질에서 태어났다. 그 아이들은 두 인간에게서 태어난 아이들일 뿐이었다. 그 두 인간 중 하나(안토니우스)는 의붓아들인 그의 존경심을 자아내지 못했다. 물론 안토니우스는 용기가 있었다. 암살당한 카이사르의 원수를 갚아주기도 했다. 하지만 여왕이 카이사르에게 품었던 맹목적인 신뢰도, 여왕이 그에게 쏟았던 시간과 에너지도 안토니우스에게는 가당치 않았다.

매춘부와 난폭한 군인의 사랑. 옥타비아누스는 마르쿠스 안토니우스와 클레오파트라의 동맹을 로마 시민에게 이렇게 소개할 것이다. 이 중상모략은 카이사리온에게까지 미치게 된다. 그것은 일종의 정치선전이었다. 그들은 알렉산드리아 커플에게 늘 방탕하고 상스러운 이미지를 부여했다. 하지만 그것은 고정관념이다.

클레오파트라는 '방탕한 여자'가 아니었다. 그녀는 처녀의 몸으로 갈리아 정복자인 카이사르의 품에 안겼으며, 스무 살까지 사귄 연인은 둘뿐이었다. 다시 말해 클레오파트라는 저급한 무희가 아니었고, 마르쿠스 안토니우스 역시 상스러운 남자가 아니었다.

안토니우스에게는 이따금씩 친구 같은 다정한 눈길을 주어야 한다. 그의 즐거움의 증인인 '비할 데 없는 자들' 그리고 '죽음의 친구들'이

끝까지 그를 따라왔다. 그들은, 패배하기 전 마지막까지 저항한 이들은 그를 어떻게 보았을까? 아둔한 자? 그렇지 않다. 그는 혈통 좋은 귀족이었다. 안토니우스의 집안은 옥타비아누스의 집안보다 훨씬 더 좋았다. 관습 따위는 무시할 수 있는 유서 깊은 귀족 가문 중 하나였다. 또한 안토니우스는 두 가지 언어를 완벽하게 구사하는 세련된 헬레니스트였다. 옥타비아누스가 누리지 못해 아쉬워했던, 아테네와 로도스섬에서 공부하는 특권도 누렸다. 안토니우스는 교양 있는 남자였고, 모든 것이 조야한 로마보다 박물관의 철학자들과 더 수월하게 소통했다. 원로원에서 아무렇지도 않게 농담을 던지는 엉뚱한 남자이기도 했다. 하지만 그는 좋은 친구였고 자신을 겨냥한 불손한 언동도 잘 견뎌냈다. 그는 쾌락을 애호했으며, 원칙주의자들에 맞서기 위해 새벽까지 연회 자리를 뜨지 않았다. 무희들과 함께 성림*으로 소풍을 가기도 했다. 운명이 그에게 반기를 들 때는 외투 차림으로 몸을 웅크리고 자고 맹물을 마시며 고행할 줄도 알았다. 기지 넘치는 언행으로 알렉산드리아 사람들을 매혹하는, 필적할 자 없는 웅변가였고, 로마 시민의 감정을 쥐락펴락하는 능력도 있었다. 사랑받는 수장首將으로서 병사들과 함께 걷고, 그들이 먹는 것을 먹고, 부상병들의 손을 잡아주고, 전사자들과 함께 울며 동고동락했다. 정치는 피투성이의 '선례'를 남기지만, 그는 자신이 하는 말을 믿게 할 만큼 충분한 천재성을 지닌 사람이었다. 여기에 얼굴까지 잘생겼다면, 어찌 그를 사랑하지 않을 수 있겠는가?

물론 성정性情이 과격하고 충동적이긴 했다. 하지만 다감하고 순박한 면도 있었다. 때로는 아이 같았고, 무기력할 때도 많았다. 그것을 부정할 수는 없다. 과도하게 낙관적이었고, 쉽사리 의기소침해지기도 했

---

* 聖林, 그리스·로마에서 제신을 섬기던 곳.

다. 사실이다. 마지막 해에 그는 운명론자였지만 의심이 많았고, 용감하지만 알코올 중독이었으며, 기품 있었고, 냉소적이었고, 침울했고, 다정했고, 폭력적이었다. 서로 대립하는 이 모든 형용사들이 그에게 어울렸다. 그는 이 수많은 형용사들을 달고 역사를 관통하는 남자였다. 말해보라. 어떤 여자가 그에게 반하지 않겠는가?

마르쿠스 안토니우스가 어떤 면에서 실수했는지 나는 알고 싶다. 파르티아와 싸운 원정에서 어디가 잘못되었을까? 그가 너무 늦게 움직인 걸까?

그는 클레오파트라의 품안에 나른하게 안겨 있지는 않았다. 그렇다. 처음의 아름다운 나날들이 지나자 그는 안티오크와 자신의 사랑을 떠났다. 그는 초가을에야 적의 첫 요새 앞에 도착했다. 북쪽의 길이 멀고 험했기 때문이다. 무기를 짊어진 5만 명의 짐꾼들과 3만 필의 노새, 그리고 육중한 전쟁무기를 갖춘 10만 명의 병사로 이루어진 부대에게는. 그는 파르티아 군주들의 여름 수도 에크바타나를 기습하기 위해 아르메니아와 카스피 해 연안 항구들을 우회했는데, 사실 미친 짓이었다. 고개, 협곡, 고원, 늪지, 사막이 2천 킬로미터 동안 이어졌다. 저항하는 메디아 도시의 성벽 밑을 걸어 끝에서 끝까지 가는 데 엿새가 걸렸다. 눈 때문이었다. 10월에 함박눈이 쏟아졌다. 미친 짓이었다.

하지만 아무도, 카이사르조차도 위험의 크기를 가늠할 수 없었다. 당시 장군들에게는 내놓을 패가 없었다. 기껏해야 여행과 바다를 통한 '문화적 대항해' 이야기나 늘어놓을 뿐이었다. 그 어떤 지리학자도 산의 윤곽과 강의 굽이들을 2차원으로 설명하지 못했기 때문이다. 오직 해안만이 놀라운 선형線形 여정의 상세한 일람이 되었다. 해안이 굽이져 돌아갈 때, 지도 제작자가 깎아놓은 갈대 펜은 움직이지 않았다. 하지만 파피루스 위에서는 움직였다. 그래서 밭고랑 끝에 다다른 농부처럼 반대방향으로 되돌아갔다……. 바로 이런 이유 때문에 병사들이 더욱 기꺼이 원정에 임했다. 사람들이 상인들(불행히도 이들은 군사력의 강압을 과소평가했다)에게 말한 바에 따르면, 그리고 틀릴 때가 많은 토착민들의 정보에 따르면 그랬다. 시리아에 숙영한 로마군은 바빌론과 크테시폰을 굴복시키기 위해 거리와 바위산의 특성을 무시한 채 티그리스 강과 유프라테스 강을 거슬러 올라 카프카스까지 갔다.

그들에게 다른 여지가 있었을까? 확실하지 않다. 당시 국경 공격은 많은 희생이 따르는 일이었다. 메소포타미아 평원에서, 너무나 광활한 그 땅에서 그들은 적들이 멀리서 다가오는 것을, 파르티아군이 로마군을 굴복시키는 것을 보았다. 그들은 격정에 사로잡혀 지중해까지 적을 밀어붙였다. 사 년 전 그들은 까다로운 '관광객'으로서 시리아와 유대를 방문해 스미르나와 밀레투스 그리고 에페소스 신전을 경배했다. 거기서 가족을 위한 '작은 추억들'을 가지고 돌아오길 바랐다…… 이 잔혹한 식객들에게서 다른 나라를 여행하고자 하는 욕구를 없애려 한다면 그들 나라에서 쳐야 했을 것이다. 산맥 방향인 북쪽 곳에서 그들을 쳐서 좌절시켜야 했을 것이다.

불시기습. 딱히 새로운 작전은 아니었다. 전통적인 전쟁에서 승리는 언제나 검증된 지리적 조건에 달려 있었다. 넘기 힘든 장애물을 극복하면서 적들이 예측하지 못하는 곳에 다다라야 했다. 적군이 낮은 곳에 머무르길 바라며 작은 언덕 같은 곳에서 고도를 유지해야 했고, 질

픽한 땅에서의 임무 수행을 피해야 했고, 군대가 질서정연하게 행진할 때는 절대 후위 부대를 두지 말아야 했다. 안토니우스의 실수는 바로 여기에 있었다. 후위 부대.

막 적의 영토에 침투했을 때 피로가 너무 심했던 나머지 종대는 수 킬로미터로 이어졌고, 당연한 얘기지만 수만 명의 병사들이 양식과 무기를 실은 300대의 짐수레를 느릿느릿 호위하며 느릿느릿 걷고 있었다. 50미터 길이의 짐수레 위에는 파성추도 하나 실려 있었다. 적 기갑부대의 첫 분견대들이 고립되어 당황하는 로마군과 맞닥뜨려 우위를 점했다. 그 결과 2개 군단이 몰살되고, 공성포攻城砲들이 파괴되었다. 그 고장에는 목재가 없었으므로 공성포를 고칠 희망도 없었다. 이후의 상황은 가차 없는 논리에 따라 이어졌다. 척후병들이 없었고, 메디아 아트로파테네 왕국의 수도 프라아스파 앞에서는 궁지에 몰렸다. 도시를 함락하려면 흙비탈을 정비해야 했다. 그렇게 시간을 소모하는 사이 파르티아 군대가 대규모로 도착했다. 말을 탄 궁수들이 연거푸 공격해왔다. 그들은 작업 현장을 해체했고, 공성攻城 작업을 늦추었다. 설상가상으로 눈이 내리고 추위와 배고픔이 밀려왔다. 얼마 지나지 않아 포위당할 위험이 닥쳤다. 짐을 싸서 그곳을 떠나 후퇴하면서 싸워야 했다. 그것은 쟁탈전이었다. 파르티아인과 메디아인들은 즐거운 시간을 보낸 반면, 로마군은 적 기갑부대의 산개를 피해 좁은 산길을 지나, 마을도 물도 가축도 없는 대초원을 통해 돌아가야 했다. 로마군은 공복 상태와 언 발로 27일 동안 18회의 전투를 치렀다.

불운한 로마 장군들은 게임에 이기지 못하면 지칠 줄 모르고 다시 도전하는 승부욕 강한 브리지 게이머들처럼 저버린 전투를 재개했다. 마르쿠스 안토니우스는 베이루트와 시돈 사이에 있는 작은 항구의 하얀 집에서, 패주한 군대 한가운데에서 백 번째로 실수와 반역 행위들을 헤아렸다. 반역 행위들 때문에 돌이킬 수 없는 실수들이 일어났다. 그가 군대를 흩어놓은 것은 무모한 행동이었다. 하지만 그는 2개 군단을 위한 군수품 수송뿐 아니라 아르메니아 왕 아르타바스데스의 동맹군 1만 3천 명에 대한 책임과 후위 부대를 감독하는 임무도 맡고 있었다. 웬일인지 아르타바스데스는 적이 공격하는 모습을 보고도 전혀 관여하지 않았다. 그는 자신이 메디아 합병에 착수했지만, 파르티아와 싸우기 위해서는 아니라고 주장했다. 개인적으로는 그것을 전혀 반대하지 않았지만. 그는 로마의 친구였으나, 친구의 적이 반드시 그의 적은 아니었던 것이다. 그뿐이 아니었다. 몇 주 뒤 프라아스파가 저항하고, 더 많은 파르티아군이 메디아의 수도를 구하러 달려가자, 그는 트럼펫과 나팔을 울리며 결연히 돌아가버렸다. 안토니우스 혼자 이국땅에서 추위와 배고픔, 파르티아군의 화살을 헤쳐가도록 내버려두고 아르메니아로 돌아갔다.

"이런 쓰레기 같은 놈! 얼간이! 썩어빠진 놈! 아르타바스데스, 내가 네놈 머리 위에 똥을 싸주마!"

안토니우스는 자기 잔에 몸소 술을 따랐다. 술 따르는 하인이나 노예, 심지어 제대로 된 상차림조차 원하지 않았다. 그는 친구 없이 술을 마셨다. 선술집에서처럼 도기 술 단지에 흙을 구워 만든 잔으로. 선술집에서처럼 딱딱한 나무 의자에 앉아 술을 마셨다. 높은 탁자를 앞에 둔 채, 값싸고 진하고 침전물이 떠다니는 보랏빛 술을 마셨다. 그는 장교들과 함께 누워 수다 떠는 것을 더는 견디지 못했다. 홀아비나 고아처럼 잠을 잘 때만 몸을 길게 뉘였다. 홀로 바다를 마주 보며 주둔지에서 멀리 떨어진 곳에 앉아 기다렸다.

그는 술을 마셨다. 그리고 정숙한 번역가의 검열이 없을 때 라틴 시인들이 써내려간 시처럼, 평범한 로마 군사처럼 이야기를 했다.

"내가 네놈에게 연회를 열어주마, 이 얼간아! 아르타바스데스, 맹세컨대 너는 말뚝이 지나가는 걸 느끼게 될 것이다! 그러니 자백해라. 더러운 옥타비아누스가 나를 배신하라고 너를 매수한 걸 자백하라고!"

그는 불평을 하고 술을 마셨다. 거르지 않고 물도 타지 않은, 심지어 가미조차 하지 않은 시골 술이었다. 그는 자신을 벌하기 위해 술을 마셨다. 그리고 과음했을 때는 '어린 처남'을 향해 허공으로 주먹을 날렸다. 옥타비아누스는 브린디시에서 시칠리아를 되찾기 위해 서양 군대가 필요로 하는 전함 130척과 교환하는 조건으로 보병 2만 명을 주겠다고 약속했다. 언제나 공정했던 안토니우스는 자신이 할 일을 즉시 집행했다. 옥타비아누스는 안토니우스의 원군 덕분에 시칠리아 해적들을 제압할 수 있었다. 하지만 그 대가로 병사 2만 명은 동방군에 합류해야 했다.

"너는 내 군단을 뱉어내야 해, 안 그래? 그들을 뱉어내야 한다고, 이 바보 녀석아!"

위선자, 뱃속이 시커먼 녀석, 그것이 옥타비아누스의 본모습이었다. 그리고 그는 옥타비아의 사랑하는 남동생이었다. 형편없는 음모와 거짓말이 펼쳐졌고, 하루하루 술책들이 이어졌다!

"네 녀석이 들이미는 잡색 샐러드는 이제 신물이 나. 내 말 알아듣겠어?"

그는 탁자 앞에 홀로 앉아 떠들고, 주먹으로 탁자를 쾅쾅 두드렸다. 그리고 울었다. 프라아스파와 베이루트 사이에서 잃어버린 3만 2천 명의 병사와 6천 필의 말을 슬퍼하며 눈물을 흘렸다. 그것은 로마 병력의 절반이었다. 나머지 로마군이 동맹국들에게 식량을 공급받는 이상……. 대부분의 병사들이 메디아의 산맥에서 쓰러졌고, 후퇴하던 후반부에는 아르메니아의 차디찬 산맥과 타우루스의 산봉우리 사이에서

8천 명이 더 죽었다.

"최고사령관님, 아무래도 진군을 너무 일찍 재개했나봅니다."

나이 든 백인대장들이 말했다.

"병사들이 아라스 강을 다시 지났을 때, 파르티아군이 우리를 놓아 준 뒤에 잠시 숨을 돌려야 했어요. 그들은 더 이상 어쩔 수가 없었습니다. 그 빌어먹을 고장에서 젠장맞을 겨울이 시작되었으니까요! 우리 병사들은 그 골짜기에 한가롭게 있었습니다. 적어도 그때는 먹을 것이 있었어요. 하지만 이 주가 지나자 사령관님은 한 가지 생각뿐이었죠. 막사를 접고 장비들을 다시 수레에 실어야 한다는 생각 말입니다! 눈이 내리고 있었는데 말이에요! 사령관님은 우리를 너무 일찍 진군시켰습니다. 꽁무니에 불이라도 붙은 것처럼요."

그랬다. 안티오크에서 너무 늦게 출발했기 때문이다. 그 이집트 여자 때문에. 아르타샤트에서 너무 일찍 출발했다. 그 이집트 여자 때문에. 후퇴하는 동안 나이 든 병사들은 시체에서 훔친 천 조각으로 발을 감싸고, 수정 같은 얼음 덩어리를 턱수염에 점점이 매달고, 죽은 병사들의 늑대가죽으로 두건을 만들어 쓰고 장난을 쳤다. 웃으면 갈라터진 입술에서 피가 나기도 했다. 그들이 안토니우스에게 농담을 했다.

"당신 물건 때문에 몸이 근질근질한 모양이군요. 안 그렇습니까, 최고사령관님?"

그러면 그 역시 농담으로 받아쳤다.

"자네도 알겠지만 퀸투스, 그 정도면 근질근질한 것도 아니지. 하지만 꽁무니에 불이 붙는 건 내가 바라는 바가 아니야!"

자신의 군단이 아르메니아 왕의 초대를 수락하는 쪽을 더 반기리라는 것을 안토니우스는 잘 알고 있었다. 아르메니아 왕 아르타바스데스는 이런 서신을 보내왔다.

'친구여, 자네 군대의 처지가 참으로 딱하게 되었구먼! 모든 것이 제우스의 뜻이니 눈물을 흘릴밖에……. 군대의 겨울 숙영지를 내 나라에 꾸리게나. 그러면 올림포스 산의 신들처럼 아라스 강가에서 편히 지낼 수 있을 걸세. 석 달만 지나면 원기를 되찾고 돌아갈 수 있을 거야. 자네는 나를 잘 알 걸세, 안토니우스. 나는 파르티아인들의 적이 아니야. 그건 사실이네. 내 누이가 그들의 왕과 결혼했거든. 하지만 나는 로마의 가장 좋은 친구로 남을 걸세. 나를 믿게나. 자네의 악몽은 끝났어…….'

안토니우스는 속으로 생각했다.

'나에게 두 번 입 맞출 셈인가, 아르타바스데스? 썩 꺼져. 최대한 빨리 우리에게서 멀어져! 어서 가서 파르티아인들이 일을 완수하도록 국경을 열어주라고!'

안토니우스는 외교력을 발휘할 수도 있었다. 하지만 그에 앞서 우선 군사력을 발휘해야 했다. 한 번 배반한 인간은 또 배반할 터였다. 로마인들은 동방의 마법에 사로잡혀 그 왕을 믿었지만 소용없었다. 안토니우스는 감언이설도, 모순적인 조약도, 끝없는 토론도 좋아하지 않았다. 그는 확실한 서쪽 남자, 서양 남자로 남았다. 한 번 문 개는 또 물 것이다. 안토니우스는 아르타바스데스 왕에게 정중히 감사를 표했고, 아르타바스데스 역시 안토니우스에게 우정을 약속했다. 그리고 안토니우스는 기다리지 않고 아르메니아를 가로질러 공격했다. 그의 패배 소식이 카파도키아와 콤마게네를 가로질러 퍼졌을 테고, 이제 그 어떤 지역도 확신할 수 없었기 때문이다. 하이에나 같은 놈들! 부득이한 행군을 하며 그는 지중해를, 그가 얼마 전 클레오파트라에게 준 페니키아 해안을 다시 손에 넣기로 마음먹었다. 거기서 확실한 피난처를 찾아낼 것이다. 노새들을 잃은 후, 쓰러지고 기진맥진하고 눈에 파묻힌

후 말단 병사들이 짐을 지고 다녔다. 이십 년을 복무한 고참병들이 보리 한 줌에 죽음을 불사하며 싸우거나 풀을 먹었다. 그나마 풀을 발견했을 때의 이야기지만. 병사들은 추위로 죽거나 이질로 죽어나갔다.

마르쿠스 안토니우스는 보이지 않는 바다와 언덕의 꽃들을 마주한 채 독을 마셨다. 기억이라는 강렬한 독, 톡 쏘는 독주보다 더 독한 독, 망각이라는 싸구려 독을. 술 단지와 술잔을 보랏빛 얼룩이 진 탁자 위에 남겨둔 채, 그는 그 자국들을 손가락으로 더듬고, 길게 늘이고, 여러 갈래로 나누었다. 그 얼룩 속에서 그는 (지도가 존재하지 않던 시절에) 정복하지 못한 나라들, 함락하지 못한 도시들의 위치를 읽어낼 수가 없었다……. 그 탁자 위에 그는 무엇을 그렸을까? 별똥별? 시든 꽃 장식? 갈린 배에서 줄줄이 쏟아지는 창자? 술 얼룩, 피 얼룩, 술 지게미와 핏덩이들. 때로는 탁자 위에 팔꿈치를 괴고 머리를 묻은 채 녹초가 되어 잠들기도 했다.

이런 이유로 그는 수평선에 드리운 베일을 감지하지 못했다. 그곳 항구의 부두에서 초호화 함선을 맞이하는 함성도 듣지 못했다. 그것은 클레오파트라의 함선이었다.

아연실색한 그가 마침내 정신을 차려보니 그녀가 있었다. 그녀는 번쩍거리는 켈트족 경호원들과 누더기를 걸친 로마의 수석 장교들에 둘러싸인 채 돌투성이의 길을 걸어 그를 향해 다가왔다.

그는 자리에서 일어나 그녀를 맞으러 가야 했다. 하지만 너무 취해 있었고, 동시에 정신이 너무 말짱했다. 자신이 제대로 서 있지 못할까 봐, 비틀거리다가 넘어질까 봐 두려웠다. 그래서 탁자 앞에 그대로 앉아 있었다. 그녀가 경호원에게 멈추라고 손짓했다. 이제 그녀는 정오의 햇빛을 받으며 혼자 다가오고 있었다. 의식용 옷차림이었다. 머리에 가발을 썼고, 이마에는 코브라 장식이 고개를 쳐들고 있었다. 자줏빛 숄을 양쪽 가슴에 매듭지었으며, 하얀 아마포 드레스 밑에는 키가 커 보이는 나무굽 반장화가 보였다.

그는 고개를 끄덕였다. 그런 신발을 신으면 넘어질지도 모른다. 가여운 여자, 이 여자는 제정신이 아니다! 그녀는 자갈 속을 걷느라 발을 삐었고, 점잔빼며 걸으려 하지만 소용없다. 결국 넘어질 것이다. 여왕 전하께서 넘어지면 꼴사납지 않겠는가? 그는 패배하고 술에 취한, 아무 짝에도 쓸모없는 인간이었다! 꼬마 알렉산드로스, 큰 잔으로 한 잔 더 마셔야지! 꼬마 알렉산드로스, 너의 슬픔을 침몰시켜! 슬픔 속에 잠기라고. '전하의 건강을 위해' 잔을 비웁시다!

다행히 그녀는 넘어지지 않았다. 정의의 여신처럼 과장된 침묵 속에서 그의 앞에 똑바로 서 있었다. 그는 눈을 내리깔고 빈 잔을 응시했다. 그리고 완고한 표정으로 말했다.

"프톨레마이아 축제가 벌써 다가온 줄은 몰랐소!"

프톨레마이아 축제는 알렉산드리아의 사육제로, 사 년에 한 번씩 열렸다. 그때가 되면 알렉산드리아 시민들은 행진을 하고, 가장假裝을 하고, 거대한 남근상을 지고 시내를 돌아다녔다. 사티로스처럼, 바쿠스 신의 여제관처럼 괴상하게 차려입고 사랑의 행위를 흉내 냈다. 세상에서 가장 경이로운 가장 무도회라 할 수 있었다.

그녀가 말했다.

"이집트 여왕의 방문을 희망하셨지요. 그래서 여왕이 이렇게 인사하러 왔습니다, 최고사령관님."

그녀는 안토니우스의 어두운 빛깔 튜닉을, 여섯 달 동안 자르지 않은 턱수염을 고집스럽게 바라보았다.

"당신이 이토록 큰 슬픔에 잠겨 있으리라고는 생각하지 않았습니다. 누구를 잃었기에 이토록 슬퍼하나요?"

여왕의 말에 안토니우스는 놀라고 기가 막혔다. 그는 3만의 군사를 잃었다. 그게 아무것도 아니란 말인가. 그는 그 이야기를 편지에 써서 그녀에게 보냈다. 그녀는 3만 명의 병사들을 아랑곳하지 않는단 말인가? 그녀는 이렇게 말했다.

"당신이 파르티아에 가공할 공격을 가했다는 걸 우리도 알렉산드리아에서 알고 있었어요. 로마 역시 이집트가 군사적 협력을 세 배로 강화함으로써 당신에게 경탄을 보여주었다는 걸 모르지 않아요……. 그런데 누구 때문에 슬퍼하는 거죠, 최고사령관님? 내 배들이 승리의 깃발을 올렸고, 당신 부하들은 기뻐하고 있어요. 내 집사가 그들에게 특별 상여금을 나눠주고요."

로마 원로원이나 옥타비아누스가 할 법한 생각이다. 그는 술에 취한 상태였지만 여인의 냉정한 정치력을 과소평가할 정도로 취한 것은 아니었다. 이 얼마나 능숙한 솜씨인가! 그는 술에 얼룩진 손으로 박수를 치며 조소했다. 그들 둘만 있으면, 단둘이 남으면, 아무도 그들이 하는 이야기를 듣지 못하면 이 위대한 여군주는 그의 걱정거리를 덜어줄 것이다. 그에게 약간의 연민을 보여줄 것이다. 하지만 오히려 그녀는 즐거워하며 빈정거렸다.

"당신은 도대체 누구 때문에 슬퍼하는 거죠?"

아, 고약한 여자! 그리고 '특별 상여금'이라니……. 그녀는 자기 부하들의 상태를 기억하기에 그가 너무 취했다고 생각한 것이다. 불행한 이들은 몇 주 전부터 단 한 푼도 만져보지 못했다. 게다가 이 '친구의 나라'에는 먹을 것도, 걸칠 것도 전혀 없었다. 안토니우스는 은식기를 전부 팔았다. 짐을 약탈당한 뒤 남은 것들이었다. 하지만 부상병을 먹일 식량조차 없었다. 그런 상황에서 그가 그토록 기다리던, 그토록 바라던 아내가 왔다. 그는 그녀에게서 도움이나 동정 이상의 것을 기대했다. 그런데 그 여자는 여왕으로서 그에게 훈계를 했고, 높은 나무 굽신발을 신은 주제에 그에게 땅을 제대로 디디라고 권고했다. 그는 '제대로' 서 있었다, 빌어먹을! 프라아스파에서 베이루트까지. 그는 자기 사람들을 붙잡아두었다! 패배가 패주로 변하지 않도록 막는 것, 후퇴가 궤주로 변하지 않도록 막는 것이 얼마나 힘든지 그녀는 알까? 적어도 안토니우스는 그런 재앙을 피했다! 그의 전략은 보잘것없었을지도 모른다. 하지만 그는 훌륭한 장군이었다!

사실 클레오파트라는 이 모든 걸 알고 있었다. 안토니우스가 알렉산드리아에 보낸 보좌관 델리우스를 통해. 자기 남편이 시련 속에서도 감탄할 만하게 행동했음을 그녀는 알고 있었다. 궁정에서 하는 인사치레가 아니었다. 20세기가 지난 지금, '감탄할 만하다'는 표현이 발하는 울림은 사소하게 느껴진다. 어쨌거나 안토니우스는 승리를 통해 쇠약해지고 역경을 통해 성장한 수장首長이었으며, 제 능력을 넘어서는 역경을 겪고 불행을 통해 성장한 남자였다.

파르살루스 전투의 승리자, 필리피 전투의 승리자인 그는 파르티아 후퇴 시 매우 뛰어난 실력을 발휘했다. 적이 도망가는 그의 군대를 18회나 공격했지만, 그는 그 공격들을 전부 막아냈다. 결정적인 승리를 쟁취하지는 못했지만, 그것은 파르티아 궁수들이 로마군에 그들을 뒤쫓을 기병이 부족하다는 사실을 알고 곧장 후퇴했기 때문이다. 다음 날이 되자 파르티아 궁수들은 모기떼처럼 다시 돌아왔다. 안토니우스는 궁지에 몰렸지만 전술상의 재능을 결코 잃지 않았다. 또한 새로운 군사작전을 고안했는데, 그 작전이 얼마나 찬란한 운명을 약속하고 있는지는 아직 상상하지 못했다. 작전이란 다름아닌 귀갑龜甲 모양의 엄개掩蓋였다. 중장비를 담당하는 보병대의 제1선이 방진方陣을 쳤고, 높고 오목한 방어물 뒤에 몸을 피하면서 한쪽 무릎을 꿇어 충성을 표했다. 그들은 군기軍旗와 짐들을 그 임시 방어물 안에 안전하게 놔두었고, 나머지 보병들은 평평한 방어물들을 머리 위로 들어올려 피난처의 지붕을 만들었다. 방어물들은 순식간에 생선 비늘처럼 서로 들어맞고 지붕의 기와처럼 끼어 박혔다. 이 엄개만 있으면 궁수들이 쏘는 화살과 투석병들의 납 탄환에도 끄떡없었다. 오직 기병들만 그것을 공격할 수 있었다. 하지만 창들이 방어물 사이에 다시 모습을 드러내면 귀갑 모양의 엄개는 방어거점으로 변모하게 돼 있었다.

역사 속을 찾아봐도 패전한 군대의 수장이 전략을 다듬는 것은 드문 일이다. 사기가 꺾이고 사방에서 쫓기는 군대를 이끌고 전대미문의 전술을 완벽하게 실행한다는 것은 더욱 드문 일이다. 마르쿠스 안토니우스는 그것을 해냈다. 병사들이 갈증과 굶주림에 시달리고 밤낮으로 괴로움을 당하면서도 결코 버려졌다고 느끼지 않았기 때문이었을 것이다. 카이사르의 옛 부관이었던 안토니우스는 후퇴하는 동안 병사들을 안심시키기 위해 전위에서 후위로 뛰어다니고 전열前列에서 싸우며 저항했다. 그는 낙오병이나 부상병을 절대 불쌍한 처지에 내버려두지 않았고, 등에 업어 옮기기까지 했다. 그래서 병사들이 끝까지 그에 대한 신뢰를 잃지 않았고, 죽어가면서도 그를 축복하고 그의 손에 입 맞췄던 것이다. 또한 그는 절대로 규율을 느슨히 하지 않았다. 생존자들은 매일 밤 독수리가 그려진 깃발을 땅에 박고 야영지를 만들었으며, 그는 누더기를 걸친 야위고 가여운 병사들의 행동을 자세히 살폈다. 100인대隊 하나가 잘못 처신하면 규칙에 따라 '10분의 1의' 병사들을 되는대로 지목해 참수형에 처했다. 변절자는 나오지 않았다.

하지만 위엄 넘치는 이집트 여왕의 생각은 어떨까? 낮에 사력을 다해 도망친 병사들을 저녁에 죽이는 것이 쉬운 일이라고 생각할까? 어엿한 성인 병사들의 이를 뽑고 팔에 상처를 내어 벌주는 것이 간단한 일이라고 여길까? 지치고 몹시도 수척한 죄 없는 병사들의 모습이 곧바로 그의 머릿속에 떠올랐다. 그들은 전쟁에서 패해 후퇴했고, 지금은 그들의 장군을, 그들의 사형집행인을 공포에 휘둥그레진 눈으로 바라보고 있다.

"당신은 누구 때문에 그렇게 슬퍼하죠?"

안토니우스는 클레오파트라에게 잔을 들어보이며 말했다.

"특별 상여금이라, 특별 상여금…… 나도 그걸 받을 자격이 있기를 바라오. 은잔에 질리도록 술을 퍼마시고 싶소……."

"내 배에 필요한 것이 다 있어요. 팔레르노 포도주도 있죠."

"그 술은 완벽하지."

이렇게 말한 뒤 안토니우스는 말에 행동을 일치시키듯 단지를 집어들더니 머리를 뒤로 젖히고 목구멍 안에 술 한 모금을 털어넣었다. 순간 그의 손이 조금 빗나가 튜닉이 젖었고 탁자에 술이 튀었다.

덕분에 클레오파트라는 그가 마시는 술이 무엇인지 확실하게 볼 수 있었다. 두 번 짜낸 포도주였다. 액체보다는 건더기가 더 많은. 단지 안에는 거무스름한 찌꺼기들이 상당량 있었고, 포도 잎사귀와 덩굴손도 남아 있었다. 그것은 전쟁의 참패보다 더 고약한 일이었다. 그는 스스로에게 그런 메스꺼운 음식만 허용했던 것이다.

"역겹네요."

그녀가 말했다.

"꼴좋게 되었지. 나는 전사이고 무척 비싼 사람이라오! 그리고 전쟁은 역겨운 것이지."

그는 고개를 숙이고 다시 탁자 위를, 거무스름한 물방울을, 포도 찌

꺼기를, 술지게미 부스러기를 손가락으로 더듬기 시작했다. 그리고 눈물을 감추며 간간이 끊기는 목소리로 말했다.

"당신, 플라비우스가 어떻게 죽었는지 아오? 화살 네 개를 맞았지. 모두 정면에서 날아온 화살이었소. 그중 하나가 그의 배를 꿰뚫었소. 등으로 빠져나온 그 화살 끝에는 말랑말랑한 뭔가가 붙어 있었지. 간 아니면 허파 조각…… 나는 그에게 괜찮아질 거라고 말했소."

그는 눈을 내리깐 채 침묵 속에서 눈물을 흘렸다. 그런 다음 도전적인 표정으로 다시 말했다.

"내가 죽으면 머리를 잘라 땅에 묻어달라고 람누스에게 부탁했소. 파르티아인들이 크라수스의 시신에 한 것과 똑같은 일을 당하기는 싫었소. 그들의 왕자에게 바치는 결혼선물이 되고, 신부를 위한 작은 선물이 되고, 그다음엔 방의 장식물이 되기는 싫었단 말이지. 방이라고? 무슨 방? 아무튼 나는 너무 취했어! 당신이라면 잘 알겠지. 어떤 인간이 죽은 자의 머리를 필요로 하는지를. 청원자들? 아니오. 트로이 여자들? 그것도 아니오. 자, 생각해보시오, 여왕! 다들 그걸 알고 있소. 아, 물론 나도 알고 있지. 바로 바쿠스 신의 여제관들이오! 파르티아인들이 크라수스의 머리를 가지고 했던 놀이가 바로 그거요. 빌어먹을 에우리피데스. 어머니가 사자 머리인 줄 알고 아들의 머리를 잘랐지! 그 사냥의 여신은 향료를 넣은 포도주를 과음했어. 그렇게 술을 마시는 건 위험해…… 당신 내 부관 섹스투스를 기억하오? 섹스투스는 장애물을 맞닥뜨린 페가수스처럼 자기 말馬을 없앴다오. 그는 내 팔 안에서 죽었지. 하지만 그에게는 팔이 남아 있지 않았어. 그 더러운 녀석들이 잘라냈으니까……. 그렇소, 전쟁은 역겨워, 클레오파트라! 내 더러운 튜닉과 이 질 나쁜 포도주보다 더 역겨워! 거기선 몰약 냄새가 아니라 똥 냄새가 나. 수천 명의 병사들이 나무뿌리를 먹고 설사를 해요.

상상이 되오? '병사들이여, 질서 있고 위엄 있게 후퇴하라!' 글쎄, 과연 어떨지! 역겨운 일이오. 오, 나는 잊어버렸소. 당신은 어떤 상황에 처하든 신중함을 유지하지. 생각해보시오, 프톨레마이오스의 왕이여! 당신은 '역겹다'고 말하지 않겠지. '혐오스럽다', '기분 나쁘다', '더럽다'고 말하지 않겠지……."

사실 클레오파트라는 아픈 데를 찔러 안토니우스를 의기소침한 상태에서 끌어내고 싶었고, 성공했다. 그녀는 조그맣고 흰 손을 그의 더러운 손 위에 얹고 이렇게 말했다.

"내가 여기 있어요. 마르쿠스. 나는 역겨워하는 자도, 역겨운 자도 아니에요."

어렴풋한 기억

키타라와 플루트 두 대가 반주하는 사랑노래.

"저들이 막대기를 들고 시리아를 통과해 나를 쫓는다 해도, 검을 들고 사막을 건너 나를 쫓는다 해도 나는 그녀를 포기하지 않으리라. 그녀에게 품은 갈망을 털어내라는 말을 결코 따르지 않으리라."

나중에 알렉산드리아에서 멀리 떨어진 곳에서 셀레네가 들었다고 믿게 될 노래이다. 그녀의 아버지가 좋아했던 노래일까? 그녀는 궁전에서 이 노래를 들었을까? 마지막 구절에서 그녀는 울고 싶어진다. 마치 오래전부터 알고 있던 구절처럼 느껴진다.

"그녀에게 품은 갈망을 털어내라는 말을 결코 따르지 않으리라."

그녀는 이 말을 들었다. 옛날에. 여러 번. 거의 확실하다. 그녀의 심장이 조여든다. 똑같은 옛 슬픔. 그 슬픔은 그녀만큼이나 오래되었고 언제나 그녀를 집어삼킨다.

"그녀에게 품은 갈망……."

알렉산드로스와 셀레네는 사랑으로 태어난 아이들이었다. 고아들이 태어나는 까닭과 마찬가지로! 사랑하는 남녀는 그들 자신의 문제에 지나치게 몰두한 나머지 자식 문제에 관심을 갖지 못한다. 쑥쑥 자라나는 나무가 자신에게서 떨어지는 열매들에 신경을 쓰겠는가?

쌍둥이는 밤에는 등대 불빛에, 아침에는 대항구 우묵한 곳 안티로도스 섬의 성운星雲에 마음을 붙이며 어둠 속에서 자라났다. 지금 그곳에는 그들의 아버지, 어머니, 그리고 조신들이 카이사르의 아들과 함께 살고 있다.

마르쿠스 안토니우스는 육 년 만에 알렉산드리아에 돌아왔다. 동방 로마의 주인인 그는 여름 내내 전투를 했고, 매년 에페소스, 아테네(그의 로마인 아내 옥타비아가 매우 좋아하는), 안티오크 등 다양한 수도에서 겨울을 지냈다. 안토니우스에게 알렉산드리아는 여러 도시들 중 가장 부유하지만, 권력을 공고히 하기 위해 동쪽에서 전투를 치러야 하므로 지리적 위치는 가장 좋지 않은 도시였다.

유감스러운 일이었다. 그는 클레오파트라를 사랑하고 알렉산드리아를 사랑했으니까. 첫 알렉산드리아 체류에서 그는 뉘엿뉘엿 지는 겨울해와 강렬한 사랑의 밤들을 추억으로 간직했다. 만 주위로 열려 있는 이 도시는, 나전 빛 속살을 가진 이 도시는 그의 눈에 로마보다 더 아름다워 보였다. 건강에도 더 좋았다. 이곳에서는 사막에서 불어오는 바람과 바닷바람이 번갈아 파리, 걸인, 악취를 쫓고, 모자와 베일로 얼굴을 가린 여인들에게 건강함의 특성인 도발적 표정을 부여하며 넓은 대로와 운하들을 쓸어갔다.

반은 도발적이고 반은 빈정대는 그 표정을 그는 자신의 아들 알렉산드로스에게서 발견했다. 알렉산드로스는 안토니우스 가문의 후계자, 그들의 조상 헤라클레스의 당당한 후손이었다. 아이는 나이에 비해 힘이 셌다. 원기 왕성하고, 활동적이고, 훤한 외모를 갖고 있었다. 아이를 만나는 사람들의 입에서 처음 나오는 말은 늘 잘생겼다는 말이었다.

"참으로 잘생겼군요!"

그들은 한참 감탄한 다음에야 셀레네에게 주목했다. 그리고 놀라며 이렇게 말했다.

"쌍둥이인데 안 닮았군요. 정말 전혀 안 닮았어요!"

어린아이는 두 가지 일을 한꺼번에 생각하지 못한다. 하지만 셀레네는 여섯 살에 이미 자기 몸이 통통하지 않으며, 머리카락이 금빛이 아니라는 것을, 자기 얼굴이 예쁘지 않다는 것을 깨달았다. 하지만 그로 인해 속상해하는 건 아주 가끔뿐이었다. 어쨌든 그녀는 공주였고, 카이사리온은 그녀를 사랑했다. 그녀는 방문객들과 모르는 사람들을 피했고, 군중 앞에 나서는 걸 두려워했다. 야위고 병약한 그녀는 '아기' 프톨레마이오스 그리고 예전에 그녀의 생명을 구해준 소인족 디오텔레스와 함께 있을 때만 즐거워했다. 쌍둥이 오빠 알렉산드로스가 귀족의 아들들과 달리기나 전투 연습을 할 때, 그녀는 어슴푸레한 내실에 어린 노예와 시녀들과 함께 있었다. 그녀는 시녀들에게 머리를 땋았다가 풀고, 다시 땋아달라고 끊임없이 졸랐다. 시녀들이 머리를 빗고 멜론 껍질의 줄무늬 모양으로 땋는 동안(여남은 개의 갈래 사이로 두피가 반쯤 들여다보였다), 소녀는 부드러운 털실처럼 무기력한 자세로 졸았다. 마치 궁전의 다른 시녀들이 짜고 있는 긴 실타래 중 하나 같았다. 그녀는 머리 땋을 때의 느낌을 좋아했다. 짰다가 풀고 다시 짜는, 영원히 완성되지 않는 장식 융단과도 같은 그 느낌을.

머리를 땋지 않을 때는 손에 두루마리 하나를 들고 구석에 앉아 단조로운 어조로 이해하지 못하는 문장들을 중얼거렸다. 그녀는 교육받은 어른처럼 낮은 목소리로 읽었다. 하지만 그저 어린애로서 읽었을 뿐이고, 아무렇게나 읊조린 단어들에는 의미가 없었다. 그러나 개의치 않고 계속 중얼거렸다. 늙은 가정교사가 무심히 던져준 괴상한 책들을 펼쳤다가 덮었다. 『웅변술의 유용함에 관한 소크라테스와 데모스테네스의 토론』 혹은 『6각시六脚詩의 용법에 관한 헤시오도스부터 테오크리토스까지의 건의』 같은 책들이었다.

"차라리 밖에 나가서 오빠와 공놀이를 하거나 호두를 갖고 놀아요."

두루마리 상자들이 무질서하게 열려 있는 방 한구석에 쪼그려 앉아 있는 것을 보고 유모가 말했다. 하지만 셀레네는 어둠을, 고독을, 비밀을 더 좋아했다. 쓰다듬어주는 것보다, 빗으로 머리를 빗겨주는 것보다, 책에서 나는 온갖 소리보다.

어린 공주의 건강을 염려한 큐프리스는 결국 여왕에게 이 사실을 알렸다. 공주가 이따금 수놓는 시녀들에게 놀라운 요구를 했기 때문이다. 그녀는 옷을 벗으면서, 벗은 상반신이나 팔을 내밀면서 이렇게 말했다.

"나에게 수를 놓아줘. 나에게 금실로 수를 놓아줘."

여왕은 의사들에게 조언을 구했다. 그들은 토착민처럼 여왕 앞에 꿇어 엎드렸다. 올림포스가 설명했다. 피부가 투명하고 눈빛이 미묘한 이 아이는 햇볕이 자기에게 해롭다는 것을 알아차린 게 틀림없다고. 하지만 그는 경험(그는 이 단어를 고집했다)을 통해 부드러운 아몬드 유로 만든 포마드가 약한 혈색을 건강하게 만들어준다는 사실을 안다고. 왜 그 요법을 셀레네에게 시험해보지 않는가? 글라우코스는 공주의 기분이 안정적이었던 적이 한 번도 없음을 떠올렸다. 공주는 기운이 처져서 고통받았다. 말 그대로 '우울증'이었다. 우울증을 배출시키는 치료를 해야 했다. 또한 눈물이 나도록 자주 회초리로 때려 과도한 습기를 빼내야 했다.

흑인 어릿광대 디오텔레스에게는 아무런 조언도 구하지 않았다. 그는 의사가 아니었고, 이제는 나이를 먹어 위험한 곡예에서도 물러나 있었다. 그는 그 사실을 유감스러워했다. 아무튼 그는 매우 불손한 인물인지라, 비비원숭이의 신처럼 탁자 위에 웅크리고 앉아 묻지도 않았는데 자신의 생각과 느낌을 주저 없이 말했다. 어린 셀레네가 머리 땋는 것과 책 펼치는 것에서 즐거움을 느낀다면 무엇이 문제겠는가? 그녀의 머리카락을 상하게 하지 않을 진짜 미용사를 붙여주고, 정신을 타락시키지 않을 좋은 책들을 주면 된다. 그는 지체 없이 여왕에게 가서 공주를 위해 여왕의 조상인 알렉산드로스 대왕에 관해 그 영웅의 군대 동료였던 프톨레마이오스 소테르가 쓴 두세 가지 이야기를 베껴쓰게 해달라고 허락을 구했다. 부가적인 에피소드(아마조네스 혹은 포루스 왕의 코끼리들과 벌인 전투)은 몸짓과 표정으로 자신이 직접 재현할 작정이었다. 그는 혼자 중얼거렸다.

"지렁이, 네가 알렉산드로스 대왕 역을 하겠느냐? 모기야, 너는 코끼리 역을 하겠느냐?"

여왕에게 그는 이렇게 말했다.

"이것은 어릿광대가 할 수 있는 최소한의 일입니다, 주인님. 저는 남의 눈을 현혹하고 여러 가지 볼거리를 제공하지 않습니까. 백인을 위해 봉사하는 흑인, 키 큰 사람을 위해 봉사하는 키 작은 사람으로서 말입니다."

사실 여왕은 '사랑으로 태어난' 아이들을 교육하는 데 카이사리온을 교육하는 것만큼 주의를 기울이지 않았다. 강대국들이 벌이는 게임 속에서 그 아이들은 중요한 카드가 아니었다. 맏이인 카이사리온이 이집트 왕위를 물려받을 것이고, 오직 그만이 카이사르의 아들로서 로마에 대한 권리를 주장할 수 있었다. 여왕의 남편이자 로마의 최고사령관인 안토니우스는 위대한 남자의 외아들인 카이사리온을 통해 옥타비아누스에게 위협을 가할 수 있었다. 옥타비아누스는 율리우스 카이사르의 유산을 상속받자마자 옥타비아누스 카이사르라고 자칭했다. 하지만 지중해 건너편에 프톨레마이오스 카이사르가 존재한다는 것을 모르는 사람은 아무도 없었다. 두 명의 카이사르, 그리고 하나뿐인 로마…… . 반면 파란 궁전의 어린 왕족들은 제1선에서 정치적 역할을 하지 못했다. 외국 공주와 결혼하리라 기대되는 알렉산드로스 헬리오스만 빼고. 그 공주가 지참금으로 자신의 왕국을 가져올 것이다.

클레오파트라는 벌써부터 그것을 염두에 두고 있었다.

"게임을 하듯 백성들을 다스리는 상상을 해보렴."

그녀는 마치 카이사르처럼 믿음직스럽게 여기는 맏아들에게 설명했다.

"말들을 옮기는 게임 말이야. 늘 적보다 수를 앞서야 이길 수 있지."

여왕 부부의 결합은 운명에 빚진 것이 아무것도 없었고, 그들의 계획은 안토니우스의 군사 계획과 일치했다. 일 년 전 안토니우스의 군단과 싸웠던 메디아와 파르티아의 동맹이 단절되었고, 이는 아르메니아에 복수할 기회를 안토니우스에게 제공했다. 뒤집힌 전선에서 게임을 하는 걸로 충분했다. 정복한 땅을 어린 알렉산드로스에게 주겠다고 약속하고 아르메니아 왕에 맞서 메디아의 지원을 얻어내는 걸로 충분했다. 어린 알렉산드로스는 메디아 공주 이오타파와 약혼할 예정이었다. 그 아이들이 나라를 통치할 나이가 되면 두 왕국은 하나가 될 것이다. 물론 그때까지 또 다른 급변들이 있을 테지만. 어쨌든 아르메니아 왕 아르타바스데스는 지옥으로 쫓겨가 다시 올라오지 못할 것이다!

몇 달 전부터 클레오파트라의 외교관들은 카프카스와 카스피 해 사이에서 협상에 애쓰고 있었다. 여왕은 아르메니아를 정복할 준비가 된 남편을 따라 다시 안티오크로 갔고, 메디아 대사들과 그들의 언어로 길게 밀담을 나누었다.

어느 화창한 날, 파란 궁전의 아이들은 새 친구를, 머리칼이 셀레네보다 더 진한 갈색인 일고여덟 살가량의 소녀를 맞이했다. 소녀는 아시아인다운 매우 우아한 태도로 카이사리온 앞에 엎드려 절했다. 여왕 부부가 부재중이었으므로 카이사리온이 왕들의 항구에 나와 소녀를 맞이하여 로키아스 곶 끄트머리로 안내했다. 소녀는 그곳 테라스 위에서, 천막과 실크 닫집에서 다른 아이들과 인사를 나눴다. 다들 긴 리본이 달린 하얀 아마포 왕관을 쓰고 있었다.

알렉산드로스는 평소와 달리 겁먹은 듯했지만 곧 침착함을 되찾았다. 통역관이 그리스어를 한마디도 모르는 소녀의 말을 통역해주었다. 소녀는 알렉산드로스의 피부가 밀 빛깔이며, 머리색은 불투명한 꿀 빛깔이라고, 요약해서 말하면 그가 '잘생겼다'고 말했다. 셀레네는 눈 한 번 깜박이지 않았다. 그녀 옆에서는 어린 프톨레마이오스가 팔랑거리고 있었다. 수두에서 막 회복한 프톨레마이오스는 얼굴이 딱지투성이였고, 시장에 팔릴 노예처럼 뿌루퉁한 표정이었다. 프톨레마이오스가 성가신 왕관을 벗어버리려고 애썼다.

'좋지 않은 징조야.'

카이사리온은 생각했다. 어린 프톨레마이오스는 왼손잡이였다. 태어나자마자 왼쪽 팔을 움직이지 않도록 주의시켰으나 불길하게 왼손을 사용했다. 막내동생은 액운을 가져오는 아이였다. 그 아이를 뒤덮고 있는 터키석도, 얼굴에 칠한 파란색도 액운을 없애지 못할 것이다.

흰 수염을 기른 세라피스 신 조각상 앞에 물을 타지 않은 포도주로 헌주獻酒를 바쳤다. 그런 다음 메디아 용기병 앞에서 불을 붙이고 거기에 유황과 작은 과자들을 던졌다. 이 의례가 끝난 뒤 이오타파는 메디아에서 온 수행원들과 격리되었다. 대사도, 마술사들도, 통역관도, 유모도 멀어져갔다. 어린 공주는 떠나가는 그들의 모습을 눈물도 보이지 않고 바라보았다. 메디아인 유모가 눈물을 흘리고 가슴이 찢어질 듯 울부짖었다. 그러나 말 한마디 알아듣지 못하는 외국인들 속에 버려진 이오타파는 태연한 표정이었다. 셀레네는 자신의 올케가 될 이오타파의 윤기 나는 얼굴을 보고 감탄했다.

'진정한 여왕다운 모습이네!'

이오타파가 아무렇지도 않게 서로를 암살하는 서른 명의 후궁이 있는 하렘에서 왔고 오래전부터 감정이 메말랐음을 셀레네는 알지 못했다. 그랬다. 삶이 달콤한 디저트의 연속이 아니라는 것을 이오타파는 매우 일찍부터 알고 있었다.

곧 여섯째 아이가 이들에게 합류했다. 안티오크에서 보내온 아이였다. 지금 안티오크에는 클레오파트라와 그녀의 남편 안토니우스가 머물고 있었다. 아이는 로마에서 아테네를 통해 왔다. 이름은 안틸루스였고, 열 살이었으며, 마르쿠스 안토니우스가 첫 번째 아내 풀비아에게서 낳은 맏아들이었다.

어머니를 잃은 안틸루스는 남동생과 함께 안토니우스의 로마인 아내 옥타비아 밑에서 크고 있었다. 오 년 전부터 옥타비아는 자기 아이들과 함께 이 두 남자아이를 키웠다. 옥타비아에게는 집정관이었던 첫 남편 고故 마르켈루스에게서 낳은 아이 셋과 마르쿠스 안토니우스에게서 낳은 두 딸, 즉 이집트 왕가 아이들의 의붓누이인 프리마와 안토니아가 있었다. 물론 이집트 왕가 아이들은 의붓누이들에 대한 이야기를 듣지 못했고, 그 아이들 역시 이집트 왕가 아이들에 대해 듣지 못했다. 이 일곱 명의 아이들 중 맏이인 마르켈라가 열한 살이었고, 가장 어린 안토니아는 18개월이었다. 옥타비아는 안토니우스가 로마의 새로운 구역 마르스 광장*에 갖고 있는 정원과 에스퀼리노 언덕에 있는 그들의 집에서 아이들이 커가는 모습을 행복한 마음으로 지켜보았다. 퍽 넓은 편인 그 집은 원래 위대한 폼페이우스의 집이었다. 내란을 이용해 안토니우스가 그 집을 몰수했고, 금발의 옥타비아와 함께 보낸 삼 년 동안 그 집을 더욱 아름답게 가꾸었다.

클레오파트라의 필요성이 점점 커지는데도 불구하고, 옥타비아가 함께 침대를 쓸 때와 똑같이 온화하고 헌신적인 태도를 보이는 데 대해 안토니우스는 고마워했다. 그러므로 그는 옥타비아와 이혼할 마음이 추호도 없었다. 옥타비아는 이탈리아에서 그에게 필요불가결한 존재였다. 그녀는 그의 동지들에게 잠자리를 제공하고, 그의 지인들을 접대하고, 그들의 야망을 지원해주었다. 한마디로 그의 파벌을 관리해주었다. 그는 그녀에게 자주 편지를 써 보냈다. 애정이 넘치고 다정한 편지였다. 사실 그는 그녀를 매우 좋아했다. 자신이 일부다처제를 행하고 있다고 생각하지 않았다. 그게 아니었다. 그는 자신이 경멸하는 아시아 약소국의 왕들과는 달랐다. 로마에서 합법적으로 아내 한 명을 두었고, 알렉산드리아에서도 합법적으로 아내 한 명을 거느렸을 뿐이다. 그리고 그들은 각자 자기 위치에서 최선을 다해 그를 돕고 있었다.

그런 안토니우스가 안틸루스의 교육에서 손을 떼게 함으로써 처음으로 옥타비아에게 실망감을 드러냈다. 그녀가 과오를 범한 것이다. 다시 말해 그녀는 남동생 옥타비아누스로 하여금 안토니우스에게 한 약속, 즉 안토니우스가 아르타바스데스를 제거하고 아르메니아를 점령하도록 병사 2만을 보내게 하는 정치적 의무를 잊었다. 그 얼간이 같은 여자는 아테네에서 뻐기듯이 편지를 보내왔다. 옥타비아누스와

---

* 고대 로마에서 민회나 군사훈련에 사용한 티베르 강 연안의 평야.

합의하여 그에게 2천 명의 병사를 보내기로 했다고. 2천 명! 요컨대 그의 개인 경호부대 정도의 규모였다. 왜 아니겠는가. 경호부대라면 이미 있었고 하급관리 하나와 하인 세 명도 있다. 대체 누굴 조롱하자는 것인가. 자기 남동생의 공모자가 된 것인가. 비열한 옥타비아누스는 약속의 10분의 1만 이행하는 것으로 의무를 벗어버리려고 은근히 기대하고 있었다. 그럴듯한 말로 때우면서. 그나마 처와 어린애들을 거느린 나이 들고 힘없는 병사들, 다시 말해 전장에서 도망치기 딱 좋은 병사들이었다. 옥타비아는 남편이 기쁜 마음으로 자기를 맞이하길 진지하게 바랐을까? 자신과 2천 명의 건달들을 성대히 맞이하기 위해 클레오파트라를 이집트로 돌려보낼 거라 생각했을까?

'여보, 나는 길을 나섰어요. 유프라테스 강까지 당신과 동행할 준비가 되었어요. 당신의 아들 안틸루스도 데리고 가요. 당신은 오랫동안 그 아이를 보지 못했잖아요…….'

안토니우스는 즉시 답장을 보냈다.

'병사 2천 명은 아무짝에도 쓸모가 없다고 당신 남동생에게 말하시오. 그 쓸모없는 병사들을 브린디시로 가는 배에 다시 태우시오. 당신도 그들과 함께 그 배에 타시오. 안틸루스는 아테네에 그냥 놓아두시오. 그 아이를 데리고 오도록 내가 사람을 보낼 테니.'

그런 어리석은 짓을 벌이다니! 적어도 클레오파트라는 그를 지원해주었다. 군대로, 돈으로, 전함들로, 조언으로.

안틸루스는 다프네의 오래된 사이프러스들을 보았고, 성스러운 샘들에서 물을 마셨다. 그는 오론테의 보물들과 전쟁에 대한 경이를 두 눈에 가득 담고 알렉산드리아에 도착했다. 그가 새 가족에게 말했다.

"아르메니아에 맞서 진군할 로마 병사들이 충분하지 않아서 아버지께서는 마케도니아와 시리아에서 군대를 일으켰어요. 저는 사자 가죽을 덮어놓은 시리아의 나팔들을 보았어요."

"시리아인들은 군인으로서는 별로야! 다들 겁쟁이라고!"

어린 알렉산드로스가 주인공 자리를 빼앗기자 화가 나서 말했다.

"그건 편견이야, 알렉산드로스."

카이사리온이 잘라 말했다.

"그럴 수도 있고 아닐 수도 있지. 너의 의견은 편견이야. 왕에게는 좋지 못한 덕목이지."

카이사리온이 진지하게 덧붙였다.

카이사리온은 안틸루스에게 호감을 느꼈다. 금발에 호리호리한 그 소년은 그의 의붓형제 알렉산드로스와 비슷했다. 두 아이 모두 아버지를 닮았다. 안틸루스는 그의 경쟁자가 될 수 없었다. 안틸루스는 아무 것도 주장할 수 없었다. 하지만 나이, 지식, 어린 나이에도 불구하고 이중 언어를 구사하는 능력은 그가 카이사르의 아들로서 꿈꾸던 친구의 덕목이었다. 그것은 시리아 깊은 곳에서 클레오파트라가 그의 가정교사 유프로니오스의 사촌 테오도루스를 안틸루스의 가정교사로 천거함으로써 이미 증명한 것이기도 했다. 세 의붓 형제자매와 두 가정교사를 둔 두 소년은 빠르게 공모자가 되었다. 카이사리온은 안틸루스에게 깊이를 제공했고, 안틸루스는 카이사리온에게 가벼움을 제공했다..

안티로도스 섬에 살게 된 어린 로마인 안틸루스는 카이사리온이 법령에 서명을 해야 할 때나 국방장관이나 키프로스 총독을 맞이하기 위해 이중관을 써야 할 때 궁전에 와서 아이들과 함께 놀았다.

파란 궁전 아이들은 풀비아의 아들 안틸루스를 매우 좋아했다. 알렉산드로스조차 그를 따라하고 싶은 모델로 여겼다. 몸이 허약한 프톨레마이오스 필라델푸스는 귓병에서 회복된 지 얼마 되지 않아 폐렴에 걸렸다.

프톨레마이오스가 병을 앓는 동안, 광대뼈가 높고 눈꺼풀이 긴 신비로운 여자아이 이오타파는 셀레네를 진정시키려 애썼다. 셀레네가 어찌나 애달파했던지 그녀의 생명이 '아기'의 호흡에 달려 있는 듯했다. 이오타파는 셀레네의 손을 잡고 밖으로 나가서 갈매기들이 시시각각 날아다니는 모습이나 별들이 춤추는 모습을 바라볼 수 있도록 그녀를 담벼락 밑, 테라스에 깔아놓은 등나무 돗자리 위에 앉게 했다. 파리 쫓는 하인과 물잔 담당 하인이 염려스러워하며 두 여자아이와 거리를 두고 떨어져 대기하고 있었다. 여자아이들은 어깨를 맞대고 조용히 앉았다. 비록 같은 언어로 단 두 마디도 나눌 수 없었지만. 그들의 가정 교사 피란드로스는 할 일을 제대로 하지 않았다. 그는 기초 과목을 가르치기에는 너무 늙었고 지나치게 문학적이었다. 이오타파는 그리스어를 읽을 줄도 말할 줄도 몰랐고, 알렉산드로스는 미리 글씨를 새겨놓은 서판 위에 끌로만 글씨를 쓸 수 있었으며, 프톨레마이오스는 여전히 왼손잡이였다.

하지만 모든 것이 바뀔 터였다. 여왕이 곧 돌아오기 때문이다. 마르쿠스 안토니우스는 아르메니아에서 승리해 돌아오고 있었다. 아르메니아 왕 아르타바스데스를 사슬에 묶어 알렉산드리아에 데려오고 있었다. 때가 되었다. 로마에서는 여론이 들끓었다. 옥타비아누스는 탁월한 전략가인 마르쿠스 아그리파의 도움을 받아 서양 지역에서 연이어 승리를 쟁취한 반면 동쪽에서는 아무런 진전이 없었다. 그리고 안토니우스 진영은 안토니우스 때문에 원로원의 노여움을 사게 되었다. 최고사령관 안토니우스는 스스로 영광을 자처하지 않았다. 물론 그는 아르메니아를 정복했다. 그것은 여름에는 그리 어려운 일이 아니었고 메디아인들은 다행스럽게도 그를 배반하지 않았다. 하지만 아르메니아 왕국의 합법적 상속자인 아르타바스데스의 맏아들이 도망쳐버렸다. 그는 파르티아인들에게로 도망쳤고, 그들은 즉시 그의 편을 들었다. 이 절반의 승리에 가락을 붙여 황급히 알리고, 어린 알렉산드로스에게 관을 씌워줘야 했다.

"알렉산드로스 말이오."

안토니우스가 왕실 갤리선의 커다란 침실 안에서 자기 옆에 길게 누운 여왕에게 말했다.

"당신이 그 아이에게 골라준 가정교사를 비방하고 싶지는 않지만, 그 사람은 아이들을 가르치는 재능이 부족한 것 같소."

"그 말은 완곡한 표현이겠죠!"

"그러니 그 사람을 해고하시오! 어제 아슈켈론에서 (타르수스에서 가자까지의 해안이 모두 클레오파트라의 것이었고, 그녀의 배들은 아무 데나 마음대로 기항할 수 있었다) 내 친구 헤로데가 젊은 시리아 철학자 하나를 데리고 인사를 하러 왔소. 재기가 넘치는 인물이더군. 이름이 니콜라우스 다마스쿠스라고 했소. 자신이 쓴 짧은 정치 논문 「실생활에서의 선에 관하여」를 나에게 주었소. 내용이 공상적이지도, 회의적이지도 않더군. 아리스토텔레스 학파의 철학자니까. 아리스토텔레스는 알렉산드로스 대왕의 가정교사였소."

"니콜라우스 다마스쿠스가 이집트의 알렉산드로스에게 좋은 가정교사가 되어줄 거란 말인가요? 아뇨, 당신 친구 헤로데가 추천하는 사람은 그 누구도 '좋은 가정교사'가 될 수 없어요, 마르쿠스. 당신 친구 헤로데는 살인자니까요……. 자, 나에게 키스해줘요."

"그런 어리석은 말은 하지 마시오. 헤로데가 나에게 그 사람을 '추천한' 게 아니오. 그 사람은 아라비아에 가는 길에 삼 주 동안 유대에 머물렀을 뿐이오. 그리고…….”

“키스해줘요.”

“나는 그 니콜라우스라는 자가 재미있는 친구라고 생각하오. 당신도 그 친구가 잘생겼다고 생각할 거요. 머리색이 갈색이고 우아하지. 디오게네스 같은 점은 전혀 없다오! 게다가 젊고, 야심 있고, 우리 아이들 곁에서 성공하려는 마음을 충분히 갖고 있소.”

“당신이 원한다면요. 나에게 키스해줘요. 그 사람 얘기는 더 이상 하지 마요. 어서 입 맞춰줘요. 포세이돈이 너무 질투를 하네요……. 니콜라우스 다마스쿠스인지 스미르나인지 하는 사람이 잘생겼다고 내가 결론을 내기 전에 우선 나에게 입 맞춰줘요, 마르쿠스!”

새로운 가정교사가 직무를 수행하면서 처음으로 알게 된 사실은 파란 궁전의 아이들이 자기들이 살고 있는 도시에 대해 아는 것이 없다는 사실이었다. 안틸루스도 마찬가지였다. 사실이다. 그는 로마, 아테네, 안티오크에 대해 이야기했다. 하지만 알렉산드리아에서는 아무것도 보지 못했다(폐쇄된 왕궁 구역은 예외로 하고). 알렉산드리아, 이 멋진 도시를! 알렉산드리아는 그의 ‘스승’ 아리스토텔레스의 원칙들에 따라 건설된 세상에서 유일한 도시였다. 그곳은 그 위대한 철학자가 그의 책 『정치』에서 그린 것과 같은 이상적인 도시였다. 바둑판 모양의 구획, 도로 배치, 구역들과 공공장소들의 특화. 이 도시에서 니콜라우스는 책들을 통해 배운 모든 것을 재발견했다.

그는 어떤 여행자도 보지 못할 그 도시의 모습을 발견하게 해줌으로써 자신의 열광을 아이들과 함께 나누고 싶었다. 등대 꼭대기에서.

알렉산드리아를 잊어야 한다. 과거의 알렉산드리아를 되살리려면 오늘날의 알렉산드리아는 잊어야 한다. 과거의 도시를 재현하기 위해 내가 본 그 도시는 잊어야 한다. 현대에 이르러 초라해진 도시의 특성을 지워야 한다. 지금 그곳은 가난하지는 않으나 추하다. 싸구려처럼 만들어진 탑들, 주차장들, 창고들, 기중기들, 유조선들.

위치조차 바뀌었다. 지진과 해일 때문에. 로키아스 곶은 파도 밑으로 사라졌다. 안티로도스도 부두, 신전, 궁전과 함께 가라앉았다. 파로스 섬은 충적층에 의해 대륙에 접합되어 더 이상 섬이 아니다. 모래가 많아 배들은 이제 '대항구'로 들어오지 않는다. 알렉산드리아는 직선의 해안 위에 자리한 기름병처럼 평평하고 풀 한 포기 없는 도시였다. 주변이 온통 사막이고 가시나무와 돌멩이뿐이었기 때문이다. 고대인들은 이 도시를 '이집트의 알렉산드리아'가 아니라 '이집트 근처의 알렉산드리아'라고 말했다. 서쪽, 나일 강에서 멀리 떨어진 곳에 있었기 때문이다. 물론 운하들을 통해 삼각주와 연결되기는 했다. 지금 그곳엔 고속도로가 있지만, 모래는 없어지지 않았다. 아스팔트를 깔았고

높은 입체 교차로들이 들어섰지만 모래는 변두리 지역을 조금씩 갉아
먹었다. 모래 위에 세워진 도시……. 그렇다. 추한 모습에도 불구하고
그 마법은 특별하고 그 '파선波線'은 신묘하다. 오늘날에도 바다를 통해
접근할 때면 그 도시가 진짜라고 믿기가 어려울 정도다. 도시는 마치
신기루 같다. 지나치게 가까이 접근할 필요는 없다. 그 모습이 곤궁함
과 평범함 뒤로 사라져버리니까. 알렉산드리아에서 가장 좋은 것이 뭐
냐고? 궁금하면 한번 가보시라.

어쨌든 나는 독서의 힘으로 고대의 대도시를 재현하고 싶었다. 그것
을 어찌 잊을 수 있을까. 아직 나는 전설에 돌 하나를, 범선에 바람 한
줄기를, 도시에 대리석 하나를 놓았을 뿐이고, 나를 사로잡는 이 상상
의 도시에 대한 생각에서 벗어날 수 없다. 알렉산드리아여, 내가 너를
잊는다면 내 혀는 무엇을 말하며, 내 손은 얼마나 수척해지겠는가! 이
제부터 그곳은 나의 왕국이다. 윤곽이 조금 흐릿하고, 군데군데 불확
실하며 부정확한 하나의 국가다. 한 여자아이의 기억 속에 남아 있는.

그 이유는 셀레네가 등대 위에서 주위를 세심히 살펴보지 않았기
때문이다. 셀레네는 그 무엇에도 눈길을 고정하지 않았다. 알렉산드리
아를 곧 잃게 되리라는 것을, 그러니 그 도시를 진주처럼 축적하고, 모
으고, 삼켜야 한다는 것을 그녀는 알지 못했다.

2층 테라스에 올라가면 반경 50킬로미터까지 내다보였다(대개 방
문객들은 등불이 빛나는 3층까지는 올라가지 않았다). 해안은 너무나 낮
아 보였다. 새 가정교사 니콜라우스 다마스쿠스는 보여주고, 설명하
고, 강조하고, 비교하고, 감탄했다. 다섯 아이는(카이사리온은 오지 않았
다. 어린 왕인 그가 움직이려면 의전상의 문제가 복잡했기 때문이다) 놀라
워하며 거대한 도시를 관찰했다. 20킬로미터 길이의 성벽은 항구들보
다 아이들의 흥미를 더 많이 끄는 듯했다. 아이들은 왕들의 항구의 망

113

루, 군항의 도크, 거의 완벽한 고리 모양의 대항구를 눈길 아래 둔 적이 한 번도 없었다. 등대섬을 대륙에 연결하는 1.5킬로미터 길이의 제방 뒤에는 먼바다를 향해 활짝 열린 또 다른 항구인 귀로 정박지가 있었다. 거기에 요새화된 네모 모양의 다섯째 항구 키보토스가 겹쳐져 있고, 운하 하나가 그것을 가장 활기찬, 도시 남쪽 마레오티스 호수의 여섯째 항구와 연결해주었다. 알렉산드리아는 바다에서 보면 사막 위에 자리잡은 것처럼 보이지만, 하늘에서 보면 물 위에 자리잡은 것처럼 보인다. 도시는 호수와 바다 사이의 좁다란 대지 위에 벌러덩 누워 있다. 모래 한가운데의 스핑크스처럼 바닷물과 민물이 섞이는 곳에 위치해 있다.

가정교사는 경탄했다. 그리고 나일 강의 수량 증가에 대해 이야기했다. 매년 천사의 운하("그래요, 저기 왼쪽, 성벽들 너머에 보이는 초록색 뱀 같은 운하 말입니다.") 덕분에 나일 강이 도시 밑에 파인 물 저장고를 맑은 물로 가득 채워주었다. 때는 정확히 10월이었고, 알렉산드리아는 일 년치의 물을 가득 채운 상태였다. 모든 것이 새로워 보이고 활력 넘쳐 보였다.

"보세요, 안틸루스. 판 언덕이 얼마나 푸른지! 식물원은 또 어떤가요? 왕들의 항구 옆 안티로도스 너머로 마치 커다란 에메랄드처럼 자리해 있군요. 아니요, 군항 오른쪽이요, 알렉산드로스. 더 오른쪽이요……."

"현자가 달을 가리킬 때 어리석은 자는 손가락을 본답니다."

가정교사 니콜라우스가 속담을 말했다. 아이들은 어리석은 자와 같았다. 그들의 시선과 주의력은 맨 처음 대상에서 멈추었다. 안틸루스는 나이가 너무 어리지도 않았고 근시도 아니라서 제약 없이 모든 풍경을 한눈에 볼 수 있는 유일한 아이였다. 하지만 안틸루스의 흥미는 도시 남쪽을, 대호수를 넘어서지 않았다. 저 아래쪽의 제방, 두 개의 주요 항구를 갈라놓는 제방을 넘어서는 일이 거의 없었다. 대륙 쪽 제방은 범선들이 아래로 미끄러져 지나는 거대한 다리처럼 아치 모양으로 뚫려 있었다. 안틸루스는 매혹되어 균형 잡힌 그 순환을 관찰했다. 선체의 형태와 접힌 돛들의 색깔, 선미루의 크기로 배들이 온 곳을 알아내려고 애썼다.

"저 배는 이탈리아에서 왔어요!"

"오, 병사들의 2단 노선이 코린토스에서 온 큰 배가 갈 길을 막아버렸어요!"

"돛이 빨간 저 배들은 꼭 해적선 같아요."

반면 이오타파는 비교적 가까운 곳을 보고 있었다. 그녀는 한마디 말도 없이, 하지만 자기가 궁금해하는 것을 알리기 위해 눈썹을 치켜세우며 등대 발치 쪽, 섬의 가장 많은 부분을 차지하고 있는 거무스레한 폐허와 숯이 된 나무들, 검게 탄 벽들을 손가락으로 가리켰다. 니콜라우스가 대답하지 않자, 그녀는 한 번 더 그쪽을 가리키며 묻는 표정을 했다. 마침내 니콜라우스가 대답했다.

"그래요, 이오타파, 그래요. 파로스의 교외 지역은 십오 년 전에 불탔답니다. 전쟁 때문이었죠. 악한 남동생에 맞서 여왕님의 권리를 수호하기 위해 위대한 카이사르가 파로스에 불을 질렀어요."

그러자 이오타파는 즉시 반대쪽으로, 또 하나의 어두운 얼룩인 왕궁 구역 쪽으로 뱅그르르 돌아섰다. 이 조그만 공주는 아름다운 풍경 속에서 재만 눈여겨보는 듯했다.

"그래요, 이오타파. 그건 '도서관'이에요. 같은 시기에 불 탔죠. 카이사르가 적군의 배를 파괴하려고 불을 질렀어요. 하지만 대신 우리가 무척 사랑하는 오토크라토르 마르쿠스 안토니우스께서 페르가몬 도서관의 장서 20만 권을 여왕님께 드렸답니다."

　기다란 눈꺼풀을 지닌 어린 이방 소녀는 이 설명에서 과연 무엇을 이해했을까? 가정교사가 설명을 마치자, 그녀는 여전히 입을 다문 채 부두 위의 다른 폐허들을 가리켰다. 물론 그들은 전화戰禍를 하나하나 헤아리며 하루를 보내지는 않았다. 가정교사도 그 누구도 알지 못했지만, 메디아 공주 이오타파는 프라아스파 진지의 농성군籠城軍을 떠올렸다. 하렘 사람들 모두 왕이 없는 도시 안에 있었다. 그녀는 네 살이었고, 안토니우스의 군대가 불을 지른 프라아스파 교외 지역과 햇불처럼 어둠을 환히 밝힌 산속 마을들을 보았다. 그녀는 연기 냄새와 살 타는 냄새, 그것들과 함께 들리던 비명 소리를 떠올렸다. 알렉산드리아에 와서 불타고 남은 재를 보자 마치 고국에 있는 것 같았다. 그게 다였다.

　알렉산드로스도 등대 꼭대기에서 바깥을 응시했다. 그는 즐거워했다. 곳곳이 금빛이었다. 카이사르가 불을 질러 유린한 섬에서, 그는 아직 빛을 발하는 것들을 바라보았다. 황금 지붕이 이시스 파리아, 즉 등대의 이시스를, 바다의 여주인을 모시고 있었다. 그 성소는 선원들이 사랑하는 신전이었다. 정원에 감싸인 건물은 알렉산드리아 전투 때 불타지 않았다.

　"카이사르가 저 황금 지붕을 보존한 건 사실 행운이었답니다."

　니콜라우스가 말했다.

　"그 사람은 황금으로 된 나무들도 가졌어요! 내가 배에서 내릴 때 그걸 봤어요!"

　알렉산드로스가 말했다.

　"그건 황금 나무가 아니랍니다, 알렉산드로스. 평범한 아카시아 나무예요. 하지만 신자들은 불꽃 모양의 리본에 여신의 이름과 자비로움을 황금 글씨로 적어 그 나무에 걸어놓지요. 신전까지 갈 일이 있다면, 조난 사고에서 목숨을 건진 선원들이 배의 축소 모형을 다른 배들의 모형과 함께 주랑 밑에 매달아놓은 것도 보게 될 거예요. 그런 배들이 수백 척이나 있답니다. 매우 감동적이죠."

"그 배들은 황금으로 되어 있나요?"

"아니에요, 나무로 만들었죠. 아니면 파피루스로 만들었거나. 왕자님께는 안타까운 일이지만……."

"나중에 커서 외국인 용병들에게 돈을 지불해야 한다면 난 차라리 저 지붕을 들어내겠어요."

"이시스의 사제들이 좋아할 것 같진 않군요."

"하지만 다른 지붕들이 있잖아요. 황금으로 된 지붕! 자, 봐요."

아이는 멀리 서쪽 운하 가까이의 아크로폴리스를, 알렉산드리아의 수호신인 세라피스 신을 모신 거대한 신전의 400개의 기둥이 튼튼히 받치고 있는 지붕을 가리켰다. 니콜라우스는 그 신전의 지붕은 금이 아니지만, 그 안에 있는 조각상들은 금이라고 알렉산드로스에게 설명했다. 케르베로스에게 복종하는 세라피스, 거대한 세라피스, 그 손들이 신전의 내벽을 어루만졌다. 사람들은 청금석에 청동 성분이 섞여 생긴 어두운 파란 색조와 지옥의 개를 발치에 엎드리게 하는 초자연적 힘에 감탄했다. 그 신전에서 하룻밤 자는 것만으로 환자들이 건강을 회복한다 해도 놀라울 게 없었다. 죽음을 관장하는 신 앞에서 질병은 물러설 수밖에 없으니까.

이치를 길게 따져봐야 쓸데없었다. 어린 알렉산드로스는 신성神性이 무엇인지 아직 알지 못했다. 그래서 니콜라우스는 가정교사로서 자신의 권위를 내세워 알렉산드로스를 설득하려 했다.

"신들의 황금을 훔치는 건 금지되어 있답니다. 그러니 왕자님께서

'신전의 지붕을 들어낸다'고 말씀하시면 여왕님께서 무척 화내실 거예요. 여왕님께서는 바로 그 지붕 밑에서 성대한 축제를 치르려고 준비하고 계시니까요. 왕자님의 아버지께서 배신자 아르타바스데스에게 승리를 거둔 것을 축하하기 위해서요. 멋진 행렬이 펼쳐질 겁니다. 포로들, 음악가들, 그리고 희생제물들."

"희생제물요? 백성들이 좋아하겠네요. 구운 고기를 먹게 될 테니까요!…… 이번 축제 때 어머니를 볼 수 있을까요? 이오타파도요? 우리가 진짜로 궁전에서 나갈 수 있을까요? 프톨레마이오스도요?"

하지만 지금 프톨레마이오스 필라델푸스는 축제에도, 탁 트인 전망에도 관심이 없었다. 프톨레마이오스는 유모들이 태워놓은 가마 안에 오래 머무르지 않았다. 등대 꼭대기에 다다르자 하인들은 프톨레마이오스가 풍경을 보고 감탄하도록 아이의 몸을 들어올렸다. 니콜라우스는 몇 마디 말로 프톨레마이오스의 주의를 끌어보려 애썼다.

"바다가 얼마나 눈부시게 반짝이는지 보세요. 도시가 얼마나 희게 빛나는지 보세요!"

하지만 프톨레마이오스는 큰 것보다 작은 것을 훨씬 더 좋아했다. 어린 프톨레마이오스는 포석이 깔린 바닥에 몸을 웅크린 채 훌쩍거리면서 개미 한 마리의 움직임을 눈으로 쫓고 있었다. 가정교사 니콜라우스에게 감사의 미소를 베풀기 위해, 개미 한 마리를 발견하기 위해 120미터 높이의 등대를 기어 올라왔다니, 이 얼마나 멋진 모험인가!

약간 실망한 니콜라우스는 학생들이 이 모험으로부터 무엇을 배우는지 헤아려보았다. 안틸루스는 배에만 관심이 있었고(그는 매일 로키아스 곶을 관찰할 수 있었다), 알렉산드로스는 황금에 관심이 있었으며(궁전이 이미 황금으로 가득한데도), 이오타파는 잿더미에 감탄했다. 그리고 프톨레마이오스는 개미에 관심이 있었다. 셀레네로 말하면……

셀레네는 아무런 언급도, 아무런 질문도 하지 않았다. 과연 셀레네는 무엇을 보았을까? 십중팔구 대단한 것은 아니었다. 셀레네는 유모가 없는 틈을 타 바람과 함께 놀았고, 바람은 그녀의 머리칼을 나부끼게 했다. 바람은 변덕스럽게 소녀의 머리칼을 나부끼게 했다. 자기 방식대로 그녀의 머리모양을 바꾸었다. 그녀가 등대 꼭대기에서 대항구를 마주하고 서자 서풍이 그녀의 머리칼을 반대 방향으로 쓸어올렸다. 그녀가 반대편인 귀로 정박지 방향으로 뛰어가자 그녀의 머리칼을 정리해주었다. 신이 난 소녀는 눈을 감고는 바람의 흐름에 몸을 맡긴 채 마구 달렸다. 두 눈을 감은 채 꼼짝 않고 서서 혀끝으로 가끔 입술을 핥았다. 대체 소녀는 무엇을 발견하려 한 걸까? 높은 곳의 바람이 로키아스의 바람보다 더 달콤했던 걸까?

그녀는 예전에 한 여인이 권한 대로 행복을 맛보고 있었다. 누구였을까? 물론 꿈속에 등장한 이시스이다. 그때 셀레네는 몸이 아팠고, 여신은 소녀가 살아남는다면 피부로 느끼게 될 신선한 바람과 그녀의 입술을 간질일 바람의 감미로움, 그로 인해 그녀의 입술에 느껴질 맛에 대해 이야기했다.

"달콤하지, 안 그러니? 살살 녹을 것처럼 향기롭단다. 혀를 내밀어봐, 셀레네. 그리고 입술을 맛봐, 세상을 맛보라고……."

그녀는 그 목소리에 순종했고, 자신의 몸과 생명에 집중했다. 뱀처럼 꼬인 머리카락을 한 채 소녀가 경건하게 입술을 핥고 있는 것을 보고 니콜라우스 다마스쿠스는 걱정했다.

'이 여자애는 제정신이 아니야.'

훗날 서쪽 미개인들이 알렉산드리아 등대에 대해 묻자 셀레네는 이렇게 대답했다.

"거기엔 바람이 있었어요. 많은 바람이. 우리는 오랫동안 올라갔어요. 그래요, 바람까지 다다르기 위해…… 도시요? 모르겠어요……. 바람만 기억날 뿐이에요. 아주 하얀 바람."

기억상실

궁전에서 왕자들의 새 사육장을 청소하던 날, 늙은 여자 노예 하나가 그 자리에 멈춰선 채 기억을 떠올렸다. 그렇다, 그녀는 기억하고 있었다. 그녀가 말했다. 자신이 태어난 나라에서는 겨울이면 흰 깃털들이 비처럼 쏟아졌다고, 멧비둘기의 솜털이 바닥을 뒤덮었다고. 그 말을 들은 사람들은 모두 웃었다. 사람들은 그녀의 말을 믿지 않았다.

디오텔레스만 빼고. 디오텔레스는 크세노폰의 책에서 그런 기이한 현상을 '눈'이라고 한다는 걸 읽었다고 장담했다.

갈리아족 여자 노예는 부끄러워하며 주저했다. '눈'이라고 하셨나요? 물론 그녀의 나라에서 그 현상을 지칭하는 단어는 그것이 아니었다. 그녀는 아주 오랫동안 걸었다. 그녀에겐 많은 주인들이 있었다. 아이들도 많았다. 주인들은 그녀를 팔았고, 그녀에게서 아이들을 빼앗아갔다. '눈'? 아마 그럴지도 몰라…….

그녀에게 과거로부터 남은 것은 아무것도 없다. 말 한마디도, 사랑도, 물건도. 지극히 하찮은 한 조각도, 20세기 뒤 인류학자들이 소중히 모을 부적이나 머리핀, 잔돈, 조악하고 자질구레한 물건 하나 남지 않았다. 우리는 새의 솜털을, 바람의 숨결을, 눈송이를 보존하지 않는다. 아무것도 떠올리지 못하는 노예를 누가 기억하겠는가?

여왕이 연 축제는 매우 성공적이었다. 일주일 가까운 기간 동안 주랑柱廊 밑에는 행복에 들뜬 술꾼들이 모여들었고, 항구에는 익사한 술꾼들이 모여들었다. 유대인 구역을 제외하고 도시 전체에서 꼬치구이와 소시지 냄새가 났다. 바쿠스-디오니소스와 위대한 세라피스는 후하게 숭배받았다. 농부들이 축제 행렬을 구경하겠다는 핑계를 대고 도시에 들어와 '허가받은' 토착민들의 구역인 라코티스의 불결한 골목길에 눌러앉는 바람에, 이들을 쫓아내느라 몇 달 동안 힘을 들여야 했다.

축제는 공식적으로는 이틀뿐이었다. 하지만 얼마나 대단한 날들이었는지! 첫째 날은 '안토니우스의 승리'라는 이름으로 역사 속에 알려져 있다. 둘째 날은 '알렉산드리아의 증여'라는 이름으로 알려져 있다. 멋진 홍보 활동이었지만, 결과를 놓고 볼 때 정치적으로는 재앙이었다. 하지만 지배자는 '결과를 놓고' 백성을 통치하지 않는다. 특히 그가 전사일 때는. 마르쿠스 안토니우스의 생각은 탁월했다. 바로 눈앞에서 금가루를 뿌려야 했다. 아르메니아에서 가져온 전리품으로 그는 경비를 넉넉히 지불할 수 있었다. 저 위에서, 카프카스 근처에서 군단들이 어찌할 바를 모르고 있으니, 서둘러 축제를 여는 편이 나았다.

세상이 도래한 이래, 승리를 축하하는 방식은 서른여섯 가지를 넘지 않는다. 병사들은 황금 투구를 쓰고 공작 깃털이나 전사의 문신으로 몸을 장식한 뒤 악대를 앞세워 행진했다. 동시에 적에게서 빼앗은 깃발, 주물呪物, 방패, 토템, 금은보화들을 백성들에게 보여주었다. 이따금 패배한 적장들의 잘린 머리를 군중에게 보여주기도 했다(이것은 군중이 무척 좋아하지만, 사체의 보존 기술에 따라 효과가 달라지는 여흥거리이다). 혹은 사슬에 묶인 우스꽝스러운 몰골을 한 적장들을 일어서서 걷게 했다. 그런 다음 신들에게 감사했다. 신성한 춤들이 펼쳐지고, 찬미가가 울려 퍼지고, 향유 냄새가 풍기고, 종소리가 들리고, 다양한 가축들이 희생제물로 바쳐졌다. 사람들은 노래를 약간 부르고, 많이 먹고, 술을 과음했다. 병사들은 스스로를 영웅으로 여기는 부정한 아내의 남편들을 축복하며 민간인 여자들에게 입을 맞췄다.

이것이 바로 기원전 34년 알렉산드리아에서 일어난 일이다. 새 옷을 차려입은 병사들을 거느린 최고사령관은 수레에 앉아 아르타바스데스와 은사슬의 무게에 짓눌린 그 가족들의 뒤를 따랐다. 마르쿠스 안토니우스는 경우에 따라 '신新 디오니소스' 의상을 차려입기도 했다. 그리스 식 튜닉에 반장화를 신고 송악관을 걸쳤다. 한 손에는 신을 숭배하는 사람들이 대개 지니고 다니는 솔방울이 얹힌 창을 들었다. 이상할 것은 없었다. 오 년 전 에페소스에 입성할 때도 그는 똑같은 옷차림을 했고, 모든 사람들이 만족스러워했다. 하지만 이번에는 동방인들만 만족스러워했고, 로마인들은 만족스러워하지 않았다. 옥타비아누스에게서 왜곡된 정보를 듣고 그들의 장군이 알렉산드리아에서 로마식 개선식을 거행했다고 생각한 것이다. 로마 원로원이 허가하지 않은 개선식을. 관례대로라면 개선장군은 유피테르에게 희생제물을 바처야 하는데, 그는 배짱 좋게도 이방신 세라피스에게 희생제물을 바쳤다. 로마인들은 그가 정숙하고 온화하며 아름다운 옥타비아보다 그 이집트 여자, 퇴폐적인 클레오파트라를 더 좋아하거나 승리 때문에 머리가 돌아버린 거라고 말했다.

이 소문이 들려오자 안토니우스는 깜짝 놀랐다.

'나는 개선식을 거행한 게 아니야! 축제를 연 거야. 그뿐이라고! 죽음을 통과한 유일한 신, 나를 상징하는 신 디오니소스를 기리는 예배 행렬을 조직한 것뿐이야. 그건 그 신과 나 사이의 일이야, 안 그래? 만약 내가 처남이 말하는 것처럼 개선식을 흉내 내려 했다면 월계관을 썼겠지. 수놓인 토가를 입고, 붉게 화장을 하고, 흰 말들을 수레에 맸겠지. 그런데 그게 아니었지. 나는 코끼리들, 사티로스로 변장한 남자, 짐승 가죽 옷을 입은 여자들, 심지어 타조들과 함께 행진했어. 디오텔레스의 타조들은 유피테르 신전의 거위와는 다르지! 옥타비아누스의 기만적인 태도는 언제나 놀랍군!'

안토니우스는 로마 사람들이 이번 축제를 그에게 불리한 무기로 활용하리라는 예측은 하지 못한 채 흐뭇해했다. 백성들의 환희, 기뻐하는 병사들과 그 가족들의 훌륭한 옷차림이 그를 흐뭇하게 했다. 클레오파트라는 행진이 끝나는 곳인 라코티스의 오래된 구역 꼭대기 세라피스 성소의 옥좌에 앉아 이집트 고위 성직자들 및 아이들과 함께 그를 기다리고 있었다. 그녀는 아이들을 꿈 해몽가들이 사용하는 대수도원의 숙소 안에 다시 모이게 했다. 꼬마 프톨레마이오스만 어머니 옆 낮은 의자에 앉았다. 가장 어린 자식을 곁에 두면 자신과 이시스의 유사성이 더욱 강조되리라 생각한 것이다. 이번에도 그녀는 몸에 딱 맞는 드레스를 입고, 왼쪽 젖가슴 위에 숄 끝자락을 매듭짓고, 머리 다발을 세 군데로 늘어뜨린 가발을 썼다. 프톨레마이오스 필라델푸스는 뿌루퉁하고 피곤해하는 표정으로 엄지손가락을 빨고 있었다. 그 어린애다운 행동은 고귀한 몸가짐, 즉 입속에 손가락 하나를 넣은 모습으로 자주 표현되는 이시스의 외아들 호루스를 상기시켰다. 그리스인과 이집트인은 이시스에게서 모성을 꿈꾸고 어린 호루스를 통해 유년기를 숭배했던 것이다.

'아이가 있는 어머니', 전도양양한 미래가 약속된 신성한 아이. 할례를 받은 수도승과 머리를 박박 민 사제들은 이 성스러운 2인조를 보고 매우 기뻐하는 듯했다. 마르쿠스 안토니우스는 중정中庭 안으로 들어서면서 아내와 아들이 보여주는 광경에 감동받았다. 옥에 티가 있다면 아르타바스데스의 기분이 좋지 않다는 것이었다. 못 배운 갈리아족만큼이나 반항적인 포로는 여왕 앞에 꿇어 엎드리기를 거부했다. 경호원들이 달려가 억지로 엎드리게 했지만, 클레오파트라가 손짓해 그들을 제지했다. 그녀는 그 패배자를 오른쪽으로, 살진 소떼 뒤로 끌고 가라고 명했다.

그 모든 사람들을 한꺼번에 희생제물로 바치려는 걸까? 상복을 입고 재를 뒤집어쓴 아르메니아 왕의 아내들과 아이들이 벌써부터 길게 신음하며 몸에 묶인 사슬을 흔들었다. 하지만 그들이 무슨 말을 하는지 아무도 이해하지 못했다. 사람들은 그들의 언어가 매우 소름끼친다고 생각했다. 야만인의 언어 같다고. 왕의 아내들 중 행렬 맨 뒤에 있는 단 한 사람만 몸에 묶인 사슬이 허락하는 한 위엄을 유지하려 했다. 그녀는 울지 않았고, 이를 갈지 않았고, 주변을 둘러보지도 않았다. 그녀는 쏟아지는 욕설과 야유에 귀 기울이지 않고 자유로운 한쪽 팔에 갓난아기를 안은 채 젖을 먹이고 있었다. 그녀의 눈은 아기의 눈에 고정되어 있었다. 아기는 그녀에게서 양식을 퍼올렸고, 그녀는 아기에게서 힘을 퍼올렸다. 죽음에 임박하여 그들은 서로 생명을 부여하고 있었다.

그 모습이 셀레네의 마음을 흔들었다. 그때까지 셀레네는 행렬이 너무 시끄럽다고만 생각했다. 아르타바스데스는 검은 턱수염을 기른 무시무시한 남자였다. 신상神像은 너무도 음울했고, 지옥의 개는 소름 끼쳤다. 그리고 아버지는 이상한 디오니소스 복장을 하고 있었다. 그녀는 죽음을 맞이한 짐승들의 절망에 찬 울음소리도, 제단에 올리는 희생제물의 들척지근한 피 냄새도 마음에 들지 않았다. 하지만 아기를 보자 얼굴이 환해졌다.

갑자기 포로들의 운명이 걱정되었다. 그녀는 파라오처럼 진지한 카이사리온에게 아주 작은 소리로 물었다.

"아몬의 아들, 저 아르메니아 사람들은 어떻게 되는 거야?"

"죽겠지."

카이사리온이 대답했다.

"전부?"

"장군들은 확실히 죽일 거고, 왕과 그 아들들은 나중에 죽일 거야."

"어떻게 죽이는데? 송아지들처럼?"

"아니, 목을 자를 거야."

"여자들은?"

"여자들은 노예가 될 거야."

"어린애들은? 어린애들은 자기 엄마와 함께 지내는 거야?"

"아니, 엄마와 헤어지게 될 거야."

외랑外廊 낮은 곳에 서 있던 가정교사 니콜라우스가 입술에 손가락을 대어 잡담을 나누는 두 아이를 조용히 시켰다. 최고사령관이 들것에 실어 온 전리품 중 훌륭한 물건들을 여왕의 발치에 내려놓게 했다. 의장용 황금 갑옷, 손잡이가 두 개 달린 커다란 은잔, 오팔로 상감된 견고한 신상, 우리 안에 갇힌 곰 세 마리. 장식이 조각된 상아 궤, 무지

갯빛 돌 꽃병, 용연향 무더기, 그리고 카프카스 늑대 두 마리였다. 오닉스 술잔, 몰약 단지, 알비노* 두 명도 있었다. 그러나 셀레네는 그 모든 이국적인 잡동사니에 곧 싫증이 났다. 그녀는 오빠의 튜닉 자락을 잡아당기며 다시 물었다.

"아르메니아 아이들은 엄마와 헤어져 어디로 가게 돼?"

"여자애들은 상上이집트로 갈 거야. 주지사나 고위 관리의 첩들처럼."

"남자애들은?"

"남자애들은 시장에 데려다 팔 거야. 아킬레스, 헤르메스, 페리클레스 같은 새 이름을 붙여서. 나중에 자기가 누구인지 기억하면 안 되거든."

"아기들도 팔아? 엄마 젖을 빨고 있는 아기는 나에게 주면 좋겠는데! 아기가 너무 귀여워! 내가 그 아기를 노예로 삼을래! 나만을 위한 노예로!"

시종장의 눈이 휘둥그레졌다. 왕가 아이들은 하인들이 부치는 기다란 깃털 부채 뒤로 사라졌다. 니콜라우스 다마스쿠스가 수도원 경내를 가로질러 계단석으로 미끄러져 들어가 공주의 어깨에 과감히 손을 얹고 이렇게 말했다.

"셀레네, 한마디만 더 하면 궁전으로 돌아가자마자 회초리를 맞게 할 거예요!"

공주는 한숨을 내쉬었다. 그녀는 니콜라우스라는 이름의 이 선생도, 그리고 그리스인과 시리아인, 헬라인들도 다 싫었다. 디오텔레스와 공부하고 싶었고, 타조들의 언어를 배우고 싶었다. 프톨레마이오스 필라

---

* 멜라닌 색소가 합성되지 않는 유전질환 환자. 피부와 머리카락 등이 하얗다.

델푸스는 낮은 의자에 앉은 채 잠이 들었다. 하지만 왕자답게 자고 있었다. 등받이에 몸을 똑바로 붙인 채 흔들리지도 않았다. 셀레네는 입 다물고 가만히 있는 데 지쳐서 눈을 감고 생각했다.

'난 그 아기를 내 것으로 만들고 말 거야!'

셀레네는 저녁을 먹지 않겠다고 했다. 그러자 큐프리스가 말했다.

"내일 날이 밝자마자 그 아기를 데리러 갈게요. 약속해요. 아니면 모레 축제가 끝나자마자 데리러 가거나요."

"안 돼, 지금 바로 가! 나중에 가면 그 아기가 시장에서 팔리고 없을 거야! 나 아버지를 만나고 싶어!"

"공주님의 아버지는 저쪽 궁전에 계세요. 그러니 우선 저녁을 드세요, 귀여운 공주님. 내일을 위해 먹고 힘을 내야죠. 백성들이 모두 공주님을 쳐다볼 거예요. 우리 예쁜 공주님은 장차 여왕님이 되실 거잖아요."

"난 여왕이 되고 싶지 않아. 그리고 그 아기를 데려와야 밥을 먹을 거야!"

"일시적 변덕일 뿐입니다."

가정교사가 유모에게 말했다.

"이집트 여왕의 딸이, 파라오의 약혼녀가 아르메니아 남자아이를 키우다니, 상상이나 할 수 있는 일입니까? 인형에나 관심을 가지면 좋으련만!"

셀레네는 시녀들이 가져오는 음식을 모두 밀쳐냈다. 수박과 석류까지도. 잠시 후 그녀는 원숭이와 소인족을 방으로 데려오라고 애처로운 목소리로 간청했다. 그러자 프톨레마이오스도 대담하게 자기 고양이들을 데려오라고 요구했다. 알렉산드로스는 떨리는 목소리로 새 사육장과 조그만 나무 병정들이 그립다고 말했다. 사실 어린 왕족들을 위해, 왕궁 문서보관소 정자와 율리우스 카이사르가 살았던 국빈용 관저 뒤 두 개의 오벨리스크 사이에 있는 '안쪽' 건물들 중 하나인 천 개의 기둥 궁전으로 파란 궁전의 물건들을 모두 옮겨왔다. 이오타파는 모든 것을 달게 받아들이고 자기 물건들을 가져오라고 요구하지 않았다. 다른 아이들은 인상을 썼다. 큐프리스도 마찬가지였다. 방들이 너무 낡고, 휑뎅그렁하고, 너무 어둡고, 벽에는 토착민 취향인 독수리 머리에 숫양의 뿔이 달린 괴물들이 그려져 있었던 것이다. 한마디로 공포스러웠다. 생활이 불편한 것은 물론, 유행에도 뒤진 자갈로 된 모자이크 위를 걸어야 했다. 유모가 가정교사에게 설명했다.

"공주님은 굉장히 예민해요. 뭔가가 두려우면 변덕을 부리죠. 그런데 여기는……."

"어쨌든 이틀 뒤면 파란 궁전으로 돌아갈 겁니다. 공주님이 먹지 않는다면 잠이라도 자면 좋으련만!"

공주는 자지 않았다. 사실 공주는 두려웠다. 벽에 그려진 사냥 장면과 낯선 사람들 때문은 아니었다. 어제는 그것들이 두려웠지만, 지금은 안중에도 없었다. 오로지 아기 생각뿐이었다. 그녀는 큐프리스에게 말했다.

"그 아기를 엄마에게서 떼어놓으면, 누가 아기에게 젖을 줘? 아기가 죽을 거야!"

"그렇지 않아요, 공주님. 그 아기에게 유모를 구해줄 거예요. 공주님한테 제가 있는 것처럼요."

"아르메니아 노예에게 유모가 있다고?"

"물론이죠!"

"아…… 하지만 모레가 되면 그 아기의 이름이 바뀔 거야! 난 무서워. 이름이 바뀌면 그 아기를 찾아내지 못할 거라고!"

"그러면 여왕님의 경호원들이 시장에 가서 상인들에게 이렇게 말하면 될 거예요. '공주님께서 보신 아기를 당장 대령하지 않으면 극형에 처하겠다.' 심지어 이렇게 말할 수도 있을 거예요. '크레타와 키레나이카 여왕님의 명령이다.' 왜냐면 공주님은 여왕님이 되실 테니까요! 사람들이 순종하는 여왕님요!"

잠시 후 큐프리스는 '어린 풍뎅이'가 안정되기를 바라며 예전에 불러주던 자장가 중 하나를 불러주었다.

"자거라, 내 아기, 내 예쁘고 귀여운 아기……. 너의 약혼자인 왕께서는 내가 향기로운 베일을 빠는 세탁부가 아니라고 말씀하실 거야. 나는 너의 냄새를 알아차릴 거야! 나는 네가 미역 감으러 내려가는 강이야. 난 내 물결로 너를 쓰다듬을 거야! 자거라, 내 아기, 내 예쁘고 귀여운 아기……."

하지만 셀레네는 불안 때문에 괴로워 잠을 자지 못했다. 아침에 미용사들이 와서 화장 해줄 때 공주는 생기가 없었고, 대낮에 붙잡힌 나방처럼 힘도 없었다.

대체육관 쪽으로 가는 가마 안에서 왕가 아이들은 처음으로 군중을 가까이서 보았다. 전날 세라피스 신전 경내에서 아이들은 궁정 조신과 성직자들만 대면했다. 군중은 바깥에서 군단들을 구경하며 감탄하고 있었다. 오늘은 아이들이 지나가는 대로들을 따라 알렉산드리아 시민들과 전날 주연에서 마신 술이 아직 덜 깬 하층민들 그리고 하급 공무원들이 몰려들었다.

축제의 군중은 격분한 군중만큼이나 위협적이었다. 체육관 가까이 다가가자 소리가 더 시끄러워졌다. 저 멀리 평의회 회의장의 합각슴閣, 아고라의 주랑과 입석, 신전의 계단이 마치 파리가 다닥다닥 붙은 것처럼 보였다. 구경꾼들이 겹겹이 포개진 채 거기에 매달려 있었다. 주랑의 지붕 위에 그리스인들이 올라앉아 있었고, 아시아의 헬라인들은 종려나무 위에 올라가거나 돌로 된 에르메스 상像의 어깨 위에 올라가 있었다. 유대인, 남부 이탈리아인, 그리고 토착민들은 시민도 동포도 아니므로 체육관에 접근할 수 없었다. 그들은 판 언덕으로 올라가 다리를 허공에 늘어뜨린 채 절벽 가장자리에 앉았다. 그 높은 곳에서 축제를 구경할 작정인 것이다. 모두 울부짖고, 웃고, 우렁찬 목소리로 외쳐대고, 나팔을 불었다. 광장에서 공짜로 나눠주는 술을 가득 채운 가죽부대들이 손에서 손으로, 입에서 입으로 돌았다.

왕가 아이들의 가마가 켈트족 경호원(붉은 머리의 아나톨리아 갈리아족)을 대동하고 격투기장 광장의 은색 연단 앞에 멈춰 섰다. 닫혀 있던 가마에서 나온 아이들은 벽에 반사된 한낮의 햇빛에 눈이 부셨다. 셀레네는 사람들이 자기 얼굴에 꿀벌 떼를 던진 줄 알았다. 공주는 두 손으로 눈앞을 가렸고, 비티니아인 짐꾼이 그녀를 두 팔로 들어 관람석 하단 둘째 단에 내려놓았다. 거기에 그녀의 몸에 맞는 황금 옥좌가 놓여있었다.

군중을 마주하고 앉은 공주는 자기 오른쪽과 왼쪽에 다양한 높이의 옥좌들이 있는 것을 보았다. 그녀의 것과 똑같은 쌍둥이 옥좌에는 알렉산드로스가 앉아 우스꽝스럽고 기묘한 옷 때문에 거북해하고 있었다. 움직임이 불편한 좁고 긴 옷에 뻣뻣하고 높고 끝이 뾰족하고 진주를 수놓은, '삼중관'이라고 불리는 챙 없는 모자까지 썼다. 삼중관은 메디아 군주들의 머리장식이었다. 거기에 그리스인들이 쓰는, 목덜미까지 내려오는 전통적인 관을 덧붙였으므로 더욱 거추장스러웠다. 알렉산드로스는 발판 때문에도 무척 애를 먹었다. 발판이 걸핏하면 무너지려고 했기 때문이다. 일단 옥좌 위에 자리를 잡자 그는 감히 몸을 움직이지 못했다. 통증 때문에 목을 움직일 수 없는 듯 고개를 꼿꼿이 세웠으며, 심지어 누이동생에게 눈길을 주지도 못했다. 상대적으로 몸을 많이 움직일 수 있는 셀레네는 왼쪽을 돌아보다가 프톨레마이오스 필라델푸스가 남은 자리들 중 하나를 막 차지한 것을, 군중이 그 아이에게 찬미를 바치는 것을 보았다. 프톨레마이오스는 발이 땅에 닿지 않았고, 날씨가 선선할 때 입는 마케도니아의 의상 밑으로 땀을 흘리고 있었다. 조상들이 입었던 것과 똑같은 두꺼운 망토, 끈을 졸라맨 편상화, 그리고 하얀 관으로 둘러싼 넓은 펠트 모자. 셀레네는 마음에 들지 않는, 몸에 꼭 끼는 리본 달린 키레네 식 튜닉을 입고, 인두로 곱슬곱슬하게 컬을 넣어 오랫동안 머리손질을 했다. 그렇기는 하지만 그녀가 가장 운이 나쁜 것은 아니었다.

관람석 맨 첫줄 이오타파 옆에 서 있는 로마인 의붓오빠 안틸루스가 몸짓으로 그것을 알려주었다(그들 두 사람은 운이 좋았다. 그들은 왕이 아니었다!). 늘 웃음을 머금고 있는 안틸루스는 여동생을 즐겁게 해주려고 이상한 표정을 짓고는, 고개를 흔들고 웃음을 터뜨리면서 그들의 두 형제를 가리켰다. 그의 장난은 상이집트와 하이집트의 왕, 아몬의 아들, 왕권의 주인, 이시스와 프타의 사랑을 받는 자 카이사리온이 도착했을 때에야 멈추었다. 그가 알렉산드로스의 오른쪽으로 다가와 넷째 옥좌를 차지하자 군중은 침묵했다. 그의 모습은 늘 존경심을 불러일으켰다. 아직 열세 살인데 거의 성인 남자의 키에 육박했으므로 그럴 만도 했다. 카이사리온은 이집트 식 옷차림이었다. 허리에 두르는 주름이 있는 간단한 하의와 파란 칠보 가슴장식. 그는 왕관도 쓰지 않고 왕관 모양의 보석 장식도 하지 않았다. 줄무늬가 있는 아마포 머리쓰개 네메스가 케피예*처럼 어깨까지 내려와 있을 뿐이었다.

나팔 소리가 울려퍼졌고, 분견대 하나가 최고사령관의 입장에 앞서 구내로 들어섰다. 주랑의 지붕 위에서 구경꾼들이 기쁨의 함성을 질렀다. 그 아래로 군중이 쫙 갈라졌다. 마르쿠스 안토니우스는 스물네 명의 하급 관리와 잘생긴 경호원들에 둘러싸인 채 넓은 광장을 가로질렀다. 그는 경쟁을 두려워하지 않는 듯했다. 자줏빛 망토 밑으로 로마

---

* 아라비아나 베두인 사람이 머리에 쓰는 무지나 줄무늬의 천.

의 튜닉이 그의 넓적다리를 드러내주었다. 그는 애교스럽게도 자신의 넓적다리가 잘 빠졌다고 생각했다. 튜닉과 망토 사이에 입은 열병식용의 '강력한 갑옷'이 그의 상반신을 돋보이게 해주었다. 그는 무엇도 증명할 필요가 없었다. 그가 조상 헤라클레스처럼 힘이 세고, 엄지와 검지로 호두를 으깰 수 있고, 황소의 뿔을 붙잡아 바닥에 눕힐 수 있다는 걸 모르는 사람은 아무도 없었다. 그가 체육관에서 운동하는 모습을 간혹 보았던 알렉산드리아 시민들은 그것을 잘 알고 있었다. 이따금 그는 청동과 은으로 된 거울 속에서 관자놀이 옆의 머리카락이 희끗희끗해진 것을 보았다. 하지만 머리칼이 워낙 밝은 금발이었으므로, 세 걸음 만에 그 의혹을 떨쳐버렸다. 로마를 생각하라, 로마를! 도전자가 어찌 챔피언이 늙어가리라 생각하겠는가?

최고사령관은 은색 연단 발치에 서서 여왕을 기다렸다. 그녀는 할리우드 식으로 입장했다. 그들은 특수효과의 제왕도 아니었고(그들은 책을 더 좋아했다) 테크닉의 명수도 아니었지만, 할리우드를 고안해낸 고대인들이었다. 사실 그 위대한 인물들은 실생활에 주의를 기울이기에는 노예들과 공짜 인력이 너무 많았다. 집정관은 사소한 일에 관여하지 않는다De minimis non curat praetor. 하지만 그들에게 볼거리는 사소한 일minimis이 아니었다! 무대장식, 의상, 특수효과, 단역배우, 그들은 이것들을 훤히 꿰뚫고 있었다. 그들은 기술자들을 시켜 압축공기를 사용하는 뚜껑문, 사이펀으로 작동하는 용, 기계식 새, 맹수들을 위한 승강기를 고안하게 했고, 결과는 성공적이었다.

고대 역사가들은 마르쿠스 안토니우스가 그때껏 연 것 중 가장 위대한 공연인 이 알렉산드리아의 증여에 대해 거의 모든 것을 우리에게 말해주었고, 왕가 아이들이 민속의상을 입은 것도 알려주었으나, 여왕이 입었던 의상에 대해서는 말하지 않았다. 하지만 우리는 그녀를 신뢰할 수 있다. 그녀는 신중한 여자였다. 성실한 여배우로서 그녀는 자신이 대중에게 무엇을 빚지고 있는지, 사려 깊은 군주로서 신들에게 무엇을 빚지고 있는지 잘 알았다.

그러니 그녀가 진주를 넣고 땋은 가발을 쓰고 그 위에 프타의 딸 하토르 여신의 황금뿔과 냉혹한 독수리 여신의 금속 깃털들을 장식했다고 가정하자. 더 이상 '이시스 신앙'이 아닌 머리장식을. 어쨌든 오토크라토르 최고사령관과 두 땅의 여주인 이집트 여왕은 군중에게 잘 보이도록 햇빛에 반짝이는 연단을 올라 네 아이보다 한 단 높은, 붉은 닫집 밑 황금과 상아로 된 두 개의 옥좌에 나란히 자리 잡고 앉았다. 알렉산드리아가 발하는 감탄의 외침이 로마까지 들릴 듯했다. 그들이 착석하자마자 하늘에서 장미꽃잎이 비 오듯 쏟아졌고, 사제들이 관람석 아래쪽에 놓인 향로에 불을 붙였다. 그날 하루만은 '새로운 이시스'와 '새로운 디오니소스'도 자기들을 진짜 신으로 여겼을 것이다.

남성 신이 발언했다. 도취할 정도로 음악적인 그리스어로 그리스 민중과 사랑을 나누기 위해. 셀레네는 최고사령관을 보지 못했다. 그가 그녀 뒤에 서 있었기 때문이다. 그녀는 관객들도 보지 못했다. 향 연기가 그녀를 갈라놓고 있었다. 하지만 사람들이 혀 차는 소리와 판 언덕에 따로 앉아 있는 유대인들의 열광적인 박수 소리는 들렸다. 남성 신과 백성들 중 여자들이 나누는 사랑의 이중주 소리도 들렸다. 최고사령관의 목소리가 힘차게 활공하는 동안, 보이지 않는 군중의 수군거리는 소리가 때로는 부풀고, 때로는 잦아들었다. 최고사령관은 마치 노래하는 것 같았다. 그는 망치질같이 힘 있는 소리에서 어루만지듯 부드러운 소리로, 세레나데에서 군가로 어조를 변조했다. 군중은 사로잡혔고, 합창했고, 그와 동행했다. 군중은 그의 악기였다. 군중은 연단을 에워쌌고, 연단 쪽으로 고개를 내밀었고, 매순간 바리케이드를 끊고

헐렁한 흰 옷을 입은 사제들의 줄을 휩쓸어버리겠다고 위협했다. 셀레네는 그렇게 믿었다.

셀레네는 제 아버지가 무슨 말을 하는지 이해하지 못했다. 말은 파악하지 못한 채 표정으로만 귀 기울였을 뿐이다. 안토니우스는 아이들의 이름을 나이가 어린 순으로 열거해 그녀의 주의를 끌었다. 프톨레마이오스 필라델포스, 클레오파트라 셀레네, 알렉산드로스 헬리오스, 프톨레마이오스 카이사르. 그리고 이 이름들에 다른 나라들을 짝지어주었다. 프톨레마이오스에게는 페니키아, 북시리아, 실리시아를, 셀레네에게는 크레타와 키레나이카를, 알렉산드로스에게는 아르메니아, 메디아 그리고 파르티아 제국을 주었다. 카이사리온에게는 이집트, 키프로스 그리고 하下시리아를 주었다. 그런 다음 갑자기 그 길고 단조로운 낭독을 뚝 그치고 두 단어를 완벽하게 예술적으로 발음했다. 그는 아주 높은 목소리로 내뱉었다.

"바실레온 바실레이아Basiléôn Basiléia!"

왕들의 여왕, '모두 왕인 아이들의 어머니.'

"온 시대를 통틀어 가장 위대한 여왕이 여기에 있다. 클레오파트라 히페르바실레이아!"

그가 말하자 군중은 기뻐하고, 감정을 분출하고, 즐거워했다. 어린 프톨레마이오스가 겁에 질려 울기 시작했다. 소녀의 몸이 뻣뻣해졌다. 어떤 전조였을까? 그녀는 울부짖는 군중을 보고 남동생이 느끼는 공포에 괴로워했다. 장님이자 귀머거리인 군중은 그들을 짓누르고 집어삼킬 듯했다.

협잡꾼. 오늘날 어떤 역사가들은 '증여'를 선포한 안토니우스를 이렇게 정의한다. 사설을 늘어놓는 자, 장터의 어릿광대. 그는 자신이 정복하지도 않은 나라들을 감히 자기 자식들에게 주지 않았던가.

물론 알렉산드리아의 증여는 사기 포커나 다름없었다. 그것은 정치적 선동이었다. '위대한 이집트'에 대한 희망을 알렉산드리아 시민들에게 제시해 그들의 마음을 유혹하고, 그들이 알고 있는 단 하나의 언어, 왕조의 언어를 말함으로써 오리엔트인들을 안심시키고, 로마의 이름으로 카이사리온의 로마 쪽 혈통을 인정하고, 옥타비아누스를 당황하게 만들기 위한. 그 목적은 카이사리온이 이집트 왕위에 오를 권리를 확인하는 것이 아니었다. 그 목적은 오리엔트에서 로마의 지배권을 대표하는, 그해 원로원이 집정관으로 선출한 안토니우스가 이 어린 왕자를 '카이사르 프톨레마이오스'로 공식 지목하는 것이었다. 카이사르 옥타비아누스가 자신이 반신半神이자 종손從孫임을 상기시킨 방법은 '로마인들이여, 내 시선을 따르라'라고 외치는 것이었다. 그리고 누나를 활용하는 것이었다. 얼마 전 옥타비아누스는 자기 누나 옥타비아에게 특별한 명예를 부여하도록 원로원을 몰아댔다. 십중팔구 그녀가 임신한 것 때문이었을 것이다. 망신당한 여자의 인내심이 애국심으로 인정받은 것은 역사 속에서 그야말로 처음이라 하겠다. 이 마지막 도발에 덧붙여 서방 최고사령관 옥타비아누스는 안토니우스에게 2만 군단을 보내지 않았고, 안토니우스는 그것에 대해 계속 항의했다. 얼마 전 옥타비아누스가 북아프리카를 합병했다는 사실도 추가되었다. 세계 분할에서 북아프리카는 안토니우스에게 할당되지 않았다. 그래서 마르쿠스 안토니우스는 은으로 만든 높은 연단에서 '친애하는 처남'을 모호하게 위협하면서 자신이 자아낸 효과에 흐뭇해했으리라. 하지만 그는 틀렸다.

옥타비아누스는 십 년 전 카이사르가 죽었을 때 친척관계라는 이유로 그의 상속자로 지목된 풋내기 청년이 더 이상 아니었다*. 그는 지금 로마에서 두려움과 존경의 대상이었다. 특히나 두려움을 불러일으키는 대상이었다. 그의 두 친구, 군대를 담당하는 아그리파와 치안을 담당하는 마이케나스**는 능력이 뛰어났다. 다들 벌벌 떨었다. 특히 귀족들의 절반이 그랬다. 하지만 이집트 여자의 아들을 권력 안으로 끌어들이기에는 너무 늦었다. 게다가 로마 시민들의 눈에 그 아이는 혼혈아일 뿐이었다.

더 어린 세 명의 아이들로 말하면, 나중에 그들 아버지가 그들을 중국 황제나 달나라 왕으로 만들어주리라고 말할 사람은 아무도 없었다. 그가 분배해준 왕국들을 그들이 진짜로 소유하지 않는 이상. 세련되고

---

* 카이사르의 여동생 율리아가 옥타비아누스의 외할머니이다.
** Gaius Maecenas, BC 70경~AD 8, 아우구스투스의 충실한 조언자 역할을 했던 정치가이자 외교관. 안토니우스-옥타비아누스-레피두스의 제2차 삼두정치를 성립시켰으며 기원전 30년 로마의 내전을 끝내는 데 기여했다. 그 후 베르길리우스와 호라티우스를 지원하여 옥타비아누스가 이룩한 팍스 로마나를 찬양하는 시를 쓰게 했다.

정치적인 알렉산드리아 시민들은 속지 않았다. 그들은 오히려 여왕 남편의 허풍을 재미있어했다. 20세기 그리스인 카바피*도 그렇게 믿게 된다. 그는 자신의 시詩에서 '그 모든 것이 연극일 뿐임'을 알렉산드리아 시민들은 충분히 짐작하고 있었다고, 하지만 시절이 너무나 유연했고, 어린 왕족들이 너무나 귀여웠고, 축제가 너무나 성공적이어서 열광하기로 마음먹은 것이라고 말한다. '그들의 패권이 얼마나 공허한지 알고 그리스어로, 이집트어로, 헤브루어로' 환호성을 질렀다고 단언한다. 대중은 거짓된 패권에 환상을 품지 않는다. 그것은 추락 전의 마지막 포효일 뿐이었다.

하지만 셀레네가 크레타와 키레나이카(실질적으로 그녀 아버지의 지배하에 있던 지역)의 여왕으로 호명된 것은 안토니우스와 클레오파트라가 악티움 해전에서 패배하기 삼 년 전, 그 도시가 함락되기 사 년 전이었다. 아직은 종말이 시작되지 않은 때였다. 실패는 명백하지도, 예측 가능하지도 않았다. 종말은 안토니우스가 파르티아에 패배한 직후 시작되었는지도 모른다. 혹은 그보다 더 일찍, 그가 옥타비아누스와 함께 세계를 분할하기로 했을 때 시작되었는지도 모른다. 아니면 더 일찍, 그가 외외종조의 유산을 상속받으러 온 보잘것없는 청년을 신중하게 제거하려 하지 않았을 때 시작되었는지도.

'종말'은 과연 언제 시작된 걸까?

종말은 처음부터 시작되었다. 고대인들은 모든 것이 미리 예정되어 있다고 여겼다. 그러니 그것을 읽을 줄 알아야 했다. 별들을 보고, 꿈을

---

* Constantine P. Cavafy, 1863~1933, 알렉산드리아 태생의 그리스 시인. 현대시의 지평을 연 선구적 시인으로 평가된다.

읽고, 희생제물의 내장을 보고, 새들이 나는 모습을 보고, 불길이 타오르는 모습과 일상생활에서 일어나는 소소한 일들을 보면서. 의사 글라우코스는 열려 있는 책에서 왕들의 운명을 읽어내려 했다.

우선 파르티아 원정 직전 안토니우스가 낭독한 「페르시아인들」의 탄식 장면에서 그 전조를 찾을 수 있었다. 그다음에는 셀레네가 조그만 이시스 조각상을 깨뜨렸다. 그리고 쌍둥이가 태어날 때 궁전에 심은 협죽도夾竹桃 두 그루가 폭풍에 뽑혀나갔다. 여자 노예 하나가 새 사육장의 문을 닫는 걸 잊는 바람에 비둘기 한 쌍과 햇병아리 다섯 마리가 가마우지에게 죽임을 당했다. 축제 기간 동안 발생한 전조들 역시 염려스러웠다. 왕가 아이들은 각자 몸집에 맞는 왕홀을 쥐었다. 그런데 오른손에 왕홀을 쥐었던 프톨레마이오스가 재빨리 그것을 왼손으로 바꿔 쥐었다. 좋지 않은 징조였다. 안토니우스가 열화와 같은 박수갈채를 받은 연설 마지막 부분에서 클레오파트라를 '왕들의 여왕'으로 소개했다. 아이들은 감동해서 혹은 겁에 질려서 왕홀을 손에서 떨어뜨렸다. 이 또한 불길한 징조였다. 세라피스의 사제들이 그 전날 관찰한 것에 대해서는 이야기하지 말자. 브리악시스*가 조각한 지옥의 개가 신의 발치에서 몸을 움직였다고 한다.

글라우코스는 전조 같은 것을 쉽게 믿는 사람이 아니었다. 그는 양식 있는 사람이었고 미신을 믿지 않았다. 무녀를 찾아가는 일이 거의 없었으며, 침착하게 신들을 숭배했다. 그럼에도 지금 그가 불안하게 느끼는 것이 있었다. 모든 전조들이 왕조의 종말이 예언하고 있었다. 하지만 죽음을 면할 수 없는 이 왕들이 몇 달 혹은 몇 년을 더 신으로서 살 수 있을지 누가 알겠는가? 그들은 오늘 저녁 궁전에서 대연회를

---

* Bryaxis, BC 4세기 후반에 활약한 고대 그리스의 조각가.

열 예정이었다.

종말은 시작 속에 이미 깃들어 있었다. 시작 한가운데에 숨겨져 있었다. 죽음은 발생론적 저주로서 삶과 함께 증식해왔다. 불운이 모습을 드러내고 부인할 수 없는 것이 되기까지 시간이 얼마나 남았을까? 돌이킬 수 없다. 이미 그랬다, 처음부터.

안티로도스 섬의 신新 궁전이 불을 모두 밝힌 채 반짝이고 있었다. 여왕은 램프에 기름을 쓰는 데 인색하지 않았다. 그리고 외국에서 수입해야 하는 올리브기름만 썼다. 클레오파트라가 쌓아올린 명성의 일부는 비할 데 없이 호화로운 조명 덕분이었다. 궁전 곳곳에 천장등, 가로등, 스탠드형 촛대, 가지 달린 촛대, 각뿔 모양의 횃불들이 있었다. 그것들에 나라의 재정이 과하게 소모되었다.

"내 왕국의 돈은 등불에 타서 연기로 날아가버리지."

그녀는 농담처럼 말했다. 하지만 사제들은 웃지 않았다. 아시아 약소국의 왕들을 현혹하기 위해, 그들의 조언자들을 매수하고 안토니우스의 원정 비용을 대기 위해, 그녀에겐 항상 더 많은 돈이 필요했다. 그녀는 신전들의 재정 명세서를 작성해 보고하라고 명한 참이었다. 이미 그녀는 재정 담당 관리들을 통해 알렉산드리아 상인들의 재정 상태를 감찰하고 '초과분'을 몰수해 왕실 금고로 환수했다. 프타를 모시는 사제 하나가 성직자들의 입장을 설명하기 위해 멤피스에서 대표로 와서 말했다.

"생각해보십시오. 신들에게서 뭔가를 빼앗는다는 것은 말도 안 되는 일입니다!"

그녀는 사제에게 설명했다.

"단지 시절이 불확실해서 그런 것뿐이에요. 파르티아인들이 우리에게 예비해놓은 것이 무엇인지 누가 알겠습니까? 그러니 당신들의 아름다운 화폐를 군대의 경비하에 내 금고 속에 안전하게 보관해두라고 제안할게요."

그날 밤 그녀는 궁전 뜰의 모래에 금가루를 섞어놓게 했다. 등불을 나르는 하인들은 멀리 비치는 희미한 등대 불빛을 받으며 뜰 바닥에 앉아 만찬 참석자들이 나오기를 기다리면서 얼마쯤의 금가루를 손에 쥘 희망으로 모래를 체에 걸렀다. 하지만 금은 흐르는 물이나 구름처럼 그들의 손가락 사이로 빠져나갔다.

만찬이 끝나고 여왕의 머리장식을 푸는 동안, 즉 여자 노예가 여왕의 머리에서 핀들을 제거하고 다른 여자 노예가 땋은 머리카락을 푸는 동안, 안토니우스가 연회용 의상을 그대로 입은 채 그녀의 방으로 들어왔다. 클레오파트라가 아직 시녀와 아이들에게 둘러싸여 있는 것을 보자 그는 짜증이 났다. 프톨레마이오스 필라델푸스가 발에 편상화를 신고 큐피드처럼 벌거벗은 채 어머니 침대에 누워 엄지를 빨며 자고 있었고, 이오타파는 두 팔을 X자로 겹친 채 양탄자에 누워 자고 있었다. 알렉산드로스는 아까 만찬 참석자들 앞에서 『일리아스』의 몇 구절을 낭독하느라 지쳐버렸는지 성장盛裝에 목까지 파묻힌 채로 안락의자에서 졸고 있었다. 가정교사 니콜라우스가 '적합한' 텍스트를 골라주었다. 헥토르가 자신의 어린 아들을 축복하는 장면이었다. 엄숙한 칭호들('지고하신 메디아의 주인, 아르메니아의 신성한 군주, 크테시폰의 태양과 에크바타나의 달의 형제')을 걸머진 어린 왕 뒤에 시리아인 하나가 웅크리고 앉아 프롬프터 노릇을 했다.

"눈부신 헥토르가 웃으면서 아이의 머리에서 투구를 벗겨 매우 환한 얼굴로 바닥에 내려놓았다. 그런 다음 아이를 끌어안고 말했다. '제우스여, 내 아들이 트로이 사람들 속에서 두드러지게 해주십시오! 그리고 언젠가 그가 전투를 치르고 돌아올 때 사람들이 이렇게 말하게 해주십시오. 이 사람은 자기 아버지보다 훨씬 더 훌륭하구나!'"

알렉산드로스는 단어 두세 개에서 난관에 봉착했다. 하지만 의지가 가상했고, 낭독하는 구절의 암시도 듣기 좋았다. 니콜라우스 다마스쿠스는 교활한 아첨꾼이었고, 최고사령관의 아픈 곳을 달래주는 훌륭한 가정교사였다. 마침내 왕자들이 호메로스를 낭독하기 시작한 것이다. 그에겐 시간이 별로 없었다. 어린 학생들이 박자 맞춰 읽고 노년에 다다른 사람들의 마음 깊은 곳을 건드리는 시, 그들의 몸속으로 들어가 영혼에 침투하는 시, 그것은 고대인들의 토라, 코란, 교리 문답서였다.

안토니우스는 삼중관을 벗은 알렉산드로스의 곱슬머리에 손을 넣고 쓰다듬었다.

"잘했다, 내 아들. 언젠가 헥토르만큼 유명해지거라! 이제 그만 가서 자야지."

그러고는 여왕의 수석 시녀 카르미온 쪽으로 몸을 돌리며 말했다.

"아이들을 배로 모셔가거라."

카르미온이 대답했다.

"저, 왕자님과 공주님들의 배는 지금 비티니아 대사들을 육지로 데려가고 있습니다. 외국 사절들이 수행원을 예상보다 많이 데리고 와서 어쩔 수 없이……."

"그러니까 아이들이 여기에 억류돼 있다는 거요? 그것 참 불쾌하군! 난 이 궁전에 더 이상 머무르고 싶지 않아. 모든 것이 너무 복잡해. 아마도 섬이어서 그렇겠지! 어리석은 자들은 '이 섬은 매력적이에요.

얼마나 멋진 발상인가요! 여긴 너무나 아름다워요'라고 하겠지만."

"그건 맞는 얘기예요."

클레오파트라가 목소리를 높이지 않고 말했다.

"맞는 얘기라고? 이유가 뭐지?"

"당신이 왕궁 구역에 갇혀 있는 모습을 알렉산드리아 하층민에게 절대 보여주지 않으리란 걸 사람들은 잘 알고 있어요. 카이사르와 나는 보여줬지만요."

안토니우스는 술을 너무 많이 마셨고, 피로를 느꼈다. 자신이 방금 '왕들의 여왕'으로 만들어준 여자가 카이사르에 대한 기억을 또 상기시켰다. 그는 그것을 견뎌낼 기분이 아니었다. 그는 아까 연회 전에도 그녀가 나직한 목소리로 늘어놓는 비난들을 인정하지 않았다.

"당신의 연설은 훌륭했어요, 최고사령관님. 하지만 카이사리온은 당신이 알렉산드로스를 파르티아 왕으로 선언한 이유를 궁금해해요. 아르메니아 왕으로 선언한 이유도요. 얼마 전 우리가 사슬에 묶인 아르타바스데스를 알렉산드리아 시민들에게 보여줬는데 말이에요. 메디아에 관련된 칭호는 말할 것도 없어요. 이오타파가 거기에, 맨 앞줄에 앉아 있었으니 말이에요. 파르티아 제국은 과대평가되고 있죠. 난 그걸 알아요. 당신이 그 야만족에게 지독한 손실을 안겼다고 여겨지고 있음을. 하지만 당신은 그걸 가지고 그들을 굴복시켰다고 주장하죠! 카이사리온은 옥타비아누스의 지지자들이 그걸 조롱할까봐, 사람들이 생각 없이 하는 공허한 말에 휩쓸린다고 당신을 비난할까봐 걱정해요."

카이사리온, 또 카이사리온! 필리피 전투의 승리자이자 그리스인들의 오토크라토르, 동방의 최고사령관인 그가 열세 살짜리 어린애의 의견을 검토한다는 건 말이 안 되는 일이었다. 그에게 모든 것을 빚지고 있는 한낱 어린아이의 의견을. 그가 주둔시켜놓은 군단들의 보호가 없을 경우 이집트는 어떻게 되겠는가? 파르티아의 식민지? 로마의 한 지역? 그런데 그 어린애(그는 벌써 자신의 궁정을 가지고 있고, 모든 이집트 사람들이 이 굉장하신 군주, 빌어먹을 독재자에게 굽실거린다)가 감히 그를 판단하다니! 아이에게 충고를 좀 해줘야 할까? 공화국 만세!

아니다. 가만히 있는 편이 나을 것이다. 그랬다간 지나치게 많은 말을 하게 될 것이다. 아무튼 그는 머리가 아팠다. 촛불과 램프에서 나는 무거운 냄새가 싫었다. 그는 뜰을 향해 열린 창문으로 다가갔다. 벌써 날이 밝아오고 있었다. 아래에서는 힘센 시녀들이 왔다 갔다 하며 항아리들을 채우고, 늙은 시녀들은 바닥에 쭈그리고 앉아 금모래에 생긴 발자국들을 작은 비로 쓸어 평평하게 만들고 있었다. 아침 공기에서 송진과 바다 냄새가 났다. 그는 어제 문틀과 침대 다리에 칠한 자극적인 감송향甘松香이 감도는 공기가 좋았다. 신선한 바람이 그를 기분 좋게 해주었다. 그는 확실히 과음했다. 하지만 분별을 잃을 정도는 아니었다. 그는 술에 취해도 절대 난폭해지지 않았다. 술기운에 휩싸이면 그는 즐거워지고, 너그러워지고, 말이 많아졌다. 자신이 최고라고 믿었고, 신들에게 반말을 했다. 그런 다음에는 슬픔의 심연에 빠져들었다. 오늘 아침 그는 울고 싶었다. 오래전부터 그는 자신이 결코 여왕의 마음속에서 첫째 자리를 차지하지 못하리라는 것을 알고 있었다. 그보다는 카이사리온이 먼저였다.

하지만 그는 아직 사춘기도 되지 않은 그 남자아이를 질투하진 않을 것이다! 게다가 그 아이는 그의 의붓아들이 아닌가! 그럼에도 그는 이따금 클레오파트라가 그에게 몸을 맡기면서도 정작 카이사리온을 먼저 구하고 싶어하는 건 아닌지 궁금했다. 아들의 목숨과 유산을 보존하기 위해서라면 그녀는 지옥을 건너 하데스에게 몸을 바치고, 지옥의 개 케르베로스에게 입을 맞추고, 오시리스를 죽인 붉은 털의 세트

145

를 혀로 핥을 것이다! 대단하신 이시스가 아닌가! 하지만 안토니우스는 그 아이가 스스로의 됨됨이를 과신한다고는 생각할망정 탓하지는 않았다. 그 아이는 제 아버지에게서 율리우스라는 이름을 물려받았는데, 그 이름을 가진 이들은 모두 다른 사람에게 훈계를 하는 버릇이 있었다! 그들 중 가장 위대한 인물이었던 카이사르도 한창때 그에게 이런 말을 하곤 했다.

"안토니우스, 아침이 될 때까지 연회를 즐기면 안 되네."

"무희들과의 관계를 끊게나, 마르쿠스. 큐테리스를 버리라고!"

"자네는 말이 너무 많네, 마르쿠스 안토니우스. 항상 그런 식으로 이야기를 하면……."

그렇다. 좋다. '파르티아 제국.' 파르티아 제국이 뭐 어떻단 말인가? 그 냉정한 인간들에게 연설은 기술이라는 걸 일일이 설명해야 한단 말인가? 쾌락의 신 디오니소스가 그것을 증명했다. 기술과 육체적 사랑은 하나라는 것을. 아까 체육관에서 그는 군중과 사랑을 나눈 것이다. 육체관계를 가질 때는 입에서 나오는 말을 제어할 수 없다! 황홀경의 순간 그는 클레오파트라를 '암캐'라고 불렀지만, 그녀는 그 단어를 글자 그대로 받아들이지 않았다. 오히려 그 반대였다. 그는 주제를 벗어나 횡설수설했고, 신성모독 발언을 했다. 여왕 전하를 모독했다. 그런데 그녀는 그것을 몹시 좋아했다. 그리하여 이집트 여왕이 경멸 어린 어조로 '하층민'이라고 부르는 알렉산드리아 민중은, 그 쾌활하고 섬세하고 우애 넘치는 민중은 파르티아가 각운 효과를 위해 기세를 몰아 연설에 등장했다는 것을 완벽하게 이해했다. 민중과 연설자는 오래전부터 함께 국경을 지우고, 한계를 넘어섰다. 신은 그들을 소유했고, 그들은 알렉산드로스를 꿈꾸었다. 알렉산드로스의 디오니소스적 꿈을 꾸었다. 그들은 다른 곳에 있었고, 행복했다.

갑자기 여왕이 큰 소리로 외쳤다.

"내 머리핀을 건드리지 마, 셀레네! 그건 안 돼! 안 된다고!"

아이들 중 유일하게 졸지 않고 있던 셀레네가 방금 어머니의 화장대 위에 있는 조그만 궤를 열었던 것이다. 그 안에는 그녀가 예전에 보고 재미있어했던 투명한 머리핀과 비슷한 에메랄드와 석류석 머리핀이 들어 있었다. 여왕은 비명을 지르고는 손에 들고 있던 연지용 숟가락으로 셀레네를 찰싹 때렸다. 어린 공주는 어머니를 화나게 한 것이 겁나서 울음을 터뜨리며 달아났다. 그러다가 아버지의 옷자락에 발이 걸렸다.

"자, 자, 그렇게 울 필요 없다. 눈물 때문에 얼굴이 미워지잖니!"

안토니우스가 말했다. 셀레네의 양쪽 뺨이 눈썹먹 자국으로 더러워져 있었다.

"어머니는 화나지 않았어, 내 가여운 나귀 새끼. 그저 피곤할 뿐이야."(그는 생각했다. '그녀는 저 머리핀들 속에 뭘 숨겨둔 걸까?')

클레오파트라가 옆에서 거들었다.

"우리 모두 무척 피곤해요. 사랑하는 딸이 나에게 미소 짓게 하려면 무엇을 줘야 할까요? 새 인형이라도 줘야 할까요?"

셀레네는 고개를 흔들었다. 셀레네는 아무것도 원하지 않았다. 가능한 게 아무것도 없었다. 야단맞지 않는 것, 여왕이 되지 않는 것은 불가능했다. 자신이 지나갈 때 모르는 사람들이 전부 울부짖고 박수 치는 것을 목격한 뒤로, 그들이 자신의 가마에 다가와 바싹 몸을 대는 것을 느낀 뒤로, 그 수천 개의 입들이 열리고 수천 개의 혀들이 소리 내는 모습을 본 뒤로 그녀는 두려웠다. 자신이 더러워진 것 같았다. 자신이 더 이상 평범한 아이가 아닌 것 같았다. 모든 여자아이들이 여왕이 되는 건 아니라는 사실을 막 깨달은 참이었다. 그녀는 다른 아이들과 달랐다. 그녀는 두려웠다. 열이 날 때처럼. 부끄러웠다. 눈에서 노란 고름이 나오는 것처럼. 그녀는 불순했고, 아팠다.

"사랑하는 내 딸이 무얼 원할까? 마차에 매달 하얀 염소? 앵무새? 몽구스?"

어머니의 말에 셀레네는 불현듯 아르메니아 아기를 떠올렸다. 그리고 말했다.

"노예 하나를 갖고 싶어요."

"이미 노예가 수백 명이나 있잖니! 궁전의 하인들이 모두 네……."

"내 노예 한 명을 갖고 싶어요!"

"아, 너는 여왕이니까? 그런 거니? 네 개인적인 하인이 필요한 거야? 맞아, 그렇겠구나. 내가 상냥한 크레타인 여자 노예를 하나 찾아보마. 아니면 잘생긴 키레나이카 유목민이나……."

"난 아르메니아인 노예가 갖고 싶어요!"

"그건 안 돼, 애야. 아르메니아는 네 것이 아니잖니. 아르메니아는 네 오빠 거야."

셀레네는 전날 세라피스 신전에서 본 광경을 설명했다. 포로들의 행렬 속에 있던 아기, 어머니와 아기. 그러자 안토니우스가 웃으며 말했다.

"이것 보렴, 셀레네. 아기가 어떻게 네 시중을 들겠니? 아기에게 뭘 시킬 수 있겠어?"

하지만 셀레네는 단념하지 않고 고집을 부렸다. 어찌나 까다로운 아이인지! 안토니우스는 격분해서 셀레네의 말을 잘랐다.

"어쨌든 포로들은 모두 죽거나 팔렸단다. 그것이 전쟁의 법칙이야. 어제의 어린아이는 더 이상 존재하지 않아."

독서의 기억

클레오파트라의 궁전. 다채로운 색채. 초록색의 반암班岩 기둥, 금도금한 화장
돌, 적영赤瑛 콘솔. 억만장자의 사치품들. 이것들보다 더 기묘한, 에메랄드가 상감
된 인도 거북 껍데기로 만든 별궁의 문들.

더 놀라운 것은 뜰을 장식한 님프들이었다. 그곳의 회랑들은 '상아로 만든 것처럼'
보였다. 그렇다면 벽의 외장은? 장식 기둥은? 작은 원주들은? 천장의 격자 장식은?

상아. 파라오들은 상아를 몹시 좋아했다. 프톨레마이스 테론*과의 교역 이후 그
들은 아프리카의 항구에서 상아를 수입해왔다.

실내장식에 대해 말하면, 간결하진 않았다. 높이가 2미터에 아랫부분이 표
범 발이고 가지가 많이 달린, '디오니소스적' 특징을 지닌 커다란 촛대들, 송이가 풍
부하게 달린 은색 천장등과 자질구레한 장식품들, 양탄자, 꽃병, 조각상들이 꽉
들어찬 방 안에 일렬로 놓인, 손잡이가 두 개 달린 커다란 대리석 잔들. 그것들은
국가의 보물이었다. 현대의 화폐보다 더 아름답고 유용한. 클레오파트라는 이런
물건들이 잔뜩 보관된 방 안에서 황금 식기로 식사를 했다. 그녀는 순박하게 말했

---

* 크레타의 왕 미노스의 딸이자 테세우스의 연인.

다. "내 그릇들."

하지만 셀레네의 머릿속에는 이 모든 것들이 고대 문인들인 디오도루스, 스트라본, 루칸보다도 희미하게 남는다. 그녀는 안티로도스에서 얼마나 많은 시간을 보냈던가. 거기서 자신의 부모를 몇 번이나 보았던가.

그들은 떠났다. 그들은 늘 그곳을 다시 떠나곤 했다. 안티로도스에서 연회 몇 번, 사냥 몇 번, 엄숙한 접견 몇 번을 한 뒤에.

마르쿠스 안토니우스가 선두였다. 그는 증여 직후 바다가 닫히기 전에 다시 배를 탔다. 그는 시리아의 수도 안티오크를 또 한 번 겨울 숙영지로 삼을 것이다. 그는 아르메니아 원정을 다시 준비하고 있었다. 파르티아를 옥죄고 있는 바이스를 느슨하게 풀기 위해서. 그는 고집불통으로 꿈을 추구했다. 디오니소스와 알렉산드로스 대왕의 길, 인도로 가는 길을 다시 여는 꿈을. 클레오파트라 역시 그가 그 꿈에서 깨어나길 원치 않았다.

그의 이집트인 아내……. 그녀는 신전들의 황금을 그러모은 뒤 그와 합류했고, 새로운 계획에 착수했다. 지금 그녀는 자신의 최고사령관을 위해 육지에 작은 궁전 한 채를, 포세이돈 신전에서 가까운 부두 끄트머리에 건물 한 채를 짓고 있었다. 안토니우스는 이렇게 말했다.

"소박한 오두막집으로, 병사의 막사처럼 지으시오."

하지만 클레오파트라는 반암과 상아가 없는 오두막집을 그리지는 않았다. 그녀는 왕궁 구역의 '귀중한 신체' 주변에 안토니우스의 명성에 걸맞은 능陵을 세우라고 명했다. 그곳의 울타리가 막혀 있었기 때문이다. 대신에 조상들의 능보다 더 높게 세우기로 했다. 입구의 탑문이 '금지된 도시'인 알렉산드로스 소마와 이시스 로키아스 신전을 바라볼 것이다. 쌍둥이를 위해 그녀는 구舊 궁전, 천 개의 기둥 궁전의 대대적인 개축에 착수했다. 아이들은 박물관과 도서관에서 멀리 떨어져 있는 파란 궁전으로 돌아가지 않을 것이다. 니콜라우스의 지도하에 진지하게 교육받고 발전할 것이다.

여왕은 건축가들의 궁전 축소모형과 가정교사의 교육 계획을 승인한 뒤 떠났다. 카이사리온이 국가 행정을 맡은 관료들, 서한문 작가, 재무 담당 관리들, 서기들, 국방 담당 관리들, 그리고 검속기檢速器의 도움을 받아 여왕의 명이 잘 실행되는지 감독할 것이다. 황금의 호루스, 아몬 라의 아들, 두 여신의 주인인 그가 법령과 국정 자문회의의 칙령들에 서명할 것이다. 안토니우스가 말했다.

"겨울 전에 돌아오겠소. 그때까지 당신을 즐겁게 해주도록 안틸루스를 당신 곁에 남겨두겠소. 그 아이는 익살스럽고 짓궂으니 지루하진 않을 거요! 아마도 내년에는 안틸루스의 동생, 풀비아의 또 다른 아들 이울루스도 데려올 수 있지 않겠소?"

클레오파트라는 마르쿠스와 옥타비아 사이가 완전히 단절되기를 늘 바랐다. 그가 로마에 남겨둔 아이들 전부와 로마에 있는 저택을 되찾기를 원했다. 남편으로서 그는 다음의 세 단어를 적어 보내는 것으로 충분했다.

"당신 짐을 꾸리시오."

이것은 축성된 문구였다. 로마 남자들은 이 문구를 통해 아내를 버렸다. 하지만 그는 이 단어들을 쓰지 않았다. 그녀 곁에 있는 옥타비아누스가 그녀의 위치를 더욱 견고히 해줌에도 불구하고. 관례와 달리 그는 동방군의 퇴역 군인들에게 이탈리아 땅을 나눠주지 않았다.

"차라리 아르메니아 영토를 나눠주시오."

그는 처남에게 대답했다.

"아르메니아, 메디아, 혹은 파르티아 영토를. 당신이 그 거대한 영토를 정복하고도 그 영토를 나와 분할하지 않으니 말이오……."

옥타비아와 클레오파트라. 로마로 가는 길과 인도로 가는 길. 안토니우스는 둘 사이에서 선택해야 했지만 그러지 못했다. 쉬고 싶은 유혹을 느꼈던 걸까? 전투를 한 지 어언 삼십 년이었다. 그리고 옥타비아의 유혹……. 이집트 여왕은 그것을 이해했고, 그의 곁을 한 발짝도 떠나지 않았다. 그녀는 그를 따라 아르메니아로 갔고, 몇 주 뒤 그는 거기서 명령을 번복했다. 그것이 가능하다는 것을, 무익하긴 하지만 가능하다는 것을 그는 알고 있었다. 그가 떠날 때 셀레네는 천 개의 기둥 궁전에 살기 싫다고 눈물을 흘렸고, 아르메니아 아기를 데려다달라고 계속 졸랐다. 그때 그는 셀레네에게 이렇게 말했다.

"일 년이 되기 전에 돌아오마. 그때 아르메니아에서 아기보다 훨씬 더 값나가는 선물들을 갖다주지. 셀레네, 보면 알 거다. 열 달은 빨리 지나간다는 걸."

그는 아이들에게 '몇 달'이라고 말했다. 아이들이 그 말을 믿었기 때문이다. 그들이 삼 년 예정으로 떠난다는 건 신들만이 알고 있었다. 인도로 가는 길이 이제부터는 로마를 경유하게 되었기 때문이다. 로마는 파괴되었기 때문이다. 클레오파트라는 그것을 끊임없이 확인시켰다. 로마는 파괴되었다. 그러니 이제 옥타비아를 파괴해야 했다.

153

마르쿠스 안토니우스는 자기에게 잘해준 사람들에게 해 끼치는 것을 꺼려했다. 그것이 그의 약점이었다. 사람들이 정복자인 그를 숭배해봐야 소용없었다. 그는 돌로 된 심장의 소유자가 아니었다. 그는 파로스의 아르킬로코스*의 시 한 편을 기꺼이 인용했다.

"내가 완벽하게 해낸 것이 하나 있다. 나에게 해 끼친 자에게 끔찍한 복수를 행한 것이다."

그것은 허세였다. 안토니우스는 잔인함보다 너그러움으로 훨씬 더 유명했다. 그래도 그는 예전에 키케로를 죽인 것을 무척 흡족해했다. 그 사기꾼은 도덕가인 척 위선을 떨었다! 위선자. 그는 자기 손을 더럽히지 않고 카이사르 암살을 부추겼다. 날마다 원로원에 안토니우스와 그의 아내 풀비아의 머리를 요구했다(그런 연설을 열네 번이나 했다!) 그는 밀고자였다. 그 집중 공격 때문에 풀비아와 안틸루스는 도망치고 숨어야 했다. 아, 더러운 인간! 옥타비아누스가 마침내 키케로를 그의 손에 맡겼을 때 얼마나 기뻤던지! 로마에 보고된 바에 따르면, 머리 잘린 그 연설가의 손은 너무나 잘 가꾸어져 있었고 손톱들 역시 매우 반들반들했다고 한다. 한 번도 검을 잡아보지 않은 문인의 손이었다. 다작 하는 작가들은 이렇게 다루는 법이다! '세 개의 조각', 즉 그의 머리와 손들은 그대로 보존되어 포룸에 전시되었다. 거기서 썩어가도록 방치되었다. 어떤 이들은 풀비아가 그의 잘린 머리에서 혀를 뽑아내 자기의 머리핀으로 꿰뚫었다고 말하지만, 어떤 이들은 힘주어 이렇게 말한다. 풀비아가 그리 상냥한 여자는 아니었으나, 키케로의 머리는 로마에 넘겨졌을 때 이미 혀를 뽑아내기에는 너무 많이 썩어 있었다고.

어쨌든 안토니우스는 잘린 머리들을 가지고 장난치는 걸 별로 좋아

* Archilochus, ?~?, 기원전 650년경에 활약한 그리스 시인. 당대에 호메로스와 비견되었다.

하지 않았다. 그가 말한 대로 키케로의 경우와 '똑같은 통에서 나온 두세 녀석들'의 경우는 예외였지만, 대부분의 경우에는 너그러움 그 자체였다. 이 전사는 남을 괴롭히는 것을 싫어했다. 친구들은 그런 점을 악용했고, 아내들도 마찬가지였다. 그는 사랑받는 걸 너무나 좋아했다. 또한 옥타비아를 떠올려보라. 그의 사랑스러운 아내 옥타비아를. 과연 그가 "당신 짐을 꾸리시오"라고 말할 수 있을까? 그는 망설였다. 일단은 아르메니아와의 강화 이후로 미루고, 서쪽과의 대결을 준비하는 것이 현명할 터였다. 클레오파트라는 선박 건조를 서두르기 위해 이집트에서 편지를 썼다. 선박 800척. 군대 수송을 위해 절반, 나머지 절반은 전투용. 조만간 지중해에서 싸워야 하기 때문이었다. 그리고 지중해를 얻기 위해, 올 겨울 그들은 알렉산드리아로 돌아가지 못할 것이다.

처음 두 해 동안 아이들은 시끄러운 망치소리 속에 살았다. 도시와 사람 모두가 선박 건조장에서 일하는 것 같았다. 등대섬의 기슭은 범선 밑바닥들과 갤리선 껍데기들로 뒤덮였다. 인부들이 키보토스 부두에 노들을 다발로 묶어 쌓았고, 그것들은 군항에서 3단 노선의 기다란 청동 충각* 아래 가려졌다. 모래사장 곳곳에 배의 부품들이 거대한 벌레처럼 조각조각 놓였다. 검은 장갑裝甲들이 햇빛 아래에서 번쩍였다. 절지동물을 닮은 뾰족한 복부, 발, 금속의 침들.

하지만 왕가 아이들은 이 걱정스러운 광경을 아무것도 보지 못했다. 그들의 새로운 '집'은 바다가 아니라 민물과 나무들을 향해 있었다. 천

---

* 衝角. 적의 배를 들이받아 파괴하기 위하여 뱃머리에 단 뾰족한 쇠붙이.

개의 기둥 궁전은 마이안드로스(왕궁 구역과 연결된 운하)와 가까워서 네 개의 천국, 계절에 따라 수련과 연꽃으로 뒤덮이는 고요하고 커다란 연못 주위에 있는 페르시아 식 정원들을 마음대로 사용할 수 있었다. 클레오파트라가 가정교사들에게 편지를 쓸 때 마르쿠스 안토니우스는 그녀의 어깨 너머로 편지를 즐거이 넘겨다보고는, 이 정원들을 배치하자고 제안했다. 그리고 그들의 어린 점령자들을 그의 '성스러운 후원자' 디오니소스의 보호하에 두자고 제안했다. 인부들은 무화과나무와 석류나무 사이에 송악 몇 그루를 심었고, 아테네에서 수입해온 대리석 목신상들, 화강암으로 만든 표범 한 마리, 그리고 최고사령관이 소아시아의 대항구 에페소스에서 보내온 금으로 도금한 '잠든 아리안'을 서둘러 장식했다. 지금 그는 에페소스를 궁정으로 삼고 있었다.

니콜라우스 다마스쿠스는 왕가 아이들에게 각자 자습실로 사용할 장소를 고르라고 했다. 알렉산드로스는 화강암 표범이 있는 자리를 원했고, 프톨레마이오스는 작은 목신상들이 있는 곳을 원했으며, 셀레네는 무척이나 기뻐하며 한쪽 팔을 들어 머리를 감싼 채 나뭇잎 더미에 누운 아름다운 여인상, 잠든 아리안의 천국을 가리켰다. 가장자리에 아리안 조각상이 놓인 장방형 연못은 물 빛깔이 매우 어두워서 나무들이 두 개로 비쳐 보였다.

"난 정원이 두 개야. 하나는 땅 위에 있고 하나는 물속에 있어!"

셀레네는 자랑했다.

파피루스 두루마리를 가지고 천국의 정자에 자리 잡은 그녀는 아버지가 떠났고, 아르메니아 아기가 사라졌으며, 자신이 파란 궁전을 떠나온 일을 잊은 듯했다. 그녀가 '예뻐졌다'는 이야기도 해야겠다. 키레나이카 여왕이 된 이래 매일 저녁 시녀들이 공주를 목욕시킨 뒤 손바닥을 물들이고 키프로스의 헤나 염료로 발을 장식해주었다. 그래서 그녀는 자신이 아름답다고 믿었다. 가정교사는 이 어린 공주가 피부가 거무스름하고, 팔이 야위고, 얼굴이 좁다란 것을 보고 이따금 놀랐다. 어디서 이런 외모를 물려받은 걸까? 그녀의 아버지는 어릴 때부터 잘 생긴 것으로 유명했고, 그녀의 어머니 역시 전형적인 미녀는 아니지만 여왕들 중 가장 우아하다고 여겨지는데.

사실 외모는 그다지 중요하지 않았다. 이 어린 여왕은 벌써부터 부모의 위신에 걸맞은 지적 성향을 보였다. 최소한 의붓형제들인 안틸루스나 카이사리온에 비견할 만했다. 다른 두 소년이나 메디아 공주는 그렇지 않았다. 가정교사와 복습교사들(이들의 수는 일개 부대처럼 많았다!)은 그들을 위해 끊임없이 새로운 자극을 고안해야 했다. 프톨레마이오스와 이오타파에게 알파벳을 가르치기 위해 니콜라우스는 궁전 제빵사에게 말해 밀가루 반죽에 꿀을 발라 알파벳 대문자들을 만들게 했다. 무슨 알파벳인지 알아맞히면 그것을 먹을 수 있었다. 프톨레마이오스는 왕성한 식욕을 느끼며 베타에 달려들었다. 그는 그 글자가 유모의 젖과 닮았다고 생각했고, 이오타파는 뚱뚱한 배가 두 개 있는 그 글자를 오메가와 동일시했다.

또 다른 놀이는 부채 부치기 혹은 모기장 놀이였다. 방패에 글자를 하나씩 적어와 정원 화단에서 조합해 단어들을 만든다. 그리스어 알파벳 24글자와 이집트 구어의 기호 800개를 적은 방패를 들어줄 하인들은 얼마든지 있었다. 왕가 아이들 각자가 많은 하인을 쓰고 있었기 때문이다. 사람 이름 알려주는 하인들은 어린 군주들에게 궁정 조신들의 이름을 알려주는 임무를 맡았고, 음식 맛보는 하인들은 그들 앞에 놓이는 모든 음식을 미리 맛보는 임무를 맡았다. 망토 담당 하인들은 아이들의 의복을 관리했으며, 커튼 담당 하인들은 방 안에서 그들을 모셨다. 그리고 남자아이들과 여자아이들 모두를 위해 교육자와 문법학자들이 있었다. 다행히 교육자와 문법학자들 그리고 한두 명의 점성가를 제외하고는 모든 하인들이 순박했다. 아이들은 가구나 칭호, 궁전처럼 하인들을 자주 바꾸는 데 익숙해졌다.

셀레네는 아주 어릴 때부터 유모 큐프리스와 소인족 디오텔레스만 곁에 두었다. 처음에 가정교사는 디오텔레스를 쫓아내려 했으나, 그 늙은 곡예사가 야만적 본성을 지닌 이 소녀를 길들이는 기술을 가졌음을 금세 감지했다. 게다가 그 조그만 괴짜 곡예사는 소양이 부족하지 않았고, 심지어 자기만의 취향도 갖고 있어서 틈날 때마다 도서관에 드나들며 책을 읽었다. 물론 니콜라우스가 볼 때는 판단력이 부족할 때도 있었다. 언젠가 곡예사는 니콜라우스 그리고 세기의 훌륭한 몇몇 지성들에 맞서 소포클레스의 비극이 칼키스의 리코프론*의 비극보다 더 훌륭하다고 감히 주장하지 않았던가. 그때 니콜라우스는 농담처럼 그에게 말했다.

"늙은 아이스킬로스가 소시테우스** 위에 있다는 게 자네 생각인가?"

조수들의 웃음 속에서 그 소인족이 대꾸했다.

"전 그렇다고 봅니다."

난쟁이는 대담한 괴물이었으며 뻔뻔하기로는 거인이었다. 하지만 박물관의 학자들은 그를 무척 좋아했다. 그가 궁정에 관한 재미있는 이야기를 수없이 많이 알고 있었기 때문이다. 게다가 여왕의 주치의 올림포스(그는 마침내 글라우코스에게서 벗어났다. 글라우코스는 클레오파트라 여왕을 따라 에페소스에 갔기 때문이다)가 자신의 옛 '조수'인 그를 계속 보호해주었다. 이런 이유들 때문에 가정교사는 그를 조심스레 다

---

* Lykophron, 기원전 3세기경의 그리스 시인.
** Sositheus, BC 280년경 활동한 그리스의 비극 시인.

루었다.

　몸이 마비되어 꼼짝 못하고 깃털도 다 빠진 마지막 타조가 죽자, 노예 디오텔레스는 니콜라우스의 추천을 받아 셀레네의 교육자로 임명되었다. 카이사리온은 안티로도스에 있는 자신의 궁전에서 망설이다가 궁정 회의에서 이야기를 꺼냈다.

　"내 가정교사 유프로니오스가 그 소인족은 어린 여자아이들에게 위험하다고 하던데. 어린 여자아이들을 끈질기게 따라다닌다고 말이야. 그 사람 행동거지가……."

　니콜라우스가 정확히 설명했다.

　"노예들에게만 그렇습니다. 그건 노예들 사이의 이야기예요. 아몬의 아들이시여, 주인들은 그런 것은 무시해도 된답니다. 저는 그 늙은 소인족이 자유민 여자를 공격할 정도로 분별이 없진 않다고 생각합니다. 피부가 검긴 하지만 제 목숨은 아낄 줄 아는 자라고 봅니다."

　"하지만 유프로니오스가 보고받은 바에 따르면, 그 소인족이 아주 어린, 일고여덟 살 난 여자아이들을 노렸다던데. 남자아이들에게 한 일은 넘어간다 쳐도. 내 장관들도, 심지어 환관들까지도 남자아이들을 위안거리로 데리고 있으니까. 하지만 일곱 살 난 여자아이라니!"

　"그는 제 키에 맞춰 그 여자아이들을 취했다고 답변했다더군요. 사춘기가 되지 않은 어린 여자아이들과 시간을 보내면, 자신이 거쳐갔다는 증거가 남을 위험이 없다고 덧붙였답니다. '만약 내가 그 여자아이들이 열세 살이 될 때까지 기다린다면, 그리고 그 여자아이들 중 하나가 아기를 출산하다가 죽는다면, 사람들이 나에게 회초리질을 하지 않겠습니까!' 그는 어리석은 데가 전혀 없습니다, 군주여. 어쨌든 공주님은 그에게 열광하고 있고, 그를 억지로 떼어놓으면 우리를 용서하지 않을 겁니다. 공주님은 그를 장난감 보듯 보고, 그는 공주님을 여신처럼 존경하고 있지요. 감히 무례한 말씀을 드리자면, 그 자는 공주님을 친딸처럼 여기고 있어요. 되풀이해 말씀드리지만, 공주님 말씀에 따르면 그자가 공주님의 목숨을 구해줬다고 합니다."

"그렇다면 그자를 교육자 자리에 임명하시오."

카이사리온이 한숨을 쉬며 말했다.

"하지만 그가 좋아하는 노예들 중에서 어린 여자아이를 하나 골라 주고 그 아이로 만족하라고 명하세요. 알렉산드로스의 유모 타우스에게는 딸이 없나요?"

"하나 있습니다. 토니스라는 아이지요. 그 아이는 알렉산드로스 왕자님의 젖누이예요."

"그 아이가 예쁘면 그에게 주세요. 그리고 키레나이카 여왕에게는 절대 손댈 생각 말라고 충고하세요. 털끝 하나도 건드리면 안 된다고!"

셀레네는 예전에 비해 오빠 카이사리온을 덜 사랑하고 있었다. 그녀는 더 이상 여덟 살이 아니었고, 그와 똑같은 놀이를 하지 않고 그와 똑같은 즐거움을 느끼지도 않았다. 하지만 그녀로부터 열성적인 순종을 얻어내기 위해, 사소한 실수 하나도 카이사리온에게 이르겠다고 위협하면 그 효과는 충분했다. 아몬의 아들 카이사리온은 파라오가 될 것이고, 그녀는 그의 아내가 될 터였다. 그녀는 자부심을 느끼며 신의 의지에 복종했다. 또한 그녀는 약혼자인 오빠의 냄새를 그리 좋아하지 않게 되고(격투기장에 갔다가 천 개의 기둥 궁전에 잠시 들를 때면 그에게서는 시큼한 땀 냄새가 났다), 불안정하고 거칠어진 그의 목소리를 더 이상 좋아하지 않게 되고, 입술 위가 거무스레해져 엄격한 인상을 주는 그의 피부를 더 이상 좋아하지 않게 된 반면, 그의 강렬한 눈길, 씁쓸한 미소, 예쁜 손은 여전히 좋아했다. 그녀와 이야기할 때면 그는 자신의 스핑크스 같은 긴 황금색 털을 기계적으로 어루만졌다. 그녀는 그 손을 늘 만져보고 싶었다. 유모가 불러주던 자장가의 가사처럼.

"아, 나는 당신의 손가락에 물을 붓는 노예일 뿐이에요……."

카이사리온, 나는 정원 깊숙한 곳에서 익어가는 석류야. 언젠가 내가 오빠의 갈증을 풀어줄 날이 올 거야.

카이사리온. 열네 살에서 열다섯 살이 되어가는 너무나 외로운 아이.

그의 의붓형제들의 의붓형제인 안틸루스는 이따금 그를 약간이나마 즐겁게 해주었다. 하지만 어머니가 믿는 이 새로운 친구는 그가 상대하기에는 너무 어리고 태평했다. 다른 관점에서 보면 통치의 현실을 알지 못했다. 그들은 이따금 주사위 게임을 함께 했고, 타원형 경기장에서 전차 경주를 구경하며 감탄하기도 했고, 말을 타고 호수를 따라 나란히 달리거나 격투사들이 경기장의 모래 속을 구르는 모습을 구경하기도 했다. 하지만 나머지 시간에 안틸루스는 어린 학생으로서 하루를 보냈고, 카이사리온은 파라오의 옷차림으로 재판을 주재하고, 관리들을 접견하고, 연설을 하고, 서신들을 봉인했다. 그는 너무나 외로웠다. 즐겁게 놀 시간도, 모래 탁자 위에서 기하학을 공부할 시간도, 박물관의 학자들에게 별들의 위치에 관해 질문할 시간도 없었다. 밤이 되면 때때로 그는 다시 어린아이가 되고 싶었고, 어머니가 돌아오기를, 영원히 알렉산드리아로 다시 돌아오기를, 그리고 삶이 예전처럼 다시 펼쳐지기를, 안토니우스나 다른 아이들이 출현하기 전 그의 삶이 위협받지 않을 때처럼 다시 펼쳐지기를 바랐다.

의붓아버지 안토니우스가 전쟁터에서 죽으면 자신과 어머니의 삶이 어떤 모습이 될지 상상해보았다. 그런 상상을 오래 할 수는 없었다. 그것은 악몽이었고, 그는 그 사실을 잘 알고 있었다. 안토니우스가 죽으면 그에게는 삶이 존재하지 않을 것이다. 프톨레마이오스들은 로마에게 지배당할 테고, 모든 것을 잃을 것이다. 심지어 이집트까지. 카이사리온은 어머니의 눈을 통해 상황을 보았고, 잘 이해했다. 그는 두려웠다. 패배가 두려웠다. 여왕은 두려워하지 않는 듯했다. 이상한 점은, 그녀가 오히려 승리를 두려워하는 것 같다는 점이었다. 그는 자신이 이탈리아를, 언어도 모르는 그곳의 민중을 통치하리라 상상하지 않았다. 그들의 피상적인 신들과 투박한 예법은 그의 마음을 끌어당기지 않았다. 그는 그리스 사람이면서 동시에 스스로를 거의 이집트인으로 여기고 있었지만, 로마인이라 느껴지는 않았다. 한편으로 생각하면, 그는 그 먼 고장을 그리 오래 통치하지 않아도 될 것이다. 안토니우스가 그럴 거라고 장담했고, 알아서 그곳을 처리할 것이다. 그가 옥좌 위에 올려놓을 왕조는 조만간 안토니우스 가문의 것이 될 것이다. 그는 증여와 함께 이미 그 과정에 착수하지 않았는가. 그는, 견습 파라오 카이사리온은 조만간 독감으로 죽을 것이다. 사인死因이 무엇이든, 젊은 나이에 죽을 것이다. 카이사르의 아들인 그는 의붓아버지의 손에 들린 도구일 뿐이었다. 그가 의붓아버지에게 더 이상 쓸모가 없어지면 알렉산드로스 헬리오스가 세상을 지배할 것이다. 여왕이 그 술책을 알아채지 못했을 리 없다. 그 술책을 거든다면 또 모를까. 결국 '안쪽' 궁전의 어린 왕자들 역시 그녀의 아이들이고, 그들의 아버지는 살아 있으니까. 그들의 아버지는 여왕의 잠자리와 침대 식탁을 함께 쓴다. '도취'. 그녀의 남편이 그녀에게 준 반지에는 이렇게 새겨져 있다. 아들인 그가 그 도취와 즐거움에 맞서서 무엇을 할 수 있을까?

바로 이것이 그가 슬퍼하는 이유였다. 그리고 세상에 태어난 이래 모든 것을 불신하는 이유였다. 앞으로 그가 살날이 얼마나 남아 있을까? 서양이 오리엔트를 박살낸다면 이삼 년 정도였다. 상황이 반대가 될 경우에는 육칠 년 정도. 그것은 죽고 죽이는 법을 배우기에 충분한 시간일까?

오늘 밤 그는 아르시노에 이모를 생각했다. 그는 그녀를 알지 못했지만, 어느 하인이 조심성 없이 그녀에 관한 이야기를 해준 적이 있다. 아르시노에는 젊었던 것 같다. 열여섯 살? 스무 살? 그리고 권력욕이 있었다. 프톨레마이오스 가문의 여자들이 흔히 그랬듯 못된 계집이었다. 그녀는 언니인 클레오파트라에 대항해 무기를 들었다. 카이사르는 자신의 승리를 기념해 그녀를 사슬에 묶어 로마에 전시했다. 그는 개선식 초반에 그녀를 처형할 계획이었으나, 로마 시민들은 이집트 공주의 아름다운 모습에 감동받아 카이사르에게 자비를 요청했다. 카이사르가 그녀의 목숨을 살려줘야 할 상황이었다. 그녀는 여사제가 되는 조건으로 에페소스로, 디아나-아르테미스 성소로 몸을 피했다. 그곳의 대사제가 그녀를 감시하기로 했다. 그녀는 거기서 사 년을 살았다. 그런 다음 안토니우스가 에페소스로 오고, 클레오파트라의 삶 속으로 들어왔다. 타르수스에서 열정적인 밤들을 보내고 알렉산드리아에서 '비할 데 없는' 낮들을 보냈는데, 안토니우스가 클레오파트라의 청을 어찌 거절할 수 있었겠는가? 클레오파트라는 여동생이 죽기를 바랐고, 안토니우스는 신사였다. 풀비아에게는 키케로의 머리를 줬는데, 어찌 클레오파트라에게 아르시노에의 머리를 주길 거절하겠는가. 친절하게도 그는 그 젊은 여사제의 머리를 박박 밀고 처형하게 했다.

로마 병사들은 민간인을 죽일 때 늘 똑같은 방식으로 처리했다. 튜닉의 깃과 외투의 주름을 잘 벌렸는지 확인한 뒤, 양날검의 뾰족한 끄트머리로 경동맥을 꿰뚫었다. 죽음은 거의 즉각적이나, 불행히도 피가 낭자했고 집행자의 몸이 더러워졌다. 설사 사형 집행인이 일을 잘하는 편이라 해도 몸에 피가 튀고 머리에서 발끝까지 피투성이가 되는 것을 막을 수는 없었다. 안타까운 일이지만 신속성과 청결함 중 하나를 선택해야 했다.

아르시노에의 슬픈 죽음에 대해 숙고하면서 카이사리온은 그녀가 언니로부터 그런 취급을 받을 만했다는 사실을 의심하지는 않았다. 여왕에게는 형제 둘과 자매 둘이 있었다. 그리고 그녀의 통치는 그들을 모두 제거한 뒤에야 안정되었다.

"시체는 물어뜯지 않아."

그녀는 이렇게 말했다. 카이사리온은 그저 자신이 그녀를 모방할 수 있을지 궁금할 뿐이었다.

그는 어머니가 자기를 안심시켜주기를, 자기를 위로해주고 얼러주기를 바랐다. 그녀와 이야기를 나누고 싶었다. 하지만 그녀에게 편지를 써보내는 것 말고는 할 수 있는 일이 없었다. 게다가 적에게 발각될 위험이 있으니 기밀사항은 아무것도 써서는 안 되었다. 그러므로 다음번 편지에는 부두 끄트머리에 안토니우스의 거처를 짓는 작업의 진전을 설명하는 것으로 만족할 작정이었다. 또한 마우솔레움 건설과 천 개의 기둥 궁전 개축에 관해 설명할 것이다. 왕가 아이들의 건강 상태에 관해 이야기할 때는 시간을 들일 예정이다(프톨레마이오스의 건강은 늘 염려스러우니까). 그리고 안틸루스와 관련된 재미있는 일화 한두 가지를 이야기할 것이다. 그녀는 대체 언제 돌아올까, 언제?

그를 기억하며

카이사리온. 셀레네가 되풀이해 부르며 즐거워했던 딱딱하면서도 부드러운 이름. 온화한 카이사리온은 살해당한 뒤 돌 속에 자신의 흔적을 거의 남기지 않았다. 덴데라의 신전 벽에 그의 모습을 새긴 저부조가 하나 있다. 거기서 우리는 이집트 식 옷을 입고 어머니와 함께 신들에게 희생제물을 바치는 그의 모습을 볼 수 있다. 너무나 관습적인 묘사라서 로마인들은 그것에 주목하지 않았고, 그것을 망치로 두드려 없애는 것을 잊었다.

20세기 동안 그에 관해서 아무것도 발견되지 않았다. 그러다가 갑자기 회색 화강암으로 된 거대한 머리 하나를 바다에서 끌어올렸다. 절반은 로마인, 절반은 이집트인인 열두 살가량의 잘생긴 남자아이의 머리였다. 그 머리는 파라오의 아마포 머리쓰개를 쓰고 있었지만, 이마 위에는 전형적인 로마인의 숱 많고 부드러운 머리칼이 드리워 있었다. '혼혈' 왕, 잡종의 초상. 두 세계 사이에, 두 시대 사이에 낀 한 존재의 비통한 아름다움. 어린 아이의 포동포동한 모습(통통한 뺨, 도톰한 입)과 군주의 엄숙함(슬픈 눈빛, 꽉 다문 턱). 이목구비가 반듯한 그 얼굴은 미소 짓고 있지 않지만 그 육체는 그를 위해 미소 짓는다. 그것이 파리에 전시되었을 때, 나는 그것을 만지고픈 욕구를 느꼈다. 박물관의 경보장치가 울리는 것이 두렵지 않았다면 뿌루퉁한 입술의 윤곽을 따라 손가락으로 어루만지고, 뺨의 구부러진 부분과 일치하도록 손바닥을 관자놀이에 미끄러뜨렸을 것이다. 화강암은 마치 피부처럼 어루만지고 싶은 느낌을 불러일으켰다.

나는 공인된 가설을, 나중에 식별된 초상화들을 거의 믿지 않았다. 그 흉상은 스쳐보고 싶고, 살짝 건드려보고 싶고, 껴안아보고 싶은 마음 때문에 인정한 것이다. 셀레네는 외로운 '재의 정원'에서 이렇게 중얼거렸을 것이다.

"카이사리온, 카이사리온, 당신에 대한 사랑을 난 결코 멈추지 않았어요."

그들의 부모가 떠난 지 이제 18개월이 되었다. 카프카스 산맥과 유프라테스 강에서 안토니우스는 전선戰線을 안정화하기에 이르렀다. 페르가몬에서는 일찍이 오리엔트에서 본 것보다 더 많은 은화에 자신의 초상을 새기게 했다. 에페소스에서는 신新 디오니소스 신전의 초석을 놓고, 다시 모인 자신의 장군들을 위해 세상에서 가장 위대한 배우들을 호출했다. 그는 당당한 풍채와 웅변술, 후한 인심으로, 다시 말해 카리스마로 한 번 더 주민들을 현혹했다. 하지만 친구들이 그를 위해 활동하고 있는 로마에서 그는 증여에 대한 원로원의 승인을 얻지 못했다. 로마에서는 그의 매력이 더 이상 통하지 않았던 것이다. 그의 군단은 너무 멀리 있었다. 새 집정관들이 그에게 우호적이긴 했지만 소용이 없었고, 옥타비아누스가 사병들의 위협하에 회의를 열어 투표를 방해했다. 무장한 무리의 손에 넘어간 범죄단과도 같은 공화국에서, 무뚝뚝한 눈길을 한 그 젊은 무뢰한은 찬란한 '대부代父'에게 감히 처음으로 도전했다.

그 쿠데타 이후, 두 집정관 도미티우스와 소시우스는 원로원 의원

300명과 함께 그리스, 이집트, 아시아로 도망쳤다. 로마는 두려워했다. 옥타비아누스, 아그리파, 마이케나스와 도처에 존재하는 그들의 악덕 깡패들을. 하지만 그들은 로마에 있지 않은 안토니우스도 두려워했다. 그는 너무나 오래전부터 로마를 비워둬서 그에 대한 옥타비아누스의 이야기를 믿을 수밖에 없었다. 그가 이집트 여자 앞에 꿇어 엎드렸고, 그녀를 '여주인'이라고 불렀으며, 끝이 휘어진 검을 옆에 차고 환관들과 함께 걸어서 그 여자의 가마를 따라갔다는 것을. 로마는 두려워했다. 동방의 주술과 내전 발발을. 또다시 그 땅 위에서 싸우게 될까봐, 가족끼리 암살하게 될까봐 두려워했다. 로마는 병에 걸렸다. 두려움이라는 병에 걸렸다. 로마는 안토니우스를 쫓아버렸다. 그리고 그의 친구들을 증오했다.

안토니우스는 이집트 여왕 클레오파트라와 결혼했고, 처남 옥타비아누스가 법의 보호를 박탈하려 하는데도 여전히 옥타비아와 이혼하지 않고 있었다.

여왕은 그것을 이해하지 못했다. 그녀는 맏아들 카이사리온에게 편지를 썼다.

'내가 돌아갈 수가 없구나. 난 그 사람과 헤어지고 싶지 않아. 갑자기 상황이 달라졌어.'

그녀는 구 년 전 그의 정부가 되었고, 오 년 전 그와 결혼했다. 그런데도 그는 계속 망설였고, 다른 여자에게 '당신 짐을 꾸리시오'라고 말하지 못했다. 카이사리온도 제 어머니를 이해하지 못했다. 언젠가 그의 앞에서 안토니우스가 헤로도토스와 '친구의 나라' 유대에 대해 이야기하자 여왕이 그의 말을 자르며 이렇게 말했다.

"국가 사이에는 친구가 없어요. 왕에게는 형제가 없고요."

지당한 말이었다. 그런데 이집트에는 왜 남편이 있는 걸까?

어린 파라오는 새로 건조한 전함들이 무기를 싣고 항구를 떠나는 모습을 매주 지켜보았다. 전함들은 북쪽으로 올라갔다. 안토니우스는 소아시아 먼바다의 작은 섬 사모스에 새로운 숙영지를 만들었다. 사람들 말에 따르면 거기에는 벌써 장미꽃이 피었다고 했다.

오리엔트의 왕들이 배를 타고 와 클레오파트라와 안토니우스가 회의를 여는 하얀 집들이 있는 항구에서 차례로 내렸다. '로마의 보호를 받는' 왕들이었다. 그들은 에페소스에서 밀레투스까지 리디아 쪽 해안을 따라 정박해 있는 길고 검은 갤리선들을 보고 감탄했다. 안토니우스가 말했다.

"여러분은 아직 아무것도 못 본 거요. 내 최초의 '해상 요새'는 다음 달에 도착할 거요. 금속으로 장갑되어 있어서 적들이 충각으로 공격할 수 없고, 높이가 아주 높아서 접근할 수 없는 7층으로 된 배들이지요!"

"게다가 그것들이 물에 뜨기까지 한다는 말씀입니까?"

카파도키아 왕 아르켈라오스가 농담을 했다.

"그럴 필요가 있을까요?"

안토니우스가 웃으며 되물었다.

"해전은 포위공격만 있는 게 아니오. 그 배들이 있으면 나는 절실하게 필요한 매우 높은 방어물과 견고한 탑과 훌륭한 투석기들을 가질 수 있지요!"

그랬다. 그때까지 사람들은 노가 세 줄인 3단 노선과 노가 네 줄인 4단 노선밖에 알지 못했다. 첨단 기술을 자랑하는 이집트 기술자들조차 얼마 전에 노가 열 줄인 갤리선을 겨우 떠올렸을 정도다. 선미船尾의 높이 12미터, 노 젓는 사람 1천 명, 병사 500명, 일찍이 한 번도 본 적이 없는 바다의 괴물! 안토니우스가 염려하는 유일한 문젯거리는 로마 동방군이 이 거대한 배들에 필요한 군수품을 마음대로 구비하지 못한다는 점이었다. 병사들을 모집하고 육성하려면 더 많은 시간이 필요할 것이다. 그런데 소시우스와 도미티우스, 도피중인 두 집정관이 지금 공격을 시작하자고, 브린디시에서 하선하자고 그를 다그치고 있었다. 그들은 축소된 원로원에는 더 이상 합법성이 없으며, 옥타비아누스는 인기가 없다고 말했다. 그는 계속 세금을 올리고, 귀족들에게 돈을 뜯어내며, 민중을 착취한다고.

로마의 주인이 군대에 자금을 조달하느라 이집트의 부를 소유하지 못한 것은 사실이었다. 하지만 그는 모든 부보다 더 나은 것, 이탈리아와 로마 군단의 고갈되지 않는 준비금을 마음대로 사용할 수 있었다. 진짜 군인들. 안토니우스는 그것을 잘 알고 있었다. 지금 축제가 연이어 벌어지는 사모스에 합류한, 그의 친구인 왕들이 제공하는 불확실한 원군援軍이 아닌 다른 것을. 클레오파트라는 크레타의 플루트 연주자들을, 키레네의 리라 연주자들을, 주먹다짐에 재주가 있는 실리시아의 난쟁이들을, 그리고 에티오피아의 벌거벗은 무희들을 불러들였다. 여왕 부부는 자신들의 수호신인 디오니소스-오시리스에게 매일 황소 한 마리를 바쳤고, 매주 두 전사에게 숫양을, 그 지역의 수호성녀인 가짜 젖가슴이 줄줄이 달린 기묘한 아르테미스에게 통통한 암퇘지 한 마리를 바쳤다. 그 모든 신들 위에 군림하는 제우스-유피테르와 세라피스에게 속죄 봉헌을 바치는 것도 잊지 않았다. 이를 통해 많은 사람들을 불러모았고, 많은 의식들을 거행했다. 이렇게 판돈이 클 때는 인색하게 굴어서는 안 된다. 신들과의 관계는 '주고받기'이다. 병사들은 옥타비아누스의 아폴론 신이 얼마나 강한지 알고 있었고, 그들이 선택하지는 않았으나 앞으로 속하게 될 진영 쪽으로 저울이 기울도록 거금을 쓴 데 대해 최고사령관에게 감사했다.

사모스에서 안토니우스는 이 제단 저 제단을 기웃거리며 시간을 끌었다. 갑자기 그는 도덕적 거리낌이 느껴질 정도로 경건해졌다. 형식주의자, 그리고 심지어 율법주의자처럼. 그가 말했다.

"전쟁은 선포되지 않았다."

그는 전쟁을 주도하기를 원치 않았다. 로마인인 그는 로마에 맞서 무기를 들지 않을 것이다. 집정관을 지낸 적이 있는 '붉은 수염' 도미티우스가 화가 나서 말했다.

"카이사르나 폼페이우스라면 시간을 끌지 않았을 겁니다. 내가 장담해요! 상륙하기 위해 해상요새는 필요가 없어요. 공격하기 위한 핑곗거리도 필요 없고. 핑곗거리라면 옥타비아누스가 다량으로 제공하지 않았습니까! 즉시 싸워야 합니다. 당신의 처남을 앞지르세요. 분발하라고요!"

그들은 횃불 든 하인을 앞세운 채 해안을 걷고 있었다. 해는 아직 뜨지 않았다. 방금 동쪽 하늘에서 별들이 멀리 리디아의 산 뒤로 창백하게 사라져갔다. 그들은 그들의 친구인 콤마게네 왕 미트리다테가 베푼 연회에서 방금 빠져나왔다. 마지막 건배 전, 노예들이 식탁을 치우고 뱀에게 재주 부리게 하는 사람이 도구들을 꾸릴 때, 암피트리온의 허락을 받고 함께 그곳을 나섰다. 옷 보관소에서 연회복을 벗고 토가로 갈아입고, 반지를 끼고, 신발을 신을 때, 그들은 캐스터네츠를 든 카딕스의 무희들과 마주쳤다. 미트리다테는 연회에 참석한 손님들을 후하게 대접했다.

도미티우스는 식사 세 번째 코스인 고기 파이 요리가 나오자마자 최고사령관에게 쪽지 한 장을 건네 이야기 좀 하자고 청했다. 단둘이

서만.

'내 아내를 좋아하지 않는 인간이 또 있군!'

안토니우스는 생각했다.

사실 그의 로마인 친구들 중에는 클레오파트라를 좋아하는 사람이 많지 않았다. 옥타비아누스가 정치 선전으로 마법사다, 술꾼이다, 매춘부다, 하는 식으로 그녀를 비방했기 때문이다.

"그 여자는 남자 노예들에게 자기 성기를 애무하라고 시킨대. 그래, 그렇대. 누비아인 노예에게 거기를 문지르게 한대. 다들 그걸 알고 있어!"

로마에 사는 모든 사람들이 말했다. 특히 시민 계급의 중년 부인들이. 오늘 밤 홀을 떠나기 전에 그는 그녀를, 그 가여운 여자를 바라보았다. 그녀는 침대 식탁의 쿠션에 팔꿈치를 괸 채 반쯤 잠들어 있었다. 그 많은 남자들 가운데 유일한 여자. 미트리다테는 그녀의 자리를 잘 정해주었다. 식탁들 중 가장 상석, 중앙 좌석들 중 한가운데 자리였다. 최고사령관보다는 '아래쪽'이었지만 왕들, 집정관들, 원로원 의원들, 장군들보다는 '위쪽'이었다. 그들은 이 점을 두고 그녀를 용서치 않았다. 탁월자인 그녀를. 그들은 그녀의 우월함을 인정하기 싫었다. 그녀는 여자였다! 티티우스, 제미니우스, 델리우스, 그리고 심지어는 무나티우스 플란쿠스조차 이미 여러 번 그에게 여왕을 이집트로 보내라고 요청했다. 궁전에서 무언극을 할 때 주저 없이 바다의 늙은이를 흉내 내고(벌거벗은 몸을 파랗게 칠하고 우스꽝스러운 물고기 꼬리를 달았다) 아리안-클레오파트라와 신新 디오니소스의 발치를 기었던 '비할 데 없는' 자 플란쿠스조차. 훌륭한 병사들과 훌륭한 광대들이 모두 이렇게 주장했다.

"여왕을 제발 참모부에서 내보내십시오!"

마르쿠스 안토니우스는 깜짝 놀라서 물었다.

"왜 그래야 하지? 그녀는 지난 십오 년 동안 위대한 왕국을 통치하지 않았나? 그녀는 우리가 필요로 하는 함대 하나 지휘하지 않아. 여기서 자기 위치보다 못한 대접을 받고 있어. 당신 말은 여기서 그녀가 당신……보다 못한 자리에 있어야 한다는 거요, 마르쿠스 티티우스?"

그는 플란쿠스의 조카 쪽을 돌아보며 덧붙였다.

서투른 짓이었다. 티티우스는 기회주의적인 젊은 원로원 의원이었다. 하지만 파르티아와의 전투에서 후퇴할 때 몸소 군기軍旗를 들고 부상자들을 일으켜 세우며 모범을 보였다. 그런 기질의 사람을 모욕해서 얻을 수 있는 것은 아무것도 없었다. 마르쿠스 안토니우스는 그 점을 의식했고, 자신이 한 말을 즉시 후회했다. 그는 지쳤다. 상석권上席權 이야기, 자신의 야망과 타인의 원한 그리고 그들 모두의 긴 얼굴이 역겨웠다! 어째서 그들은 그가 여왕을 공격하리라 믿으며 끊임없이 그를 모욕하는가?

회의에서 이런 언쟁이 오간 날 밤, 안토니우스는 옥타비아누스에게 보내는 공개서한 한 통을 받아 적게 했다. 파괴를 면하고 여러 세기를 건너 보존될 유일한 편지였다.

'대체 무슨 생각에 사로잡혀 있나, 투리누스?'

안토니우스는 옥타비아누스가 투리움이라는 촌구석 출신임을, 더운 진창 출신임을 모든 사람들에게 상기시키기 위해 그를 투리누스라고 불렀다. 조롱의 의미였다. 그의 증조부들은 어땠는가? 해방된 노예와 고리대금업자였다. 외증조부로 말하면 밀가루 속에서 뒹군 아프리카인이었다! 대단한 기품 같은 건 없었다. 전혀!

'무엇이 이해되지 않는 건가, 투리누스? 내가 여왕과 동침한 것? 하지만 우리 두 사람 사이는 구 년이나 되었고, 그녀는 내 아내라네Uxor mea est! 자네는 적어도 리비아에 만족하지 않나? 내 편지를 읽을 때쯤 자네가 친애하는 마이케나스의 아내 테렌틸라, 혹은 테르툴라, 루실라, 살비아 티티세니아, 그 밖의 다른 모든 여자들과 동침하지 않았다면 나는 굉장히 놀랄 걸세! 어찌 나를 비난할 수 있단 말인가? 내 어떤 부분을? 자네는 대체 누구에게 화를 내는 거냐고!'

성정이 반듯한 옥타비아누스는 상스럽고 호전적인 언어로 쓰인 이런 편지를 견딜 수 없어했다. 편지를 쓰고 나자 안토니우스는 안심이 되었다. 하지만 다음날이 되자 그 편지를 보낸 게 잘못한 일이 아닐까 하는 생각이 들었다. 클레오파트라는 그런 천한 행동으로 그들이 타격을 입었다고 말하고 싶었으나, 시의적절하지 않다고 판단해 아무 말도 하지 않았다. 하지만 안토니우스가 이렇게 중얼거렸다.

"그 천한 행동으로 내가 타격을 입었소, 내가! 그 행동이 나에게 타격을 입혔다고! 당신의 평판이 떨어지고, 내 친구들의 정신이 타락했소. 로마는 알렉산드리아와 다르다오. 원로원에서 여전히 투표를 한다오. 생각해봐요! 예전에는 귀족, 평민, 그리고 해방된 노예들조차 나를 좋아했소. 그런데 지금은……."

지금은 견뎌야 했다. 게다가 '붉은 수염' 도미티우스가 훈계를 했다. 도미티우스는 그가 너무 느리고 신중하다고 생각했다. 한마디로 소심하다고. 그게 누구 때문인가? 물론 클레오파트라 때문이었다! 고된 전쟁보다는 축제와 향유를 더 좋아하는(여자에게는 당연한 일이지만) 여왕의 악영향.

"연회들이 끝도 없이 이어지고 있소."

늙은 공화주의자 도미티우스는 위엄에 감싸인 목소리로 말했다.

"당신의 장군들은 마시는 데 지치고 먹는 데 지쳐 있소. 병사들은 무위도식하고. 일정을 보니 트라키아 왕 사달라스와 만찬을 함께할 예정이더군요. 그다음에는 파플라고니아 왕 데조타로스와 만찬을 함께 할 예정이고. 마우레타니아의 보구드, 갈라티아의 아민타스, 카파도키아의 아르켈라오스. 상上실리시아의 타르콘디몬……. 다음 달엔 누구요? 폰투스의 폴레몬? 유대의 헤로데?"

"헤로데는 오지 않을 거요."

"왜지요?"

"페트라의 아랍인들이 그에게 덤벼들었소. 하지만 그는 나에게 할당된 병력을 보냈습니다. 아랍인들도 그랬고요."

"당신은 왕들 위에 군림하지. 좋아요, 재미있군요. 탁자 위에 왕관과 삼중관들뿐이라니! 하지만 진실의 순간에 당신이 그 아첨꾼 무리를 믿을 수 있을까요? 마르쿠스, 시간이 되었소. 다시 일어서시오! 당신의 토가를 떨구시오. 그 기식자 무리에게서 벗어나 공격하시오! 승패가 불확실했던 전투 전날 '두려울 때 나는 공격합니다!'라고 내게 말했던 젊은 장군은 어디로 갔소? 마르쿠스, 그 남자는 어디 있소? 그 남자를 어찌 했소?"

바람이 불어왔다. '젊은 장군'은 이제 피곤해하고 추워했다. 최고사령관은 토가 차림으로 덜덜 떨고 있었다. 나이가 들면 질 좋은 갈리아족 망토만큼 좋은 것이 없다! 그의 군용 샌들이 젖은 모래 속에 푹푹 빠졌다. 추웠다. 해는 아직 뜨지 않았다. '젊은 장군'이라……. 로마의 고참병들은 이십 년간 복무하며, 수많은 원정들로 쇠약해지면 은퇴한다. 가을이면 그는 쉰 살이 된다. 가장 나이 많은 고참병보다 더 오래 싸웠다.

그리고 '3월의 장미 섬'이라는 사모스의 별명은 허풍이었다. 장미들은 얼어붙고 말 것이다. 그건 그렇고……. 그는 바람이 그들 사이를 갈라놓기라도 한 듯 그보다 열 걸음쯤 앞서 걷고 있는 도미티우스에게 외쳤다.

"붉은 수염, 기다려요. '젊은 장군'이 친구들에게 했던 첫 번째 충고를 기억합니까?"

도미티우스가 대답했다.

"전투 전에는 반드시 오줌을 누어라! 나팔이 울려 공격이 개시되면 그 생각을 하기에는 너무 늦다……."

"그래요, 그 충고를 따르러 가야겠소. 방광이 꽉 차서 소변을 좀 봐야겠어요! 자, 나와 함께 갑시다, 도미티우스! 이것이 우리 승리의 첫 길을 터줄 거요. 우선 오줌을 누고, 그다음에 싸웁시다!"

그는 옥타비아누스의 군대가 있는 방향인 서쪽을 향해 오줌을 누고 싶었을 것이다. 마이케나스, 아그리파, 그리고 메살라에게. 하지만 그렇게 하면 바람의 방향 때문에 몸이 젖는다. 그래서 그는 바람을 등지고, 그의 군단들이 모여 있는 동쪽 해변 쪽으로 몸을 돌리고 소변을 보았다. 빌어먹을 전조!

그는 오랫동안 조용히 소변을 보면서 돌풍 가운데 외쳤다.

"옥타비아누스의 엉터리 삼류작가 메살라, 그 엉큼한 작자, 인간 말종이 내가 여왕과 함께 살게 된 후 황금 요강에 소변을 본다고 로마에 떠들어댄 일을 생각하면…… 말해보시오. 당신 내 요강을 보았소? 움푹 파인 바위 말이오! 적어도 당신은 그 조사꾼이 그 점에 관해 거짓말을 했다고 증언할 수 있겠지, 응? 만약 당신이 저쪽에 다시 가게 되면 나를 위해 그렇게 해주시오."

두 손이 자유로웠다면 마르쿠스 안토니우스는 박수를 쳤을 것이다. 얼마나 훌륭한 배우인가! 그는 방금 붉은 수염에게 그를 가장 안심시켜주는 역할을 제안한 것이다. 붉은 수염은 걱정하는 걸까. 그가 변했고 약해졌다고? 그래서 그는 붉은 수염 앞에서 영원한 안토니우스 역

을 연기했다. 조금 취했고, 쾌활하고, 냉소적이며 가벼운 승리자 안토
니우스……. 그 밖의 것에 대해서는 환상이 없었다. 언젠가 도미티우
스는 그를 배신할 것이다.

그들은 농담하며 해변을 따라 걷고 있다. 훈계는 더 이상 없었다. 상
스러운 농담도. 그것이 마음에 위로가 되었다. 밤이 잿빛을 띠어갔다.
마지막 별빛이 꺼져들고 바람도 잦아들었다. 그들은 만灣 끄트머리에
도착했다. 곧 작은 길, 보초병들, 독수리들, 속간*, 대막사, 자줏빛 휘장,
화로, 따뜻한 침대가 나올 것이다.

갑자기 안토니우스가 코를 쿵쿵거리며 걸음을 재촉했다.

"이 냄새가 느껴지오? 나를 쫓아오는 이 타락한 냄새 말이오."

빨간 수염과 횃불 드는 하인은 아무런 냄새도 느끼지 못했다.

"맙소사, 당신들 코가 막혔소? 이렇게 역한 냄새가 나는데."

"무슨 냄새입니까?"

도미티우스가 물었다.

"썩은 생선 냄새? 시체 냄새?"

시체 냄새는 확실히 아니다. 그렇다. 마르쿠스 안토니우스는 그 냄
새를 알고 있다. 승리한 장군들이 모두 그렇듯이. 탈주병과 패자들은
전투가 끝난 뒤 전쟁터를 성큼성큼 걸을 기회가 없다. 그러나 승자에
게는 그렇게 할 훌륭한 이유들이 있다. 적장의 시체를 확인해야 하고,
시체들의 옷을 벗겨야 하고, 무기들을 거두어야 하고, 적의 군기들을
전리품으로 모아야 한다. 알레시아에서, 파르살루스에서, 필리피에서
마르쿠스 안토니우스는 죽은 말들이 햇볕을 받아 풍기는 지독한 냄새
를, 배가 갈린 채 파리들 밑에서 부패하는 시체 냄새를 맡았다. 상한

---

* 束杆, 도끼 둘레에 채찍을 다발로 엮은 것. 집정관의 권위를 상징한다.

고기 냄새, 승리의 냄새…… 하지만 지금 나는 냄새는 그것과 달랐다. 수성水性의 냄새. 살 냄새도, 생선 냄새도 아니었다. 지하실 냄새 또는 토사물의 역겨운 냄새 같았다.

안토니우스는 횃불 드는 하인의 손에서 횃불을 낚아채 고여 있는 물, 진창, 수렁을 찾아 혼자 바위 속으로 들어갔다. 그리고 갑자기 기억해냈다. 네 살 혹은 다섯 살 때였다. 그는 캄파니아에 있는 저택 정원을 뛰어다니고 있었다. 그러다가 그 냄새 때문에 작은 연못 가장자리에 우뚝 멈춰 섰다. 초록빛이 도는 물속에, 연못 테두리돌 옆에 잿빛 얼룩 하나가 보였다. 그는 몸을 숙였다. 그것은 배였다. 물에 둥둥 떠 죽어 있는 큼지막한 두꺼비의 배였다. 배가 너무 부풀어 있어서 발들은 보이지도 않았다. 어린 안토니우스는 막대기 하나를 집어 두꺼비의 배에 대보았다. 피부가 부드럽고 거의 투명했다. 막대기로 움직이자 머리가 물 위로 떠올랐다. 형태가 거의 망가져서 피로 물든 커다란 눈만 겨우 식별할 수 있었다. 어린 안토니우스는 막대기 끝을 사용해 두꺼비를 돌로 된 연못 가장자리에서 끌어올렸다. 하지만 그것을 뒤집을 수도 없었고, 더 가까이 끌어올 수도 없었다. 그의 동작은 너무 서툴렀고, 두꺼비의 피부는 너무 미끄러웠다. 잔뜩 부풀어오른 하얀 배, 그 혐오스러운 배, 그리고 으스러진 머리에서 튀어나온 그 빨간 눈이 줄곧 그의 눈앞에 어른거렸다…… 바람과 햇볕에 강조된 그 냄새가 갑자기 너무나 강하게 그를 공격해서, 모든 것을 물에 다시 던져버리고 싶었다. 하지만 다음 순간 두꺼비가 그의 발 위로 튀어오르며 두꺼비의 체액이 튀었다. 그는 비명을 지르고는 집으로 달려갔다. 두 손과 머리를 샘물에 담갔다. 하지만 죽은 두꺼비의 악취가 그의 몸에 들러붙었다. 그 냄새가 너무나 오랫동안 그를 따라다녀서 여러 해가 지난 뒤에도 그는 그 연못을 피해 멀리 돌아서 다녔다.

오늘 밤, 그 냄새가 다시 그의 속을 뒤집어놓았다. 일렁이는 희미한 횃불 빛 속에서 그는 바위 사이의 물에 반쯤 잠긴 익사체를 보았다. 그 사람은 반듯이 누워 있었다. 처음에는 부푼 배만 보였다. 임신한 여자의 배 같았다. 징그러운 개구리. 벌거벗은 배. 옷은 바닷물에 쓸려간 듯했다. 튜닉만 조각난 채 남아 해초처럼 나부끼고 있었다. 하지만 발에는 여전히 샌들을 신고 있었다. 신발창에 징이 박힌 샌들이었다. 많은 흙길 위에 로마의 흔적을 남긴 신발창. 안토니우스는 그 신발창으로 그가 자신의 병사들 중 하나임을 알아차렸다. 암초에 부딪히는 파도 때문에 얼굴이 온통 상처투성이여서 젊은 사람인지 나이 든 사람인지는 알 수 없었다. 검은 물속에 드러난 피부가 매우 흰 것으로 미루어 갈리아족 원군援軍이나 군수품을 보충하기 위해 해변에 데려다놓은 어린 소년병일 거라고 추측했다. 병사는 사고로 바다에 빠졌을 것이다. 신병들은 배 위에서 몸을 잘 건사하지 못했다. 심지어 닻을 내린 배에서도!

그는 전투를 개시하기 위해 필요한 수병의 절반도 가지지 못했고, 땅 위에서는 온전한 군단을 하나 이상 갖지 못했다고 도미티우스에게 말하고 싶었다.

'6천 명의 훌륭한 병사를 거느리는 행운은 20분의 1 확률도 안 되오. 나는 그런 병사들로 100인대隊 40개를 구성해야 해요! 나는 고참병들을 재복무시키고, 에티오피아와 오리엔트에서 병사들을 모집했습니다. 심지어 노예들까지도. 그들에게 자유를 약속했어요. 나는 온갖 노력을 아끼지 않았소, 도미티우스. 온갖 노력을요! 라틴어 한마디 할 줄 모르는 병사들도 있어요. 다만 이번 공격에서 내 운명은 신들의 손에 달려 있습니다!'

그가 하고 싶었던 말은 이것이었다. 하지만 그가 고민을 털어놓을 수 있는 존재는 세상에 단 한 사람, 클레오파트라뿐이었다. 그러나 그녀 앞에서도 두려웠다. 그리고 두려워한다는 사실이 부끄러웠다.

목구멍에서 근심이 치밀어 올라왔다. 그것은 시체 냄새였다. 입안이 쓰디쓰했고, 위장이 수축되었다. 토하면 안 되었다. 그러면 사람들은 또 그가 술에 취했다고 말할 것이다! 그는 근심을, 부끄러움을, 두려움을 억눌렀다. 그리고 얼룩 한 점 없이 말끔한 토가 차림으로 숨을 참으려고 애쓰며 천천히 도미티우스에게로 돌아갔다.

가여운 안토니우스! 그는 해전을 치러본 적이 한 번도 없었다. 최근 익사한 이 병사가 풍기는 액체성 악취를 분간하지 못하는 '보병'일 뿐이었다. 도미티우스는이 냄새를 맡지 못했다. 그의 옷에서 나는 역겨운 패배의 냄새를 맡지 못했다!

"뭡니까?"

깊은 어둠 속에서 전前 집정관이 물었다.

횃불 빛을 받아 최고사령관의 윤곽이 어두운 바위 위에 뚜렷이 드러나 보였다.

"오, 아무것도 아닙니다. 죽은 두꺼비예요."

그가 대답했다.

그래서 그는 한바탕 질펀하게 놀았다. 술, 여자, 음악가들! 정신을 다른 데로 돌리기 위해서였을까? 아마도 그랬을 것이다. 하지만 특히나 시간을 벌기 위해서였다. 그리고 눈속임을 위해서. 천박한 여자 클레오파트라와 지쳐빠진 도락가 안토니우스? 브라보! 그는 그런 상투성을 참아내야 했다.

이런 이유로 얼마 전 그녀가 글라우코스의 도움을 받아 소논문「화장학 개론」을 쓴 것이다. 이 소논문은 로마에도 알려졌고 큰 성공을 거두었다. 그리고 도락가 안토니우스는 자신의 음주벽에 관한 옥타비아누스의 비방문에 대한 답변으로「그의 취함에 관하여」라는 제목의 재기 가득한 풍자문을 도처에 배포했다. 향유와 좋은 술, 세련된 농담들, 사모스의 진미들. 그의 군대에 '진짜 병사' 5만 명이 부족하다는 사실을 감추기 위한 완벽한 장막이었다.

셈은 빠르게 행해졌다. 옥타비아누스는 그들이 맺은 협정을 위반하고 2만 명의 군단과 안토니우스가 파르티아와의 전투에서 잃은 수만큼의 훈련받은 병사 3만 명을 보내지 않았다. 이후 안토니우스의 상황은 '만회'되지 않았다. 근근이 버티고 있을 따름이었다. 군대의 하인들을 병사로 변모시키고, 군단을 구성하기 위해 남부 이탈리아인들을 아시아로 불러모으면서. 그러나 그는 그 병사들을 끊임없이 잃었다. 느린 속도로 계속되는 인명 손실의 대가로 그는 아르메니아를, 부유한 아르메니아를 보존했다. 그런 점에서는 그리 큰 출혈이 아니라고 볼수도 있었지만, 계속된다는 것이 문제였다. 만약 전쟁이 시작되면(그는 아직 미래를 그리고 싶지 않았고, 조건부로만 여겼다) 그 아르메니아 군단을 해안으로 다시 데려와야 할 터였다. 그들의 장군 카니디우스가 보병 대장으로서 지휘권을 행사하기 위해 벌써 거기에 도착해 있었다. 그들이 그리스를 향해 함께 출범하는 즉시 아르메니아는 파르티아 해안으로 되돌아갈 것이다. 오래전부터 기울어가던 그곳으로.

인도로 가는 길은 막혔고, 디오니소스의 꿈은 쓸려가고 있었다. 쾌락의 신, 기뻐하는 자, 그가 그를 버리려는 것일까?

그는 두 손을 맞부딪쳤다.

"모두 팔레르노 포도주*를 마십시다! 친구들이여, 그대들은 투리누스가 그 빌어먹을 비방문에서 '마레오티스 백포도주** 기운에 내 정신이 흐려졌다'고 주장한 걸 잘 알 거요. 마레오티스 백포도주? 그자는 대체 나를 어떻게 생각하는 걸까? 내가 이집트 포도주를 마신다고? 그 시큼한 막포도주를? 가련한 옥타비아누스! 나르보넨시스*** 포도주와

---

* 지금의 이탈리아 카제르타 지방에서 생산하던, 고대에 유명했던 포도주.
** 이집트 마레오티스 호 주변에서 생산되던, 고대에 유명했던 백포도주.
*** 오늘날 프랑스의 프로방스와 랑그도크에 해당하는 지역. BC 121년에 건설된 로마 최초의 식민지였고 포도 재배에 좋은 조건을 지녔으므로 로마인들은 이곳에서 포도를 재배하고 와인을 제조했다.

키오스* 포도주도 구별 못 하는 인간! 우리 오래된 팔레르노 포도주를, 아름다운 이탈리아의 미주美酒를, '고대의 포도나무에서 난 순수하고 즐거운 술'을 마십시다. 그리고 플루트 연주하는 여자들을 데려오시오! 가장 음란한 여자들을, 빠는 여자 브리세이스와 아마조네스 신시아를 우리에게 데려오시오! 사랑스러운 사내아이들도! 물론 우리에겐 사랑스러운 젊은이들, 마르쿠스 티티우스에게 위안을 주는 사내아이들이 필요하지! 자, 나의 마지막 획득품을, 신들에 어울리는 숭고한 쌍둥이 한 쌍을 여러분에게 보여드리겠소! 쌍둥이를 들여라, 마르디온."

검은 곱슬머리에 눈이 크고 파란 네다섯 살가량의 남자아이 둘이 대막사의 트리클리니움** 안으로 들어왔다. 아이들은 광대뼈와 입술을 연한 장밋빛으로 물들였으며, 데이지 화관을 쓰고 연보랏빛 실크 튜닉을 입고 있었다. 허리띠가 너무 높이 불룩하게 매어져 있어서 벌거벗은 엉덩이가 드러나 보였다. 두 아이는 서로 손을 잡고 나아와 여왕 앞에 꿇어 엎드렸다.

"천상의 광경이군!"

플란쿠스가 작고 토실토실한 엉덩이들을 응시하며 외쳤다.

"플란쿠스, 자제하시오! 아직 내가 획득품을 접수하지 않았소! 이리 오거라, 어린 헤파이스티온. 무서워하지 마라. 그리고 너도, 파트로클레스…… 보시오. 이 아이들은 모든 면에서 닮지 않았소? 얘들아, 서로 등을 대고 서라. 키가 한 치의 오차도 없이 똑같군. 이 아이들의 흰 피부를 보시오. 우유처럼 맑고 싶게 만드는 피부로군. 내가 맛을 좀 보도록 네 팔을 이리 다오, 파트로클레스. 오, '멍에에 전혀 훼손을 입지 않은 암소의 달콤한 우유' 같구나…… 그리고 머리카락은? 두 아이 다

* 에게 해에 있는 그리스 섬.
** 누워서 식사하는 식탁이 놓인 고대 로마의 식당.

똑같이 부드럽고 탄력 있군. 자, 만져들 보시오. 이렇게 좋은 털은 한 번도 쓰다듬어보지 못했을 거요. 이 곱슬머리를 손에 쥐고 무게를 헤아려보시오. 포도송이처럼 묵직하지 않소? 이 아이들은 두 명의 큐피드요! 똑같은 비너스에게서 태어난! 나는 무척 비싼 값을, 세스테르티우스 은화 20만 냥을 치르고 이 아이들을 샀소! 세상의 그 어떤 왕도 이렇게 고품질의 쌍둥이 노예를 보여줄 수는 없을 거요, 안 그렇소?"

파플라고니아의 왕 데조타로스가 비굴한 태도로 동의를 표했다. 상실리시아의 왕 타르콘디몬은 쌍둥이 노예의 싱싱한 살을 손으로 만져보고 경탄했다. 마우레타니아 왕 보구드는 박수를 쳤다.

"그런데 여러분은 잘못 알고 계시오."

안토니우스가 자신이 자아낼 효과에 미리 즐거워하며 말했다.

"나는 속았다오, 친구들. 인적 없는 적막한 곳에서 도둑질을 당하듯이 말이오. 내가 산 이 쌍둥이 중 한 명은 시리아 아이이고 다른 한 명은 헬베티아 아이라오!"

사람들이 소리를 질렀다. 다들 깜짝 놀랐고, 그다음에는 분개했다.

"그 상인을 들여보내라, 마르디온."

늙은 환관이 안토니우스의 명에 따라 손짓을 하자, 클레오파트라의 경호원들이 흰 턱수염을 기르고 두 손이 묶인 늙은이를 천막 밑으로 들여보냈다.

"어리석은 상인이여, 너는 최고사령관을 속일 수 있다고 믿었느냐? 너는 더러운 직업에 종사할 뿐 아니라, 일 처리도 지저분하구나! 출신에 대한 보증도 없이 노예를 팔았지, 안 그래? 내가 조사해보리라고는 상상해보지 않았겠지. 하지만 이봐, 그렇게 큰돈을 치러야 한다면 내 쪽에서도 정보를 좀 수집하지 않겠어! 너는 시리아 꼬마 헤파이스티온을 사 년 전부터 아파메이아에서 키웠지. 네가 누구에게서 그 아이를 데려왔는지 나는 모른다. 그리고 파트로클레스는 열 달 전 스미르나의 시장에서 발견했지. 코린토스의 상인이 갈리아족 포주에게서 그 아이를 샀지만 너에게 양보했어. 너절한 작자에겐 예상치 못한 기회였겠지! 너는 오래전부터 이 시장 저 시장 전전하면서 헤파이스티온에게 어울리는 아이를 구하려고 애썼어, 그렇지 않나? 위안을 주는 한 쌍의 남자아이들로 팔려고 말이야. 그게 하나씩 파는 것보다 수익이 더 좋으니까! 그래서 너는 아이들의 머리를 똑같은 모양으로 손질하고, 똑같이 행동하도록 상세히 항목을 나누어 아이들을 훈련시켰지. 그런 다음에는 봉 노릇 할 손님을 찾아내기만 하면 되었지……. 이 사기꾼 같으니. 내가 치른 돈을 이제 뱉어내라!"

"저 사람을 죽이시오, 마르쿠스!"

왕들이 고함쳤다.

"돈을 돌려받는 것으로 만족해서는 안 됩니다."

병사들이 외쳤다.

"저 부도덕한 사기꾼을 십자가에 매다십시오. 죽을 때까지 치십시오! 채찍으로, 채찍으로!"

아이들은 소란스러운 분위기에 겁을 먹고 눈이 휘둥그레진 채 형제처럼 서로에게 몸을 붙였다. 그러자 마르쿠스 안토니우스가 한쪽 팔로 아이들을 자신의 침대 식탁 옆으로 끌어당겼다.

"무서워할 것 없다, 애들아. 이 최고사령관이 너희를 보호해줄 테니까. 아무도 너희들을 건드리지 못한다. 너희의 못된 주인이 내 데나리우스 화폐를 돌려주기만 한다면 말이다."

턱수염을 기른 늙은이는 소란에도 그다지 동요하는 기미가 없었다.

"최고사령관님, 당신은 이 거래를 무르실 권리가 있습니다. 이 아이들은 같은 어머니에게서 태어나지 않았습니다. 이 거래에는 사기 행위가 있었어요. 그래요, 그렇습니다. 아이들을 제게 돌려주시면 돈을 돌려드리겠습니다. 그러면 다 해결되는 거지요. 저 같은 늙은이에게 채찍질을 해봐야 소용없을 겁니다! 당신은 잔인한 분이 아닙니다. 다들 그걸 알고 있지요……. 하지만 받을 것을 요구하기 전에 잘 생각해보십시오. 다른 나라 출신이지만 서로 닮은 두 아이를 찾아내는 것보다는 문서로 보증된 쌍둥이를 만들어내는 게 더 쉽지 않겠습니까? 그뿐 아니라 이 아이들은 잘생겼고, 순결하고, 잘 길들여져 있습니다. 이 아이들이 놀랄 만큼 서로 닮은 것은 정말로 우연의 일치이고, 그 사실이 로마에서 당신의 명성을 드높여줄 겁니다. 오토크라토르여, 이 보잘것 없는 늙은이의 겸허한 조언을 귀 기울여 들어주십시오. 아름다움만큼 쾌락을 안겨주는 것은 세상에 없답니다."

비열한 상인은 이렇게 말하고는 감히 클레오파트라에게 흥분한 눈길을 보냈다.

"그러니 되도록이면 그 두 보물을 데리고 계십시오. 당신의 비루한 데나리우스 화폐가 비천한 상인인 제 손을 더럽히도록 그냥 내버려두세요."

상인의 말에 안토니우스는 큰 소리로 웃음을 터뜨렸다.

"아, 이 어리석은 사기꾼 같으니. 뻔뻔스럽기가 이루 말할 수 없군!"

"이 작자를 죽이시오, 마르쿠스."

왕, 장군, 원로원 의원들이 되풀이해 말했다.

"감히 최고사령관에게 사기를 치다니! 최고사령관을 속이다니! 심지어 이 작자는 당신의 자비를 구하지도 않습니다. 그러니 이 작자를 죽이십시오."

최고사령관은 손짓으로 그들을 침묵시켰다. 지금 이 사기꾼의 죽음을 요구하는 이들 역시 기회만 있다면 내일이든 모레든 그를 속이리라는 사실을 그는 잘 알고 있었다. 그는 클레오파트라를 바라보았다. 장미 관을 쓴 클레오파트라가 미소를 지었다. 그녀는 이 상황을 재미있어했다. 그리고 그는 그녀를 재미있게 해주는 걸 좋아했다. 안토니우스가 상인에게 말했다.

"너의 논증 잘 들었다. 너는 도덕심이 전혀 없지만 재치가 없진 않구나. 다만 말해보아라. 아마도 여러 해가 흐르면 이 아이들의 닮은 부분(사실 놀라운 일이지만)이 희미해지겠지. 그러니 나는 친구들의 놀라움과 감탄을 오랫동안 즐기지는 못할 거다. 술 따르는 역할을 하고 입맞춤으로 우리에게 포도주를 대접할 나이가 되기 전에 이 아이들은 나와 뚱뚱한 플란쿠스가 다른 것만큼이나 서로 달라질 거야! 그렇다면 나에게 이 아이들이 무슨 가치가 있겠나?"

"그런 가치 하락을 배제할 수 없다는 점을 저도 인정합니다, 최고사령관님……. 하지만 같은 날 같은 배에서 태어난 진짜 쌍둥이도 자라나면서 서로 얼마나 달라지는지 생각해보십시오. 사람들이 늙은 카스토르와 늙은 폴룩스*를 혼동하겠습니까? 디아나가 아폴론을 닮았을까요?"

상인의 말에 마르쿠스 안토니우스는 갑자기 자신의 쌍둥이 자식들을 떠올렸다. 해와 달. 사실 그 아이들은 서로 너무나 달랐다. 알렉산드로스는 잘생긴 외모에 쾌활했고, 셀레네는 삼각형 얼굴에 못생긴 편이었고 성격이 침울했다. 하지만 셀레네에 대한 기억이 그를 애정으로 덮어버렸다. 그는 셀레네에게 곧 돌아가겠다고 약속했다. 그 아이가 그를 기다릴 것이다……. 그 아이가 잘 지내는지, 많이 컸는지, 리라 반주에 맞춰 〈아킬레우스의 분노〉를 부를 수 있는지 알고 싶었다.

---

* 카스토르와 폴룩스는 제우스와 레다의 쌍둥이 형제이다.

사실 다른 딸들인 프리마와 안토니아에 대해서도 그는 아무런 소식을 듣지 못하고 있었다. 옥타비아가 더 이상 그에게 편지를 보내오지 않았던 것이다. 그는 생각에 잠겨 클레오파트라를 바라보았다. 하지만 그녀는 그의 표정을 잘못 이해했다. 그녀는 여전히 웃는 얼굴로 자신의 경호원들이 무릎 꿇린, 손이 묶인 노예 상인 쪽으로 고개를 끄덕여 동의를 표했다. 안토니우스가 말했다.

"좋다, 사기꾼. 그만 꺼져라! 돈도 가지고. 네 상품 때문이 아니라 너의 구변 때문이다! 가서 내가 생각했던 것보다 덜 어리석더라고, 그리고 사람들이 말하는 것보다 훨씬 더 너그럽더라고 아시아 전체에 부르짖어라!"

그리고 새 두 마리처럼 서로 몸을 꼭 붙이고 있는 아이들에게 말했다.

"그리고 너희, 귀여운 참새들아, 너희는 내 집에 머물러라. 잠자리에 들 시간이 되었으니 그만 물러가거라!"

그러고는 자신의 말을 더 잘 이해시키기 위해 헤파이스티온의 드러난 엉덩이를 다정하게 한 번 두들겼다.

"여러분, 나도 그만 잠자리에 들어야겠소. 우리 연회 주최자의 허락을 받고 말이오. 이제 피곤하군요. 나 없이 계속들 마셔요. 내 연주자들도 마음대로 사용하고!"

사실 그는 잠이 필요한 게 아니라 이야기가 필요했다. 여왕과 이야기를 해야 했다. 그들의 아이들에 대한 것이었을까? 어쨌든 초저녁부터 머릿속을 맴도는 문장 한 구절을 쫓아내기 위해 이야기를 해야 했다. 요전날 죽은 수병을 본 뒤 그의 기억 속에 떠오른 「페르시아인들」

의 운문 말이다.

"어두운 창공 빛깔 새들의 대비상大飛翔. 아뿔싸, 큰 범선들이 그들을 데려왔구나! 아뿔싸, 큰 범선들이 그들을 잃었구나!"

그가 나중에 방에서 화로에 손을 덥히며 이 시구를 낭독하자 그녀가 그를 놀렸다.

"고전을 복습하는 거예요? 그렇다면 내가 현대작품을 읊어줄게요. 그게 더 재미있어요. 라틴어로 된 작품들도 있죠!"

그녀는 샌들을 벗어던지고 즐거운 표정으로 커다란 침대에 누웠다.

"잘 들어요. 당신을 위해 당신들 야만인의 언어로 이 시를 배웠으니까. '이제 와도 돼요, 젊은 신랑이여. 그대의 아내가 그대를 위해 침대에 있어요. 그리고……' 웃지 마요!"

그는 그녀가 잘 못하는 드문 언어들 중 하나인 그 언어 때문에 웃었다. 그녀에게는 지독한 그리스어 악센트가 있었고 모든 모음 앞에서 h 발음을 냈다.

"당신 벌써 침대헤 누훈 거효, 혀황 마마?"

"조용히 해요, 마르쿠스. 내가 끝까지 다 낭독하도록요! 난 이 시구가 무슨 뜻인지 전혀 모르기 때문에 처음부터 다시 시작해야 돼요. 빌어먹을 라틴어! 날 방해하지 마요. '이제 와도 돼요, 젊은 신랑이여. 그대의 아내가 그대를 위해 침대에 있어요. 그녀의 얼굴은 꽃처럼 환히 피어났고, 카밀레 꽃처럼 희어요…….'"

갑자기 그녀가 진지하고 겁에 질린 표정으로 쿠션 위에서 몸을 젖히더니 신부처럼 눈을 감았다. 그리고 웃으면서 그에게 팔을 벌렸다. 그는 그 연극 속에서 한순간 셀레네와 비슷한 무언가가 그녀의 얼굴을 스쳐가는 걸 보았다. 언젠가 그들의 딸은 미노타우로스에게 넘겨져 사람들이 다치고 멍들게 하는 '카밀레 꽃처럼 흰' 여자를 닮게 될 것이다. 그는 자신의 '신부' 위에 길게 누워('이 여자는 여왕이다. 하지만 내 아내야, 투리누스!') 그녀의 손목을 난폭하게 붙잡았다. 그녀의 손목은 너무나 가늘고, 너무나 연약하고, 부서지기 쉬워 보였다. 그는 그녀의 어깨를, 그녀의 입술을, 진주 장식을 단 조그만 귀를 깨물었다. 그녀가 소리 지를 때까지 깨물었다. 그리고 두 번의 입맞춤 사이에 디오니소스적 결혼의 신성한 노래를 그리스어로 중얼거렸다.

"그대의 깊은 정원을, 검은 꽃과 비옥한 동굴을 나에게 주시오."

기념품 상점

공공 경매 상품 목록, 골동품, 파리, 드루오 몽테뉴.

......37. 벌거벗은 디오니소스가 한쪽 어깨와 상반신을 염소 가죽으로 덮고 서 있는 모습이 그려진 봉헌물 표지판. 머리카락은 포도나무 가지로 장식되어 있고, 그중 몇 개의 나뭇잎과 디오니소스의 눈동자는 은으로 도금되어 있다. 청동과 은, 초록색과 검은색으로 산화가 일어났음, 프톨레마이오스 시대.

높이: 15cm, 너비: 9cm

4000/4200

......55. 입에 검지를 물고 있는 작은 호루스 상像. 진한 파란색 유약을 바른 도기. 목 부분에 균열이 눈에 띔. 받침돌이 깨졌고 여러 군데 결함이 있음. 이집트, 프톨레 마이오스 시대.

높이: 14.8cm

1200/1300

셀레네는 카노포스의 세라피스 성소에 가서 기도를 바쳐 남동생 프톨레마이오스 필라델푸스를, '작은 호루스'를 구했다. 의사 올림포스는 하데스가 또 다시 암흑 속으로 끌어당기기라도 하듯 목구멍에 생긴 종기로 고통스러워하는 여왕의 아기를 병에서 회복시키기 위해 특단의 조치를 취해야 한다고 판단했다. 바로 카노포스에 가서 기도를 바치는 것이었다. 치유에 관한 한 카노포스의 신이 알렉산드리아의 신보다 더 힘이 셌다. 하지만 하인을 대신 보낼 수는 없었다. 오직 환자의 친지('손위' 친지)만이 기도를 바칠 자격이 있었다. 셀레네가 그 역할에 자원했다.

셀레네는 자신이 늘 즐겨 부르던 '아기'를 위해 세상에서 가장 두려운 일을 행할 준비가 되었다. 천국에서 나가, 궁전의 감미로운 그늘을 벗어나 바깥으로, 빛 속으로 나가는 일이었다. 안전한 왕궁 구역을 벗어나 도시와 외침 소리를, 군중을 통과하는 것. 길에서, 운하에서 모든 사람들의 눈길을 받으며 여행하는 것. 신전 뜰 앞, '공주'를 코밑에서 보기 위해 몰려올 숭배자들 한가운데에서 잠을 자는 것. 그것은 이 밤의 여자아이가 가장 두려워하는 것(태양과 낯선 사람들)이며, 그녀가 그 무엇보다도 무서워하는 것(남들에게 모습을 보이는 것)이었다. 이제 그녀는 남동생을 사악한 세트의 손아귀에서 구해내기 위해 그것을 행하게 될 터였다.

공주는 마이안드로스에서 금빛 펠러카 선船에 올라탔다. 오 년 전 시리아에서 돌아온 이후 처음 도시의 성벽을 넘어 호수를 다시 보게 되었다. 파피루스 뭉치, 바람을 받아 반대 방향으로 기우는 무화과나무들, 새 모양을 닮은 작은 배들이 미끄러져 지나가는, 야생의 풀이 자라는 작은 섬들. 구원의 신을 향해 항해하면서 셀레네는 또한 오리엔트를 향해 항해한 셈이었다. 나일 강 천사의 운하를 향해, 초록을 향해, 삶을 향해…….

자줏빛 닫집을 갖춘 펠러커 선이 운하에 정박한 것을 보고, 반원형 아치 밑 식탁에 앉아 있던 사람들이 환성을 지르며 둑을 따라 모여들었다. 그들은 여왕이 원정에서 승리해 돌아와 백성들을 방문하러 왔다고 믿었다. 운하를 따라 늘어선 술집들에서 술 취한 손님들이 쏟아져나왔다. 셀레네는 여신처럼 닫집 아래 앉아 사람들의 박수갈채를 받았다. 파리 쫓는 하인들에게 커다란 깃털 부채로 자기 모습을 가려달라고 말했다. 사람들에게 보이는 것이 싫었기 때문이다. 하지만 얼마 지나지 않아 호기심을 이기지 못하고 두 개의 부채 사이로 손을 가져가 깃털들을 조금 벌렸다. 크레타 혹은 나르보넨시스 수병들이 여기저기서 보리 이삭과 가을 진드기를 구워 게걸스럽게 씹어 삼키고 있었다. 백연白鉛으로 화장한, 안색이 달빛보다도 창백한 여자들이 사창가 발코니에 팔꿈치를 괸 채 단골손님들에게 말을 걸었다. 머리를 풀어헤친 몇몇 수병들은 완전히 빈털터리가 되었음을 증명하기 위해 튜닉 자락을 허리까지 걷어올린 채 대추야자 그늘 밑을 걷고 있었다.

왕실의 펠러커 선은 네모돛의 키 큰 너벅선들을 마주치며 조용히 미끄러져 나갔다. 네모돛 너벅선들 안에서는 뚱뚱한 상인들이 장밋빛 아마포로 몸을 감싼 채 프리지아*의 플루트 음악 속에 연회를 벌이고 있었다. 신전에 있는 작은 호루스 상처럼 아름다운 벌거벗은 아이들은 외국 여행객들이 으스대는 곡예사들에게 던져준 돈을 찾아 운하의 진창을 파헤치고 있었다. 늙은 노예들은 여인숙 부교 위에 웅크리고 앉아 저녁 식사 하는 사람들을 위해 사프란속▨과 장미 화환을 엮고 있다. 엘레우시스에서 카노포스에 이르기까지 운하는 '온갖 쾌락의 장소', 즉 방탕의 달콤한 상징이었다. 사람들은 단 하루 혹은 일주일 간 카노포스에서 지내기 위해 전 세계에서 여기로 모여든다.

그 다채로운 광경이 셀레네에게는 너무나 즐거워 보였다. 보리맥주 냄새, 생선 튀김 냄새가 주는 새로움에 자극 받은 그녀는 방울술을 늘어뜨린 닫집을 나와 뱃머리에 앉아 있는 선생 디오텔레스를 만나러 갔다. 하지만 나일 강이 바라다보이는 스케디아에 배가 도착하여 도선사의 안내를 따라 배를 대고, 남자와 여자들이 뒤쪽에 무리지어 온갖 모습으로 희롱하고 있는 철망을 따라 일행이 걷기 시작하자, 디오텔레스가 공주 주위에 있던 부채 담당 하인들을 다시 불렀다.

"사람들에게 보일지 말지는 내가 결정할 거야!"

공주가 화가 나서 외쳤다.

"게다가 저 바보들의 등짝 때문에 불편해. 시야가 가린다고!"

"바로 그거랍니다, 공주님. 이 하인들은 남들의 시선으로부터 공주님을 보호해주는 게 아니라, 공주님의 시선을 보호해주는 거예요."

어린 공주는 당황했고, 이 상황이 수치심과 결부되었음을 깨달았다. 동시에 그녀는 죄책감과 모욕을 느꼈다. 그녀는 닫집 밑으로 돌아가 눈

---

* 소아시아 중부에서 서부에 걸쳐 있던 고대 지역명. 북쪽은 에게 해와 흑해에 면하고, 동쪽은 갈라티아, 남쪽은 피시티아, 서쪽은 리디아에 접해 있었다.

을 감고는 무리지어 몰려든 사람들의 시선이 왜 자기에게 상처를 입히는지 계속 자문했다. 그들이 무슨 죄를 저질렀는가? 그리고 그녀는 또 무슨 죄인가?

그 시대에 궁전에서 자란, 그녀 나이의 어린아이들 그림이나 대리석 속에서 얼싸안고 있는 연인, 성기가 곧추선 남성 신柱, 애처로운 양성적 존재, 강간하는 호색한, 흥분한 프리아포스 신을 볼 기회가 수도 없이 많았다. 신자들이 디오니소스와 오시리스를 기리기 위해 예배 행렬에서 들고 행진하는 거대한 남근상은 말할 것도 없었다. 그런 미술품과 예배 도구들이 너무나 친숙한 나머지, 셀레네는 그것들이 평범한 현실과 관련된다고는 한 번도 생각해본 적이 없었다. 그녀가 알고 있는 현실(궁전 환관들과 어린아이들의 관계)만으로는 그런 것들을 전혀 알 길이 없었기 때문이다. 클레오파트라와 마르쿠스 안토니우스의 딸은 카토 같은 문인이 여덟 살 혹은 아홉 살 어린아이에게 바라는 만큼 순진무구했다. 숫염소가 암염소와 '그것'을 하는 모습을 아무렇지도 않게 보는 농부처럼 순진무구했고, 자신의 부모가 그런 모습으로 서로 '끼어박히'리라고는 단한순간도 상상하지 못했다. 하지만 갑자기 불명료한 이미지들이 그녀의 머릿속에 떠올랐다. 그들이 서로의 몸 위에 누워 춤을 추는 모습이. 언젠가 그런 모습을 본 적이 있다. 하지만 어디서? 연회에서? 사람들은 서로를 게걸스럽게 삼키고 램프들을 뒤집어엎었다. 하지만 그녀는 거기에 있지 않았을 것이다. 그 모습을 피하기 위해 눈을 감았을 것이다.

시스트럼*들이 리듬에 맞춰 덜커덩거리는 소리에 그녀는 불안에서 벗어났다. 조종사가 황금빛 펠러카 선을 대신전이 있는 부두에 정박시킨 참이다. 부두에는 머리를 박박 민 사제 대표단이 금속 딸랑이들을 흔들

---

* 고대 이집트의 타악기의 일종.

며 왕실 수행원들을 기다리고 있었다.

카노포스의 신은 알렉산드리아의 신처럼 강렬하지는 않았다. 더 작고, 색이 연했으며, 지옥의 개는 없었다. 너그러운 얼굴에 턱수염이 곱슬거렸고, 특이나 의상이 경탄을 불러일으켰다. 셀레네가 세라피스 성소에 들른 사흘 동안, 신전의 세라피스는 옷을 세 번 갈아입었다. 그녀의 어머니인 여왕도 아름다운 옷을 입지만, 세라피스 신은 더 접근하기쉬워 보였다. 그의 무릎을 건드리고, 외투를 쓰다듬고, 값비싼 옷감에입을 맞추며 탄원할 수도 있었다. 신은 그것을 허락했다. 아무도 밀어내지 않았다. 거지도, 신전의 벽틈에서 은신처를 찾는 전과자들도. 신은흡사 선한 노인 같았다.

첫날 그녀는 세라피스-오시리스에게 자신이 가져온 값비싼 선물들을 바쳤고, 신의 측근들, 즉 그의 누이이자 아내 이시스와 그들의 아들인 어린 호루스에게, 그리고 '길을 열어주는' 개 아누비스에게 나일 강의 물을 헌주로 바쳤다. 그녀는 헌주에 관한 한 자신이 적합한 인물이라고 판단했다. 그 어떤 여자도 피나 술을 따르지 못하는 이상, 헌주는 '부차적'인 일일 수밖에 없었다. 그녀는 신들이 좋아하는 술을 파피루스 펼치듯 혹은 주판으로 덧셈하듯 능숙하게 흩뿌렸다. 단 한 방울도 흘리지않았다. 공주는 황금 유방에서 나온 젖을 신에게 바치는 큰 잔 속에 따르고, 튜닉을 더럽히지 않고 제단 위에 올렸다. 손잡이가 긴 국자를 향료 단지 속에 담갔다가, 손을 더럽히지 않고 제식을 집행하는 성직자의눈앞까지 들어올리기도 했다. 장미유 헌주를 바칠 수 있을 정도로 솜씨가 좋으면 성수 바치는 일쯤은 아무렇지도 않은 법이었고, 공주 역시 그녀를 칭찬하는 카노포스의 단지 드는 부사제들 앞에서 그렇게 했다. 공주는 그들의 칭찬을 너무나 자랑스러워한 나머지 꼽추, 손이 없는 불구자, 바보, 가족에게 끌려온 중풍 환자들이 광장에 모여든 것에 주목하지 못했다. 종기로 일그러진 얼굴, 악취 나는 상처, 들것, 목발, 얼룩으로 시커메진 속옷들이 병을 치유하는 성소를 더럽히고 있었다. 바구니를 든 성기聖器 관리인이 꿈 해몽하는 서기를 그녀에게 데려왔다. '해몽가'는 제단에서 멀리 떨어진 곳, 셋째 뜰 위로 열린 기도실에 살았다. 셀레네는 그곳의 간이침대에 누워 첫날 밤을 보냈다. 다른 신자들은 제식을 집행하는 저명한 성직자들에게 꿈을 해몽받기 위해 마지막 주랑을 피해 조그만 뜰에 자리를 잡았다. 기도 시간이 한참 전에 지났고 신 위로 휘장이 쳐졌지만, 병을 앓는 군중은 여전히 그곳에 누워 중얼거리고, 신음하고, 코를 골았다. 셀레네는 아침이 다 되어서 잠들었다. 해몽가가 깨웠을 때, 그녀는 어떤 꿈도 기억하지 못했다. 신이 그녀를 방문하지 않았던 것이다.

셀레네는 카노포스에 머물러야 했다. 사람들 앞에서. 배를 타지 못하는 큐프리스 대신 함께 온 시녀는 공주를 보호하기 위해 양산을 펼칠 생각조차 하지 못했다. 공주는 향료에 젖고 청원자들이 하도 쓰다듬어서 하단이 닳아버린 파라오 신들의 조각상들을 보고 감탄하면서 거닐었다. 점성가와 함께 예배당 뒤에서 손님을 끄는 창녀들의 뒤를 경건하게 따라갔다. 디오텔레스로 말하면 웬 낯선 남자에게, 도망칠 방법이 전혀 없는 앉은뱅이에게 자신의 신학적 성찰들을 무뚝뚝하게 쏟아내고 있었다.

"당신은 유대인들도 신을 하나 가질 권리가 있다고 말하겠지요. 좋아요, 하지만 그들은 그 신을 감추고 있어요! 만약 그 신이 아폴론 같다면, 가니메데스 같다면, 아도니스 같다면, 한마디로 그 신이 뛰어난 존재라면 이해가 될 거요. 하지만 전혀 그렇지가 않아요. 그들의 사제들은 그

신의 얼굴조차 알지 못합니다! 아무도 그 신의 모습을 보지 못했어요. 자기가 젊은지 늙었는지, 수염이 있는지 없는지 신자들에게 알려줄 능력조차 없는 전능자라면 난 비웃고 싶소."

자기 마음대로 할 수 있게 되자 셀레네는 예배 행렬에 합류했다. 그리고 거만한 표정으로 순례자들 가운데를 돌아다니는 신성한 고양이들, 줄무늬가 있는 기다란 '아비시니아 고양이들'을 길들이려고 애썼다. 그녀는 고양이를 좋아했다. 고양이들의 노란 눈을 좋아했다. 언젠가 안틸루스가 그녀를 짓궂게 괴롭히면서 이렇게 말한 적이 있었기 때문이다.

"이봐, 말괄량이. 네 눈은 꼭 고양이 눈 같아!"

그녀는 그 농담을 칭찬으로 여겨 자신이 더욱 예뻐지고 있다고 생각했다. 그녀는 예뻐졌을 뿐 아니라 고양이 눈을 가진 것이다. 그녀는 토착민들처럼 고양이들을 부르며 이 제단에서 저 제단으로 뛰어다녔다. 그리스인에게도, 로마인에게도 그 이국적인 녀석을 부르는 명칭은 없었다. 길들인 고양이. 그녀는 통통하게 살진 수고양이 대여섯 마리(이시스와 세라피스의 사제들, 금욕적이고 채식을 하는 독신자들이 제단에서 나온 구운 내장을 그 고양이들에게 주었다)에 둘러싸여 앉아 햇볕을 쬐며 달콤한 시간을 보냈다.

그녀는 넓은 정원을 한낮에 여러 번 둘러보며 벽에 못 박혀 있는 납 혹은 은으로 만든 봉헌물들을 주의 깊게 살펴보았다. 팔 한쪽, 상반신 하나, 눈 하나 같은 것들이었다. 사람들은 신이 치유해준 신체의 일부를 바쳐 신께 감사했다. 신이 잘 볼 수 있도록 아픈 신체부위와 불구를 매우 정확히 재현한 흉측한 인형들을 바구니 속에 놓아두기도 했다.

남동생이 목의 종기 때문에 죽지 않는다면 그녀는 세라피스에게 무엇을 바쳐야 할까? 혹은 온갖 노력에도 불구하고 남동생이 죽는다면 그녀의 마음은 얼마나 무거울까? 프톨레마이오스는 얼마나 가여울까? 그녀는 고인들의 이름으로 바쳐진 작은 봉헌물 배들이 주랑 밑에 몇백 개씩 매달려 있는 것을 보았다. 햇빛에 반짝이는 영원한 밤의 배들. 그녀는 조금 슬펐다. 제단의 향 연기 때문에 눈이 따끔거렸고 더웠다. 목덜미와 팔도 뜨거웠다. 신성한 고양이가 와서 발목을 어루만졌지만, 그녀는 고양이를 붙잡으려는 시도조차 하지 않았다.

그녀는 눈꺼풀이 가려워서 시녀에게 짜증을 부렸다. 눈을 비비고는 그만 자리에 눕겠다고 했다. 기도실의 서기가 신의 방문을 떠올리도록 밤에 와서 깨워주겠다고 했다. 그녀는 자신의 꿈을 두 번 기억해냈다. 첫 번째로 알렉산드로스와 프톨레마이오스와 함께 상자 안에 갇혀 있던 꿈을 이야기했다. 그녀는 무서웠고 숨이 막혔다. 프톨레마이오스가 죽을 것 같았다. 그때 갑자기 칼 하나가 칸막이 벽을 자르고 그들을 구해주었다.

"그다음엔 어떻게 됐지요?"

'꿈 해몽가'가 물었다.

"그다음? 아무 일도 없었어. 내가 무서워하던 순간에 당신이 나를 깨웠어. 칼 때문에 무서워한 순간에……."

그녀가 다시 잠자는 동안 서기가 서판 위에 글을 적었다. 몇 시간 뒤, 그녀가 자면서 몸부림치는 것을 보고 그는 그녀를 다시 깨웠다.

"몹시 더워하는 꿈을 꿨어. 앞쪽 수레에 남동생이 있었는데 그애도 너무나 더워했어. 머리카락이 이마에 달라붙어 있고, 몸을 움직이지 못했어. 땀에 푹 젖어 있었어. 머리카락이. 나는 소리를 질렀어. '저 아이가 죽어가는 게 보이지 않아?' 우리 주위에는 사람들이 있었어. 하지만 아무도 내가 외치는 소리를 듣지 못했어……. 나는 그애가 죽을까봐 너무 무서웠어!"

"완벽합니다!"

해몽가가 서판을 접으며 말했다.

"기뻐하십시오. 신께서 공주님의 기도를 들어주셨습니다!"

그는 미소를 지었다. 마침내 그가 그녀의 명을 이행한 것이다!

아침에 그는 자신의 해몽을 격문으로 만들어 제출했다. 공주의 꿈에 나온 닫힌 상자는 왕자의 육신을 뜻했다. 상자 칸막이 벽을 뚫은 칼은 의사의 메스였다. 분명 신은 목에 난 종기를 도려내 환자를 해방시켜주라고 말하고 있었다. 두 번째 꿈도 첫 번째 꿈만큼이나 명확했다. 왕자가 더워하는 것은 옷과 머리 손질이 과해서였다. 왕자의 옷을 벗겨놓아야 했다. 특히 토착민 아이들처럼 머리를 밀어야 했다. 그렇기는 하지만 긴 '배냇머리', 즉 어린 남자아이들을 보호해주는 호루스의 곱슬머리는 남기고 신경 써서 곧게 밀어야 했다.

소중한 해몽을 받아든 셀레네는 자신이 얼마나 괴로운지를 탄식하듯 작은 목소리로 디오텔레스에게 털어놓으며 맨팔을 보여주었다. 그 팔은 벽돌색을 띠고 있었다. 구운 벽돌색.

"아이쿠!"

디오텔레스가 말했다.

"아이쿠쿠!"

이 소인족은 그리스인보다 더 그리스적이어서 "아이쿠쿠야!"라는 감탄사를 덧붙이는 버릇이 있었다. 그는 자신이 가지고 다니는 고약 상자로 서둘러 달려갔다. 펠러카 선에 다시 올라타기 전 그는 셀레네의 팔과 얼굴에 부드러운 아몬드유를 발라주었다. 시녀는 커다란 숄로 셀레네를 머리부터 발끝까지 둘둘 감싸주었다. 마치 미라 같았다.

"눈도 타는 것처럼 뜨거워. 이러다간 장님이 될 것 같아."

셀레네가 숄 한쪽 자락으로 얼굴을 문지르며 말했다.

"아이쿠쿠야!"

시녀가 울부짖었다. 디오텔레스가 숄을 들어올려본 뒤 말했다.

"아닙니다. 눈을 비벼서 빨개진 거예요. 이런 하찮은 일로 장님이 되시진 않을 거예요!"

셀레네는 다시 숄로 얼굴을 감췄고, 그들은 그녀를 배로 옮겨야 했다. 닫집 밑에 자리를 잡자 셀레네는 햇볕으로부터 몸을 보호해야 하니 부채 두 줄을 대령하라고 명했다.

"이런, 셀레네, 햇볕이 닫집 밑으로까지 들어오지는 않아요!"

"아무튼 난 아무것도 보고 싶지 않아. 눈이 너무 아프단 말이야."

공주가 대꾸했다. 그녀는 눈을 감은 채 듣고 싶지는 않지만 강물 소리에 귀를 기울였다.

부채 건너편에서 디오텔레스가 수다를 떨었다. 그는 어쩔 도리 없이 숫자 3의 완벽함을 찬양하고 7의 아름다움을 칭찬하는 등 피타고라스의 방식으로 숫자들에 관한 지루한 이야기를 늘어놓았다. 7은 아이가 없고 어머니가 없는 여신 아테나를 상징했다. 7은 1과 자신 이외의 수로는 나눌 수 없는 유일한 숫자가 아닌가?

"입 다물어, 디오텔레스. 너 때문에 시끄럽잖아."

갑자기 셀레네가 부채 뒤에서 외쳤다. 그가 자신의 지식을 설파하기 위해 다른 사람들을 이용하는 것이 그녀는 마음에 들지 않았다. 그는 장난감처럼 그녀에게만 속해야 했다.

"나를 간질여줘!"

"안 됩니다."

"나 말고 다른 여자애들은 모두 간질여주잖아. 그애들하고 놀고 같이 웃잖아! 그런데 나한테는 왜 안 해줘? 난 간지럽고 싶어! 지금 당장!"

"안 돼요."

공주는 더 이상 조르지 않았다. 고양이를 닮은 그녀의 예쁜 눈이 빨개졌다. 기름기가 낀 낡은 조각상처럼 더러워진 공주는 이마를 가리고 있던 숄을 턱까지 끌어내리고, 둑에서 남자와 여자들이 웃으며 서로를 희롱하는 노랫소리라도 들려오는 듯 귀를 틀어막았다.

뜻밖에도 프톨레마이오스 필라델푸스는 종기를 절개한 뒤 목숨을 건졌다. 종기가 사라지자 천천히 건강을 회복했다. 사람들은 이시스 로키아스에서 세라피스에게 감사 의식을 바치라고 셀레네에게 권했다. 신전은 궁전에서 아주 가까운 곳에 있었다.

카노포스 원정 이후 어린 공주는 계속 고통을 겪었다. 두 팔의 피부가 벗겨졌기 때문이다. 올림포스가 크게 화를 냈다. 그는 시녀의 머리를 밀고 문신을 새기게 했고, 디오텔레스에게서 그가 뒤집어쓰기 좋아하는 낡은 사자 가죽을 압수했다. 그들 두 사람의 무지 때문에 공주의 눈이 다시 곪기 시작했다는 것이다. 그녀는 햇볕에 타는 것을 피하기 위해 자신의 천국에서도 항상 베일을 쓰고 있었다. 빛을 아주 조금만 투과하는 두꺼운 갈색 베일이었다. 그녀는 넘어질까 두려워 정확한 걸음걸이로 걸었다. 더 이상 글을 읽을 수도 쓸 수도 없었다. 두루마리를 '펼칠' 수조차 없었다. 그녀는 음악 연주자들과 함께 정원 연못가에 앉아 하루하루를 보냈다. 유모와 시녀들이 정성을 다해 그녀의 비위를 맞추었다. 어린 여왕은 남동생의 목숨을 구하기 위해 자신의 건강을 바치지 않았는가? 그런 희생은 보상해줄 가치가 있었다. 그녀의 소소한 욕구까지 두루 알리고, 피스타치오, 속을 채운 대추야자, 꿀이 든 크림과자, 프라이팬에 구운 꽈배기 과자를 많이 먹였다. 의붓형제들은 부상자를 방문하듯 그녀를 찾아왔다. 그러느라 프톨레마이오스가 위독한 병자였다는 사실을 거의 잊어버렸다.

안틸루스는 박물관에 갈 때마다 누이를 보러 들렀고, 그녀가 보이기 시작하면 멀리서부터 이렇게 외쳤다.

"아, 저기 눈을 가린 행운의 여신이 있네! 네 병을 보존해, 행운의 여신아. 그리고 나에게 네 행운을 양보해! 포르투나, 포르투나, 쇠로 된 나의 갈대여. 내 동정심을 유발하려고 애쓰지 마. 너는 우리보다 더 오래 살 테니까!"

그는 진정한 로마인답게 악운을 쫓기 위해 그녀를 '놀린' 것이다. 그런 다음 오슬레 놀이를 해 그녀가 이기게 해주었다. 그녀는 두꺼운 베일 때문에 점수를 잘 계산할 수 없었다.

"아, 내가 또 졌네! 모두 똑같은 면이 나왔어. 빌어먹을! 그늘진 눈을 한 작은 두더지야, 너는 게임에 운이 좋아. 아마도 매사에 운이 좋을 거야!"

올림포스와 안과 의사가 그녀의 병 치료에 관해 이야기하며 카이사리온을 안심시켰고, 카이사리온은 방 안에서라도 잿빛 베일을 거두라고 누이를 설득했다.

"넌 많이 좋아질 거야. 그리고 방 안에서는 덧창을 닫아놓으면 두려워할 게 없잖아. 숨는 건 이제 그만둬! 넌 다시 빛에 익숙해져야 해, 세상을 보아야 한다고……. 시종들이 네 궁전의 큰 홀들을 다시 열었어. 작업도 끝났어. 이제 바닥에 자갈도 없고, 어두운 모자이크화도 없어. 발치와 눈길 닿는 곳에는 장밋빛과 초록색으로 반들거리는 오닉스 상감세공이 있어. 너도 마음에 들 거야. 칸막이 벽, 새, 송진을 받아둔 구덩이, 종려나무가 가득한 정원도 있어. 화가들이 네 방 벽에 나일 강을 그려놓았어! 네 눈에 보이는 것들이 무척 마음에 들 거야. 다만 네가 눈을 떠야 해……."

그는 그녀를 설득하느라 지쳐서, 때로는 그녀가 은둔 생활에 괴로워하지 않는다는 걸 확인하는 것으로 만족했다.

"난 글을 읽을 필요가 없어. 책 읽어주는 시녀가 있는걸."

그녀가 항의했다.

"그야 그렇지. 하지만 니콜라우스의 말에 따르면 넌 반드시 글을 써야 할 거야!"

"왜? 그러면 구술을 하면 돼. 디오텔레스가 날 위해 글을 써준다고."

"호메로스는 어디까지 읽었어? 한번 보자. 프리아모스 왕*의 예언가들 이름이 뭐지?"

"그거야 쉽지! 카산드라와 헬레노스."

"좋아, 그럼 그의 조언자들은?"

"헥토르."

"아냐. 헥토르는 그의 장군이지. 나는 '조언자들'이라고 말했잖아."

"이다이오스! 음, 아니다. 혹시 아게노르인가? 아니면 다른 사람인지도 모르지. 누구인지 모르겠어."

"폴리다마스야. 넌 호메로스를 자주 읽지 않는구나, 셀레네. 프톨레마이오스는 몸이 아팠는데도 벌써 편지 부분 두 곳을 외우는데. 이오타파는 알파벳을 외우고. 심지어 거꾸로도 외워. 오메가에서 알파까지 실수 한 번 없다니까! 이러다간 그애들이 너보다 더 많이 알게 될 거야. 넌 더 많이 공부해야 돼. 곡녀哭女의 베일도 그만 벗어버리고! 딸이 카산드라처럼 기괴한 차림을 한 걸 보면 어머니가 화내실 거야!"

"그러면 오히려 내가 놀라겠지! 지금 어머니의 머릿속은 다른 것들이 차지하고 있어! 아, 미안해, 아몬의 아들. 불손하게 굴려고 한 건 아니야. 나에게 회초리질은 하지 말아줘……."

---

* 그리스 신화에 나오는 트로이의 마지막 왕.

셀레네는 자신이 잠자는 동안 도시를 뛰어다닌 디오텔레스를 통해 부모님이 선단 전부를 이끌고 사모스를 떠났다는 이야기를 들은 참이었다. 지금 그들은 아테네에 있었다. 그들은 거기서 아르메니아 군단을 기다리며 성대한 축제를 열었다. 아르메니아 군단은 비잔티움, 트라케, 그리고 마케도니아를 거쳐 강행군으로 그리스에 합류했다. 그리고 로마는 이집트에 전쟁을 선포했다.

"로마인들이 우리나라에 쳐들어올까?"

셀레네가 자신의 선생에게 물었다.

"물론 아니지요! 공주님의 아버지는 그리스에서 로마인 대장과 싸우실 거예요."

"하지만 우리 아버지도 로마 사람인걸."

"그렇긴 하지만 로마인들은 자기들끼리도 의견이 일치하지 않아요. 바로 그게 문제지요."

"그럼 이집트는? 이집트 사람들은 자기들끼리 의견이 일치해? 응? 그렇다면 우리 부모님이 이길 거야!"

세라피스가 프톨레마이오스를 낫게 했다면, 셀레네를 낫게 한 것은 이시스, 이시스 로키아스였다. 이제는 사람의 발길이 거의 오가지 않는 왕궁 구역의 오래된 대신전에 '사는' 여신. 여왕이 여신을 위한 새 성소를 건축하고 안티로도스로 궁정을 옮긴 뒤로, 이시스 로키아스 신전에는 시녀 몇 명만 규칙적으로 아침 기도에 참석하고, '안쪽' 사무실에는 서기 몇 명만 일하고 있었다. 심지어 천 개의 기둥 궁전에서 곧장 신전 뒤쪽까지 이어지는 문까지 폐쇄되었다. 키레나이카 여왕인 셀레네가 세라피스에게 감사드리러 가도록 그 문이 예외적으로 열릴 때, 그녀는 자신의 천국 바로 뒤에 과수원이 방치되어 있는 것을, 그리고 그 과수원 끄트머리에 나지막한 문을 통해 이세움 내부의 뜰과 연결되는 막다른 골목이 있음을 깨달았다.

그 미로 같은 곳이 공주의 마음에 들었을까? 흰 옷을 입은 은둔녀들의 온화함이 마음에 든 걸까? 아니면 얼굴을 가리고 시험해본 것보다 닫힌 정원 안에 더 철저히 은거할 수 있다는 가능성이 마음에 든 걸까? 어쨌든 '환자'가 자신의 천국과 오래된 사원 사이에 소통이 이루어지기를 바랐으므로, 아무도 감히 그 뜻을 거스르지 못했다. 특히 큐프리스와 타우스가 그랬다. 이시스 조각상이 깨진 사건 이후 그녀들은 셀레네와 여신의 사이가 나빠질까봐 두려워했다. 그들을 화해시킬 수 있다면 얼마나 좋을까! 어린 공주는 궁정을 피해 그 숨겨진 문, 벽들 사이의 어두운 골목, 과거의 좁은 통로로 다니는 것이 습관이 되었다.

훗날 그녀의 삶이 전복될 때, 알렉산드리아에 대한 기억들이 흩어질 때, 그녀는 그 시절 자신이 여신에게 많은 시간을 바쳤다고 여길 것이다. 하지만 바구니 안의 장미들을 추려내거나 시스트럼의 막대들을 조율하며 보낸 그 밤 시간들은 희미한 인상으로만 남을 것이다.

특히 서늘한 인상으로. 그곳의 뜰은 너무나 좁고 벽들은 너무나 높아서 한낮만 지나면 그늘과 망각으로 가득했다. 베일을 벗기로 했을 때, 그녀는 거기서 조금 추워하지 않았을까? 별들의 여주인이자 빛들의 빛인 이시스가 그런 우스꽝스러운 옷차림을 보면 좋아하지 않을 거라고 늙은 은둔녀들이 그녀에게 설명했을 것이다.

"가을에, 하토르의 달에 우리는 오시리스의 죽음과 그의 사지절단을 기리며 어둠에 둘러싸일 거예요. 그때 공주님은 상복을 입을 수 있을 거예요. 하지만 일 년의 나머지 기간에는 기쁘게 사세요. 아내 이시스의 기쁨이 사랑하는 오빠를 소생시키고, 어머니 이시스의 기쁨은 호루스를 낳을 때 악을 이길 거예요."

셀레네는 이 말을 오랫동안 곱씹었다. 혹은 상상해보았다. 이 말을 다시 생각하면서 이시스의 시녀들이 자기에게 거래를 제안했다고 믿게 되었다. 만약 그녀가 기묘한 복장을 벗는다면, 의상 담당 시녀들이 그녀에게 여신의 의상을 보여줄 것이다. 정황은 확실했다. 그녀는 그 의상을 본 적이 있었다. 다채로운 색상의 튜닉 수십 벌, 수 놓은 망토들, '진짜 사람 머리카락으로 만든' 가발들, 상아 빗, 에메랄드 펜던트, 훌륭한 차원을 뛰어넘는 사치품들, 샌들에 붙이는 작은 진주들! 어느 날 밤 여신이 '이시스의 항해'를 위해 별들이 흩뿌려진 커다란 검은 망토를 입어야 했을 때, 그녀는 장식 담당 시녀장에게 그 진주들을 고르게 했다. 그다음 날 여신은 그녀에게 감사의 미소를 지었다. 예전에 입술 위에 불어오는 바람의 감미로움을 맛보라고 권했던 것처럼.

'삶을 맛보렴, 셀레네. 그건 아주 달콤하단다!'

"이따금 여신이 나에게 말을 해요……."

"가능한 일이지요."

늙은 은둔녀들이 수긍했다.

"공주님이 교리를 전수받는다면 여신은 더 많은 걸 이야기할 거예요."

"나 교리를 전수받고 싶어요."

"공주님은 너무 어려요. 여신이 부를 때까지 기다려야 해요."

"여신이 부른다는 걸 내가 어떻게 알죠?"

"여신이 꿈을 통해 알려줄 거예요. 우리의 대사제들에게도 알릴 거고요. 그러니 인내심을 가져요. 언젠가 공주님은 세상의 비밀을 알게 될 거예요."

그 말을 믿은 셀레네는 긴 기도문 때문에 몸이 마비된 채로, 물시계의 점적 장치와 성스러운 책들이 정리돼 있는 서양삼나무 상자의 도취시키는 냄새에 몸을 맡겼다. 은둔녀들과 두어 시간을 보내고 나면(매일의 기도 시간 덕분에 이시스 신전에서는 늘 시간을 알 수 있었다) 그녀의 슬픔은 돌멩이처럼 깊은 곳으로 떨어져내렸다. 그리고 기분이 가벼워졌다. 바람이 그녀 위에서 반짝반짝 빛났고, 때때로 궁전으로 돌아갈 때 그녀는 자기도 모르게 깡충깡충 뛰곤 했다.

왕궁 구역 담장과 소마가 보이는 버려진 과수원 한구석에 도착하자마자, 그녀는 다시 키레나이카 여왕이 되어 마음을 가라앉혔다. 어머니의 마우솔레움 쪽으로 눈길을 던졌다. 그것은 신전과 성벽 사이에 궁전보다 더 높이 솟아 있었지만, 작업이 지체되었고 비계 때문에 장래의 형태를 알아보기가 쉽지 않았다.

"다행히 여왕님께선 아직 돌아오지 않으셨어요!"

디오텔레스가 무성한 잡초들을 지나 자기 학생에게 다가가 외쳤다.

"여왕님께서 여기에 안 계시면 건축가가 대체용 가죽을 잘 구입할 테니까요! 건축가에겐 다행스럽게도 여왕님은 아직 파트라스에 계시답니다. 공주님의 아버지가 거기에 겨울 숙영지를 지었대요. 이번에는 군대 전체가 거기에 모인답니다! 아시아 깊숙한 곳에서 군대들이 온대요. 사람들 말에 따르면 10만 군단이랍니다. 원군援軍도 한데 모이고요. 동맹군은 말할 것도 없지요! 흥분이 고조될 거예요!"

"파트라스가 어디인데?"

"늘 그렇듯 그리스예요. 하지만 펠로폰네소스 반도에 있지요. 코린토스 만灣 입구예요. 이탈리아를 마주 보고 있답니다."

"적들은?"

"적들은 바다를 건넜어요. 달마티아 해안을 점령하고 있어요. 케르키라 섬도요. 그들로서는 그리 현명한 일이 아니지요. 그들의 기지에서 멀리 떨어져 있으니까요……. 우리는 그들을 한입거리로 만들 거예요!"

"우리? 당신도 싸울 거라는 뜻이야?"

"헤, 공주님은 제가 죽기를 바라시나요? 나는 공주님의 오빠 알렉산드로스보다 키가 작아요! 게다가 보세요. 늙었어요. 머리가 하얗게 셌다고요."

"그건 사실이야! 네 머리카락 좀 만져보자. 참 부드럽네…… 좋아, 이제 내가 공부를 열심히 했는지 나에게 호메로스에 대한 질문을 해봐."

'재앙'이 일어나지 않았다면 이 여자아이는 어떻게 되었을까. 이시스 신전에서 생을 마쳤을지도 모른다. 확실한 그늘, 안심할 수 있는 수도원에서. 하지만 군주제의 법칙은 그런 선택을 허락하지 않았을 것이다. 그녀는 공동 통치자에게 필요한 것들, 즉 수학, 음악, 그리스 시에 대한 풍부한 지식과 화장술, 공식 의례에 관한 완벽한 지식, 통치에 대한 단선적 사고, 그리고 세상에 대한 전적인 무지를 갖추고 결혼했을 것이다. 십중팔구 진지하고 다정한 젊은 남자, 사랑하는 오빠와. 다만 그는 너무나 오래전부터 그녀와 알고 있었기 때문에 그녀에게 그리 대단한 것을 가르쳐주지는 못했을 것이다. '섹스 놀이?' 물론이다. 하지만 열정은 없었을 것이다. 파라오는 그녀를 향한 오빠로서의 우애를 간직했을 테지만, 얼마 지나지 않아 그녀들이 없으면 진짜 그리스 왕이 아니라는 후궁, 고급 창녀들 때문에 그녀를 방치했을 것이다.

내성적이고 겁 많고 맹렬하게 관능적인 어린 여왕은 곧 신앙에 몰두하게 되었을 것이다. 향과 조명을 활용한 아름다운 의식들을 늘리면서 왕궁 구역에 신을 위한 '탄생 동굴'과 성스러운 어머니를 위한 신당을 두세 채 더 지었을 것이다.

어쨌든 결혼은 그녀가 새로운 지평을 발견하는 기회는 아니었을 것이다. 그녀는 외쿠메네에서 이집트만을, 이집트에서는 알렉산드리아만을, 알렉산드리아에서는 천 개의 기둥 궁전과 안티로도스의 장미 섬만을 알았으리라. 한두 번 정도 궁전을 나와 디오니소스를 기리는 오래된 비극을 보러 극장에 가긴 했을 것이다(그것은 경건한 행위니까). 혹은 주치의의 조언에 따라 가마 안에 갇혀 망자들의 도시나 전차 경기장에 갔을 것이다. 모험을 즐기기 위해. 그렇다. '모든 것이 순조로웠다면' 놀랄 일 없고 불행 없고 기쁨 없는 삶이 크레타와 키레나이카의 이름뿐인 여왕, 프톨레마이오스 카이사르의 왕비 클레오파트라 셀레네를 기다렸을 것이다.

　재앙은 좋은 기회이기도 하다. 살아남은 자들에게는 그럴 수 있다. 인간적으로 말해 소녀는 시련 속에서 성숙해질 테고, 두려움과 미움을 알게 될 테고, 불신, 거짓말, 이중성을 배울 것이고, 위험과 복수를 경험할 것이고, 예기치 못했던 미지를 발견할 것이다. 그리고 미지를 기다리지 않을 때, 기다리지 않게 되어 기쁠 것이다. 간단히 말해 순응하고, 변형되고, 몸을 비틀고, 다시 일어설 것이다. 적응할 것이다. 모든 것과 모든 사람에게. 로마의 '세계화'는 요란한 소음으로부터 멀리 떨어져서 자란 우울하고 조용한 소녀를, 명석하지만 절망한 뿌리 뽑힌 자로, 모든 것에 열려 있는 대담한 여자로, 세 대륙의 시민으로 만들 것이다. 밀밭을 찾아, 그리고 꿈을 좇아 바다 한가운데에서 파도 치는 대로 떠다니는 밀짚 지푸라기처럼.

경건한 기념물

펜던트로 걸고 다니는 황금 부적. 매의 머리를 한 호루스 상. 높이가 2센티미터이고 아주 작다. 대재앙 이후 셀레네가 어린 시절로부터 간직할 수 있었던 유일한 보석이다. 사람들은 이것을 그녀에게서 빼앗을 기회를 놓치는데, 이것이 별 가치가 없었기 때문이다.

오래전 은둔녀들이 이것을 그녀에게 주었다. 어느 봄날 저녁, '어린이 축제'인 이시스 아들의 생일에. 훗날 알렉산드리아에서 멀리 떨어진 머나먼 곳에서 그녀는 그런 생각은 하지 못했으나 싸움이 벌어질 위험을 무릅쓰고 이것을 목에 걸고 있을 것이다. 그후에는 그 생각을 떠올리면서, 그리고 싸움을 도발하기 위해 그것을 걸게 될 것이다.

"참으로 가증스럽군!"

로마인들이 외쳤다.

"새 머리를 가진 신을 숭배하다니! 우스꽝스러워. 이집트인들다워!"

동물이 신인 것이 아니라, 신의 상징이라는 것을 아무도 이해하지 못했다. 그 매는 꿰뚫는 듯한 시선('호루스의 눈')으로 악신 세트의 친구인 뱀을 죽게 한 아이 호루스를 뜻했다.

어느 날 셀레네는 더 이상 설명을 할 필요가 없게 된다. 그 부적을 잃어버린 것이다. 너무 가늘었던 고리가 닳아빠져 펜던트가 떨어져버렸다. 그때부터는 고리만 남았다.

9월 5일. 추분을 맞아 폭풍우가 일고 바다가 '폐쇄'되었다. 파도가 거세졌다. 뱃머리가 때로는 파도에 잠기고, 때로는 하늘을 향해 일어섰다. 해군대장이 탄 배가 파도를 탔다. 간혹 배가 너무 심하게 앞뒤로 흔들려서 청동 충각衝角이 구름에 닿을 듯했다. 하지만 돛의 면적을 줄일 수는 없었다. 안토니아 호를 적으로부터 멀어지게 하려면 북풍을 이용해야했다. 뱃머리를 남쪽으로 돌려야 했다. 계속 더 남쪽으로.

최고사령관은 추웠다. 그는 사흘 동안 먹지 않았고 잠도 겨우 잤다. 밤에도 붉은 망토를 두른 채 갑판 위, 뱃머리에 있었다. 여왕이 여러 번 자신의 침실로 오라고 청했다. 바람이 약해지고 노 젓는 병사들이 교대 근무를 하는데 굳이 그가 밤을 새울 필요가 있을까? 그는 대답하지 않았다.

처음에 그는 선미에 있었다. 그가 직접 지휘하는 갤리선의 선미에. 선미루 갑판에 조종사와 함께. 그는 얼마나 많은 배가 자기를 따라오는지, 얼마나 많은 배가 몇 주 전부터 옥타비아누스가 쳐놓은 덫에서 벗어났는지 보기 위해 바다를 주의 깊게 훑어보았다. 뒤쪽 수평선이 온통 붉었다. 지는 햇빛을 받은 배들이 마치 불타는 것 같았다.

그는 주변을 하나하나 상세히 살피기 시작했다. 나무 녹로轆轤와 전쟁 도구들을 모두 뱃전 너머로 던져버린, 8단 노가 달린 '요새'. 그리고 5단 노가 달린 노예선 여남은 척. 그중 한 척은 측면 흘수선吃水線 바로 위에 아직도 측침測針이 박혀 있었다. 옥타비아누스 식 작은 갤리선의 충각과 허리판도 보였다. 하나같이 새것이지만 노가 부서져버린 3단 노선과 배가 불룩 나온 수송선 여러 척이 장갑함들 한가운데에서 천천히 움직이고 있었다. 배 40척이 구조되었다. 250척 중에서 겨우 40척! 앞쪽 멀리에는 클레오파트라가 성공적으로 보존한 이집트 함대(자줏빛 돛을 단 안토니아 호와 60척의 전함들)가 날아가는 메뚜기 떼처럼 나아가고 있었다. 그녀의 함대, 그녀가 눈동자처럼 아끼며 위험에 빠뜨리지 않겠다고 약속했던 소중한 함대. 10단 노가 달린 나머지 배들은 노 젓는 병사들이 없어서 무장할 수 없었다. 전날 악티움 만 깊숙한 곳에서 그 배들에 구멍을 뚫어 가라앉히라고 명령해야만 했다.

옥타비아누스의 갤리선들은 탈주자 추적을 빠르게 포기했다. 그의 갤리선들은 돛을 없애지 않았다. 전투 직전 안토니우스는 탈주한 상대편 병사들을 자신의 함대에 실어야겠다고 생각했다. 그러나 늘 약탈할 준비가 되어 있는 옥타비아누스 진영의 해적들이 도망치는 배들을 고집스럽게 추적했다. 뒤처진 4단 노선들을 침몰시키고, 그다음에는 은식기들을 잔뜩 실은 커다란 수송선을 끌어당겼다. 안토니우스는 패했고, 웃음거리가 되었다. 해적들은 전장을 유유히 빠져나가면서 그가 지휘하는 갤리선에 접근하기까지 했고, 그는 수병들을 시켜 그들의 투창으로부터 갑판을 방어해야 했다. 그는 이집트 함대에 조난 신호를 보냈다. 안토니아 호가 속도를 늦추었고, 그는 안토니아 호에 올라탔다. 깃 장식을 단 노예가 속삭였다.

"여왕님께서 양해를 구하십니다. 여왕님께서는 방에서 쉬고 계세요."

완벽했다! 그녀는 그를 보고 싶어하지 않는 걸까? 그 역시 마찬가지였다. 지금 당장은.

마지막으로 그는 세 돛대 범선 뒤쪽에서 바다를 바라보았다. 두 시간의 항해 후, 멀리 있는 소시우스의 '해상 요새'를 보게 되길 바랐던 걸까? 아침에만 해도 그의 왼쪽 날개를 지휘했던 소시우스. 그는 과연 영원한 친구일까? 하지만 안토니아 호 뒤쪽에는 더 이상 아무것도 보이지 않았다. 좁은 길 같은 기다랗고 하얀 항적航跡뿐이었다.

안토니우스는 모든 희망이 사라졌음을 깨닫고 뱃머리로 건너갔다. 그리고 주변의 동정을 살폈다. 그는 이틀 전부터 주위를 살피고 있었다. 혹은 그러는 척했다. 전선에서 그가 두려워한 것은 암초가 아니라, 날쌘 분견대(갑판을 댄 작은 2단 노 갤리선들)의 공격이었다. 옥타비아누스의 해군대장 아그리파가 레프카다 섬에서 모돈까지 그리스 해안을 따라 매복시켜놓은 2단 노 갤리선들은 봄부터 이집트 밀 수송선을 침몰시켜 그의 군대를 굶주리게 했다.

"좀 쉬십시오, 장군님."

시리아인 알렉사스가 와서 말했다.

"저희가 신경 써서 주변을 감시하겠습니다."

하지만 안토니우스는 고집을 부리며 꼼짝 않고 뱃머리에 머물러 있었다. 밤낮으로 해야 할 일이라도 있는 것처럼, 구조해야 할 '뭔가'가 아직 있는 것처럼…….

지친 그는 감췄던 속마음을 이따금 드러내며 두 손으로 머리를 감싸쥐었다. 방금 전 알렉사스와 이집트인 선장이 그런 자세로 있는 그를 발견했다. 그들은 그에게 다가가 그리스어로 야간용 암호를 물었다. 안토니우스는 기계적인 라틴어를 사용해 로마 속담으로 대답했다.

"운명의 신이 자은 실은 아무도 끊을 수 없다."

그리고 곧바로 자신이 큰 실수를 저질렀음을 깨달았다. 하지만 그 실수를 만회하려고 애쓰지는 않았다. 언어와 나라의 뒤섞임은 그가 늘 꿈꾸던 것이었다. 알렉산드로스가 그랬던 것처럼…… 지금 옥타비아누스가 로물루스와 대비시키고 있는 알렉산드로스! 진지해지자. 제국 전체가 네 개의 쟁기 자국으로 붙잡고 있는 로물루스 말이다! 그러면 아폴론은? 디오니소스와 대비되는 아폴론은? 그는 '국가의' 신들에게 용서를 구해야 했다. 이시스 숭배를 금하고, 마법사와 칼데아인들을 쫓아내야 했다. 그 모든 것이 복수의 신 마르스와 천둥의 신 유피테르의 권위를 회복시키기 위한 조치였다. 후계자의 소견이 이토록 좁을 줄 알았다면 카이사르는 퍽이나 놀랐을 것이다.

사실 카이사르라면 자신의 수석 부관이 패주하는 배의 이물에서 울고 있는 걸 보고 놀라움을 금치 못했을 것이다. 패배한 그는 마이케나스 파와 메살라 파가 보고 싶어하는 도망자의 모습이었다. 안토니우스는 놀랍게도 눈물과 파도 사이에 넓은 그림자가 일어나는 것을 본 듯했다.

'자네는 정치가도, 전략가도 아니라고 내가 누누이 말하지 않았나, 마르쿠스 안토니우스? 자네는 탁월한 참모이고, 탁월한 연설가이고, 그 누구보다 용감한 병사지. 하지만 전략가는 아니야.'

'하지만 카이사르, 알레시아에서 당신을 구한 사람이 누구입니까? 파르살루스에서는요? 폼페이우스 앞에 내 기병대가 있었습니다. 바로 내가 그 위기를 타개했어요!'

'사실이네. 나는 거기에, 자네 뒤에 있었지.'

'하지만 필리피에서는 아니었죠! 내가 당신의 죽음을 복수했을 때 말입니다……. 나 혼자 필리피에서 브루투스와 카시우스를 대면했지요. 승패가 너무 불확실해서 당신의 조카손자가 덤불숲에 몸을 숨겼어요. 지휘봉과 망토를 던져버리기까지 했죠. 최대한 빠르게 도망치기 위해. 나는 혼자서 승리했습니다, 카이사르. 당신의 조카손자 없이, 당신 없이, 그리고 신들 없이!'

'안토니우스, 자네는 맹렬함으로 이긴 거라네. 그것이 자네의 특징이야. 혈기 말이야……. 그러나 그 맹렬함은 이제 식어버렸지. 성공하지 못했다고 말할 수밖에 없네. 맹렬함만으로는 내일을 약속할 수 없다네! 자네는 열여덟 달 넘게 에페소스를 떠나 있었네. 아테네는 일 년 동안 떠나 있었고! 플란쿠스, 티티우스, 델리우스, 실라누스 그리고 '붉은 수염' 도미티우스, 자네의 친구들 모두가 이 말을 되풀이했어. 자네가 너무 시간을 끌었다고.'

'그들은 전부 나를 배신했습니다! 전부요!'

'사람들은 패할 인물을 배신한다네, 마르쿠스 안토니우스.'

'아…… 그럼 브루투스는요?'

'브루투스도 내가 패할 상황이었으니까 나를 배신했지. 로마 시민은 한 명의 왕을 원하지 않아. 자네가 뭐라고 말할지 아네. 그들이 틀렸다고, 그들은 아무것도 이해하지 못한다고 하겠지. 또한 나는 자네가 내 계획들을, 내 서류들을 모두 되찾았다는 것과 그것들을 철저히 이행하리라는 것을 알고 있네. 충직한 '아들'로서. 하지만 안토니우스, 생각해보게나. 그건 내가 죽기 전의 계획이었다네! 내가 죽었다는 사실을 고려하지 않고 그 계획들을 글자 그대로 적용할 수 있겠나? 나는 자네가 바보처럼 따르는 그 계획들 때문에 원로원 한가운데에서 살해되지 않았나. 파르티아 제국을 정복하고 오리엔트와 서양을 그리스 식 군주제로, 보편적 신성으로 융합한다는 계획 말이야……. 자네들은 내 계획을 따르고 있지. 자네와 그 여자 말이야. 내가 분별 있는 몇몇 사람들과 함께 세상을 개조한 어제와 십삼 년이 흐른 오늘 사이에 아무 일도 일어나지 않았다는 듯이. 내가 살해되고 십삼 년……. 내 부하들은 의리가 있지. 하지만 그리 영리하지는 못했어!'

'내가 대단한 정치가는 못 된다고 칩시다. 하지만 전략가로서 어느 부분에서 실수했는지는 모르겠군요. 이 년 전에 나는 공격할 수가 없었어요. 병력이 모자랐으니까요!'

'이후에도 상황은 개선되지 않았지, 안 그런가? 그 결과 자네는 상황이 좋지 않음에도 전투를 치렀지. 그래서 궁지에 몰렸고 1대 2가 되었어! 상황을 고려할 때 자네는 악티움에서 최선을 다했다고 말할 수 있네. 자네가 싸움에서 진 것은 그보다 훨씬 전이지! 힘의 불균형은 움직임을 통해서만 회복된다네, 이 게으름뱅이 같으니!…… 자, 안토니우스, 앓는 소리는 그만두게나. 운명은 긴 인내의 과정이라네. 그 과정에는 오래전에 주사위 놀이가 예비되었지. 그런데 자네는 이길 자격이 없었어……. 이제 가서 그녀와 합류하게나. 그녀 역시 부끄러워하고 있어. 자네도 알다시피 그녀의 첫 전투이잖나. 그녀 역시 눈물을 흘렸다네. 그리 오래 흘리진 않았지만. 자네도 그녀를 잘 알잖나. 그녀는 벌써 희망을 되찾고 새 계획을 세우고 있다네. 하지만 그녀에겐 자네가 필요해. 자네의 말, 자네의 숨결, 자네의 두 팔이 필요해. 그녀는 끊임없이 자네에게 사자들을 보낼 거야. 방금 전에도 몸을 드러낸 시녀에게 육포가 담긴 쟁반을 들려 자네에게 보내지 않았나. 고마운 일이야, 안 그래? 하지만 자네는 거만한 어조로 '배고프지 않다!'고 했네. 굶어 죽을(이건 전혀 영웅적이지 않은 일이네) 생각이 아니라면 음식을 먹어야 할 걸세. 지금이건 내일이건! 그런데 자네 흠뻑 젖었군. 물보라에, 눈물에……. 남자가 울다니! 자네 자신을 보게, 안토니우스. 최고사령관 망토에 물방울이 흘러내리고, 튜닉이 엉덩이에 달라붙었군. 로마 장군다운 옷차림이라고 생각하나? 십오 분 뒤 클레오파트라가 모든 것을 건 승부를 시도할 거야. 자네에게 자기 시녀들을, '떨어질 수 없는 사이'인 이라스와 카르미온을 보낼 걸세……. 그녀들이 자네에게 잠시 뒤쪽으로 가서 마른 옷으로 갈아입자고 할 거야. 그녀들이 자네를 위해 향기로운 옷을 준비해놓았어. 그러니 거절하지 말게나. 그녀들이 자네 옷을 벗기고 자네의 몸을 닦아줄 거야. 굉장히 노련한 여자들이거든. 그런 다음 자네의 몸이 따뜻해지면 그녀들은 자네를 천천히 침실로 인도할 걸세. 그녀가 거기서, 어두운 그늘 속에서 그리스 술 한 잔을 놓고 자네를 기다리고 있을 거야…… 그녀와 자게나, 마르쿠스 안토니우스. 그것이 자네가 나보다 잘하는 유일한 일이라네. 그녀에게서 그 권리를 박탈하지 말게나. 그녀와 동침해.'

아마도 그날 밤은 그들이 함께 보낸 가장 아름다운 사랑의 밤이었을 것이다. 절망적이었기 때문이다. 미래를 전혀 알 수 없고 계산이 하나도 서 있지 않은 상태였다. 고대의 역사가들이 그들의 이야기 속에 '명기했으므로', 우리가 정확한 날짜를 알 수 있는 유일한 사랑의 밤이다. 전투는 9월 2일에 케르키라 남쪽에서 전개되었다. 옥타비아누스와 아그리파에게 함대를 봉쇄당한 마르쿠스 안토니우스는 오후 4시에 돌파에 성공했다. 혹은 빠져나가는 데 성공했다. 그의 바람에 미치지 못하는 결과였다. 그 뒤 그는 안토니아 호의 뱃머리에서 클레오파트라를 만나지 않고, 이야기를 하거나 먹지도 않고 사흘을 보냈다. 결국 자리에 앉긴 했지만 녹초가 되어 있었다. 분노와 부끄러움에 취해 있었다. 앞일을 상상할 수 없었고, 당장 끝장을 낼 수도 없었다. 이후 테나로 곶에 접근했을 때 클레오파트라는 그에게 자기 수행원들을 보냈다. 그들은 그가 여왕과 함께 저녁식사를 하고 밤새 그녀 곁에 머무르도록 설득하는 데 성공했다. 연대기는 우리에게 말한다. 펠로폰네소스 반도 남서쪽 끝부분 테나로 곶의 먼바다, 기원전 31년 9월 5일에서 6일로 넘어가는 밤의 일이

221

었다고.

'연인의 영혼은 다른 연인의 육체 속에 산다.'

그날 밤 안토니우스는 클레오파트라의 육체 안에서 다시 생명을 얻었다.

이시스가 한 번 더 오시리스를 소생시켰다. 이집트의 모든 마법은 익사하고, 불에 타고, 옥타비아누스 수병들의 작살질에 숨이 끊긴 채 북쪽 해변에 뒹구는 수천 구의 시체를 지웠다.

'해안과 암초들엔 시체들이 가득했고, 정복자들은 다랑어의 살을 발라내듯 부서진 노 조각과 잔해물로 사람들을 때려죽이고 있었다⋯⋯.'

그가 잊을 수 있기를! 죽어가는 자들의 비명 소리와 시인들의 시구를, 어리석게도 유프라테스 강가에서 둘이서 낭송했던 「페르시아인들」의 시구와 그 결과 뒤따랐던 계산들을 잊을 수 있기를. 자기 군대의 절반을 잃은 것을, 모든 것을 잊어버리기를. 지금 그녀가 원하는 것은 바로 이것이었다. 그가 뒤돌아보거나 배의 이물처럼 미래를 바라보지 않게 하는 것. 그가 방 안에 틀어박혀 현재 속에 갇히도록 하는 것. 그녀는 그가 '장님이 되도록' 그의 눈에 손을 얹고, 그가 '입을 다물도록' 그의 입술에 입술을 포갰다. 그녀는 그들이 더 이상 과거도 내일도 갖지 않기를, 영원히 오늘만을 갖기를 원했다. 오늘 말이에요, 마르쿠스. 우리는 오늘 살아 있어요⋯⋯.

하지만 아마도 그는 길을 잃는 그 순간까지 카이사르와 계속 대화하지 않았을까? 그들 두 남자가 모두 소유했던 이 여자. 오늘 밤 안토니우스는 그녀를 억압하고 모욕하고 복종시키는 데서 기쁨을 느꼈다. 이제 클레오파트라의 육체는 그의 유일한 제국이었다. 나눠 갖기에는 너무 작은! 정복당한 그는 정복하기를 원했다. 여왕이 카이사르와는 한 번도 쾌락을 느끼지 못했다고, 카이사르가 채식주의자 사제처럼, 어리석은 이시스 숭배자처럼 잠자리 솜씨가 시원치 않았다고 고백하기를 원했다.

"당신의 정부가 당신에게 한 짓이 바로 이거요, 응? 그 위대한 남자는 당신이 매춘부라는 사실을 알고 있었을까? 자신이 창녀와 잔다는 걸?"

큰 파도가 덮쳐와 배의 뼈대가 우지끈 소리를 냈다. 신들은 항해중인 배 위에서 사랑하는 것을 금했다. 하지만 그녀는 그가 잊기를 원했다. 그녀는 '주인님'이라고, '한 번 더'라고, '당신뿐'이라고 말했다……

고대인들은 성性에 대해 '현대적'이었다. 전혀 엄격하지 않았다. 그들에게 정상 체위는 매우 드물었다! 그래도 각자 혐오하는 것과 금기시하는 것이 있었다. 우리와는 달랐지만. 그들에게 양성애는 다분히 평범한 것이었다. 로마인에게 그것은 의미조차 없는 개념이었다.

"그래, 우리는 잠자리를 함께해. 그게 뭐?"

소아성애 역시 다분히 흔했다. '능동적인' 역할만 유지한다면 온갖 잠자리 상대가 다 허락되었다. 하지만 적절한 사이의 연인끼리라도 환한 대낮에 뒹굴며 장난을 치거나(램프를 꺼야 했다), 고위층과 하층민이 섞이는 것은 생각할 수 없는 일이었다. 고위층은 고위층하고만, 하층민은 하층민하고만 사랑의 행위를 했다. '자유민 남자'와 정숙한 여자들에게 입술의 순결함과 혀의 청결함은 신성한 것이었다. 펠라티오? 쿤닐링구스? 이것은 라틴어에서 온 말이다. 그렇다. '이루모irrumo'처럼('내 것으로 네 입안을 가득 채울게'). 하지만 이것은 모욕적인 행위였다. 노예나 유녀遊女들을 상대할 때를 제외하고. 혹은 클레오파트라와 상대할 때도? 클레오파트라가 처녀성을 잃은 것은 혼인 침대 위에서가 아니었다. 그녀의 남편은 그녀를 정부처럼 다루었다. 그녀는 그것에 기뻐했을까? 그날 밤 그가 슬펐기 때문에, 그리고 자신이 여왕이었기 때문에 그녀는 그가 자신을 창녀처럼 취급하자 행복했다. 벨라브로의 마지막 창녀처럼.

그가 먼저 잠에서 깨어났다. 그는 감히 몸을 움직이지 못했다. 그녀는 자고 있었다. 긴 머리칼을 한 그의 아내는. 그녀가 먼 곳으로 여행하기를, 그리고 꿈속에서는 그들이 졌으며 길을 잃고 헤맨다는 사실을 상기하지 않기를. 무수한 불화살을 맞고 떠도는 '요새들'을 잠 속에서 다시보지 않기를. 타버려 황폐해진 갑판 밑에 갇힌 노 젓는 병사들의 울부짖는 소리를 더는 듣지 않기를.

닻이 선체를 따라 미끄러졌다. 테나로 곶에 도착한 것이다. (얼마나 오랫동안일지는 알 수 없으나) 그의 부하들이 아직 장악하고 있는 해안 전체에서 딱 하나뿐인 항구에. 그는 잠에서 깨어나도록 아내의 드러난 팔을 천천히 쓰다듬었다. 그녀가 눈을 떴고, 자신 위로 얼굴을 숙이고 있는 그를 보았다. 그리고 즉시 알아차렸다. 그들이 어디에 와 있는지, 그들이 어떻게 되었는지를. 그녀는 그들이 시작하지 못한 대화를 자연스럽게 풀어놓았다.

"당신이 떠나면 틀림없이 소시우스가 당신의 남은 함대를 만 깊숙한 곳에 피신시킬 거예요. 그리고 당신의 보병대가 그곳으로의 접근을 통제하는 한……."

"물론이오. 다시 공격을 가할 수도 있겠지, 안 그렇소? 옥타비아누스를 그의 주둔 기지에서 쫓아낼 수도 있겠지. 안 될 게 뭐 있겠소. 요컨대 먼저 패하고 패배 후에 성공하는 거지……. 당신이 섬기는 신들에게 가호를 비시오. 그들에게 금을 바치시오. 그들에게 당신의 머리카락을 바치겠다고 약속하시오. 그리고 더 이상 아무것에도 간섭하지 마시오!"

부둣가 소보루小堡壘의 발치에 쇠사슬 갑옷을 걸친 병사들이 있었다. 몇 명 되지 않는 그의 부관들이었다. 그들도 그처럼 도망치는 데 성공했다. 몇 명은 이집트 함대 뒤에서 출발했는데도 그를 앞질러 왔다. 그들은 주둔군 지휘관과 함께 그를 기다리고 있었다. 그들은 소식을 교환했다. 그렇다. 버림받은 소시우스는 침몰하지 않은 배들을 만 내부로 돌려보내는 데 성공했다. 하지만 무엇을 위해였을까? 선체에 구멍을 뚫어 침몰시키려고? 그는 타협하는 편을 선호했다. 단단한 땅에 발을 디디면서 안토니우스는 자신의 해군대장이 배신했음을 알았다. 그리고 신기하게도 그것을 받아들였다.

"친구가 목숨을 구해서 기쁘군."

보병대가 잘 버티고 있다고 그의 부하들이 말했다. 그래서 그는 나르보넨시스 보병이자 제5군단인 종달새 군단의 노병이며 흉터로 얼룩덜룩한 십인대장이 몇 주 전 그에게 이렇게 말했던 것을 떠올렸다.

"우리는 육지에서 싸워야 합니다, 최고사령관님! 내 상처들이 더 이상 아무 가치가 없을까요? 정말 그럴까요? 사령관님은 우리의 검을 무시하십니까? 왜 한낱 나무 조각에 희망을 겁니까? 이 빌어먹을 배는 썩은 판때기일 뿐입니다! 제기랄, 저 멍청한 이집트 놈들은 바다에서 싸우게 놔두십시오. 그리고 우리는 육지에서 싸우는 겁니다. 육지에서는 우리가, 최고사령관님의 군단이 최고입니다!"

하지만 불행히도 그리 간단한 문제가 아니었다. 사실 육지전이나 전면전에서는 그의 군대가 탁월했다. 그래서 적들은 그들과의 육지전을 피했다. 옥타비아누스를 그의 보병대가 몸을 피하고 있는 언덕에서 내모는 일은 사실상 불가능했다. 누차 말하지만 안토니우스는 그 언덕에 맞서 기병대의 돌격을 몸소 이끌었고, 결국 격퇴되었다. 하지만 카니디우스와 그의 보병대가 계속 버텨준다면, 함대의 항복과 그들의 주둔지를 휩쓴 이질에도 불구하고 희망은 남아 있었다. 우선 그는 마케도니아 쪽으로 후퇴하라는 명령을 카니디우스에게 전달하기로 했다. 물론 지나친 환상은 품지 않았다. 함대 문제가 해결된 지금, 그의 가련한 보병들은 옥타비아누스의 군대 전체를 기습 공격할 것이다! 그 무능한 인간은 그들을 집요하게 공격할 테고……

그는 젊은 공화주의자 루킬리우스에게, 그리고 그와 함께 주막에 자리 잡고 서서 군인답게 잔을 비운 시리아인 알렉사스에게 적어도 우리는 우호국으로서 함께 전진할 거라고 설명했다. 우호국 그리스. 그렇다. 그곳 사람들은 그만큼이나 클레오파트라를 좋아하고, 알렉산드로스는 클레오파트라의 조상이니까. 세상에서 가장 고귀한 조상은 아닐지도 모르지만! 게다가 작년에 아테네는 클레오파트라에게 매우 큰 영예를 부여하지 않았던가. 그리스는 결코 그녀와 그를 배신하지 않을 것이다! 세 사람은 영원한 그리스를 위해 건배했다. 그는 흥분하고, 속마음을 토로하고, 계획을 짰다. 그리스에서 카프카스인들을 대면하고 아르메니아인들을 조이는 데 익숙한 카니디우스는 후퇴가 손쉽다고 생각할 것이다. 그것은 장미의 길이라 할 만했다. 파르티아에서 후퇴할 때와는 달랐다. 눈, 굶주림, 궁수들, 그리고 적대적인 주민들. 혹은 주민들이 전혀 없는 상황이다. 그때와 비교해볼 때 그리스를 통과해 후퇴하는 것은 건강을 위한 유람 여행이나 다름없을 것이다. 거의 즐겁기까지 할 것이다. 9월, 포도를 수확하는 계절에……. 그는 술을 마셨다.

"내가 틀렸나, 루킬리우스? 말해보게. 내가 틀렸어? 그리스는 절대 나를 배신하지 않을 걸세!"

"그리스는 그렇지요. 하지만 그리스 사람들은요?"

루킬리우스는 좋게 시작한 그의 하루를 이 말로 망쳤다. 그는 입을 다물었다. 그가 사랑이나 술로 기분을 전환하려 애쓸 때마다 사람들은 그를 다시 현실로 데려왔다. 그리스 사람들은 그를 배신할 것이다. 그는 그것을 잘 알고 있었다. 로마에선 흔히 '그리스 사람처럼 위선적이다'라고들 말하지 않던가. 그는 더 이상 존재하지 않는 그리스를 좋아하는 것이다. 예전의 그리스 사람들은 오래전에 죽었으니까. 다른 한편으로 금세기의 그리스인들에겐 핑계가 있다. 군대를 이집트에서 격리하기 위해 그가 모든 것, 즉 밀, 돈, 노예, 짐 나르는 가축, 심지어 시민들까지 동원해야 했기 때문이다. 감독관이 그들에게 채찍질을 해서 걷게 하고 주둔지까지 짐을 옮기게 했다. 먹여살릴 입이 50만이었다. 10만 명의 군단과 그 수만큼의 원군, 그리고 다수의 동맹군. 하인들은 말할 것도 없었다. 메뚜기 떼보다 많았다! 언젠가 그리스는 자신의 기억을 저주할 것이다. 그는 부끄러웠다. 스스로 목숨을 끊어야 할 것이다. 지금. 하지만 만약 카니디우스가…….

보병대에 전달한 명령에 대한 답변은 예상보다 빨리 도착했다. 다시 올라온 안토니우스의 전령이 내려갔던 카니디우스의 전령과 만났다. 지상군이 꾸려졌다. 그들이 사랑하는 최고사령관이 돌아올 때까지 닷새를 헛되이 기다린 뒤("최고사령관은 도망치지 않았어. 그는 그럴 사람이 아니야! 사람들이 우리에게 거짓말을 한 거야!"), 병사들은 옥타비아누스 쪽에 재집결했다. 전투는 없었다. 카니디우스는 그의 군대에서 풀려나 도망쳤다. 그는 할 수 있는 대로 키프로스에 합류할 것이다. 옥타비아누스가 포로들을 처형하기 시작했다. 풀비아의 아들이자 안토니우스의 의붓아들 그리고 안틸루스의 의붓형인 스무 살 난 스크리보니우스 쿠리오를 참수한다는 소식도 있었다.

최고사령관은 좁다란 나무 부두 위를 몇 걸음 걸었다. 오리엔트 쪽 말레아스 곶에 있는 검푸른 바위들을 식별하려고 애쓰는 듯이.

'누가 말레아스 곶을 바라보는가. 그보다는 고향에 작별을 고하라.'

그리스 격언은 이렇게 말한다.

'누가 말레아스 곶을 바라보는가……'

안토니우스의 눈에는 말레아스 곶이 보이지 않았다. 그의 눈은 눈물로 가득했다. 그가 눈물을 흘린 것은 자신 때문이 아니었다. 자신이 죽음으로 이끌게 될 사람들 때문이었다. 그는 안토니아 호의 뱃머리에 있었듯이 그리스 끄트머리에, 부두 끄트머리에 있었다. 허공 위에 홀로.

그의 장교들은 신중히 뒤쪽에 머물러 있었다. 그의 개인 경호원들(레바논의 산山 사람들)조차도 멀리 떨어져 있었다. 여왕은 모습을 드러내지 않았다. 그들이 테나로 곶에 도착한 이후 감히 배를 떠나지 못했다. 그를 사랑하는 모든 사람들이 그에게 마지막 결단을 촉구하는 것 같았다. 늙은 환관 마르디온이 우지끈 하는 요란한 소리를 내며 널판 위를 뛰어와 유리 조각 하나를 그에게 내밀었다. 그것으로 정맥을 끊으라는 것일까? 아니었다. 마르디온이 말했다.

"여왕님의 전언입니다, 최고사령관님. 읽어보십시오!"

유리 조각에 전언을 썼다고? 슬픔에도 불구하고 안토니우스는 갑자기 미소를 지었다. 이 여자는 정말로 미쳤어! 심연 밑바닥에서도 그녀는 여전히 적을 비웃고 있었던 것이다. 옥타비아누스는 그녀가 자기 정부情夫에게 편지를 쓸 때 수정 서판만 사용한다는 소문을 로마에 퍼뜨렸다. 그것이 이집트의 최상급 파피루스에 쓰는 것보다 더 쉬운 일인 것처럼! 그녀는 편지 말미에 명문銘文을 넣었다. 유리 조각 위에 단어 몇 개를 끌로 새겼다. 왜 그녀는 이런 엉뚱한 행동을 한 걸까? 글자들을 해독하기가 쉽지 않았다. 작은 유리 조각을 햇빛에 이리저리 비춰봐야 했다. 마침내 그는 '당신'이라는 단어를 식별했다. 그러자 나머지 글자들도 단번에 파악되었다.

'당신 뜻이 아닌 줄은 알지만 당신과 함께 있고 싶어요.'

그는 눈물을 감추기 위해 즉시 몸을 돌렸다. 이번에는 기쁨의 눈물이었다. '당신 뜻이 아닌 줄은 알지만 당신과 함께 있고 싶어요.' 그녀는 결코 그를 버리지 않을 것이고, 그도 결코 그녀를 방치하지 않을 것이다. 그들은 함께 떠날 것이다. '당신 뜻이 아닌 줄은 알지만 당신과 함께 있고 싶어요.' 이 말은 열에 들떴던 어느 날 밤 유모가 들려주던 노래 같았다. 그는 그녀의 품에 안겨 더 이상 고통 받지 않기를 갈망했다. 제기랄, 19개 사단을 잃은 이후 그는 젊은 여자처럼 감정적이 되었다. 하지만 차츰 회복되었고 표정을 가다듬었다. 그리고 느린 걸음으로 동지들 쪽으로 돌아갔다. 몇 시간 동안 그는 예전의 그로 돌아갈 것이다. 십 년 동안 아시아에 군주제를 만들고 해체한 사람. 그리고 카프카스에서 에티오피아까지, 그리스에서 유프라테스까지 알렉산드로스 대왕 이후 가장 넓은 오리엔트 제국을 이끈 사람……

그는 침착한 목소리로 군자금을 실은 배 중 한 척을 접근시키라고 명령했다. 그의 함대는 악티움에서 이 작전에 성공한 적이 있다. 군자금을 보전하는 데. 승자 옥타비아누스는 동전 한 푼 찾아내지 못할 것이다. 그는 약속한 임금을 자기 병사들에게 계속 지불할 수 있을까?

사람들의 항의에도 불구하고 최고사령관은 장교들을 도망치게 했다. 군자금을 몸소 꺼내 그들의 바랑을 보석과 데나리우스 화폐로 채워주었다.

"조각된 이 보석을, 이 작은 카메오를 가지시오. 가져요, 어서! 크기는 작지만 큰돈이 될 거요. 몸을 숨겨야 할 때 아주 유용하지. 이것으로 뱃사공을 매수하시오……."

그는 코린토스에 있는 판무관 앞으로 보내는 추천서를 그들에게 건네주었다. 옥타비아누스는 아직 반도의 오리엔트 쪽 해안에 다다르지 못했으니까. 그들은 눈물을 흘렸다. 이제는 그가 그들을 위로했다. 그들은 마지막으로 서로를 포옹했다. 그런 다음 이집트 함대가 닻을 올렸다.

기념품 상점

공공 경매 상품 목록, 보석 : 은제품, 드루오 리술리외.

……66. 구형球形 혹은 볼록한 형태의 천연 진주로 장식한 펜던트 형태의 귀걸이 세 쌍. 금, 나전, 석류석. 헬레니즘 예술품.

높이: 3.1~4.9센티미터

3400/3500

……67. 스핑크스, 날개 달린 승리의 여신, 피닉스, 그리고 이시스의 시스트럼을 조각한 보석 네 개(비취, 마노, 홍옥수, 금). 붉게 산화됨. 이집트 프톨레마이오스 시대.

4000/4200

카이사리온은 걱정이 되었다. 몇 주 동안 그랬다. 전령들이 오지 않자 그는 밀 수송선이 더 이상 다니지 않는다는 것을 깨달았다. 바다가 '다시 열린' 후 짐을 싣고 그리스로 떠난 상선들 중 겨우 4분의 1만이 알렉산드리아로 돌아왔다. 굳이 점성가에게 묻지 않아도 다른 상선들은 도중에 침몰했음을 눈치챌 수 있었다.

"혹시 폭풍우를 만난 게 아닐까요?"

재정을 담당하는 수석 대신이 조심스럽게 예측했다.

"여름 폭풍우는 이따금 배들을 테나로 곶이나 말레아스 곶의 암초 쪽으로 밀어낸답니다."

어린 파라오는 그 예측에 회의적이었다. 그는 자신이 보낸 배들이 싣고 간 물건들을 넘겨준 뒤 돌아오다가 공격받았기를 바랄 뿐이었다. 하지만 그게 아니라면…….

사실은 이랬다. 사모스에서부터 배신과 어려움이 시작되었다. 현재 카이사리온에게는 여전히 일주일에 두 번씩 전령이 오고 있었고, 그들을 통해 옛 총독 플란쿠스와 그의 조카 티티우스가 변절했음을 알았다.

그들은 밤에 배를 타고 이탈리아로 떠났다. 여왕은 편지에 이렇게 썼다.

"오랜 친구를 잃는다는 건 최고사령관에게는 확실히 혹독한 일이야. 하지만 나는 화가 나지 않는단다. 무나티우스 플란쿠스, 그 아첨꾼, 나에게 알랑거리기 위해 연회에서 언제나 익살 부릴 준비가 되어 있던 그 뚱뚱한 어릿광대는 이제 날 즐겁게 해주는 걸 그만두었을 뿐이야. 우리가 섬에 도착한 후 그 인간은 나와 마르쿠스 사이를 이간질했지. 어느 날 밤 나는 원로원 의원인 그에게 당신 혀로는 신발이나 엉덩이나 닦으면 딱 좋겠다고 공개적으로 말했단다. 그가 내 농담을 탐탁지 않게 여긴 모양이다. 하지만 난 속이 시원했어!"

병사들과 함께 지내면서 여왕이 너무 거칠어진 것 같아서 카이사리온은 유감스러웠다. 그 외의 것들에는 일일이 중요성을 부여하지 않았다. 유년 시절부터 그는 어머니의 눈으로 상황을 보았다. 어머니가 기분 좋아하면 그도 기분이 좋았다. 혹은 기분 좋아하려고 애썼다.

플란쿠스가 떠난 것은 안타깝게도 중대한 결과를 가져왔다. '간단한 저녁식사 자리'에 활기를 불어넣던 그 변절자가 옥타비아누스에게 안토니우스의 유언장에 대해 알려주었기 때문이다. 그 문서는 삼 년 전 로마에서 베스타 여신을 섬기는 무녀들에게 맡겨졌다. 안토니우스는 두 번째 아르메니아 원정 직전에 그 문서를 구술했고, 로마의 세습귀족들이 모두 그러듯 두루마리를 봉인해 베스타 신전에 맡겼다. 어릿광대 플란쿠스, 변절자 플란쿠스에게서 그 정보를 전해들은 옥타비아누스는 전례 없고 불법적이고 신성모독적인 행위를 저질렀다. 베스타 신전의 수석 무녀를 위협해 살아 있는 자의 유언장을 손에 넣은 것이다. 이런 행위는 당시에는 묘지를 훼손하는 것보다 더 충격적인 행위였다. 옥타비아누스는 유언장의 봉인을 뜯은 뒤 문서가 작성된 날짜에 대해서는 함구한 채 원로원 의원들에게 발췌 공개했다. 유언장에는 왕국들을 클레오파트라의 아이들에게 나눠준다고 돼 있었고, 카이사리온의 혈통도 확인해주고 있었다. 이 알렉산드리아의 증여는 원로원 의원들이 절대 승인할 수 없는 것이었지만, 안토니우스는 로마 시민들에게 도전하기 위해 그것을 거듭 주장하려는 듯했다. 사람들은 자격 없는 아비인 그가 옥타비아에게서 낳은 자기 딸들의 상속권을 박탈했다고 주장하기에 이르렀다. 한마디로 옥타비아누스는 평범하지 않은 조항 하나가 담긴 이 유언장을 가지고 일대 추문을 만들어냈다. 최고사령관 자신이 원정 중에 죽는다면 포룸에서 장례식을 치르는 즉시 시신을 알렉산드리아로 옮기라는 조항이었다.

"이집트로?"

로마 사람들은 투덜거렸다.

"그 마녀 곁으로? 그는 알렉산드리아를 세계의 새로운 수도로 만들 셈인가? 그는 우리를 배신했다! 이집트 여자는 죽어라!"

여왕은 이 추문에 안토니우스가 매우 마음 상해했다고 자기 맏아들에게 털어놓았다. 옥타비아누스가 유언장이 작성된 날짜를 실제보다 늦추어 말했고 그의 뜻을 왜곡했다고 항변할 방도가 없었다. 그는 이제 로마에 친구가 없었고 인맥도 없었다. 하기야 그가 무슨 말을 할 수 있겠는가? 한 걸음 물러나서 보는 오늘날 역사가들조차 마르쿠스 안토니우스가 죽어서도 클레오파트라와 함께하겠다는 뜻을 어떻게 그렇게 일찍 표명할 수 있었는지 궁금해한다. 그는 오랫동안 자신이 염소와 배추를 동시에 준비한다고, 로마와 알렉산드리아 사이, 클레오파트라와 옥타비아 사이에서 균형을 유지한다고 주장했다. 하지만 그는 신사다운 예의범절을 지닌 남자였고, 죽음에 관해서까지 속임수를 쓸 마음은 없었다.

그러므로 로마에서의 결혼을 가상으로 유지한다는 것, 그것을 계속 보존한다는 것은 옥타비아를 위해서도 더 이상 생각할 수 없는 일이었다. 자신의 유언장이 침해된 것에 대해 그는 편지를 통해 클레오파트라가 구 년 전부터 그것을 바랐다고 답변했다.

'당신 짐을 꾸리시오.'

로마인 아내에게는 이렇게 편지를 썼다. 그녀는 자신이 기르는 여섯 아이를 거느리고 즉시 저택을 떠났다.

클레오파트라는 만족했다. 카이사리온도 만족했다. 다른 이유 때문이었다. 카이사리온은 안토니우스의 유언장을 통해 그가 자신보다 먼저 죽을 거라 예상하고 있으며, 이집트 소유와 로마 통치권을 확인하는 한 자신을 제거하려고 애쓰지 않으리라는 사실을 알 수 있었다. 그렇다면 어머니의 남편은 제 목숨을 소중히 여기지 않는 것인가? 자기 아이들의 목숨도?

소년은 일단 깜짝 놀랐다. 그다음에는 안도했다. 그리고 자신이 안도했다는 사실에 놀랐다. 형제들을 죽이지 않아도 된다는 사실에 안심한 걸까? 그날 그는 세 '아이'들을 방문했고, 주변 세상의 아름다움에 눈을 뜨도록 셀레네를 설득하려고 애썼다.

저녁식사 자리에서 안틸루스가 그에게 물었다.

"형은 셀레네와 결혼할 생각이 없는 거야?"

"아니야. 나는 그애와 결혼할 거야."

"셀레네가 이상한 건 사실이야. 조금 미친 애 같지. 하지만 바보는 아니야. 여왕으로서는…… 넘어가자. 하지만 여자로서는!"

열네 살인 안틸루스는 벌써 시녀 둘과 잠자리를 함께한 것을 자랑했다. 가능한 일이었다. 하지만 카이사리온은 나이가 더 많음에도 불구하고 여자와 '동침한' 적이 없었다. 심지어 사람들이 그런 일에 대해 이야기하면 얼굴이 붉어졌고, 내리 이틀 동안 화를 냈다. 그가 안틸루스의 말을 잘랐다.

"셀레네는 아직 어린애야. 그러니 난 오륙 년 안에는 그애와 결혼하지 않을 거야…… 내가 그때까지 살아 있다면 말이야!"

"왜? 자살이라도 할 생각이야?"

"안틸루스, 바보인 척하지 마. 유언장 이야기, 네 아버지의 이혼, 옥타비아누스의 마지막 연설에 대해 너도 알고 있잖아. 이건 전쟁이야! 아르메니아에서 일어나는 소규모 교전이 아니야. 로마와의 전쟁이라고!"

"그래서 뭐? 형은 내 아버지가 로마를 이길 거라고 생각하지 않잖아? 내 아버지는 아시아 전체를 호령하는 사람인데!"

'유언장이 있든 없든 전쟁은 불가피했단다.'

클레오파트라는 사모스에서 보낸 마지막 편지에서 이렇게 단언했다.

'우리는 지나치게 때를 기다렸을 뿐이야.'

사실 그러는 사이 로마가 전쟁을 선포했다. 안토니우스에게 선포한 것이 아니라 이집트 여왕에게.

"이것은 내전은 아닙니다."

옥타비아누스는 원로원에 선포했다.

"로마 시민들이여, 나도 여러분처럼 우리 가족들을 너무나 많이 파괴한 동족상잔의 싸움에 혐오감을 느낍니다! 이것은 군주제에 대항하는 마지막 싸움입니다!"

"끝까지 사기를 치는군!"

클레오파트라가 결론 지었다. 그녀가 사용하는 어휘가 점점 더 호전성을 띠어갔다. 그즈음 동방군은 사모스를 떠나 아테네로 가고, 아테네를 떠나 파트라스로 가고, 파트라스를 떠나 발칸 반도 근처의 악티움으로 갔다.

처음에 카이사리온은 규칙적으로 소식을 전해들었다. 그의 어머니가 이집트와 그리스 사이를 정기적으로 왕복하는 물자보급선을 통해 그에게 전령을 보냈고, 전령이 그에게 모든 것을 이야기해주었다. 주로 기분 좋은 소식들이 많았다. 하지만 '공식적인' 소식들이었다. 전령들은 피상적인 이야기만 늘어놓을 뿐이었다. 그 행간을 읽는 것보다는 전령을 유도심문해 입을 열게 하는 편이 더 쉬웠다. 카이사리온은 상황을 정확히 파악하고 있었다.

그는 쓸데없는 주의를 일깨우지 않기 위해 어머니의 전령들에게 지나가는 말처럼 이런저런 사람들의 안부를 되는대로 물었다.

"아무개는 어떻게 지내나?"

"잘 지냅니다, 왕자님. 그가 아테네 젊은이들에게 큰 연회를 베풀어주었답니다."

"아무개는?"

"그분은 지금은 참모부 회의에 참석하지 않습니다. 몸이 편치 않아서요……"

"군대 안에 병이 돌고 있나?"

"아, 그렇습니다, 왕자님! 열병이 돌고 있어요."

몇 달이 지나자 카이사리온은 전염병이 군대를 휩쓸고 있음을 알게 되었다. 더 지독한 일은 변절자들이 생겨난 것이었다.

"그럼 실라누스는?"

"그 사람은 도망쳤습니다, 왕자님. 적들에게로 건너갔어요. 비열한 자였습니다!"

"그럼 제미니우스는?"

"로마로 돌아갔습니다. 그 사람은 최고사령관님 주변 사람들이 술을 너무 많이 마신다고 주장했어요. 약간의 술이 훌륭한 병사들에게 해라도 입히는 것처럼요! 그곳의 물이 몹시 썩어서 마시기 힘든데도 말입니다!"

많은 로마인들이 탈영하고 있었다. 그리고 봄이 되자마자 카이사리온은 동맹국의 왕들이 차례로 포기하고 있음을 알게 되었다. 충성스러웠던 자들은 더 이상 유지할 수 없는 위치를 유지하기 위해 죽었고, 불충했던 자들은 이미 진영을 바꾸었다.

"마우레타니아 왕 보구드는. 보구드는 어떻게 하고 있어?"

"그 양반은 더 이상 잘 지낼 수가 없습니다, 왕자님. 세상을 떠났거든요. 용감하게요. 모돈 성채를 방어하다가 그렇게 되었답니다. 적군의 해군대장이 그곳을 포위해버렸어요."

"갈라티아 왕 아민타스는?"

"아, 그 사람에 대해서는 말도 하지 마십시오! 최고사령관님이 옥타비아누스의 진지를 공격하는 틈을 타 자기 궁수들을 데리고 내뺐어요! 파플라고니아 왕도 함께 그랬고요! 최고사령관님께 큰 은혜를 입은 사람들이 말입니다. 최고사령관님이 그 사람들을 왕으로 만들어주셨잖아요! 하지만 우리는 그 사람들을 그리워하지 않을 겁니다. 그 아시아 사람들은 모두 병사로서 형편없으니까요……."

"선량한 타르콘디몬은? 그 상실리시아 왕은 어떻게 됐는지 말해줘."

"전투에서 죽었습니다, 왕자님. 옥타비아누스의 기병대 공격을 맡은 자기 기병대 선두에 있다가 전사했어요. 그런데 지금 누가 옥타비아누스의 기병대를 지휘하는지 아십니까? 우리의 변절자 중 한 명인 마르쿠스 티티우스랍니다. 플란쿠스의 그 더러운 조카 말이에요!"

그것은 기이한 전쟁이었다. 서로 대치하는 군대는 성벽 뒤에서 혹은 만 깊숙한 곳에서 상황을 지켜보며 부대의 불확실한 투입을 끝없이 기다렸다.

확실한 것은 그들이 고통스러워한다는 것이었다. 어쨌든 안토니우스의 보병대는 비위생적인 석호瀉湖 가까이에 주둔하고 있는 듯했다. 여름이 다가오고 있었으므로 상황이 악화될 위험이 있었다. 군대의 사기는? 그다지 좋지 않았다. 그들은 참모부에서 악취 나는 공기를 들이마셨다. 석호와 가깝다는 이유 때문만은 아니었다.

"잠블리크는? 에메사 왕조의 잠블리크 왕자 소식은 말해주지 않았잖아."

"최고사령관님께서 참수하셨습니다. 배신을 한 것 같아요…… 그 사람은 원로원 의원 퀸투스 포스투미우스와 함께 처형되었습니다. 사람들 말에 따르면 한패였어요."

이후 배와 전령들의 왕래가 뜸해졌다(적들이 어떻게 어디서 그들을 공격한 걸까?). 그다음에 이어진 대화는 이러했다.

"이봐, 난 어머니의 주치의인 늙은 글라우코스가 어떻게 되었는지 궁금해."

"죽었답니다, 왕자님."

"죽었다고? 그 사람이? 어떻게?"

"음, 그게…… 처형당했어요."

전령은 당황해서 이렇게 내뱉었다. 전령을 독촉하던 카이사리온은 아마도 공모가 있었던 것 같다고 짐작했다. 글라우코스는 로마인들에게 여왕이 그들을 죽이려고 하니 도망치라고 말했을 것이다. 전령의 이야기에 따르면, 여왕은 자신의 뜻에 반대하는 모든 사람에게 쓸 독을 마련하라고 그에게 명했다고 한다. 그 결과 안토니우스의 영원한 보좌관이자 여왕 부부의 오랜 친구 중 하나인 델리우스조차 저녁식사를 거부하기 시작했다.

"그래서 왕자님의 어머니께서 격노하셨고, 그 불충한 의사를 처형하셨답니다."

전령은 자신이 하는 이야기를 믿는 것 같았다. 괴상하기 짝이 없는 이야기를! 하지만 그 괴상함은 악티움을 지배하는 분위기에 관해 많은 것을 말해주었다. 카이사리온은 걱정이 되었다. 우선은 어머니의 건강이 염려되었다.

"여왕님께선 평소와 다름없이 드시고, 마시고, 주무십니다."

건너오는 데 성공한 마지막 전령이 카이사리온에게 이렇게 단언했다.

"여왕님께선 곳곳으로 최고사령관님을 따라다니시고, 모기장도 만들게 하셨다고 왕자님께 알리라고 하셨습니다."

모기장? 아, 카이사리온은 그녀에게 감탄했다! 그녀는 언제나 실용적이고 낙천적이었다. 군대 전체를 모기장으로 뒤덮어 보호할 수 없다는 것은 유감이었다. 그러나 적들의 화살 개수보다 더 많은 병사가 부상을 입은 것이나 군대의 사기가 저하된 것과 마찬가지로, 악티움의 모기는 어린 파라오의 첫째가는 근심거리가 아니었다. 지금 그의 근심거리는 물자보급이었다. 알렉산드리아의 창고들이 나일 강의 밀밭 밑에서 무너지고 있었다. 배가 부족해 더는 물자를 보낼 수 없었다. 안토니우스의 군대는 더 이상 해상 연락망을 사용하지 못했다. 식량이 부족해지면 그리스 북쪽 에피루스 산악지방에 있는 군대는 어찌 될 것인가? 한 달 뒤에 바다가 '폐쇄'되면! 아프고, 굶주리고, 근심 때문에 쇠약해진 사람들이 나날이 악화되는 상황 속에서 어떻게 반년을 더 버티겠는가. 그들은 공격해야 했다! 바로 지금 숲에서 나와야 했다. 죽이거나 아니면 죽거나였다. 어쨌든 상황을 끝내야 했다. 좀더 빨리…….

갑자기 파로스로부터, 모든 항구의 부두로부터, 도시 전체로부터 커다란 함성이 들끓었다.

"저기 그들이 왔다! 그들이 왔어!"

카이사리온은 신新 궁전에서 뛰어나와 망토도 걸치지 않은 채 안티로도스와 육지 사이의 연락을 담당하는 왕실 갤리선 중 한 척으로 돌진했다.

"왕들의 항구로 가자, 빨리!"

그는 작은 갤리선 안에 서서 바다를 살폈다. 하지만 아무것도 보이지 않았다. 그의 앞뒤, 부두와 둑이 사람들로 새까맸다. 즉석에서 결성된 악단이 연주를 시작했다. "여왕 전하 만세!"와 "우리가 이겼다!"라는 함성 사이에 심벌즈 치는 소리와 나팔 부는 소리가 들렸다. 등대 테라스에서 한 남자가 나팔을 불었다. 그가 선 곳에서는 함대의 모습이 보이는 모양이었다. 군중이 적갈색 점들에 주목하기 시작했다. 알렉산드리아 가까이에 거처를 정한 군단의 제복들이었다.

카이사리온이 탄 작은 갤리선이 왕들의 항구를 방어하는 탑들 사이를 지나가려 할 때 첫 번째 배가, 가장자리에 금빛 꽃장식이 리본처럼 장식된 5단 노 노예선이 눈에 들어왔다. 불타는 것처럼 붉고 긴 깃발들이 노의 손잡이에 매달려 있었다. 그 배가 노를 저어 등대섬과 로카아스 곶 암초들 사이의 좁은 통로를 건너자, 알렉산드리아 민중이 한순간 조용해졌다. 이윽고 바다 위에서 승전가의 메아리가 들려왔다. 배 위에서 수병들이 승전가를 부르고 있었다. 수평선에는 다른 배의 돛대들이 하나둘씩 모습을 드러냈다. 물결치는 환호성 속에서 각각의 배들이 모습을 드러냈다.

"오토크라토르 안토니우스!" "승리자 클레오파트라!" 하는 함성에 디오니소스를 찬양하는 외침, 혀 차는 소리, 휘파람 소리, 손을 입에 댔다 뗐다 하며 내지르는 긴 함성, 둥둥거리는 에티오피아 북소리가 뒤섞였다. 사람들이 지붕 위로 기어 올라갔지만 여왕이 탄 안토니아 호, 자줏 빛 돛이 달린 그 커다란 배는 아직 보이지 않았다. 다행이었다. 덕분에 여왕을 맞이할 준비를 좀 더 할 수 있었다. 왕들의 항구에 있던 카이사리온이 초병에게 달려가 말했다.

"가서 왕자들과 공주들을 모셔오너라!"

"이미 전갈을 받으셨습니다, 태양의 아들이시여. 곧 도착하실 겁니다."

함대의 배들이 파란 궁전을 우회하며 대항구로 들어오자, 배들은 해군대장이 탄 배에 경의를 표하는 터널을 형성하기 위해 항구의 요새 양쪽에 조금 여유를 두고 노를 높이 들어올렸다. 마침내 안토니아 호가 모습을 드러내고 부두 가까이 다가오자, 왕자와 공주들은 가정교사 니콜라우스의 주의 깊은 눈길 아래 성벽 발치에 키 순서로 얌전히 늘어섰다. 배의 갑판에서 군악대가 군가를 연주했다. 수병들의 머리칼이 향유에 젖어 있었다. 여왕은 머리에 이중관을 쓰고 목에는 에메랄드 장식을 단 채 경호원들 뒤에서 완벽하게 위엄 있는 모습으로 느릿느릿 내려왔다. 그녀와 얼굴을 마주하자 카이사리온은 정중히 허리를 숙였다. 그녀는 마치 두 병사가 재회하듯이 두 팔을 벌리고 그를 포옹했다. 그리고 그의 귀에 대고 중얼거렸다.

"많이 자랐구나! 그리고 많이 변했어! 넌 네 아버지를 닮았어. 정말 많이 닮았지! 네가 그리웠단다……."

이번에는 재무장관이 꿇어 엎드렸다. 하지만 그가 바닥에 이마를 대자마자, 켈트족 경호원 네 명이 달려들었고, 그가 돼지 멱 따는 소리로 비명을 지르는 가운데 부두 끝으로 끌고 갔다. 이어지는 꾸르륵 하는 소리로 판단하건대 그의 목을 따는 듯했다.

여왕의 비서관 디오메데스가 이집트 군단을 지휘하는 장군에게 다가가 서판을 내밀며 말했다.

"이 명단에 있는 사람들 모두입니다. 즉시 처형하십시오!"

클레오파트라는 아들의 어깨를 놓아주고는 장군 쪽으로 몸을 돌렸다.

"내가 잡아둔 포로들도 죽여요. 아르메니아 왕과 그의 아들들을. 가장 어린 티그라네스는 빼고. 그 아이는 좀 더 봉사할 수 있으니까. 불만스러운 군수들의 명단은 밤이 되기 전에 건네주겠어요."

그런 다음 환한 아침과도 같은 본심에서 우러난 기쁨의 미소를 띤 채 알렉산드리아 국방 담당 관리에게 말했다.

"내 백성들에게 술을 나눠주어라. 모두에게, 가장 좋은 것으로 말이다! 승리자 안토니우스를 기리는 의미로."

"수병들에게도 말입니까. 여왕님?"

환관이 위험을 무릅쓰고 벌벌 떨면서 물었다.

"내 병사들은 내일 혹은 모레 올 최고사령관과 로마 함대를 기다릴 것이다. 그때까지는 꼼짝 않고 배에 머무를 거야."

그녀는 말없이 가만히 서 있는 아이들 앞을 이야기를 하면서 지나갔다. 재무장관이 울부짖는 소리와 경호원들의 폭력이 아이들에게 두려움을 안겨주었다. 아이들은 줄지어 기대서 있던 벽 속으로 들어가고 싶었을 것이다. 특히 이오타파는 머리에서 발끝까지 벌벌 떨면서 셀레네 옆에 꼭 붙어 있었다. 그녀들은 이제 키가 똑같았다. 셀레네는 자기 정원에서 급히 꺾은 장미꽃 한 송이를 들고 있었다(디오텔레스의 아이디어였다. 어머니들은 모두 꽃을 좋아하니까). 셀레네는 용기를 내 한 걸음 앞으로 나아가 몸을 숙이고 눈을 내리깔고는 그 엉뚱한 장미꽃을 내밀었다. 그 꽃을 본 여왕은 기병중대 하나가 길을 막은 것보다 더 놀라서 걸음을 멈추고는 말했다.

"아, 그래. 착하구나. 그래, 그래."

그런 다음 셀레네에게 상냥하게 미소를 지으며 그녀가 전혀 이해하지 못하는 말을 길게 늘어놓았다. 그것은 그리스어가 아니었다. 그렇다면 라틴어였을까? 이오타파와 눈이 마주치자 셀레네는 깨달았다. 여왕은 방금 그녀에게 메디아어로 말을 한 것이다. 자기 딸에게. 여왕은 그녀를 외국 공주로 안 것이다.

마르쿠스 안토니우스와 클레오파트라는 세계인이었으며 여러 언어에 능통했고 종교 간의 혼합을 인정했다. 시대를 앞서갔던 이들이다. 그들의 이런 가치관은 그 시대에 더 잘 이해되었다. 회고주의는 고대의 이상理想이다. 저물어가는 세월을 저지하고, 역사적으로 신들과 더 가까이 접촉했던 고대인들을 흉내 내면서 황금시대를 되찾는 것. 이것이 바로 진보이다. 로마가 그 어느 때보다 로마다웠던 시절, 이웃 국가들을 식민지화하고 없애버리던 시절에 진보주의자인 이 두 연인은 다시 알렉산드로스의 꿈을 꾸고 있었다. 신비로운 비단의 나라까지 확장된 열린 제국, (주민, 풍습, 믿음들을) 굴복시키기보다는 혼합하고, 복속시키기보다는 발견하고 분배하는 세계 제국의 꿈을.

"유일한 외국은 우리가 살고 있는 세상이다."

진정한 '공동의 집'인 세상, 외쿠메네……. 안토니우스는 이 오래된 꿈을 본격화하기 시작했다. 정복된 나라들을 삼킬 줄만 아는 로마의 지배권을 통해 그는 대담하게도 보호령들을 늘리고, 현지의 권세 있는 가문들 속에서 왕을 선택해 친구이자 동맹 관계인 왕국들을 만들었다. 멀리 신성한 왕들이 있고, 그 밑에 각자의 군주와 화폐, 법률을 갖춘 작은 봉신封臣 국가들이 있는 그리스-로마의 초군주제. 심지어 그는 그들이 자신의 영토에 주둔한 로마 군단을 지휘하는 것조차 금하지 않았다. 그것이 바로 공동의 집이었다.

클레오파트라와 안토니우스는 어린 시절부터 수없이 여행을 했다. 언어에서는 그리스어가 아닌 다른 공통의 언어를 상상하지 못했으나, 그들과 다른 많은 방식과 윤리를 잘 견디고 재미있어했다. 심지어 그것을 배우는 일도 소홀히 하지 않았다.

"이런, 벨기에 부족은 그런 방식으로 하지 않는군."

안토니우스는 대서양에서 카스피 해까지, 북해에서 홍해까지 싸우고 확인했다. 그는 이런 말도 했다.

"카프카스의 야만인들에게서는 정반대의 것을 봤는데."

클레오파트라는 우수한 왕족들과 이시스를 섬기는 성직자들의 통역을 통해 모든 민족들이 다양한 이름으로 똑같은 여신을, 풍요로운 구원의 어머니를 꿈꾼다는 사실을 확인했다. 제우스, 세라피스, 마즈다* 그리고 바알은 똑같이 천상의 힘을 지칭했다. 오시리스, 아도니스, 아피스, 디오니소스는 언제나 죽음을 이기는 낙천가들이었다.

이런 두 존재가 자기 우물 밖으로 한 번도 나가본 적 없는 남자에게 과연 질 것인가? 이탈리아는 별도로 하고, 맞은편 해안인 달마시아만 아는 작자에게! 라틴어로만 생각하고, 테베레 강이 세상에서 가장 큰 강인 줄 아는, 소견머리가 좁아터진 작자에게! 루킬리우스는 몹시 어리둥절했다. 로마 함대의 생존자들이 안토니우스의 배에 타고 테나로 곶을 떠나 키레나이카를 향해 길을 나선 뒤부터, 이 젊은 공화주의자는 군사

---

* 조로아스터교에서 섬기는 신.

적 원인이 아니라(그것은 이미 알고 있었다) 신학적 원위을 끊임없이 찾았다. 과연 신들은 무엇을 원할까? 이것은 그가 그리스 철학자들에게 하고 싶은 질문이었다. 원로원 의원들이 도피한 후 최고사령관은 그리스 철학자인 아리스토크라테스, 필로스트라투스와 자주 만났다. 하지만 이제 필로스트라투스는 여왕과 함께 돌아갔고, 아리스토크라테스는 후위後衛에 있었다.

'신들은 무엇을 원할까?'

루킬리우스는 해군대장이 탄 배의 지휘실에서 오랜 시간을 보내는 동안, 아프고 절망에 빠진 최고사령관의 머리맡에서 자문해보았다. 최고사령관은 열병이 났다. 고여 있는 물, 배 위에 있는 '상한' 물을 마셔서 열병이 났다고 생각했다. 그래서 이제는 물을 타지 않은 포도주만 마셨고, 그러는 바람에 열병에 취한 상태로 침울한 기분과 흥분상태를 끊임없이 왔다 갔다 했다. 술기운에서 깨어났을 때 그가 말했다.

"아, 루킬리우스. 자네 나를 배신하지 않을 거지? 언제나 내 곁에 있을 거지, 친구? 아니지. '내 가장 좋은 적'이지. 응, 루킬리우스? 나의 가장 소중한 적!"

이것은 그들이 처음 만난 날부터 계속되어온 그들 사이의 오래된 농담이었다. 너무나 특별했던 상황, 안토니우스가 이 젊고 배짱 좋은 포로를 발견하고 "적을 찾아오라 했더니 친구를 데려왔구려!"라고 말했던 첫 만남을 떠올리게 하는 농담. 사건은 십 년 전인 필리피 전투로 거슬러 올라간다. 그때 마르쿠스 안토니우스는 카이사르를 암살한 공화주의자 브루투스와 카시우스에 맞서 발칸 반도에서 싸웠고, 이겼다. 사람들이 말하는 대로 20만 이상의 병사들이 싸운 역사상 가장 큰 전투였다. 당시 안토니우스는 천하무적이었고, 기병대의 선두에서 임무를 수행하는 그의 모습은 찬란했다. 카시우스는 자살하고, 브루투스는 도망쳤다.

갈리아족 원군 분견대가 탈주병인 젊은 루킬리우스를 추적했다. 루킬리우스가 도망친 것은 그의 대장에게 도망칠 시간을, 기병대 쪽으로 갈 시간을 벌어주기 위해서였다. 그들이 찾는 사람은 그였고, 그는 항복했다. 루킬리우스의 갑옷은 장식이 많았고 망토는 붉었다. 갈리아족 원군들은 적군의 장수를 가까이서 본 적이 한 번도 없었다. 그들은 나팔을 크게 울리며 자신들이 붙잡은 포로를 군사령부로 데려왔다. 소식을 들은 안토니우스는 적이 항복했다는 사실에 놀랐다. 더구나 원군에게! 루킬리우스는 "아무도 브루투스를 생포하지 못할 겁니다. 나로 말하면 당신의 병사들을 속였고, 마지막 고문을 당할 준비가 되어 있습니다"라고 말했고, 안토니우스는 그의 속임수를 눈치채고 격분했다. 갈리아족 원군들도 화가 나서 포로를 참수하기 위해 억지로 무릎 꿇리려 했다. 하지만 마르쿠스 안토니우스는 그들을 저지했다.

"침착하시오, 친구들! 그대들이 화내는 걸 이해하오. 하지만 그대들은 이 사람을 잘 포획해왔소. 적을 찾아오라 했더니 친구를 데려왔구려! 그대들도 알다시피, 브루투스를 붙잡았다면 나는 그를 죽였을 거요. 하지만 이 사람처럼 용감한 사람이라면 영원히 살기를 바라오!"

말을 마친 안토니우스는 루킬리우스를 포용했다. 그날부터 루킬리우스는 개가 주인을 따르듯 안토니우스를 따랐다. 그의 목숨은 더 이상 그의 것이 아니었다. 그를 너그럽게 용서해준 안토니우스의 것이었다.

루킬리우스는 유모의 지시에 따라 최고사령관의 머리를 천천히 들어 올려 음료를 마시게 했다. 여행은 끝도 없이 계속되고 있었다! 키레네 군단을 다시 맡으려면 빨리 바람이 가라앉아야 했다. 노 젓는 병사들이 없으면 소형 함대가 오도 가도 못하고 발이 묶일 것이다. 병사들은 노에 매달려 아프리카 해안을 손에 넣으려고 애썼다. 이런 상황에서 어떻게 옥타비아누스의 사자들을 앞서가 악티움 전투에서 패했고 몇몇 사람들이 변절했음을 충성스러운 군대에 알리겠는가?

이틀 전 강력한 서풍이 그들을 크레타 섬 쪽으로 끊임없이 밀어내는 동안, 안토니우스는 남은 보급품 목록을 정확하게 작성했다.

'11개 군단. 11개 군단이 있으면 이집트를 구할 수 있어. 삼각주에 셋. 시리아에 넷. 이 넷은 유대를 향해 다시 내려가게 해야지. 내 친구의 헤로데의 도움을 받으면 그들이 오리엔트 쪽 국경을 책임질 수 있을 거야. 나는 가자에서, 아스켈론에서 펠루시움 성벽을 방어할 거야!⋯⋯ 리비아 쪽에는 항상 군단 넷을 두고. 키레나이카에서 배를 내려 이집트의 전초前哨들에 가장 훌륭한 부대원들을 데려다놓고 대책을 강화해야지. 그가, 그 얼간이가 나에 대항해서 아프리카 군대를 보내려 할 경우에 대비해서 말이야! 해안으로 말하면 여왕의 함대가 충분히 방어할 거야. 파레토니움*과 알렉산드리아 두 항구를 보호하는 게 문제지. 이 두 곳을 통하지 않고는 해안에 접근할 수 없어⋯⋯. 옥타비아누스, 이 약삭빠른 작자야. 잘해봐라, 난 이대로는 물러나지 않을 테니까!'

하지만 열이 오르자 최고사령관은 다시 의기소침해졌다.

"루킬리우스, 테나로 곶에서 나를 떠나도록 하게나. 어떻게 도망갈 텐가? 로마 사람은 그리스에 잠입할 수 있네. 하지만 이집트에서는! 그곳에서 자네는 토착민 취급을 받지 못할 거야! 그렇게 되면 빠져나갈 길이 전혀 없네! 사방이 사막이고, 모든 길을 옥타비아누스의 군대가 차지하고 있을 테니까. 그들이 자네를 괴롭힐 걸세, 가여운 친구. 괴롭힐 거라고. 잘 들어보게나. 내가 자네에게 3단 노선 한 척을 내주겠네. 그러니

---

* 알렉산드리아 서쪽으로 약 240킬로미터 떨어진 이집트의 항구도시. 오늘날에는 마르사마트루흐라고 불린다.

우리가 해안에 접근하자마자 페니키아에 합류하게나. 내게서 도망쳐, 루킬리우스. 이것이 자네에게 주어질 마지막 기회네. 자네는 아직 젊으니 목숨을 보전하게나!"

루킬리우스가 대답했다.

"저에겐 목숨이 없었습니다, 최고사령관님. 당신께서 저에게 목숨을 주셨지요. 당신의 호의 덕분에 운명의 신에게서 십 년이라는 세월을 선물받았습니다. 그것으로 충분합니다. 너무 힘 빼지 마시고 이제 좀 쉬십시오."

안토니우스가 열과 포도주에 기진맥진해 다시 잠들자, 루킬리우스는 십 년 전 카이사르의 복수자들이 브루투스의 시체를 발견했던 순간을 떠올렸다. 필리피에서 전투에 지고 도주할 수밖에 없었던 브루투스는 자신의 검에 몸을 던졌고, 강가에 있는 작고 가파른 숲에서 그의 시체가 발견되었다. 시체는 튜닉이 찢기고 끔찍이도 훼손된 상태였다. 옥타비아누스는 시체의 머리를 베어 로마에 가져가 전시하라고 명령했다. 마르쿠스 안토니우스는 자신의 짐 꾸러미에서 가장 아름다운 자줏빛 망토를 꺼내 시체의 나머지 부분을 감싸게 한 뒤 카토의 사위에게 보내 장례를 치러주게 했다.

"그는 용감한 남자였소."

안토니우스가 인정했다.

"자살이 그의 죄를 지워주었소. 내 형제 가이우스를 죽인 일도."

오리엔트 최고사령관은 3월 15일의 음모 가담자들과 그들의 동지들에 대하여 자주 관대한 모습을 보여주었다. 루킬리우스의 친구들 역시 포로로 붙잡혀와 카이사르와 동맹을 맺은 장군들 앞을 행진할 때 안토니우스에게 군대식으로 예를 표했다. 반면 옥타비아누스의 발밑에는 침을 뱉었다. 사람들도 알다시피 카이사르의 조카손자는 적들이 자기 손아귀에 떨어지면 그들을 가지고 잔인한 유희를 즐기는 일을 마다하지 않았다. 그는 이집트의 고양이처럼 먹잇감을 갖고 놀았다.

안토니우스는 전투 전날 악티움에서 자신의 관대함(혹은 오만함?)의 마지막 증거를 보여주었다. 부하들이 그에게 그의 친구이자 옛 집정관인 '붉은 수염' 도미티우스의 배신을 알려주었다. 도미티우스는 최후의 순간 짐도 없이 혼자서 작은 배를 타고 적에게로 넘어갔다. 안토니우스가 말했다.

"저런, 그 친구 옷가지를 가져가는 걸 잊어버렸군. 옷가지, 담요, 노예들을 잊어버렸어. 가여운 도미티우스! 건강도 좋지 않은데 그것들 없이 지내느라 고생할 거야. 그에게 그것들을 보내주게나! 전열을 열고 군수품 한 벌을 통과시켜!"

물론 루킬리우스는 최고사령관이 부당하게 굴거나 화내는 것을 이따금 본 적이 있었다. 하지만 그가 냉정한 술책을 쓰거나 면밀히 계획해 복수를 꾀할 수 있다고는, (그의 약점이기도 한데) 오랜 기간 계산하거나 미리 준비한 계획을 실행에 옮길 수 있다고는 생각하지 않았다. 그는 즉각적인 반응을 보이고 본능과 충동에 따라 행동하는 사람이었다.

여왕에 대해서는 똑같이 말할 수 없었다. 아마도 그가 여왕들을, 모든 여왕과 왕들을 두려워하기 때문이었을 것이다. 델리우스가 생각하는 것처럼 그녀가 자신에게 반기를 드는 안토니우스의 측근을 독살할 거라 생각하면 으스스했다. 최근 몇 달 동안 루킬리우스는 의사 글라우코스가 퍼뜨린 독살에 관한 소문이 사실인지 아닌지 알 수 없었다. 그 정직한 남자는 대체 무슨 덫에 걸린 걸까? 실제로 글라우코스는 자기 여주인을 위해 향유와 독을 연구했다. 그런데 왜 지금에 와서 그녀를 규탄하는가? 어떤 정치적 목적을 가지고? 어떤 경제적 이익을 위해? 광기가 폭발한 게 틀림없었다. 그 광기는 여파가 너무 커서 의도 자체의 가치를 떨어뜨리기에 이르렀다.

그 늙은 의사는 확실히 이상해졌다. 온종일 별을 살피고 징조를 수집하는 데 몰두했다. 그가 비밀을 지켜준다는 조건으로 루킬리우스에게 털어놓았다.

"자네 내가 방금 무엇을 알게 됐는지 아나? 우리의 최고사령관께서는 로마에 사실 때 처남처럼 싸움닭을 키우셨다네. 그런데 처남 옥타비아누스의 닭들이 그분의 닭들보다 항상 우위를 차지했어! 그건 의미 있는 징조가 아니겠나?"

혹은 이러했다.

"육 년 전 최고사령관과 여왕께서 주그마 다리에서 웃으며 「페르시아인들」을 낭송하셨다네. 그분들은 죽은 수병들을 기렸고, 살라미스의 익사자들을 위해 건배하셨지. 그리고 지금은 바다에서 싸우기를 바라시지 않나. 바다에서? 미치광이들이지! 신들께서 그들을 만신창이로 만드실 거야……."

시적인 표현, 불길한 징후, 불 냄새, 어둠의 소리에서 글라우코스는 군대의 패배를, 왕조의 종말을 읽었다. 그는 의혹을 떨쳐버리면 자신이 두려워하는 일을 막을 수 있다고 믿었던 걸까? 운명을 피하려고 간 길에서 자신의 운명을 다시 만나는 일은 흔히 일어난다. 한 가지는 확실하다. 이 예언가가 자신의 죽음은 예견하지 못했다는 것이다.

마르쿠스 안토니우스가 깨어났다. 절반쯤. 그는 몸을 심하게 움직였다. 섬망증이었다. 그의 몸은 발이 묶인 배의 좁은 선실 안에 있었다. 하지만 정신은 하데스의 검은 평원을 방황했다. 그는 지독한 냄새가 난다고, 견딜 수 없는 악취가 난다고 말했다. 저승을 흐른다는 스튁스 강의 냄새일까? 아니면 죽은 쥐에서 나는 냄새일까? 아무런 냄새도 맡지 못한 루킬리우스가 포도주를 권했지만 그는 밀어냈다. 그가 몸부림을 치는 바람에 포도주 잔이 엎어졌다. 그가 말했다.

"이 피 좀 보게나. 내 몸이 온통 피투성이야! 자네 다쳤나? 아니야? 그럼 나한테서 나는 피인가?"

루킬리우스는 노예들에게 얼룩진 튜닉을 갈아입히고 환자를 진정시키라고 명했다. 하지만 안토니우스는 즉시 이렇게 말했다.

"저리 가! 똥 냄새가 난다! 내 창자가 뚫렸어. 꺼져버려…… . 아니지. 외국인이여, 불쌍히 여길 테니 가지 말게! 날 도와줘. 로마인으로서 생을 끝내도록 날 도와주게. 양날검을 뽑아 내 머리를 잘라주게나!"

젊은 부관이 최고사령관의 몸을 향유로 문질렀다. 안토니우스는 노예들에게 방을 샅샅이 뒤져 죽은 쥐를 찾아내라고 말했다. 하지만 쥐는 없었다. 안토니우스는 냄새가 난다고 계속 불평했다. 다시 열이 올랐고, 그의 몸이 타는 듯 뜨거워졌다. 그가 요청한 팔레르노 산 포도주가 더욱 열을 오르게 했다. 하기야 그 포도주를 뿌려서 화로의 불이 꺼지는 모습은 한 번도 본 적이 없었다. 심지어 그는 자신이 요청한 포도주를 마음에 들어하지 않았다. 포도주에서 짠맛이 나고 이상한 냄새가 난다는 것이었다. 진흙 냄새, 시궁창 냄새, 심지어 개구리 냄새가 난다고. 아니, 개구리가 아니었다. 두꺼비, 그는 죽은 두꺼비라고 말했다. 죽은 두꺼비의 체액 냄새. 그가 신음했다.

"참을 수가 없어. 곳곳에 두꺼비가 있어!"

그가 이불을 걷어내고 옷을 벗으려고 하더니, 루킬리우스에게 자기 몸에서 나는 냄새를 맡아보라고 했다.

"자네도 느껴지나? 죽은 두꺼비 냄새가 나. 누군가 나에게 독을 먹인 거야! 내 배가 얼마나 허연지, 얼마나 부풀어올랐는지 보라고…… ."

그러더니 갑자기 잠에 빠져들었다. 한마디도 없이, 마치 물에 빠지듯이.

루킬리우스는 그 틈을 이용해 한 번 더 방 안을 살펴보았다. 천장이 너무 낮아서 몸을 숙이고 다녀야 했다. 그는 코를 킁킁거렸다. 신중하게 냄새를 맡았다. 하지만 향유 냄새 때문인지 오래된 배에서 나는 희미한 냄새 말고는 아무 냄새도 맡지 못했다. 연기 냄새, 불에 탄 배 냄새, 불에 탄 살 냄새. 그것은 루킬리우스에게 남아 있는 유일한 냄새, 다름 아닌 악티움의 냄새였다.

연극 속에 나오는 인물. 셀레네를 통해 마르쿠스 안토니우스를 발견한 이래, 나는 그를 셰익스피어 극의 주인공으로 보았다. 실제로 셰익스피어는 그를 두 비극의 주인공으로 만들었다. 한 비극에서는 멋진 연설가이자 정복자이며 힘이 넘치는 불패의 태양인 젊은 안토니우스가 환히 빛난다. 또 다른 비극에서는 슬픔과 술 때문에 눈빛이 흐려진, 몇 년 동안 수모를 당한 악티움 해전 패자의 꺼져가는 모습으로 묘사된다. 하지만 안토니우스의 외모가 어떤지는 아무도 알지 못한다. 옥타비아누스가 그의 초상화들을 없애버렸기 때문이다. 그가 '눈부시게 잘생겼다'는 것만 알 뿐이다. 바로 그 잘생긴 외모 덕분에 스무 살 때 찬란한 칭호들을 선사받았고, 마흔 살 때는 신용을 위한 다른 보증들을 요구받았다.

안토니우스에게 셰익스피어 연극의 요소가 있다면, 그것은 다름 아닌 없앨 수 없는 무언가에 대한 두려움일 것이다. 자신의 합법성에 대한 의심 말이다. 아버지로서, '정신적 아버지'로서 카이사르는 그저 압도적인 존재로만 남았다. 그가 헌신적인 '아들'에게 아무것도 남겨주지 않고 죽었으므로, 그를 후계자로 서임하지 않고 죽었으므로 그의 존재는 더욱 압도적이었다. 오리엔트 최고사령관은 정치 활동에서 결정적인 순간을 맞이할 때면 우유부단하고 주저하는 태도를 보일 때가 많았다. 상반되는 갈망들 사이에서 고통스러워하는 일도 잦았다. 권력이냐, 행복이냐? 전쟁이냐, 평화냐? 꿋꿋하게 버티느냐, 도망치느냐? 그는 주색을 좋아하고 농담을 좋아했지만, 햄릿 같은 면도 있었다. 그는 삶을 사랑했고, 끝까지 사랑할 터였다. 그의 육체에는 온갖 욕구들이 존재했지만, 그의 정신은 출구를 찾았다. 사람들은 연회석을 떠나는 그의 모습을 점점 더 자주 보게 되었다.

열이 내리고 루킬리우스가 옆에 있음을 깨닫자 마르쿠스 안토니우스는 평범한 사고의 흐름을 되찾았으나, 그 사고는 즐거운 것이 아니었다. 하지만 그는 환각에 빠져 있지는 않았다. 정치는 인간을 소모시킨다. 로마에서 정치는 인간들을 소모시키기 전에 먼저 병아리처럼 피 흘리게 했다.

어린 시절 어머니가 그에게 읽어준 역사책에는 공화국의 황금시대에 대한 이야기가 실려 있었다. 로마인들이 바깥의 힘에만 위협받던 시절이었다. 로마의 세습 귀족이 뜻밖의 죽음을 맞이하는 것은 대부분 전사하는 경우였다. 알바인, 갈리아족, 카르타고인과 싸운 전투 말이다. 하지만 한 세기 전부터 상황이 변했다. 권세 있는 가문끼리, 파벌끼리 서로 죽였다. 사르디니아 강도들처럼. 그의 가문은 지배하기 위해서는 대가를 지불해야 한다는 좋은 본보기였다. 유명한 연설가였던 그의 친할아버지 데모스테네스는 마리우스의 하수인들에게 참수당했고, 잘린 머리가 포룸의 연단에 전시되었다. 집정관이었던 그의 외할아버지 역시 살해당했다. 그의 아버지는 젊은 나이에 세상을 떠남으로써 가문에 내려오는 운명을 피했다. 하지만 유명한 코르넬리아 가문의 후손이자 매력적인 원로원 의원이었고 그를 키워주었던, 그의 어머니의 두 번째 남편 역시 숙청되었다. 키케로의 명령으로. 키케로가 정화기를 작동시켰던 것이다. 연장자들 중 아직까지 살아 있는 이들도 있기는 하다. 하지만 그 수가 너무나 적다. 그의 젊은 시절은 살육의 시절이었다. 그는 충실한 친구인 루킬리우스를 빤히 바라보았다. 그러더니 갑자기 물었다.

"아이들은 어디 있지?"

부관은 당황했다. 다들 최고사령관이 회복되기를 바라고 있는데 다시금 섬망증에 빠진 것인가.

"아이들요? 아이들은 알렉산드리아에 있습니다. 장군님께서 거기에 있게 하셨잖습니까."

부관이 물잔을 내밀며 대답했다.

"아니, 내 쌍둥이 말이야."

"장군님, 맹세컨대 쌍둥이는 이집트에 형제들과 함께 있습니다."

"난 알렉산드로스와 셀레네를 말하는 게 아니네! 내가 사온 쌍둥이가 어디에 있는지 묻고 있는 거야. 가짜 쌍둥이, 너무나 매력적인 두 꼬마 말이야."

"아, 사모스의 아이들 말씀이군요? 장군님의 식기류를 수송하는 배에 태웠습니다. 그런데 해적들이 그 배를 탈취해서……."

최고사령관의 표정이 어두워졌다.

"애석한 일이로군. 그 난폭한 녀석들이 아이들에게 상처를 입힐 거야! 그 녀석들은 그 아이들이 20만 세스테르티우스 은화의 가치가 있다는 걸 모르겠지. 엉망진창이로군! 그 꼬마들은 예뻤어, 안 그런가? 정말 다정하고 잘 교육받았지. 멍청하지도 않고 말이야! 가여운 놈들! 그 녀석들이 아이들을 죽일 거라고 생각하나?"

"아마도 그러진 않을 겁니다. 어쨌든 곧바로, 일부러 죽이지는 않을 거예요."

"녀석들이 그 두 아이를 갈라놓지 않기를 기도하세나. 살아서든 죽어서든 말일세. 그들이 그 아이들을 갈라놓지 않기를!"

여왕은 동물원의 표범처럼 이리저리 거닐고 있었다.

"로마인들이 나에 대해 어떤 중상모략을 퍼뜨렸는지 너는 상상도 못할 거다! 파렴치한 정치선전이지! 최근에는 그들이 화살에 풍자문을 감아 우리 병사들에게 보내왔어! 주둔지 안으로 말이야!"

카이사리온은 그녀가 얼마나 수선스러운지 잊고 있었다. 그녀는 공적으로는 근엄하지만 남편이나 맏아들과 함께 있을 때는 수다스럽고 격정적이었다. 어쨌든 (방금 그녀가 숫자와 정확한 표현들을 써서 무뚝뚝한 태도로 그에게 알린) 패배가 그녀를 쓰러뜨리지는 못한 듯했다. 그녀는 격분에 사로잡혔다가 다시 누그러졌다.

"그건 온통 거짓말투성이였단다, 카이사리온! 미친 소리들도 많고 말이야! 넌 내가 정말로 스스로를 이시스로 여기고 마르쿠스는 스스로를 디오니소스로 여긴다고 생각하니? 그들이 그렇게 주장하더구나. 그들은 왜 내가 미노타우로스와 동침했다는 설을 뒷받침하기 위해 프타의 사랑받는 자와 황소 아피스의 쌍둥이 형제 같은 네 칭호들도 빼앗아가지 않을까?"

"어머니, 그런 미친 소리들은 이제 별로 중요하지 않아요."

"아니, 그건 중요하단다. 모기장 이야기도 마찬가지지. 내 모기장이 군단 병사들에겐 모욕적이었던 것 같아! 그것이 그들을 나태하게 만들었을 거야. 그래서 나는 모기들이 내 몸을 물어뜯도록 내버려두었지. 그 모기장은 결국 국가적 문제가 되었어. 군주제의 변덕과 여자의 연약함의 상징이 되었다고! 모기장 밑에서 잠을 자면 십중팔구 영혼을 빼앗기게 된단다. 그런 다음에는 참모회의에 참석할 수가 없어! 그래, 바로 그거야! 도미티우스 파와 델리우스 파가 가여운 마르쿠스를 너무나 귀찮게 한 나머지 마르쿠스가 모기장을 양보해달라고 나에게 부탁했지 뭐니. 아픈 병사에게 주는 선물로 말이야. 그건 훌륭한 행동이었단다! 대리석에 새길 만한……. 하지만 나는 십팔 년 전부터 통치를 해왔고, 일이 돌아가는 이치를 잘 알지. 모기장을 양보하면 결국엔 왕위까지 양보하게 되는 거야. 말도 안 되는 일이지! 난 바보들의 의견 따위는 개의치 않아! 그래서 잘 견뎌냈단다."

"한 가지 여쭤봐도 될까요, 어머니? 왜 재무장관을 죽이신 거예요? 그 사람이 어떤 음모에 가담했나요?"

"음모? 난 잘 모른다. 오히려 그 사람이 확실히 알고 있었을 거야. 그 사람은 자기가 왜 그런 운명을 맞이해야 했는지 잘 알고 있었을 거야. 행정기관들이 전부 뼛속까지 썩었어! 너무 많고 썩어빠졌다고! 그래서 본보기를 보일 필요가 있을 때 되는대로 아무나 골라서 처리하는 거란다. 아니, '되는대로'가 아니지. 가장 높은 자리에 있는 사람 중에서 고르는 거야. 내일 축제가 끝난 뒤 내가 전투에서 진 것과 그자를 처형한 것을 알게 되면 알렉산드리아 시민들은 감히 다리 하나 움직이지 못할 거야. 지든 이기든, 이집트를 통치하는 사람은 나야. 바로 이것이 교훈이란다."

지하 분묘는 매우 즐거운 분위기였다. 디오텔레스에게 그곳은 알렉산드리아에서 매우 기분 좋은 장소들 중 하나였다. 무덤들 주위에 초목이 무성했고, 여름밤이면 모든 주민들이 죽은 자들과의 소풍을 위해 도시에서 나와 이곳을 찾았다. 항아리들을 서늘하게 보관할 수 있는 지하 가족 묘소, 내부가 빈 작은 예배당을 가진 사람들은 큰 부러움을 샀다. 페테오렘피(빌어먹을 토착민 특유의 터무니없는 이름이다!)는 운이 좋았다. 일 년 내내 나무그늘에서 사니 말이다. 죽음은 그의 생계수단이었고, 그는 소금 절임 업자였다. 다시 말해 미라 만드는 전문가였다. 이집트 사람들은 시체 방부 처리자라고 불렀다. 하지만 그리스 식민자들은(소인족 디오텔레스도 그리스인이었다) 소금 절임 업자라고 말했다. 에티오피아 사람들은 이 상스러운 표현을 거북해했다. 어쨌든 그의 친구의 직업은 코를 통해 갈고리로 뇌를 빼내고 복부를 째서 창자를 빼내는 절단사보다는 더 품위 있었다. 그의 친구 페테오렘피는 내부를 비워낸 시체를 가지고 일을 했다. 일단 시체를 15일에서 70일 동안 천연 탄산소다 용액에 적셨다(모든 절차는 고인이 서명한 '장례 계약서' 내용에 달려 있었다). 그런 다음 건조된 시체를 아마포 붕대로 정중히 감싼다(그의 작업실에서는 시체가 바뀌는 일은 절대 일어나지 않았다. 디오텔레스가 그것을 증명할 수 있었다). 항상 새 붕대를 쓰지는 않았다. 그건 사실이다. 때로 재활용하기도 했다. 그렇다고 속이지는 않았다. 지불하는 비용에 따라 달라질 뿐이었다.

페테오렘피의 작업실에서는 대부분의 시체들이 '1등급'의 혜택을 누렸다. 그의 아버지와 할아버지로부터 물려받은 궁전 하인들이 주 고객이었기 때문이다(주방에서 뱃속을 채우는 시리아인에서부터 좋은 가문 출신의 시종에 이르기까지). 단골 고객층이 매우 탄탄했으므로, 자기 의사와 상관없이 그리스 식민자들의 모험심에 오염되지만 않았다면 그는 다른 사람들의 죽음을 생계수단 삼아 조용히 살 수도 있었을 것이다. 그는 천연 탄산소다 통과 오래된 천 조각, 회반죽을 바른 직물과 싼값에 구입한 석관에 이비스* 사육과 고양이 대량 사육도 추가했다. 그는 주문을 받고 고양이를 죽여 미라를 만든 뒤 알렉산드리아에서 가장 큰 신전인 세라피스 신전에 공급했다. 대대로 내려오는 스물다섯 명의 신전지기 중 한 사람에게. 한마디로 말해 그가 하는 일은 거래를 넘어서 살아생전 흥미로웠던 고객들을 다시 만나는 사업이었다. 시체 방부 처리자인 그에게 죽음은 숨길 것이 전혀 없는 대상이었다. 궁전에 사는 디오텔레스는 이 소금 절임 업자 친구와의 만남을 통해 궁정의 비밀들을 모두 알아내고 ,그것을 박물관 학자들에게 알려 기분전환을 시켜주었다.

어린 파라오 카이사리온 덕분에 노예 신분에서 해방되어 셀레네가 준 선물들을 되팔 수 있게 된 후, 디오텔레스는 돌아가신 부모와 마지막 타조의 미라 처리 비용을 내기 위해 페테오렘피에게 정기적으로 돈을

---

* 열대 아메리카·아프리카 산의 따오기과 새.

지불했다. 그들은 저렴한 비용으로 미라 처리되어 페테오렘피 의붓아버지 소유의 공동 무덤에서 함께 쉬고 있었다.

또한 디오텔레스는 미래의 자기 시체 방부 처리 비용도 할부로 치렀다.

"이제 두 번 더 치르면 되네."

소금 절임 업자가 돈을 세며 말했다.

"아마포는 1등급으로 보증하겠네!"

"오늘 미불금을 완납하면 좋았을 텐데. 요즘 일어나는 사건들 때문에 맞아 죽으면 어쩌나 겁이 나서 말이야!"

데모폰의 아들, 루르키온의 아들, 프로토마코스의 아들, 해방된 노예 디오텔레스는 자신의 미래를 장밋빛으로 그리고 있지 않았다. 하지만 그는 만가挽歌들, 목신의 시스트럼과 플루트 연주, 근심을 잊게 해주는 신도송信徒頌을 좋아했고, 지하 분묘의 감미로운 실내장식에 기꺼이 몸을 맡기러 왔다. 반복되는 맥주 헌주와 나일 강물 덕분에 무덤들 사이에는 멋진 과일나무들이 자라났다. 가을의 초입인 오늘, 죽은 자들의 도시는 사막의 모래와 도시의 성벽 사이에 부드러우면서도 장엄한 풍경을 펼쳐 보였다. 꿀과 황금의 풍경이었다. 언젠가 이곳에 가족과 함께 잠들거라는 생각을 하면 기분이 좋았다. 부모님을 뵈러 올 때마다 그는 페테오렘피의 정자 밑에서 잠시 시간을 보내며 그 지역의 술인 '마레오티스 백포도주'를 한 잔 마셨다. 그 술은 그리 나쁘지 않았다. 바닷물에 3분의 2 비율로 섞으면 매우 훌륭했다. 맛있게 씁쓸했다.

"포도주에 물을 너무 많이 타지 말게나. 그건 자네에게 도움이 되지 않아. 자네 슬퍼 보이는군. 안색도 잿빛이고."

페테오렘피가 말했다.

"물과는 아무 상관이 없어. 실은 걱정거리가 있어서 그렇다네……."

"가여운 친구, 걱정거리가 있다고? 그래선 안 되지. 우리 공동 무덤의 가격이 두 배로 올랐다고 생각하게나! 법적 절차에 대해서는 이야기하지 않겠네. 지난주에 채권자들이 내게서 미라 두 구를 압수해갔다네! 첫 번째 것은 처리가 완전히 끝났는데 말이야. 결국 그들은 죽은 자들을 무덤까지 추적할 거야!"

새끼 고양이들이 우리에서 빠져나와 두 남자 주위에서 심하게 울어댔다.

"자네 고양이들이 많이 말랐군."

"그러게 말이네! 이것들은 사육용 고양이들이야. 난 이 고양이들을 가둬놓는다네. 이 녀석들은 쥐를 잡을 줄 몰라. 다행히 규정상 이 고양이들에게 제 부모의 내장을 먹여도 된다네! 하지만 고양이 얘길 하려고 여기까지 온 건 아니겠지. 어서 말해봐. 자네의 어린 공주님은 더 이상 여왕이 아닌 것 같은데? 키레나이카를 잃은 건가?"

"모든 것을 잃었지. 최고사령관께서는 리비아 해안에 상륙하자마자 키레네에 전령 두 명을 보내 군단 지휘관에게 이집트 쪽으로 이동하라고 명령하셨다네. 그런데 옥타비아누스의 사촌인 지휘관은 아무런 전언 없이 그 전령들의 머리를 잘라 최고사령관께 돌려보냈지. 지휘관들이 계속 그런 식으로 행동한다면 그들에게 전언을 전달할 사람을 더 이상 찾아내지 못할 거야! 그런데 키레나이카 녀석들이 어떻게 전투 결과를 우리보다 먼저 알 수 있었는지 궁금해."

"아마도 바람 때문이었을 거야. 그 로마인은 신들과의 접점을 잃었어. 그들은 그를 더 이상 사랑하지 않아. 바람조차 그에게 반기를 들었지! 그런 상황에서는 고집을 부릴 필요가 없는데……. 십중팔구 그도 그걸 깨달았을 거야."

"깨달았다고? 자네가 어디서 그런 얘길 들었는지 정말 알고 싶구먼!"

"그의 친구인 수사학 교수 아리스토크라테스에게서 들었다네. 로마의 소형 함대가 성과 없이 아폴로니아에서 돌아온 이후, 나는 아리스토크라테스를 여러 번 만나러 갔었어. 계약에 관해 이야기를 나눴지. 그의 시신이 아니라 그의 하인들의 시신 방부 처리 문제 때문에 말이야. 나는 그를 내 동료 파슈에게 보냈다네. 엄밀히 따질 때 왕들의 철학자가 하인인지 아닌지 모르겠더라고. 그런데 파슈가 독점권을 주장했지. 나는 소송을 원치 않았고! 어쨌든 교수는 서둘러 결론을 내렸다네. 그가 운명의 신에게 대단한 것을 기대하지 않는다는 뜻이었지. 안토니우스도 마찬가지고 말이야. 아리스토크라테스의 하인 말에 따르면, 전령들의 잘린 머리가 작은 상자 안에 담긴 것을 보고 최고사령관이 비명을 질렀대. 그저 비명만! 명부冥府를 공포에 싸이게 할 정도로 말이야! 그 뒤에는 모래에 몸을 던지고 손가락으로 해변을 파헤쳤다고 하더군. 양날검을 뽑아들고 목숨을 끝내려고까지 했대. 하지만 그의 부관 루킬리우스가 만류했다는 거야. 그 젊은이는 틀렸어. 신들의 의지를 거슬러서는 안 되거든…… 오, 얌전히 있으렴, 고양이들아! 야옹아, 계속 내 무릎을 할퀴면 널 잽싸게 미라로 만들어버릴 테다! 강낭콩 과자나 다시 먹어, 이 녀석아. 이 로마인 이야기는 우리와 관련이 없으니까."

"그 생각은 틀렸네, 페테오렘피. 아프리카 로마인들이 이집트 로마인들을 적대적으로 대하게 되면 이곳 알렉산드리아 지하 분묘는 전선戰線이 될 거야. 자네의 무덤들 속에서 싸우게 되는 거지. 그러면 묘지의 평화도, 죽음의 감미로움도, 영원한 희망도 끝나는 거야. 이제 죽었으니 너는 다시 태어나리라……."

셀레네가 어머니의 침실로 들어갔을 때, 어머니는 창가에 있었고 커튼이 내려져 있었다.

어머니의 부름을 받고 왔지만, 셀레네는 감히 말을 하지 못했다. 그녀는 어둠 속에서 꼼짝 않고 기다렸다. 새어나오는 한숨 소리로 어머니가 울고 있다는 것을 눈치챘다. 이라스가 여주인 옆에 서서 때때로 뭐라고 중얼거렸다. 하지만 이내 외침이 뒤따랐고, 셀레네는 '헤로데' '시리아' '절망' 같은 짧은 단어들만 단편적으로 알아들었다.

아이들이 모두 안티로도스(나무도 없는 이 섬에서 셀레네는 늘 갇혀 있다는 느낌을 받았다)의 신궁전 안 어머니 주변에 다시 모인 후, 어린 공주는 기분이 이상했다. 아픈 것은 아니지만 뭔가 이상한 기운이 퍼져 있었다. 그녀가 입구를 통과하자 조신들이 물러서고 하인들이 머리를 조아렸다.

무슨 일이 일어난 거지? 큰 재앙이라도 일어난 걸까? 그런 것 같았다. 하지만 셀레네는 자기가 생각할 수 있는 한도의 재앙, 자기 나이가 허락하는 불운만을 상상할 뿐이었다. 키레나이카 왕국과 리비아 군단의 상

실, 교활한 책략가들이 거기서 끌어낸 정치적 귀결, 이 모든 것은 어린
여자 아이의 이해력을 넘어섰다.

아무에게도 설명을 듣지 못한 채 구 년이라는 세월을 잃어버린 어린
공주는 자신 앞에서 사람들이 물러나자 모욕당했다고 느꼈고, 어머니
가 기분이 나쁜 게 아닌가 싶었다. 안심하기 위해 그녀는 선례들을 떠올
려보았다. 천 개의 기둥 궁전에 정착할 때, 체육관에서 대관식을 거행할
때, 혹은 카노포스에 갈 때도 이렇게 불안했다. 하지만 모든 것이 잘 끝
났다. 그녀는 벌써부터 부끄러웠다. 그녀는 오늘 재무장관이 처형된 것,
카이사리온이 침묵을 지킨 것, 안티로도스로 이사한 일, 그리고 조신들
의 회피하는 듯한 태도가 당황스러웠고 막연한 두려움을 느꼈다. 혹은
사람들이 '다 컸다'고 말하는 것처럼 그녀가 많이 자랐기 때문일까?

여왕의 어두운 침실 안으로 들어서자 공주는 다시금 불편함을 느꼈
다. 왜 이리 어둡지? 어머니는 밤에도 불을 환히 켜두는 걸 좋아하는데.
바깥에는 아직 해가 지지 않았어. 그리고 반복되는 이 소음, 방울방울
떨어져내리는 물시계의 흐느낌을 닮은, 왕실에서는 들릴 법하지 않은
완벽한 정적만큼이나 귀에 거슬리는 이 소음의 정체는 뭐지? 오늘 밤에
는 노래도, 플루트 연주도, 키타라 연주도 없는데. 이 침실에는 음악 연
주자들이 한 명도 없는데. 셀레네는 갑자기 불안감에 사로잡혔고, 도망
치고 싶었다. 그녀는 눈을 감았다.

그때 이라스가 몸을 돌렸고 그녀를 보았다. 시녀가 '공주님'이라고 말
하는 것을 셀레네는 분명히 들었다. 마침내 여왕이 그녀를 마주했을 때,
그녀는 늘 그랬던 대로 얼굴에 미소를 띠고 자신을 잘 제어했다.

"내 딸이로구나!"

여왕이 모든 동작을 아름답게 수행하는 무희처럼 두 팔을 우아하게
벌리며 말했다.

"널 치장해주려고 여기로 오게 했단다. 내 보석들을 너에게 좀 걸쳐보자꾸나. 카르미온, 커튼을 열어줘. 꼭 무덤 속에 있는 것 같아! 오, 이 아가씨 많이 컸네. 거의 쌍둥이 오빠만큼 자랐어. 하지만……."

어머니가 하다 만 말을 셀레네가 완성했다.

"하지만 별로 안 예쁘죠."

머릿속이 멍하고 불안해서 생각하는 것이 큰 소리로 입 밖에 나왔다.

"별로 안 예쁘다고?"

여왕이 되뇌었다.

"왜 그런 말을 하니? 그렇지 않아. 안 예쁘지 않다고! 너는…… 좀 다른 거야. 카르미온, 등불을 가까이 가져와. 이 아가씨의 장점들을 함께 살펴보자고. 눈이 멋지지 않아? 눈빛이 초록색이 조금 섞인 금색이야. 금빛 호수에서 청동 조각들이 반짝이는 것 같아. 경탄할 만해! 이 아이의 눈가를 눈썹먹으로 두껍게 칠해봐, 카르미온. 눈꺼풀에는 파란 염료를 칠하고…… 코는? 오, 다행히 코는 내 아버지를 닮지 않았구나! 아주 기품 있는 매부리코야. 우리끼리 말이지만 선왕이신 아버지는 옆모습이 지독하셨어! 나는 돋보이는 옆모습을 가지지 못하는 게 정말 두려워. 사실 남자들은 옆모습으로 여자를 판단하는 일이 별로 없는데 말이야!"

수행원들은 여주인이 너무나 즐거워하는 것을 보고 기분이 좋아 깔깔 웃었다.

"조용히 해, 젊은 미녀들. 이 아이의 귀를 더럽히지 말자고! 이 아이의 귀는 어때? 작지. 그래, 완벽해. 입으로 넘어가자. 어떤 점이 나아졌지, 응? 치아는 적절한 크기를 되찾았어. 입술은 두껍고 살이 조금 많고. 하지만 이런 불균형은 시간이 흐르면 정리될 거야. 내가 보기에 정말로 어려운 부분은 이마야. 어떻게 생각해, 카르미온? 이 아이는 이마가 낮고 잔머리털이 너무 많아. 확실히 그래. 그래서 얼굴에 부조화가 생긴 거야. 보라고. 머리털을 뽑아서 이마를 넓히고, 멜론 껍질 모양이 되도록 머리채를 당기는 대신 인두를 써서 양쪽으로 부풀리면 아주 예쁜 인형 같을 거야. 좋아, 이라스. 미용사인 네가 시작해봐! 머리털을 뽑으면 조금 아플 거다, 셀레네. 하지만 여자는 아파하며 인생을 보내는 거야. 지금부터 고통에 익숙해지면 그것에 따라오는 기쁨들을 그만큼 잘 누리게 될 거다……. 애야, 내 말을 믿으렴. 너에겐 넓은 이마가 필요해."

그녀는 목소리를 낮추며 잔인한 말을 덧붙였다.

"전쟁은 못생긴 아이들을 너그럽게 봐주지 않는단다."

셀레네는 어머니가 우는 모습을 다시는 보지 못했다. 하지만 이따금 그녀가 방문했을 때 어머니는 화장도 하지 않고 머리손질도 하지 않은 채 시녀들과 함께 있었다. 평소 습관상 여왕이 그렇게 느슨해져 있는 일은 매우 드물었기 때문에, 셀레네는 마음이 불편해져서 몸을 돌렸다. 최고사령관은 더 이상 여왕을 방문하지 않았다.

카니디우스가 마침내 알렉산드리아에 다다라 아시아의 마지막 네 군단(시리아 군단들)이 패배했음을 알려준 뒤, 그리고 그의 '친구' 헤로데가 옥타비아누스에게 충성을 서약하기 위해 서둘러 로도스에 간 뒤, 마르쿠스 안토니우스는 더 이상 거처 밖으로 나오지 않았다. 삼 년 전 그가 말해 클레오파트라가 항구에 짓도록 명한 '오두막집'에 틀어박혔다. 수입한 흰 대리석으로 지은 그 작은 건물은 안티로도스를 마주한 채 부두 끄트머리에 솟아 있었다. '육지' 위이긴 했으나, 파도 한가운데였다. 안락했느냐고? 아마도 그랬을 것이다. 하인 몇 명 말고는 아무도 그곳에 접근할 수 없었지만. 그 침범할 수 없는 은거. 패배자는 그 집에 '티모니에르'라는 이름을 붙였다. 세상이 낳은 가장 위대한 인간혐오자이자 철학자인 아테네의 티몬에 대한 경의의 표시로. 그 철학자는 혼자 저녁식사를 할 때조차 사람이 너무 많다고 생각했다고 한다.

마음이 따뜻하고 연회와 친구들과 어울리는 것을 매우 좋아했던 안토니우스에게는, 수다쟁이, 연설가, 익살꾼, 농담을 즐겼던 안토니우스에게는 대중이 필요했다. 하지만 인간의 시선을 더 이상 견디지 못하는 한 안토니우스는 고독도 싫지 않았다. 루킬리우스도 똑같았을까? 그랬다. 클레오파트라도 마찬가지였다. 이 두 사람이 무슨 일을 꾸미고 있는지 누가 알겠는가? 모든 사람이 그를 배반했다. 모든 사람이! 그에게 닥친 불행은 전례 없는 것이었다. 운명의 여신에게 버림받은 브루투스도 적어도 친구에게는 배신당하지 않았다. 하지만 그는!

그가 실의에 빠져 키레나이카에서 돌아왔을 때 여왕은 그에게 이렇게 말했다.

"나는 당신이 놀란다는 데 놀랐어요. 거짓말, 비겁함, 부정함, 이런 것들이라면 오래전에 예측하고 있었잖아요, 마르쿠스. 당신이 했던 말을 기억하세요. '정치에서 자기 진영을 배반한 자는 약자가 아니다. 그의 진영이 약해진 것이다.' 마르쿠스, 현실적이 되세요. 당신은 통치를 시작할 때부터 모든 것이 힘의 관계라는 것을, 감정이 비집고 들어갈 자리는 없다는 것을 잘 알고 있어요. 늘 알고 있었잖아요!"

그랬을 것이다. 그는 그것을 알고 있었다. 자기 입으로 그렇게 말하기도 했다. 하지만 그것을 믿지는 않았다. 그가 사촌누이와 맺어준 카파도키아 왕 아르켈라오스를 생각하면. 그리고 헤로데를 생각하면! 그는 클레오파트라의 뜻을 거슬러가며 헤로데를 지원하지 않았던가. 클레오파트라가 십 년 전부터 부탁한 대로 유대를 이집트에 줬다면, 안토니우스는 지금도 그곳에 보내놓은 군대의 장군일 것이다! 유대인들을 지원하려고 보낸 그 병사들을 빼앗긴 고통이 새로이 느껴졌다. 어제까지 대립

267

관계였던 유대인과 아랍인이 그의 등 뒤에서 화해를 했다! 그 무능한 자, 영광스러운 투리누스에게 함께 헌신하면서.

이제 그의 오리엔트 제국에 무엇이 남았나? 아무것도 남지 않았다. 옥타비아누스가 곧 양쪽에서 동시 공격할 조그만 삼각주가 남았다. 그리고 그 고립지대를 방어하기 위한 무기력한 로마 군단 셋과 보잘것없는 이집트 기병대 하나가 있었다. 여왕의 함대(악티움 전투에 투입되지 않았으므로 완벽하게 전투 대기 상태인)도 준비중이었다. 하지만 군대를 망가뜨리지 않는 가장 좋은 방법은 전투에 투입하지 않는 것이다!

카이사르가 암살자들 속에서 자신의 피후견인 브루투스를 알아보고 토가를 머리 위로 끌어올렸던 것처럼, 그는 티모니에르 안에 틀어박혔다. 카이사르의 배신자들은 카이사르를 단검으로 스물세 번 찔렀다. 반면 안토니우스는 수많은 상처들로, 수많은 배신들로 죽어가고 있었다. 몸에서 피가 전부 빠져나간것 같았다. 그는 술 따르는 벙어리 하인 한 명만 곁에 둔 채 기진맥진해서 누워 있었다. 아무 말 없이 잔을 내밀면 술 따르는 하인이 잔을 가장자리까지 가득 채워주었다.

클레오파트라가 겨울 동안 로마 군단 셋을 정비하고 이집트 기병대를 조금 훈련시키라고 권했다. 하지만 그는 그러지 않을 작정이었다. 그 가여운 병사들에게 그들이 처한 운명을 속여봐야 무슨 소용이 있겠는가? 공연히 왜 또 다른 죽음들을 유발하는가?

그는 술을 마셨다. 배신당하고 죽은 카이사르의 시신이 눈앞에 떠올랐다. 폼페이우스의 조각상 밑에서 암살당한 카이사르의 시신이. 튜닉이 벗겨져 반쯤 벌거벗었고, 피투성이의 상처들이 입처럼 벌어져 있었다. 그 상처들은 소리 없이 정의를 요구하고 있었다. 카이사르의 친구였던 그가 복수를 떠맡았다. 하지만 더 이상 친구가 없는 그의 복수는 누가 할까?

그는 토가를 입지 않았다. 머리 빗는 것을 거부하고 면도도 하지 않았다. 애도의 표시로 턱수염도 두껍게 기르고 싶었다. 그는 잃었다. 우정을 잃었다. 영광을, 희망을 잃었다. 젊음도 잃었다. 그래서 술을 마셨다.

그가 문을 닫아걸고 나오지 않자, 클레오파트라가 놀라서 연이어 전언을 보내왔다. 그를 저녁식사에 초대하기도 하고, 아이들을 위해 여는 연회에 참석해달라고 부탁하기도 했다. 그만 문을 열고 밖으로 나오라고 설득하는 편지를 보내기도 했다. 그는 그 편지들을 읽지 않았다. 심지어 여왕이 보낸 전령들을 티모니에르의 문 안으로 들이지도 않았고, 그들이 놓고 가는 두루마리의 봉인을 뜯지 않을 거라고 말하기까지 했다.

여왕은 매일 아침 부부 침대에서 혼자 깨어나면서 남편이 죽었다는 소식을 듣게 될까봐 두려웠다. 일어나자마자 그에게 전령을 보낸 뒤, 전령이 탄 배가 포세이돈 신전의 그늘 속으로 사라질 때까지 눈으로 좇았다. 그녀는 환관, 철학자, 그리스 사람, 이집트 사람, 로마 사람 등 온갖 사람들을 그에게 보냈다. 자신이 거느리고 있는 가장 아름다운 시녀들까지. 하지만 그는 아무도 들이지 않았다. 그래서 그들 가족을 구하기 위한 좋은 계획이 있다는 소식조차 그에게 알릴 수 없었다. 카이사리온과 함께 결행할 계획이었다. 매우 대담한 계획이었고, 그것을 실행하려면 그녀의 시간과 돈을 온통 쏟아부어야 했다. 그녀의 함대를 홍해에 보내는 것이었다.

프톨레마이오스 시대 초기에 홍해가 작은 운하 하나를 통해 펠루시움 남쪽 50킬로미터 지점의 팀사 호수와 연결되었다. 지중해까지 거슬러 올라가는 이 운하는 이제 모래에 묻혀 있다. 그렇기는 해도 왕들의 여왕인 그녀를 저지하려면 많은 것이 필요할 것이다. 운하를 통해 배들을 보내고, 그것이 여의치 않을 경우 사막을 건너 한쪽 바다에서 다른 쪽 바다로 보낼 생각이었다. 그녀에게는 아주 간단한 일로 보였다.

"한니발도 코끼리들을 데리고 알프스 산맥을 넘었잖니?"

"그야 한니발이었으니까요."

카이사리온이 반대하며 말했다.

"클레오파트라도 그렇게 할 수 있단다! 어릴 적 네가 어려운 임무 앞에서 낙심할 때, 난 한 번도 포기하라고 말한 적이 없어. 그러면 넌 이렇게 항의했지. '하지만 어머니, 저는 그걸 해낼 수가 없어요!' 그때 내가 너에게 뭐라고 대답했지?"

카이사리온이 미소를 지었다.

"어머니는 이렇게 말씀하셨어요. '네 인생이 그것에 달려 있다면 넌 해낼 수 있을 거다!'"

"그렇지. 이 계획의 성공 여부에 우리의 인생이 달려 있어. 그것이 바로 우리가 해낼 수 있는 이유란다. 가능하든 불가능하든, 내 함대는 사막을 건너 펠루시움에서 헤로폴리스까지 갈 거야! 옥타비아누스가 아직 아테네에 있어. 지금은 겨울이고, 우리 앞에는 여러 달의 시간이 있단다."

"그다음엔요? 우리의 배들이 홍해에 도착하면, 그다음엔 뭘 하죠?"

"그다음엔 아프리카 항구인 프톨레마이스 데 샤스로 갈 거야. 거기서 여름 바람을 기다리는 거지. 호랑이들의 나라의 곳에, 알렉산드로스가 꿈꾸었던 인도에 여름 바람이 불어오기를 기다리는 거야. 우리는 그곳을 점령할 거야……. 유리로 된 알렉산드로스의 관을 가지고 갈 생각도 하고 있어. 난 그 위대한 왕을 로마인들에게 맡겨두지 않을 거야! 살아 있는 안토니우스도 그들에게 맡겨두지도 않을 거야. 카이사리온, 나를 이해해다오. 인도를 정복하려면 나에겐 그 사람이 필요해. 우리 병사들에게는 대장이 필요하다고. 넌 군사 교육을 아직 받지 않았지. 너와 나는 관리자들을 감독하고 공병을 지휘하는 게 어울려. 배들을 새처럼 땅 위로 날게 하는 것 말이야. 그게 여자가, 아이가 할 일이란다. 심각한 일은 남자가 맡아줘야 해. 마르쿠스는 전투에 임할 땐 그냥 남자 이상이지. 마치 사자 같아. 너무나 잘생겼고 너무나 용감해! 하지만 지금은 완전한 고독 속에 틀어박혀 내 전언에 전혀 응답하지 않고 있어. 다행스럽게도 내가 보낸 전령들의 머리를 상자에 담아 돌려보내지는 않지만!"

그녀는 자신의 농담에 스스로 웃었다. 어머니와 아들이 함께 웃었다. 악의 없이. 그들은 안토니우스를 비웃었다.

"하지만 난 그 곰을 어떻게 굴 밖으로 끌어낼지 알고 있어. 그러기 위한 묘안도 하나 있단다."

묘안. 그것은 온갖 사람들이 가서 모두 실패하고 온 그곳에 셀레네를 보내는 것이었다. 아름답게 꾸미고 '예쁘게 장식한' 셀레네가 혼자 왕실 갤리선을 타고 바다를 건널 것이다. 무장하지 않은, 사람의 감정을 누그러지게 하는 어린아이가. 그녀는 패배한 아버지를, 눈먼 아버지를 세상 끝으로 이끌 준비가 된 어린 안티고네였다.

"넌 그 사람이 셀레네에게 오래 저항할 수 있을 거라 생각하니?"

지나간 기억들에 대한 기억

어느 날 그녀는 알렉산드리아의 차가운 파도를 오랫동안 피부로 느꼈던 일을 기억할 것이다. 왕실의 배를 타고 아버지에게 갈 때, 그녀는 바닷물에 손을 담그지 않았을까?

개선 행렬이 카피톨리노 언덕* 밑에 도착했을 때, 과거로부터 솟구친 살을 에는 그 서늘함의 기억이 갑자기 떠오르지 않았을까? 훗날 카이사르 옥타비아누스에게 호출될 때마다 이 기억이 그녀를 휩쓸었다. 그녀는 팔라티노 언덕**의 지하도를 지나 '왕족'의 은신처에 있었다. 언제나 똑같은 이 차가운 기억에 그녀의 손가락은 불시에 얼어붙었다. 소금기 묻어나는 부식성의 습기가 그녀의 마음을 녹이고, 그녀의 생각을 침수시켰다. 달무리 속에서 그녀는 결코 도달하지 못할, 머나먼 흰 대리석 궁전을 보았다.

어느 날 그녀는 수년 동안 자신의 몸이 그 바다의 상처를 기억했음을 떠올릴 것이다. 너무나 강렬해서 십 년이 지난 뒤에도 그 날카로움을 지우기 위해 손등으로

---

* 로마 중심에 있는 7개의 언덕 중 하나. 유피테르 신전이 있어서 종교의 중심지였고 개선장군의 환영식이 행해졌다.
** 콜로세움에서 티투스 개선문으로 가는 길에 있는 언덕. 로마 시대 귀족들의 거주지가 있던 곳이다.

입술과 혀를 문지르게 될 그 기억.

곧이어 되찾은 그 느낌, 그 느낌에 대한 기억, 그 기억에 대한 기억이 사라진다. 대항구를 건너 티모니에르까지 심부름 갔던 일, 아버지를 삶으로 끌어내느라 애썼던 시간들에 대한 기억. 사라져버린 기억들로부터 따로 떼어놓은 이 기억 외에 그녀에게는 남은 것이 아무것도 없을 것이다.

그는 자신이 죽는 모습을 보았다. 이런 표현이 가능한 남자가 있다면, 바로 마르쿠스 안토니우스다. 꼬박 일 년을 단말마의 상태로 보낸 남자.

그는 자신이 죽는 모습을 보았다. 서서히 고통 받으면서 조금씩. 그는 모든 것을 잃었다. 동맹국들을, 도시들을, 친구들을, 심지어 그가 해방시켜준 노예들까지.

두 번의 고립, 두 번의 포기 사이에 그는 용기를 되찾았다. 클레오파트라가 그에게 에너지를 불어넣어주었다. 그녀에게는 매일이 새로운 모험이었다. 그녀는 이시스처럼 죽은 자들에게 두 번째 생명을 주었고 절망한 자들에게 희망을 주었다.

프톨레마이오스 왕조의 영원함과 그들이 되찾은 힘에 대한 환상을 알렉산드리아 시민들에게 심어주기 위해 클레오파트라는 성장盛裝한 모습을 보여야 했고, 한층 더 사치스럽게 치장해야 했고, 자식들을 보란 듯이 전시해야 했고, 축제를 더 많이 열어야 했다. 하지만 통찰력 넘치는 그녀는 길었던 그 몇 달 동안 남편에게도 종종 기적에 대한 희망을 부여했다. 옥타비아누스는 이탈리아에서 심각한 반란들을 대면했다. 그래서 로도스를 떠나 급히 브린디시로 가야 했다. 그에게 무슨 일이 일어날지 누가 알겠는가. 어쨌든 지금껏 아무도, 심지어 카이사르조차도 무력으로 알렉산드리아를 차지하지 못했다. 그러니 버텨야 했다. 그게 전부다. 가능한 한 오래 버텨야 한다. 만일의 경우를 대비해…… 살아야 한다. 그리고 마지막 순간까지 투쟁해야 한다.

셀레네의 도움 없이는 삼십 년간 전투를 치른 안토니우스를 의기소침한 상태에서 끌어내 다시 싸울 힘을 부여하지 못할 것이다.

어린 공주는 매일 아침이 되자마자 열두 명의 노예가 노를 젓는 배에 올랐다(클레오파트라는 아침 일찍 보내면 셀레네가 숨기운 없는 아버지를 만날 확률이 더 클 거라고 생각했다). 가벼운 찰랑거림 속에서 배는 잠든 궁전 섬을 떠나 떠오르는 해를 향해 곧장 나아갔다. 희생제물처럼 치장한 어린 공주는 혼자 뱃머리에 서서 해를 마주했다.

200여 미터 앞에 포세이돈 부두가 파도를 맞으며 서 있었고, 그 끝에 티모니에르가 있었다. 로키아스 곶 그리고 왕들의 항구의 계단식 성벽 깊숙한 곳에. 이른 아침이라 모든 것이 어둠 속에 잠겨 있었다. 거의 컴컴하다시피 했다. 아직 성벽을 넘지 못한 햇빛이 부두 끄트머리와 티모니에르의 하얀 대리석을 비추기 시작했다.

큐프리스가 창가에서 셀레네가 탄 배가 역광을 받으며 멀어져가는 모습을 바라보았다. 떠오르는 해의 어렴풋한 미광이 배의 어두운 실루엣을 뒤에서 둘러쌌다. 셀레네는 선수상船首像처럼 배 앞머리에 꼼짝 않고 서 있었다.

사실 셀레네는 차가운 바닷물에 손 담글 일이 그리 많지 않았다. 폭풍우가 치는 날이 아니라면. 여왕의 당부를 따르는 것이, 그리고 갤리선

위에 똑바로 서 있는 것이 불가능할 때가 아니라면. 그렇지 않은 날에는 몸이 물에 잠긴 느낌이 들 정도로 공기가 습하고, 차갑고, 안개와 물보라가 잔뜩 끼어 있었다. 싸늘한 기온 때문에 손가락이 곱았고, 왕들의 딸인 그녀는 차츰 겨울 속에 녹아들어 씁쓸한 거품 속에 잠긴 해면海綿처럼 정신이 멍해졌다.

티모니에르 앞에서 보초를 서고 있던 안토니우스의 경호원들, 레바논 산의 남자들이 후경에 있는 셀레네를 보았다. 떠오르는 해가 배를 조금씩 어둠에서 끌어내 공주의 모습을 정면에서 비추었다. 매우 희미하게. 아직 얼굴은 식별되지 않았다. 하지만 그녀의 옷과 머리 장식 여기저기서 황금과 진주가 광채를 발했다. 그들은 그녀의 맨팔이 드러나 있는 것을, 그녀의 높이 땋은 머리를, 그리고 그녀의 조그만 몸이 극도로 긴장하고 있는 것을 알아챘다. 그녀는 배 위에서 균형을 유지하고 요동치는 배와 바람, 비에 저항하느라 애썼다.

그 산악지방 사람들은 보석으로 치장한 인형 같은 소녀의 모습에 즉시 감동을 받았다. 그녀의 침묵, 꼿꼿함, 위엄, 고집스러운 태도는 애원보다 더 많은 것을 말해주었다. 이 불굴의 소녀가 두 번째로 찾아왔을 때, 안토니우스의 수석 하인 에로스가 그녀가 가져온 여왕의 편지를 들고 주인 방으로 들어갔다. 보초들도 감히 지시를 어겼다. 그들은 공주가 방 입구에서 몸을 피하게 해주었다. 맨팔을 드러낸 그녀를 부두 위에, 추위 속에 방치할 수는 없었던 것이다. 하지만 그녀보다 먼저 왔던 다른 전령들처럼, 그녀는 자신이 가지고 온 것을 도로 가지고 떠나야 했다.

다른 전령들과의 차이점은 그래도 그녀가 다시 찾아왔다는 점이었다. 다음날이 되자마자, 그리고 이어진 여러 날 동안. 그녀는 졸음에 부푼 눈으로, 감기에 걸린 채, 두려움에 떨면서 다시 왔다. 매일 아침 다시 왔다. 갈색과 보라색 드레스, 때로는 사프란색 드레스를 입었다. 자줏빛 드레스는 절대 입지 않았다. 그녀는 탄원하는 자였으니까. 어떤 때는 파피루스 두루마리를 가지고 왔고, 어떤 때는 회양목 서판을 가지고 왔다. 수줍으면서도 진지한 태도로, 자신이 그 임무에 부적격한 것이 아닐까 두려워하며 왔다. 하지만 그래도 성공하지 않을까 하는 생각에, 그늘 속에 숨어 있는 끔찍한 모습의 최고사령관을 마주하지 않을까 하는 생각에 몸을 떨었다.

기원전 30년 겨울, 습기 찬 이른 아침에 아홉 살 난 여자 아이가 알렉산드리아 대항구를 건너 왔다 갔다 한 일에 대해서는 그 어떤 역사가도 이야기한 적이 없다. 많은 역사가들이 마르쿠스 안토니우스의 낙담과 여러 주 동안 그를 궁정과 클레오파트라로부터 떼어놓은 심각한 인간혐오증에 대해 이야기했다. 그들은 티모니에르가 있던 장소를 적시했고, 안토니우스가 자신의 생일인 1월 14일에야 은둔생활을 청산했다고 말했다. 클레오파트라는 남편의 쉰세 번째 생일을 축하하기 위해 궁전에서 대연회를 열었다. 그리고 '빈손으로 축하연에 와서 부자가 되어 돌아간다'는 말에 걸맞게 손님들에게 많은 선물을 나눠주었다. 사람들의 눈에는 그녀가 그 어느 때보다 안토니우스를 사랑하는 듯 보였고 매우 즐거워 보였다. 즐겁다면 이미 승리한 것이다. 하지만 그녀가 어떤 기적을 통해 그 은둔자를 자신의 소굴에서 끌어내는 데 성공했는지, 그리고 만찬과 전투, 사랑의 밤과 전쟁의 새벽이라는 미친 경주 속으로 그를 다시 던지는 데 성공했는지는 아무도 말하지 않았다.

나는 안다. 내 악몽 속에 등장한 겁에 질린 어린 소녀, 나는 아무도 보여준 적 없는 방식으로 그녀를 보았다. 작은 배의 뱃머리에 서 있는 새벽의 여행자. 임무를 강요받은 조용한 전령, 똑같은 길을 끝없이 왕복해야 하는 이야기 전달자.

그녀의 배는 고대인들의 등불선처럼 어둠을 갈랐다. 그 배에는 심지가 있었고, 불꽃이 있었다. 그리고 나는 '대역사'의 가장자리에서 그녀가 바다 위를 방황하는 모습을 본다. 그때 그녀는 부모가 두려워 찢어지는 마음으로, 위축되고 얼어붙은 채 어머니에게서 아버지에게로, 아버지에게서 어머니에게로, 섬에서 곳으로 왔다 갔다 했을 것이다. 가로 누운 조각상을 일으켜 세운 것처럼 경직된, 어깨 위에 제 부모를 짊어진 연약한 여인상 같은 그녀의 모습이 보인다. 포위된 도시 안에 거하는, 무력하지만 불굴의 의지를 지닌 그녀의 모습이.

처음에 그녀는 전사의 막사만큼이나 어두컴컴한 침실 입구에 머물러 있었다. 마음이 불편해진 에로스가 그녀에게 화로를 가져다주었다. 그녀는 그 화로에 손을 녹였다. 희미한 숯불 빛에 돌로 된 제단이 비쳐 보였다. 열린 옷장 안에는 창백한 밀랍 가면들이 있었다. 그녀 아버지의 조상신, 안토니우스 가문 사람들의 얼굴이었다. 가면들은 장례식을 치르기 전 망자의 집처럼 전시되어 있었다. 벽에는 군단들의 문장紋章이 그려진 나무 혹은 가죽으로 된 장방형 방패들 말고는 장식물이 없었다. 하지만 셀레네는 그 문장들을 해석할 줄 몰랐다. 라틴어를 읽을 줄도 몰랐다. 그녀는 되도록 가볍게 숨을 쉬며 기다렸다. 얌전히 그리고 체념한 채 누군가 자신을 쫓아내기를 기다렸다.

　　처음 며칠 동안은 기다림이 짧았다. 멀리서 중얼거리는 소리가, 터져 나오는 목소리가 들렸다. 그리고 노예가 그녀에게 서판을 돌려주었다. 그다음에는 기다리는 시간이 좀 더 길어졌다. 칸막이벽 뒤에서 새들이 발 구르는 소리 같은 노예들의 속삭임이 들렸다. 12월의 어느 아침, 에로스가 그녀에게 여왕의 편지를 돌려주며 용기를 북돋듯 살며시 미소

지었다. 편지의 봉인이 뜯겨 있었다. 최고사령관이 여왕의 편지를 읽은 것이다!

"물론 답장은 없습니다!"

에로스가 미소를 거두지 않으며 말했다. 만약 그녀가 공주가 아니었다면 너무나 기쁜 나머지 그의 목에 매달렸을 것이다. 그 역시 인내의 결과 그들이 구원받으리라는 것을 깨달았다. 그녀의 아버지가 다시 전쟁터로 떠나면 모두가 구원받는 셈이다!

며칠 뒤, 그녀는 안토니우스의 침실 안 접이식 간이 의자에 앉아 있었다. 그녀는 너무나 갈망했던 아버지를 알아보지 못했다. 아버지는 턱수염이 희었고, 이마까지 늘어진 곱슬거리는 앞머리는 아직 금빛이었지만 색이 흐릿했다. 그는 곰 가죽을 덮고 누워 있었다. 방에서는 술 냄새가 났고, 겉창 하나만 열려 있었다.

그가 셀레네에게 의례적인 인사말을 낭독하라고 시켰다.

"그래! 네 어머니가 나를 감동시키기 위해 말하라고 시킨 것, 이피게니 식의 짧은 문장 말이다. '탄원하는 소녀의 몸을 당신의 무릎에 밀어 댑니다. 내 어머니가 당신을 위해 세상에 태어나게 한 몸을……'"

그는 플루트 소리처럼 맑은 목소리로 빈정댔다. 그다음엔 한결 자연스러운 어조를 되찾았다.

"그러면 나는 오이디푸스 왕처럼 진지하게 대답하마. '나는 너희들의 삶이 얼마나 가혹해질지 생각하며 너희들을 위해, 내 자식들을 위해 눈물을 흘린단다.' 그런 다음 투리누스 쪽으로 몸을 돌리고 덧붙이겠다. '오, 카이사르의 아들이여, 내 자식들을 불행하게 만들지 말아다오.'"

갑자기 그가 애원하는 노예처럼 얼굴을 찡그리며 두 팔을 내밀었다.

"'어리고 모두에게 버림받은 그 아이들을 불쌍히 여겨다오. 그 아이들에 대한 이야기를 내게 해다오, 너그러운 왕자여……' 그래, 나는 '왕들의 여왕'이 우리의 미래를 이런 식으로 볼 거라고 확신한단다. 나는 체념했고, 너는 애원하지. 그리고 옥타비아누스는 그녀와 협상하고 나를 불쌍히 여길 준비가 된 너그러운 왕자 역할을 맡았구나! 하하, 너그러운 옥타비아누스라니! 천만에!"

그는 한숨을 쉬면서 다시 베개 위에 머리를 떨어뜨리고는 곰 가죽을 목까지 끌어올렸다.

"머리가 아프구나……. 서둘러라! 어서 낭독해!"

셀레네는 억눌린 마음으로 간이 의자에 앉아 신경이 몹시 날카로워진 채 한마디도 입 밖에 내지 못했다.

"무능한 전령이로구나."

그가 투덜댔다.

"기억력이 형편없어! 네 편지를 이리 내놓아라."

셀레네가 파피루스를 내밀자 그가 그것을 받아 펼치며 말했다.

"램프를 가져오너라."

셀레네는 그가 왜 겉창을 열지 않는지 궁금했다.

가까이 다가가니 곰 가죽에서 짐승 냄새가 났다. 동물원 냄새와 포도즙을 농축해서 만든 포도주 냄새에 속이 뒤집혔다. 최고사령관의 상반신에는 금빛 털과 하얀 털이 섞여 있었다. 그녀는 청동 램프를 쥔 손가락에 힘을 주었다. 그녀에게는 너무 무거운 램프였다. 램프를 침대 가까이 가져가자 뜨거운 기름이 아버지의 몸에 떨어질까봐 겁이 났다. 그녀의 손이 떨렸다. 하지만 그는 이미 "허튼소리들뿐이군! 대답할 말이 전혀 없어"라고 투덜거리며 편지를 구겨서 바닥에 던진 뒤였다.

"하지만 아버지는 편지를 읽지 않았잖아요. 아버지는 그걸 읽지 않았어요……"

셸레네가 말했다.

자신이 감히 그런 말을 한 것에 스스로 놀랐다. 하지만 신기하게도 아버지는 화가 나지 않은 것 같았다. 더 놀라운 것은 그가 흥미를 보였다는 점이다. 그가 자기에게 반항하는 여자들을, 성격이 매우 강한 여자들을 좋아한다는 것을 그녀는 알지 못했다. 유명한 배우였고 변덕이 심했던 키테레이아, 검을 잘 다루고 병사들 앞에서 연설을 늘어놓던 풀비아, 지독한 남동생에게 부드럽게 대들었던 옥타비아, 그리고 설명할 필요도 없는 클레오파트라……. 그가 강한 여자들을 사랑한 이유는 어머니에 대한 깊은 사랑 때문이었다. 그의 어머니는 과부로서 세 아들을 씩씩하게 키웠다. 안토니우스는 여자들과 동침하기를 좋아했지만 여자들을 존중했다. 가문이 좋고 눈매가 차갑지 않은 여자들을. 그는 카토나 옥타비아누스의 '늙은 로마'가 지닌 선입견들을 매우 낯설게 여겼다. 그가 생각할 때 진짜 여자는 실을 잣고 옷감을 짜고 은제품을 헤아리고 아이들을 씻기는 일을 하녀에게 맡겨야 했다.

그는 매일 아침 울고 싶고, 술 마시고 싶고, 다시 잠들고 싶었다. 그런데 어린 공주가 그에게 깜찍한 말대꾸를 했다. 그러자 두통과 여전한 환멸에도 불구하고 갑자기 더 자세한 것이 알고 싶어졌다. 터무니없는 이야기(갤리선들을 사막 건너 홍해 쪽으로 보내겠다는 이야기!)로 가득한 여왕의 편지를 내가 읽지 않았다는 걸 이 아이는 어떻게 알았을까?

아이는 그가 읽는 소리를 듣지 못했다고 털어놓았다. 그의 입술이 움직이는 것도 보지 못했다고.

"어리석은 아이야, 네 어머니의 편지는 소리를 내지 않고도 아주 잘 읽힌단다! 휘갈겨쓴 옥타비아누스의 글씨하고는 달라. 네 어머니는 단어들 사이의 공간을 충분히 떨어뜨려놓거든. 문장들 사이의 공간도 그

렇고, 구두점도 잘 보이게 찍지. 그래, 구두점. 카이사르가 발명해낸 표
시지. 우리의 집정관께서 두 번의 전투 사이에 발명하셨어. 그는 온갖
것을 발명했지. 새로운 달력, 휴대용 해시계, 도시의 질서를 바로잡는
기술……. 네 어머니는 그렇게 그와 함께 글 쓰는 법을 배웠지. 나머지
것들도 배웠고!"

그랬다, 바로 그것이다. 피곤해진 그는 이불을 얼굴 위로, 머리 위로
끌어올렸다. 염포처럼.

"이제 그만 가보거라, 셀레네. 내 말 들리느냐? 그만 가보라니까!"

하지만 다음날 에로스가 셀레네를 방 안으로 밀어넣었을 때, 안토니
우스는 일어나서 옷을 입은 모습이었다. 수염도 깎지 않고 향유도 바르
지 않았지만, 옷을 입은 모습이었다. 요대가 없는 잿빛 튜닉과 짧은 바
지였다. 겉창을 열었지만 널찍한 설화석고 판이 창문을 막고 있어서 유
백색의 균일한 햇빛이 방 안으로 새어 들어왔다. 찬란한 햇빛과는 전혀
달랐다. 그 오팔색 햇빛 속에서, 차가운 빛 속에서 셀레네는 벽에 장식
된 방패들에 주목했다. 방 안에는 헤라클레스의 조각상이 있었다. 하나
뿐인 조각상이었다. 원탁 위에는 독수리 문양이 있고 색칠한 제복을 입
은, 흙으로 구운 조그만 로마 병사들이 있었다. 그 작은 모형들(기수, 음
악가, 로마 군단의 고급 장교)은 장난감이 아니었다. 이집트 사람들이 하
인들과 죽어서도 함께하기 위해 그들의 축소 모형을 만들어 무덤에 합
장하듯이 만들어놓은 것이다. 그는 자신의 잃어버린 군단들을 곰곰이
생각했다. 파르티아 후퇴 동안 경탄스러운 모습을 보여주었던 제3군단
갈리카, 그가 너무도 사랑했던, 나르보넨시스의 '종달새들'인 제5군단
알라우다에, 필리피 전투에서 그가 지휘했던 제10군단 제미나. 제미나
는 황소, 황금빛 갈기, 검은 방패들을 문장으로 지닌 가장 훌륭한 군단,
그가 총애하는 군단이었다. 제3군단은 그의 어머니, 제10군단은 그의

자식이었다.

셀레네는 아버지를 바라보았다. 그는 원탁 옆에 서서 병사들의 모형을 바라보고 있었다. 마침내 그가 자기 딸이 있는 쪽으로 얼굴을 돌렸을 때, 그의 눈 가장자리가 붉었다. 셀레네는 그가 울려는 게 아닐까 두려웠다. 아버지가 울면 어린 소녀는 어떻게 해야 할까?

다행히 그는 침착함을 되찾았다. 그가 방 한구석에 있는 커다란 헤라클레스 조각상을 가리키며 말했다.

"너 저것을 보았느냐?"

그런 다음 색칠한 로마 병사 모형들을 보여주며 말했다.

"그리고 이것들, 이 비루한 것들. 이것들이 보이느냐? 우리 조상들은 거인이었지! 하지만 우리들은 난쟁이란다. 인류는 퇴보하고 있어, 가여운 아이야! 잘 알아두어라. 나는 신경 쓰지 않는단다. 인간들은 구원받을 자격이 없어!"

또한 그는 신들은 우리가 그들을 위해 쏟는 노력만큼 가치가 없다고 했다.

"디오니소스는 나를 무척 실망시켰어. 배은망덕하게도. 유피테르? 아, 부탁이니 딴 데 가서 얘기하려무나! 모두들 그에게, 유피테르에게 자기가 원하는 것을 말하게 하지. 나는 스무 살에 점복관으로 선출되었지만 어느 선에서 만족해야 할지 알고 있었단다. 카이사르는 이렇게 말했지. '점복관 둘이 만나면 서로 웃지 않을 수 없다.' 그는 이런 말을 하기에 유리한 위치였고, 사람들은 그를 대★신관으로 선출했어……."

그와 카이사르는 공식적인 의식을 빙자해 몇 가지 나쁜 짓을 저지른 적이 있었다. 그는 언젠가 딸에게 그것을 이야기해줄 생각이었는데, 지금 딸이 곁에 있기 때문인지 그때의 책략들이 갑자기 기억났다. 조금 전만 해도 눈물을 쏟기 직전이었는데 말이다. 그런 유類의 일에는 최고인

걸까? 어느 해엔가 카이사르가 키케로의 사위 돌라벨라를 그와 함께 집정관에 입후보하게 했다. 그건 터무니없는 일이었다! 그는 자신의 관점을 밝히고 논거를 제시했다. 하지만 카이사르는 고집을 부렸고, 원로원에 그 선출 건을 제출했다. 돌라벨라가 집정관으로 임명되어 회의를 주재한다면 안토니우스는 점복관으로 남는 것도 포기해야 했다. 투표 전날, 그는 점을 쳐보기로 했다. 유피테르 신전을 마주보고 신성한 닭들이 식욕이 없다는 것을 확인했다. 그랬다. 그는 그것을 확신했고, 독수리 한 마리가 자니콜로 언덕 위에서, 그러니까 그의 왼쪽에서 울부짖는 것을 들었다. 매우 불길한 전조였다! 그런 상황에서 원로원 의원들을 내 편으로 모으기란 불가능했다. 회의를 일주일 연기해야 했다. 돌라벨라가 높이 평가받지 못하도록 되도록 오래! 다음날 그는 포룸에서 카이사르와 마주쳤다. 억지웃음을 짓는 패배한 카이사르와!

"멋진 솜씨로군, 마르쿠스 안토니우스! 오늘 자네가 그 섬세한 청각으로 오스티아에서 갈매기들이 웃는 소리를, 투스쿨룸에서 키케로가 우는 소리를 들을 거라 의심치 않네……."

이 기억에 그는 기분이 좋아졌다. 그는 기꺼이, 거의 호기심을 느끼며 아침의 전령이 그에게 내민 편지를 집어들었다. 분을 바른 인형 같은 딸아이는 절대 웃지 않았다.

"보라, 내가 읽는 것을. 소리는 내지 않지만 읽는단다. 네 어머니가 배 스무 척을 한쪽 바다에서 다른 쪽 바다로 건너가게 했다는 걸 읽는다고. 스무 척! 이 사람 참 대단하군!…… 이 거짓말이 사실이냐?"

셀레네는 그렇다고 확인해주었다. 물론 그녀는 그 두 바다가 어디인지 알지 못했다. 하지만 아버지에게 질문을 받자 배들이 호랑이들의 나라로 떠날 준비되었다고 카이사리온이 말해주었다고 대답했다.

"카이사리온이 너에게 거짓말을 하진 않았을까?"

"오, 아니에요, 아버지. 그는 아몬의 아들인걸요."

"아몬의 아들이라, 사실이지!…… 카이사르의 유령이 그 아이, '아몬의 아들'의 발을 잡아당기려고 올 거야! 하지만 카이사르의 유령은 그 아이를 빼앗아가지 못할 거다!"

안토니우스는 카이사리온에게 믿음을 갖고 있었다. 그 거만한 태도는 이따금 견딜 수 없었지만, 소년은 공정해 보였다. 그 아이는 프톨레마이오스 왕가 사람들을 그다지 닮지 않았다. 모든 것을 '현세의 아버지'와 그 빌어먹을 율리우스 가문 사람들로부터 물려받은 듯했다. 그래서? 만약 그것이, '사막 항해' 이야기가 사실이라면 그는, 안토니우스는 어떤 표정을 지어야 하는가? 만약 여왕이 성공한다면 그것은 감행해볼 가치가 있다는 증거 아닌가? 포기하는 대신 원한다? 원한다……. 이것이 그녀의 약점이다. 그는 그것을 알고 있다. 클레오파트라는 '원한'다. 카이사르처럼, 옥타비아누스처럼 항상 원한다. 옥타비아누스는 세계 제국을 원했다. 끊임없이. 안토니우스도 그것을 원하고 있다. 미묘한 차이이지만 치명적이다! 절대권력, 그것을 원해야 한다. 아침부터 밤까지. 그는 다시 우울한 기분에 빠져들었고, 다음날 또 찾아올 거라는 생각에 화가 나서 딸을 답장 없이 돌려보냈다. 햇빛이 밝았지만 세상은 너무나 슬펐다.

12월 말, 클레오파트라가 홍해까지 '날아가게' 한 함대에 갑자기 화재가 났다. 새로운 시리아 총독에 의해 밀려난 아랍 베두인족, 나바테아 부족의 급습 때문이었다. '의지의 낙관론, 지성의 비관론.' 비관론이 우위를 차지했다. 기적은 끝났다.

　하지만 클레오파트라는 오랫동안 희망을 놓고 있지는 않았다. 곧 다른 몽상에 돌입했다. '키지코스 검투사들'에 대한 몽상이었다. 오리엔트 최고사령관은 전투에서 승리할 경우 잊지 않고 검투 경기를 열었으므로, 2천 명의 검투사들이 경기가 열릴 거라 예상하고 흑해 해안 키지코스에 모여들었다. 그러나 악티움 전투 소식을 듣고 당황했다. 그들은 안토니우스가 알렉산드리아로 돌아왔다는 것을 알고 그에게 경의를 표하기 위해 참전하기로 했다. 예전에 외국인 용병이었던 그들은 '아시아'를 지나며 길을 텄다. 검을 몇 번 휘둘러 배신자 아르켈라오스의 카파도키아를 건넜고, 얼마 전 적을 집결시킨 선량한 타르콘디몬의 계승자들에게 도전하면서 상실리시아의 도시들을 점령했다. 이제 그들은 시리아에서 불탄 머리들을 모두 그러모으며 다마스쿠스를 향해 진군하고 있었다. 클레오파트라는 셀레네를 티모니에르에 보내 그들의 진군 소식을 알려주었다. 그들의 에너지가 죽은 자나 다름없는 안토니우스를 삶으로 다시 복귀하게 해준다면 얼마나 좋겠는가.

셀레네가 자부심에 가득 차 안토니우스가 다시 봉인한(안토니우스가 그것을 읽었다는 표시일 뿐만 아니라 그가 답장을 썼다는 표시) 서판을 가져오자, 클레오파트라는 기쁨의 격정에 겨워 회양목 서판을 끌어안았다. 그로부터 단 한 줄의 답장도 받지 못한 지 거의 석 달째였다! 비록 답장은 열 단어 남짓했지만 그녀의 열광은 사그라지지 않았다. 사랑의 말은 담겨 있지 않았고, 의견만 짧게 피력한 답장이었다. 그런데 그 의견이라는 것이 몹시 회의적이었다. 그는 검투사들의 참전 소식에 대해 다른 논평 없이 '회초리를 가진 자는 많고 디오니소스 행렬에 참가하는 자는 적다'라는 그리스 속담을 인용했다. 디오니소스의 언어로 말하면 '부름받은 사람은 많고 선출되는 사람은 적다'였다. 정말이지 그는 모든 희망을 거부하고 있었다.

신경쇠약에 걸린 인간혐오자 안토니우스. 안토니우스는 신경쇠약과 인간혐오증에 빠져들었고, 실패에 삼켜졌다. 물론 나는 그를 이런 식으로 묘사하고 싶지 않다. 그의 인생 전반부는 성공적이었다. 그는 모든 것에 미소 지었고, 모든 것이 그에게 미소 지었다. 전쟁에 운이 좋았고, 사랑에 운이 좋았고, 연설에 운이 좋았다(그는 키케로 이후 당대의 가장 훌륭한 연설가였다). 그러나 정치에는 서툴렀다. 카이사르가 이집트에서, 흑해에서, 아프리카에서 전투를 치르느라 자리를 비울 때, 혹은 나일 강가에서 젊은 클레오파트라와 사랑을 나눌 때 그는 로마와 이탈리아를 지배했다. 체제의 2인자로서 '집'을 지켰고 그 임무를 제법 잘해냈다.

대담하고 태평했던 그 안토니우스는 지금 셀레네가 아는 사람이 아니었다. 정복자로서 그의 쇠락은 안티오크에서 시작되었고, 그는 처음으로 자기 딸을 품에 끌어안았다.

이 느린 추락 속에서 확실히 셀레네는 아무 도움이 되지 않았다. 쌍둥이를 자식들로 인정한 일은 안토니우스가 클레오파트라를 자기 인생 속에 정착시킨 때와 일치한다. 그녀는, 클레오파트라는 행운을 가져오는 여자가 아니었다. 엄밀하게 말해 그녀는 '치명적'인 것도 아니었다. 아무것도 아니었다. 심지어 가정 파괴자도 아니었다. 그녀를 만나고 그녀의 매력에 굴복하는 것, 그녀를 임신시키는 것은 그에게 대수롭지 않은 일로 보였다. 카이사르도 그녀에게 빠졌다가 다시 정신을 차렸다. 하지만 그녀가 그의 인생 속에 들어와 정착하자마자 모든 것이 망가졌다. 그녀는 카이사리온과 함께 로마에 왔고, 테베레 강 너머 카이사르의 저택에 짐을 풀었다. 그리고 얼마 지나지 않아 카이사르가 암살되었다. 그녀는 알렉산드로스와 셀레네를 데리고 안티오크에 와서 안토니우스의 궁전 안에 짐을 풀었다. 그리고 얼마 지나지 않아 안토니우스가 전투에 패했다. 적어도 카이사르는 죽을 때까지 게임의 왕 자리를 차지했다. 반면 안토니우스는 전투에 진 뒤에도 목숨을 부지하고 있었다. 부부 사이의 힘의 관계가 뒤집혔다. 그에게는 더 이상 군대도 제국도 없었지만, 그녀는 여전히 이집트의 여왕이었다. 그리고 그는 의존해야 하는 상황을 잘 견디지 못했다.

그가 그녀에게 설득되는 만큼 그녀는 그를 배반할 것이다. 자신의 왕위를 보존하기 위해 그를 옥타비아누스에게 넘길 것이다. 이런 생각은 편집증일까? 솔직히 그는 많은 사람에게 배신을 당했다. 그리고 로마인들이 말하듯 '입속이 찢겨본 물고기의 눈에는 낚시 미끼만 보이'는 법이다. 프톨레마이오스 왕가 사람들과 함께 있을 때 '물고기'가 경계심을 가질 이유는 충분했다. 그 왕가의 왕들은 망명자의 머리를 여러 번 승자에게 주었다. 클레오파트라의 남동생 역시 폼페이우스의 머리를 승자에게 주었다. 이집트가 약해서 패권을 가진 자에 아첨해야 했기 때문이다. 안토니우스는 그것을 모르지 않았고, 결코 그것을 무시하지 않았다. 그는 도박을 걸었다. 하지만 이 순진한 남자는 경험에 의거해 자기의 이집트인 아내가 정말로 자기를 사랑했는지 궁금해했다.

그는 회한이나 후회에도, 이런 의심에도 준비되어 있지 않았다. 쓰라린 감정과 불안감에도 준비되어 있지 않았다. 그녀가 그에게 순정을 바치지 않았으므로 그의 종말은 비통했다.

그는 사랑받기를 원한 기이한 전사였다. 진정한 로마인치고는 더 자발적이고 더 온화했다. 예를 들어 결혼 초기 아내 풀비아와 함께 지낼 때 그랬다. 카이사르의 군대가 나르보넨시스에 졌다는 소문이 이탈리아에 돌자, 그는 새 신부를 안심시키기 위해 서둘러 로마로 돌아왔다.

'안토니우스는 노예의 옷차림으로 밤중에 집에 도착해 풀비아 앞으로 온 편지를 가져왔다고 말했다. 그러고는 두건을 쓴 채 그녀의 방으로 숨어들어갔다. 매우 감동한 풀비아는 편지를 받기 전 그에게 안토니우스가 아직 살아 있느냐고 물었다. 그는 대답 없이 그녀에게 편지를 내밀었다. 눈물이 터지기 직전 그녀가 편지의 봉인을 뜯기 시작했다. 그러자 그가 그녀를 와락 끌어안고 입맞춤을 퍼부었다…….'

기쁨과 충동이 가득했던 젊은 시절의 이 안토니우스와 티모니에르의 은둔자 사이에 어떤 공통점이 있을까. 현재는 과거의 아들이 아니다. 기껏해야 과거의 종질從姪 정도다. 현재와 과거는 서로 관계가 없는 경우가 많다. 낙담한 최고사령관은 홀로 자기 인생의 길잡이를 찾았다. 오늘날 시나리오 작가들이 소중히 여기는 '길잡이'를. 하지만 그는 아무것도 찾지 못했다. 우연한 만남들과 일련의 '상황들'밖에는. 한 인간의 운명은 조각나고 단편적인, 울긋불긋한 옷을 입은 익살광대의 모습과 같을 뿐이다.

신들이 아름다웠던 시절이 있었다. 그들의 얼굴에는 평정이 드리웠고, 벗은 육체는 쓰다듬고 싶은 충동을 불러일으켰다. 셀레네는 안토니우스의 집 뜰 안 주랑에 눈에 잘 띄게 놓여 있는 '젊은 디오니소스' 상이 방 안에 있는 커다란 헤라클레스 조각상만큼이나 마음에 들었다. 이제 그녀는 그 조각상을 자주 보지 못했다. 그녀의 아버지가 한쪽이 뜰로 열려 있고 다른 한쪽은 바다로 열린, 의자가 놓인 여름 거실에서 그녀를 맞이했기 때문이다. 그곳은 춥지 않았다. 하지만 그는 따뜻한 옷차림이었다(그녀는 몹시 추웠다). 그의 지위에 맞는 옷차림이었다. 심지어 망토 밑에 갑옷까지 입고 있었다. 가죽으로 된 가벼운 갑옷, 상반신의 근육조직을 잘 재현해주기 때문에 사람들이 '해부학적'이라고 말하는 갑옷이었다. 오래전부터 그는 보기 흉한 턱수염을 면도하고, 머리도 잘랐다. 셀레네는 그가 디오니소스보다는 나이 들어 보이지만, 거의 비슷하게 잘생겼다고 생각했다.

입구에서 그녀는 조상신들의 가면이 들어 있는 옷장이 다시 닫혀 있는 것에 주목했다. 위층에서는 이따금 하인들이 뛰어다니는 소리가 들렸다. 주방에서 냄비 부딪치는 소리가 올라왔다. 거기서는 그녀 눈에 보이지 않는 어린 노예들이 숫자들을 외치며 손가락 수 알아맞히기 놀이를 하고 있었다. '주인'이 아직 일어나지 않았을 때, 그리고 그녀가 방 입구에서 더 오래 기다릴 때면 방에서 나는 키타라와 리디아 플루트의 화음이 그녀의 귀에까지 와 닿았다. 언제나 똑같은 곡조였다. 셀레네가 그 이야기를 하자 클레오파트라가 말했다.

"잘됐구나. 그 사람은 자기를 위해 오바드*를 연주하게 할 만큼 삶에 대한 욕구를 되찾은 거야!"

매번 똑같은 곡조, 토착민 여가수의 쉰 목소리, 강박과 흐느낌에 이르기까지 반복되는 후렴구. 나중에 셀레네는 자신이 이것을 기억한다고 믿게 될 것이다.

'아니야, 나는 욕망을 물리치라고 말하는 사람들에게 귀 기울이지 않을 거야.'

어린 여자 아이에게는 별 의미가 없는 말이다. 하지만 그 여자 아이는 매일 아침 수증기에 감싸인 채 방 입구의 축축한 그늘 속에 있었다. 밀랍으로 된 오래된 얼굴 앞에서 향이 타닥거리며 타는 소리. 텅 빈 뜰에서 나는 갈매기 우는 소리. 레바논 사람들의 징 박힌 신발창이 덜그럭거리는 소리. 언젠가 그녀가 알렉산드리아에서 멀리 떨어진 곳에서 '욕망을 물리치라'는 말을 들을 때 그녀의 마음은 조여들 것이다. 그것은 오바드가 아니었다. 그녀의 어머니가 틀렸다. '상태가 좋아'지자마자 안토니우스가 들은 음악은 깨어나려는 욕구보다는 오히려 움츠리고자 하는 욕구를, 눈을 감고자 하는 욕구를 주었다.

---

* '아침의 음악'이라는 뜻.

그가 생일을 축하하러 섬에 왔다. 아마도 그는 클레오파트라가 홍해에 함대를 보내려다가 실패했다는 소식에 화내지 않았을까? 그녀에게는 실패를 대체할 다른 계획이 없었다. 키지코스의 검투사들? 진지해지자. 그 선량한 남자들이 어떻게 유대를 통과할 수 있겠는가? 여왕은 다시 그에게 의지했다. 오직 그에게만.

모든 아이들이, 심지어 카이사리온까지 그를 위해 열린 대연회에 참석했다. 그는 과음하지 않았다. 그의 친구인 카니디우스와 루킬리우스는 '좋았던 시절'을 회상했다. 십일 년 전, 모든 것이 그들 눈에 너무나 가볍게 보였을 때 알렉산드리아에서 보낸 그 첫 겨울을.

"장군님, 왕들의 항구에서 선두에 서서 낚시질했던 것 기억하십니까?"

카니디우스가 말했다.

"그때 장군님은 아무것도 잡지 못하셨지요. 그래서 모두들 장군님을 놀렸어요!"

"이야기해주십시오. 나는 그때 거기에 없었거든요."

아리스토크라테스가 끼어들었다.

"장군님은 놀리는 사람들을 입 다물게 하려고 낚시로 물고기를 잡은 어부에게 매일 낚싯대를 담그라고 시켰지요. 그런데 여왕께서 장군님의 술책을 눈치채셨어요. 어느 날 아침 여왕께서는 경호원 한 명을 보내 그 어부보다 먼저 낚싯대를 담그게 했답니다. 아, 결딴난 낚싯바늘을 물속에서 꺼냈을 때 장군님의 표정이 어땠는지 봤어야 해요!"

"그리고 우리의 위대하신 여왕께서는 장군님께 재기 넘치는 훈계를 하셨지요. '최고사령관님, 낚싯줄과 그물은 파로스와 카노포스만 통치하는 어린 왕자들에게 맡겨두세요. 당신이 낚아야 하는 것은 물고기가 아니라 도시, 왕국, 대륙이에요.'"

소피스트인 필로스트라투스가 덧붙였다.

마르쿠스 안토니우스가 아내 쪽으로 반쯤 몸을 돌렸다. 그리고 신랄한 미소를 지으며 말했다.

"사랑하는 사람이여, 그 점에 대해 당신이 실망하지 않았을 거라 생각하오……."

그날 밤 그녀는 그를 오랫동안 자기 곁에 붙잡아두었다. 말은 하지 않았지만 그들은 아직 행복했다. 때때로.

그래서 그들은 겨울이 영원히 계속되기를 조용히 바랐다. 하지만 봄이 오고야 말라는 것을 잘 알고 있었다.

4월의 알렉산드리아 거리. 부두 위 신전들 근처 주랑 밑에서, 쓰레기를 먹는 따오기들이 널린 네거리에서 공연이 벌어졌다. 요술쟁이, 원숭이 곡예사, 불 위를 걷는 자 들이 도시를 향해 몰려들었다. 여왕이 돈을 지불했다. 타원형의 전차 경기장에서는 매주 하마 '사냥'이 벌어졌다. 극장에서는 전투 장면을 재현한 무사들의 춤 경연, 소아시아 춤 경연이 열렸다. 젊은이들은 검으로 서로 싸우는 척했다.

"무사들의 춤은 너무 많이 공연하지 마!"

클레오파트라가 말했다.

"그런 상황을 떠올리는 건 쓸모없어. 나는 백성들을 즐겁게 해줄 거야."

빵과 놀이. 그녀는 놀이에 대한 상상력이 넘쳐났다. 빵을 제공할 돈도 부족하지 않았다.

"대체육관에서도 이런 공연을 열 수 있지 않을까? 뭔가 조금 공식적인……"

그녀는 마르디온 앞에서 큰 소리로 자기 생각을 말했다. 마르디온은 그녀가 아버지보다 더 사랑한 환관이었다.

"단합을 촉발하는 축제가 되어야 하고, 백성들에게 좋은 음식을 실컷 먹일 기회가 되어야 해. 증여 의식처럼. 의식을 치른 뒤에는 아고라에서 연회를 열어 술을 실컷 먹이고. 내 생각에 가장 좋은 건 카이사리온을 군사교육에 참여시키는 거야. 그 아이가 무기 다루는 법을 배우도록. 시간을 너무 끌었어. 일석이조를 노려서 안 될 게 뭐람. 안틸루스도 함께 성년복을 입을 수 있을 거야."

"하지만 안틸루스 왕자님은 아직 그럴 나이가 되지 않았습니다! 턱에 수염도 나지 않았어요!"

"수염이 나지 않았다. 아마도 그렇겠지. 하지만 그 아이는 벌써 내 시녀들을 자빠뜨린다고! 그게 성년 남자의 행동이 아니면 뭐겠어. 그 두 아이에 대한 대중의 관심이 눈앞에 떠오르는 듯해. 그 두 아이의 출신 민족을 따와 그리스-로마 축연을 열어도 될 거야. 새로운 발상이지! 독창적이고 매혹적인 어떤 것을 만들어낼 수 있을 거야, 틀림없어. 마르쿠스는 그 축하행사에서 풀비아의 아들이 내 아들과 연합한 것을 보고 기뻐할 테고. 그에게도 기분전환 거리가 필요하니까……."

몇 주 전 그들은 리비아 군단의 총사령관 갈루스를 통해 운반된 옥타비아누스의 원주 모양 기념물 하나가 키레네의 폭도들에 의해 파레토니움 쪽으로 옮겨지고 있다는 것을 알게 되었다. 그 한겨울에. 마르쿠스 안토니우스는 그 도시를 구원하기 위해 즉시 떠났다. 그의 부하들이 아직 점령하고 있는 서쪽 항구로 혼자 떠났다. 그가 도착했을 때 파레토니움은 이미 항복한 뒤였다. 그가 다시 궁전으로 돌아오자마자 키지코스 검투사들의 전언이 도착했다. 옥타비아누스가 그들에게 부대 하나를 보냈고, 그들은 안토니우스에게 도움을 요청하고 있었다. 하지만 패배한 총사령관이 도움 청하는 사람들을 어찌 구원할 수 있었겠는가?

안토니우스는 궁전 창문 너머로 등대가 발하는 장밋빛 미광 속에서 어둠에 감싸인 알렉산드리아를 바라보았다. 방파제, 부두, 바다⋯⋯. 도시 위에 모래바람이 불었다. 어딘가에서, 사막 한쪽에서 낙타들이 울었다. 갑자기 이탈리아의 올리브 밭과 로즈메리 향기가 그리웠다. 그는 술을 마셨다. 여왕은, 그녀는 마음 아파하는 것 같지 않았다. 그녀는 만찬을 열고, 머리를 풀어헤치고 발목을 드러낸 무희들이 등장하는 축연을 열었다. 극장에서는 사티로스 소극만 상연했다. 알몸을 드러낸 배우들이 수염 달린 가면을 썼고, 가짜 남근상을 달고 등에 말총을 붙였다. 매우 우스꽝스럽고, 매우 종교적이었다. 디오니소스적이었다. 바로 그 시기 민중에게 필요한 것이었다.

그녀가 마르디온에게 말했다.

"그러니까 당신은 안틸루스의 턱에서 약간의 솜털을 발견하는 훌륭한 이발사 역할을 하는 거야. 그 아이가 성년복을 입고 탄생 메달을 버리는 동시에, 우리는 그 아이의 털 네 가닥을 적절한 신에게 바치는 거지. 토가와 수염 이야기에 홀딱 반해 '하나가 되는' 로마 축제는 안토니우스의 군단을 황홀하게 만들 거야. 내 귀족 젊은이들과 그들의 부모에게는 대체육관에서 회합을 열기 전 세라피스 신전에서 좀 더 친밀한 의식을 열어줄 거고, 곳곳에 등불을 걸어놓고 야간 의식을 여는 거지. 문제는 올리브기름이야. 그리스에서 가져오는 올리브기름이 부족해지기 시작했거든. 아마유를 태우면 어떨까? 그래, 냄새가 고약하겠지. 그럼 햇불은? 그윽한 송진 향기가 우리 파란 신神의 콧구멍을 기분 좋게 해줄까? 아, 그의 조각상 양쪽에 햇불을 실은 코끼리 두 마리를 가져다 놓으면 되겠군. 그 코끼리들이 큰 촛대 역할을 하는 거지. 아주 멋질 거야!⋯⋯ 내 생각이 하찮은 것 같아, 마르디온?"

"저는 여왕님께서 태어나시는 모습을 보았습니다. 그리고 여왕님처럼 하찮지 않은 공주님은 한 번도 본 적이 없지요. 부모들이 왜 자식이 빨리 자라기를 바라는지 제가 모른다고 생각하십니까? 그건 자식들이 그 자리를 대신하게 하기 위해서지요."

마르디온이 한숨을 쉬었다.

"카이사리온. 그래요, 물론입니다. '성년이 된 젊은이 카이사리온'은 좋은 생각입니다. 협상을 시도하실 건가요?"

"달리 내가 무엇을 할 수 있겠어?"

아버지가 카노포스 평원과 타포시리스 평원에서 다시 군단 병사들을 훈련시키기 시작한 지금, 모든 사람들이 화해하고 다시 모인 지금, 셀레네는 도시와 섬에서 너무 많은 축제가 열리는 바람에 흥미가 없어지고 싫증이 나기 시작했다. 그래도 카이사리온이 군사교육을 받게 된 일을 계기로 불을 밝힌 코끼리들에 조금이나마 관심을 기울였을까? 어린 프톨레마이오스 필라델푸스는 그 코끼리들을 보고 기뻐했고, 그녀 역시 기뻐했다. 그에 대한 사랑 때문에.

티모니에르에 매일같이 다니던 시절 이후, 그러나 아직 도시 주변에서 전투들이 벌어지기 이전의 기간에 대해 그녀는 세부적인 것들만 기억했다. 이를테면 궁전 주방들에 대한 기억이다. 디오텔레스가 참고자료를 만들어 그녀에게 가져왔다. 그는 그녀가 마늘쪽을 한 번도 본 적이 없으며, 병아리콩은 오로지 으깬 상태만 알고, 빵을 어떻게 반죽하는지 모른다는 것을 눈치챘다. 일상생활과 관련된 실용적 지식들은 그녀에게 거의 필요하지 않았으나, 그런 지식이 없어서 테오크리투스의 전원시나 호메로스의 시구를 이해하지 못하는 일이 이따금씩 있었기 때문이다.

목욕탕 건물의 둥근 지붕 뒤에 숨겨진 안티로도스의 그 커다란 주방들에 대해 그녀는 오로지 고기구이실만 떠올릴 것이다. 거기서 노예들이 멧돼지가 꿰인 꼬챙이 여남은 개를 동시에 돌리는 모습을 보았기 때문이다. 그녀는 주방장에게 부모님이 오늘 만찬을 여느냐고 물었다. 그러자 주방장이 대답했다.

"오늘 저녁에 말입니까? 아닙니다. 저녁식사에 참석하는 인원은 겨우 열두 명입니다. 반월형 긴 의자에 식탁 하나만 차려질 겁니다. 하지만 공주님 아버지께서 언제 식사하길 원하실지 저희는 모릅니다. 때때로 홀 안에 들어오자마자 드시기도 하고, 이야기를 나누다가 드시기도 하거든요. 그래서 저희는 한꺼번에 많은 양의 식사를 준비한답니다. 여왕님께서 최고사령관님이 기다리시지 않게 하라고 명하셨으니까요……."

패자를 기쁘게 하려는 독특한 배려에서 나온 이 낭비는 셀레네에게 강한 인상을 남기지 않았다. 기억에 남은 것은 친밀한 분위기에서 저녁식사를 해야 한다는 사실뿐이었고, '어른들처럼' 누워서 먹을 권리가 생긴 지금 카이사리온과 안틸루스가 그 저녁식사에 참석할 것인지가 궁금했다.

그렇지 않았다. 그들 두 왕자는 '비할 데 없는 자들', 마지막까지 남은 충실한 자들, 즉 카니디우스, 루킬리우스, 아리스토크라테스, 그리고 몇몇 사람들로 이루어진 동아리와 그 파편을 주워모으던 안토니우스와 함께 저녁식사를 하지는 않았다. 이들은 십일 년 전 무언극 배우들처럼 혹은 시체 다루는 소금 절임 업자들처럼 '동업조합'을 결성했다. 키지코스의 검투사들이 항복하고 파레토니움이 함락된 뒤, 여왕은 웃으면서 그들의 이름을 바꿔야겠다고 말했다. 이후 그들은 '죽음의 친구들'이라고 불리게 되었다.

기억을 위해

이오타파가 안티로도스의 테라스 위로 그림자처럼 미끄러져 간다. 파란 야회복을 입고 있다. 그녀는 소리 없이 움직이고, 오랫동안 침묵하고, 아무것도 표현하지 않는다. 그녀는 그리스어를 배우지 못한 채로 자신의 모국어를 잊어버렸다. 그녀의 약혼자가 더 이상 왕족이 아닌가? 아르메니아와 메디아가 파르티아인들과 다시 관계를 맺었는가? 로마인들은 알렉산드리아로 진군해오는가? 그녀는 메디아가 어디인지 알지 못하고, 로마인과 이집트인을 구별하지 못하고, 약혼자와 한 번도 함께 놀아보지 못했다.

그녀는 어두운 방, 구석진 곳을 찾는다. 예전에 그녀는 그런 곳에서 셀레네와 마주치곤 했다. 몇 달 전부터 그녀는 자질구레한 물건들을 훔쳤다. 부적, 머리핀, 귀고리, 숟가락을. 자기 매트리스 밑에 그것들을 감추었다. 그것들이 발각되고, 그녀는 야단을 맞는다. 하지만 다시 훔친다. 그녀는 솜씨가 매우 좋다. 사람들이 그녀를 감시하지만 소용없다. 돈과 보석이 항상 그녀 손에 들어가 있다.

벌을 받지 않을 때 그녀는 시녀들과 함께 테라스로 올라간다. 그녀는 바다를 보지 않는다. 오벨리스크도, 배의 돛대도 보지 않는다. 그녀는 구 시가지 쪽으로, 등대섬의 불탄 구역 쪽으로 몸을 돌린다. 그 오래된 잿더미들이 그녀에게 뭔가를 상기시

301

킨다. 무엇일까? 잿더미와 폐허는 그녀의 관심을 끈다. 늘 그랬다. 추위가 그렇듯 그녀를 안심시킨다. 과거로부터 온 추위. 그녀는 생각한다. 거울 손잡이, 오래된 유리 반지, 손톱줄과 주머니칼, 이 조그만 보물들을 그녀는 '한쪽에 보관해둔다.'

하지만 그 물건들은 그녀를 채워주지 못할 것이다. 그녀는 곧 날아오르고, 지워지고, '흐릿한' 작은 윤곽이 되고, 역사책들로부터 사라질 것이다. 파란 야회복 차림으로 알렉산드리아 아이들의 기억에서도 사라질 것이다. 그리고 이 이야기로부터 사라질 것이다. 그녀는, 이오타파는 그림자처럼 기억상실증에 걸린 채 잊히고 사라진다.

그는 패배한 다음날 자살할 수도 있었다. 예전에 그의 적이었던 브루투스와 카시우스처럼. 사실 그는 그들과 똑같은 승부를 했다. 로마의 오리엔트가 갈리아와 이탈리아에 대항한 것이다. 이길 수가 없는 불운한 입장이었다. 위대한 폼페이우스도 카이사르에 대항하여 그런 경험을 했다. 부富와 규모는 '여분의 병사들'과 비교하면 아무것도 아니다. 파르살라에서 폼페이우스에 승리하고 필리피에서 브루투스에 승리한 안토니우스가 어떻게 이 교훈을 잊을 수 있겠는가. 그가 그토록 과소평가했던 옥타비아누스. 옥타비아누스는 오리엔트에 대한 그의 몽상을 부추기면서 그가 가능한 한 불리하게 분할하도록 몰아댔다. 카이사르의 적들이 남긴 유산을 받아들이도록 그에게 강요했다. 그것이 승자가 패자의 몫을 다루는 방식이었다. 오늘 그는 어리석음의 대가를 지불하고 있었다. 사람들이 그를 배신했다는 것은, 그가 배신당했다는 것은 중요하지 않았다. 그러므로 죽어야 했다.

하지만 마르쿠스 안토니우스는 타고난 연설가였고, 그의 의사와 상관없이 내적 웅변술이 그를 이끌었다. 고소에 대한 변론을 마쳤을 때, 그는 자신에 대한 변론을 사람들에게 확신시켰고, 나쁘게 보이지도 않았다. 그는 폼페이우스나 공화주의자들과 같은 상황에 처해 있지 않았고, 같은 상황에 처한 적도 없었다. 그들 중 이집트를 자기 진영으로 가진 이는 아무도 없었다. 이집트, 그의 함대, 그의 선대船臺, 그의 주민들, 그의 항구들, 그의 부富(여왕에 대해서는 말할 것도 없고). 이집트는 완전히 달랐다. 그는 처음부터 그것을 알아챘다. 그리고 오늘 그것을 다시 확인했다. 이집트가 없다면 그에게는 병사들도, 피난처도 없었을 것이다. 무장 해제된 도망자. 한 번의 대전투 후 '끝장난.' 그래도 이 점에서는 상황을 바로잡을 수 있을 것이다. 아무렴! 그리고 아직은 협상할 수 있다. 로마인들끼리. 안 그런가? 결국 로마는 그에게 전쟁을 선포한 것이 아니다. 이집트 덕분에, 이집트가 그에게 준 유예 덕분에 아주 실낱같은 희망이 남아 있었다. 그러므로 그는 죽어서는 안 되었다.

그들은 협상했다. 파레토니움의 항복 이후 안토니우스와 클레오파트라는 적과 협상했다. 그들에게 팔 것이 남아 있었을까? 대단한 것은 없었다. 하지만 전쟁 시에 시간은 큰돈만큼이나 가치가 있었다. 마르쿠스 안토니우스는 이집트 왕국의 보존하는 대신 군단 셋을 포기하고자 했다. 그리고 옥타비아누스에게 이렇게 써보냈다.

'내가 이집트에 머무는 걸 자네가 원치 않는다면, 아테네에 은둔하도록 허락해주게나. 거기서 조용히 살겠네.'

그는 이 편지를 구술하는 데 어려움을 겪었다. 그 편지 내용에서 '살겠네'라는 단어가 가장 중요하다는 것을 모를 만큼 어리석지 않았기 때문이다. 그러나 옥타비아누스는 그에게 답장을 하는 수고조차 하지 않았다.

그렇다면 클레오파트라는? 그녀도 자기 쪽에서 협상했다. 옥타비아누스에게 군자금이 부족하다는 것을 그녀는 알고 있었다. 투리누스는 악티움에서 이집트 군자금에 손대려고 했다. 하지만 마르쿠스와 그녀가 군자금을 보존했다. 이후 로마 군단 병사들은 급료를 요구했고, 악티움의 노병들은 땅을 요구했다. 하지만 이탈리아의 은행가들이 12퍼센트 이자로만 돈을 빌려주었으므로, 옥타비아누스의 친구들은 야위어갔다. 클레오파트라는 자신의 '채색유리 공예품'으로 관심을 끌려 했다. 그녀가 말한 바에 따르면, 그녀는 무기를 버리고 무거운 조공을 바칠 준비가 되어 있었다. 이례적인 분담금, 연간 세금 등등. 협정을 맺으면 그녀의 아이들 부부, 카이사리온과 셀레네가 이집트 왕위를 보장받을 것이다. 그녀 자신은 잊힐 테지만.

그러나 옥타비아누스는 조소했다.

"이 여자도 아테네 시민으로 살고 싶다는 건가?"

그래도 답장은 보냈다. 간략하게.

'안토니우스를 죽여요. 그 뒤에 이야기합시다.'

프톨레마이오스 왕조 사람들은 살인에 이끌릴지언정 자살은 숭배하지 않았다. 로마인이 최소한의 예의로 여겼던 자살을 그리스인들은 높이 평가하지 않았던 것이다. 하물며 이집트 사람들도 그것을 높이 평가하지 않았다. 그들은 삶을 너무나 사랑했기 때문에, 이승에서 누렸던 것들이 크게 바뀌지 않은 채로 내세까지 삶을 연장하길 바랐다. 이를테면 맥주 조금, 갈레트 빵, 가구 몇 가지 등등.

안토니우스와 클레오파트라는 서로를 격려하기 위해 '죽음의 친구들'을 결성했다. 그러나 둘 중 그 누구도 아직은 결단을 내릴 준비가 되어 있지 않았다. 여왕은 동쪽에서 이집트를 차단하는 펠루시움 주둔군의 선두에 자신의 가장 훌륭한 장군 한 명을 임명한 참이었다. 그리고 '최고사령관'(이제부터는 이 호칭에 인용부호를 붙여도 무방하리라)은 자신의 군단들을 열을 지어 행진시키고, 함대를 다시 조직하고, 등대 꼭대기에 초병들을 배치하고, 적들의 침입을 놓치지 않고 알릴 수 있도록 매일 밤 알렉산드리아의 여섯 항구를 교대로 준비시키라고 명했다. 바다를 '다시 열어야' 했기 때문이다. 여러 날이 길게 이어지고, 여름이 다가왔다. 연인들은 적과 협상했다. 몹시 흥분한 채, 각자.

여왕이 안티로도스를 떠나 다시 왕궁 구역에 정착하기로 결정했을 때, 아이들은 하인들이 그랬듯 그 이사 소식을 갑작스럽고 엉뚱한 생각으로 여겼다. 여왕이 마치 변덕 부리듯 그 소식을 일방적으로 발표하기도 했다. 어쨌든 안티로도스는 공기가 너무 축축했다. 사춘기 남자아이들인 카이사리온과 안틸루스만이 여왕의 심중을 헤아렸다. 배불리 먹여두었으니 알렉산드리아 시민들이 더 이상 두렵지 않았던 것이다. 그보다는 로마인들이 바다를 통해 공격해오지 않을까 두려웠다. 그런 점에서 왕들의 항구 성벽은 더욱 효율적인 방어물이었다. 신기한 지하도의 이점은 말할 필요도 없었다.

그리하여 이집트 왕가 아이들을 천 개의 기둥 궁전으로 데려왔다. 안토니우스, 안틸루스, 그리고 그들의 로마인 장교들은 손님용 공관을 차지하기로 했다. 조신들 일부는 여왕과 함께 파란 궁전에 머물렀다. 하인과 서기들은 문서 보관소 건물에 묵었다. 레바논인 경호원들은 카이사르 신전 주위에서 야영을 했고, 켈트족 경호원은 사설 항구의 부두 위에서 야영했다. 셀레네는 즐거운 마음으로 이시스를 다시 만났다. 안티로도스 신전의 무거운 젖가슴을 가진 '젖 먹이는 이시스'가 아닌 진짜 이시스를. 로키아스의 은둔녀들을 다시 만나고 싶어 예전의 천국을 가로지른 그녀는 투석기에 의해 폐쇄된 정원 깊숙한 곳에서 작은 문 하나를 발견했다. 그 문과 낮은 담장 너머에 마우솔레움이, 커다랗고 하얀 탑문이 뚜렷하게 보였다. 그 뒤에 성벽이 있었고, 성벽 위에는 짙은 갈색 피부의 노동자들이 분주히 움직이고 있었다.

셀레네가 그 광경을 본 것은 향유들의 정원에서 가정교사 니콜라우스로부터 영웅들의 계보에 대해 배운 날이었다. 그녀의 아버지가 한 남자를 때렸다. 그 자신이 몸소 나서서! 남자는 아무나가 아니라 옥타비아누스 카이사르의 밀사였다. 젊고 잘생겼으며, 언제나 우아한 남자였다. 유모들과 시녀들은 그에게 홀딱 반했다. 그는 머리모양을 망가뜨리지 않으려고 손가락 하나로 머리를 긁적였는데 그 모습이 정말 멋졌다! 그는 이 주 전에 도착했고, 사람들은 그를 안티로도스에 묵게 했다. 그리고 여왕이 매일 입회인 없이 그를 알현했다. 그들은 협상을 했고, 그녀는 그에게 금목걸이를 선물로 주었다.

그날 알현을 마치고 나온 그 젊은 남자는 동물원에 가고 싶어했다. 그는 정원을 통과해 돌아왔고, 바로 그때 군복을 입은 안토니우스가 그에게 덤벼들었다.

"내가 방어책을 짜느라 지쳐 있는 동안, 여왕을 구하려고 전력을 다하는 동안, 너는 머리에 포마드나 처바르고 궁전에서 으스대고 있구나! 아, 너는 협상을 하러 왔지! 네 허리에 채찍질을 해주마, 이 더러운 녀석! 조금 있으면 네놈 몸이 자줏빛 장식 융단보다 더 울긋불긋해질 거다!"

안토니우스는 무시무시한 힘의 소유자였다. 셀레네는 그 사실을 알고 있었다. 안토니우스 가문 사람들은 검투사보다 힘이 세다고 안틸루스가 자주 말했다. 그들의 숙부 루키우스는 검투사 여러 명과 일 대 일로 겨루어 이겼다. 안토니우스가 손가락 끝으로 건드리자마자 그 멋쟁이 젊은이는 신음 소리를 내며 산책로에 쓰러졌다. 안토니우스는 그에게 발길질을 하기 시작했다.

"일어나라, 이 협상꾼아! 그리고 내 얼굴을 똑바로 봐. 그녀가 너를 왕자 대접해주더냐, 응? 내가 장담하는데, 너는 네가 노예의 아들이라는 걸, 투리누스의 일개 하인일 뿐이라는 걸 그녀에게 말하지 않았을 테지! 네 가족은 십자가에 매달릴 게다!"

남자는 최신 유행의 토가에 몸을 옥죄인 채 길바닥에 엎드려 기고 있었다. 경호원들이 그들의 소리에 놀라 정원 깊숙한 곳에서 뛰어왔다.

"그녀는 네 사랑의 말에 귀 기울이겠지, 이 교활한 유혹자 같으니! 네 평화의 말에도 귀 기울이고 말이야, 이 협잡꾼! 우리 두 사람은 동시에 바람을 피우고 있어. 네 주인의 최종적 생각이 바로 그거 아니야? 아, 이 얼간이 같으니! 얼간이 같으니!"

안토니우스는 아직 분이 풀리지 않는지 경호원 중 한 명이 허리에 차고 있던 채찍을 낚아채서는 바닥에서 기는 그 해방노예에게 매질을 하기 시작했다. 매질을 할 때마다 토가나 실크 튜닉 조각들이 떨어져 나왔다. 얼마 지나지 않아 '밀사'는 반쯤 벌거벗은 모습이 되었고 이내 피가 튀었다.

"너는 네 부모처럼 볼기짝을 맞아 마땅해, 더러운 놈!"

루킬리우스가 숨을 헐떡이며 달려와 끼어들었다.

"체통을 생각하십시오, 최고사령관님! 사령관님께서 몸소 이렇게…… 하급 관리들을 시켜 마무리짓게 하십시오."

이 광경을 목격한 셀레네는 '파트라스의 왕 아게노르, 암픽스의 아들, 펠리아스의 아들, 아르기나테스의 아들'의 조상이 누구인지에 더 이상 관심이 가지 않았다. 그녀는 질겁해서 가정교사의 옷자락에 매달렸다. 바닥에 엎드린 남자가 울부짖자 몇 달 전 부두에서 재무장관이 울부짖던 일이 떠올랐기 때문이다. 아버지가 한 말이 무슨 뜻인지 이해하지 못했으므로 더욱 그랬다. 궁전에서는 라틴어로 말하는 일이 드물었다. 그녀는 라틴어는 알지 못했지만 '불모의 나무'를, 로마인들이 노예를 묶는 교수대를 보았다. 이윽고 가는 가죽 끈이 그의 살을 찢었고, 몸을 움직이지 못하는 기이한 상태가 뒤따랐다.

"이자를 매달아라!"

루킬리우스가 하급 관리들에게 명했다. 그녀는 눈을 감았다.

"안심하십시오. 저 사람을 죽이지는 않을 겁니다. 그렇게까지는 하지 않을 거예요."

니콜라우스가 그녀에게 몸을 숙이며 중얼거렸다.

사실 옥타비아누스의 해방 노예는 교수대에 잠깐 매달렸을 뿐이고, 등에 열 개 정도의 채찍 자국이 생겼을 뿐이다. 그 바보 같은 멋쟁이 젊은이는 그것 때문에 죽지는 않았지만, 최고사령관이 만들어준 '얼룩덜룩한 튜닉'을 그리 빨리 벗지 못했다. 사람들은 정신을 잃은 그를 그가 타고 온 배로 데려갔다. 그리고 안토니우스는 자신의 전 처남에게 보내는 전언이 적힌 서판을 그의 목에 매달았다.

'자네의 해방노예가 보인 불손한 태도에 나는 조금 화가 났네. 이 일을 나쁘게 여긴다면 나에게 앙갚음을 하게나. 자네 곁에 있는 내 해방노예 히파르쿠스가 나를 배반했으니 그를 매달고 채찍으로 때리란 말이야. 그리 하면 서로 비긴 셈이 될 걸세.'

5월 초에 옥타비아누스의 군대가 유대에 접근했다. 니콜라우스 다마스쿠스는 향수에 젖어 헤로데의 호의를 떠올렸다. 디오텔레스는 친구인 소금 절임 업자에게 더 많은 할부금을 건넸다. 클레오파트라의 돈이 미완성의 마우솔레움으로 옮겨지기 시작했다.

비티니아의 장미 정자 밑에서, 식물원 야외에서 '죽음의 친구들'이 저녁식사를 하고 있었다. 그들은 제비꽃 화관을 썼다. 식사가 끝나자 포도주 마시는 시간comissatio이 되었다. 하인들이 키오스 포도주를 내왔다. 하지만 옥타비아누스의 해방노예가 협상을 위해 방문한 이후, 마르쿠스 안토니우스는 여왕의 처소에서 식사를 할 때면 반드시 맛보는 하인에게 잔을 내밀어 시음을 시킨 뒤 따라주는 술을 마셨다. 약간의 과시 효과를 노리며 그렇게 했다.

자기를 제거할 생각을 하는 여자를 그가 어떤 눈으로 바라보겠는가? 일 년 전 자신의 주치의에게조차 독살자로 취급받은 여자를. 안토니우스와 클레오파트라, 이 두 맹수는 첫날부터 서로를 알아보고, 서로를 헤아리고, 서로 존중했다. 그리고 지금은 몹시 고통스럽게 서로 사랑하고 있었다. 그들은 서로에 대해 몹시 날카롭게 이를 갈았다. 여왕의 감정은 겁에 질린 사람처럼 옹졸해졌고, 안토니우스의 감정은 더 격렬해졌다. 하지만 이제는 아무런 환상이 없었다.

대大플리니우스가 이야기한 '제비꽃 만찬' 일화는 이들이 나눈 사랑의 특이한 성격을 잘 설명해준다. 그날 저녁 정자 밑에서 하인들은 키오스 포도주 말고도 오피미우스가 집정관이었던 해에 수확한 트라키아 포도밭의 포도주를 대접했다. 그해는 특별한 해였고, 그 포도주는 오래되고 귀하고 비싼 포도주였다. '연회 주재자'를 자처한 여왕은 무척 검은 그 오피미우스 포도주를 키오스 포도주와 1대 4 비율로 섞고 거기에 넉넉히 물을 넣으라고 명했다. 그렇게 만든 음료를 한 모금 마신 뒤, 너무 쓰니 꿀과 계피를 넣으라고 다시 명했다. 하인들이 그 향료 술을 커다란 은잔에 섞었다. 이윽고 분홍색 옷을 차려입은 술 따르는 젊은 하인이 손님들의 잔에 술을 우아하게 채웠다. 안토니우스의 맛보는 하인이 진지하게 자신의 임무를 수행하는 동안, 다른 참석자들에게서 찬사의 말들이 터져나왔다.

"맛있군!"

"탁월합니다!"

궁정의 소피스트 필로스트라투스가 말했다.

"술이라면 우리 여왕께서 마치 남자처럼 일가견이 있으시지요!"

"여왕께서는 모든 것을 남자처럼 하신다오."

안토니우스가 대꾸했다.

"사냥 가서 영양羚羊을 수풀에서 내몰 때도 절대 거리를 두지 않으시지. 여왕께서 얼마나 높이 올라가는지 여러분도 보아야 하오!"

안토니우스의 군대식 농담에 걸걸한 웃음들이 이어졌다.

여왕은 동요하지 않고 화관을 벗어 제비꽃을 잘게 찢어서는 자기 잔 속에 넣었다.

"나에게 아첨하는군요, 필로스트라투스. 이 술엔 향기가 부족해요. 그래서 꽃향기가 더 필요하죠. 향기로워지도록 나처럼 해보세요. 잔 속에 꽃을 담가요."

조신과 측근들은 그녀의 변덕에 익숙해 있었다. 뿐만 아니라 참석자들은 '연회 주재자'를 악단 지휘자처럼 충성스럽게 따라야 했다. 그래서 모두들 그녀가 시키는 대로 했다. 제비꽃을 짓이겨 포도주 속에 넣었다. 손가락이 이내 얼룩졌다. 안토니우스가 끼어들어 빈정댔다.

"내 손이 목동 한 명을 능지처참한 디오니소스 신의 무녀巫女처럼 시뻔게졌군!"

"그보다는 양쪽에 손잡이가 달린 항아리를 능지처참했다고 말해야겠지요!"

카니디우스가 대꾸했다.

사람들이 왁자지껄 웃음을 터뜨렸다. 필로스트라투스가 맨 처음 그 술을 맛보고는 말했다.

"신들의 음료군요!"

이어서 다들 경탄했다. 하지만 마르쿠스 안토니우스가 잔을 입술에 갖다대자, 그와 침대 식탁을 함께 쓰고 있던 여왕이 그를 저지했다.

"마시지 마요! 당신의 포도주에는 독을 타지 않았지만 화관의 제비꽃에 독을 탔으니까. 최고사령관님, 당신도 알겠지만 음식과 술을 미리 맛보는 하인이 있어도 그러고만 싶으면 나는 얼마든지 당신을 죽일 수 있어요. 하지만 정말로 그러고 싶진 않답니다. 그러니 그 술은 버리세요."

그녀는 이렇게 말한 뒤 그의 팔에 다정하게 손을 얹고 있었다.

플리니우스의 이야기는 여기서 끝난다. 하지만 내가 들은 안토니우스의 대답으로 이 이야기를 마치지 않는다면 이 장면은 불완전하리라.

"내가 내 목숨이나 영혼 때문에 당신을 두려워할 것 같소zoé kaï psukhé? 내게 맛보는 하인이 필요한 것은 지나치게 차가운 음료를 피하기 위해서라오. 하지만 오늘 저녁 당신의 제비꽃 포도주는 온도가 딱 좋군, 내 사랑."

그리고 그녀에게서 눈을 떼지 않은 채 '독을 탄' 포도주 잔을 단숨에 비웠다. 그녀가 속임수를 쓸 때면 그는 항상 눈치챘다. 그는 그녀를 사랑했다. 그가 낮은 목소리로 말했다.

"당신 뜻이 아닌 줄은 알지만 당신과 함께 있고 싶소."

셀레네는 이런 두 사람의 딸이었다.

기념품 상점

공공 경매 상품 목록, 골동품, 파리, 드루오 몽테뉴.

81. 레다와 백조를 묘사한 관능적인 장면, 날개 달린 남근상, '여성 상위 기마 자세mulier equitans'의 연인 한 쌍이 장식된 기름 램프 세 개. 여자가 다음의 말로 상대를 격려하고 있다. '당신은 얼마나 나를 열리게 하는지Vides quam bene chalas.' 베이지색과 오렌지색의 테라코타. 마모된 곳과 틈새들이 눈에 띔. 로마 예술품. 기원후 1세기.

너비: 7.8~9.8cm.

1000/1200

며칠 전부터 아이들의 생활이 갑자기 달라졌다. 더 이상 '수업'은 없었다. 선생님들이 사라졌다. 유프로니오스가 전령임을 알리는 지팡이를 들고 옥타비아누스의 군대를 만나러 갔다. 카이사리온은 성벽 건너편 대경기장에서 도시의 젊은이들과 함께 군사훈련을 받으며 하루하루를 보내고 있었다. 사실 그에게는 문학 전문가가 더 이상 필요 없었다. 안틸루스의 가정교사 테오도루스도 왕궁 구역을 떠났다. 도서관장은 서기장書記長 한 명을 요청했고, 서기장에 임용된 자가 알렉산드리아 수비대에 막 합류했다. 디오텔레스는 다른 복습교사들과 궁전에 있던 '쓸모없는' 대다수의 사람들과 함께 마우솔레움 쪽으로의 수송 업무를 돕도록 징용되었다. 사람들은 거기에 코린토스의 청동, 상아 스핑크스, 금 식기, 아펠레스*의 그림, 리시포스**의 조각상들을 쌓아놓았다.

---

* ?~?, BC 4세기 후반의 그리스 화가. 알렉산드로스 대왕의 궁정화가로서 그의 초상을 많이 그렸다. 파도 사이에서 출현하는 아프로디테의 그림이 유명하며, 신상(神像)·영웅·왕들의 초상도 그렸다.

** ?~?, BC 4세기의 그리스 조각가. 그리스 조각에 처음으로 3차원 공간을 창조했으며, 키에 비해 머리의 비율을 작게 한 새로운 인체비례(8등신)를 제시했다.

디오텔레스는 자신이 그런 임무에 적합하지 않다고 판단해 대마 부스러기가 든 가벼운 봇짐만 끌고 다녔고, 그가 '귀여운 님프'라고 부르는 토니스는 자기보다 더 무거운 기름 단지들을 들고 그의 뒤를 따라다녔다. 글을 읽을 줄 모르는 타우스의 딸 토니스는 디오텔레스가 지나치게 빨리 성장한 아이 같은 그녀의 허약한 아름다움에 경탄하는 동안, 그리고 시에 관해 열심히 의견을 개진하는 동안("내 의견을 듣고 싶다면, 칼리마코스는 시를 엄청 많이 읽은 주석가들도 이해하기 힘든 작품을 쓰는 사람일 뿐이야!"), 조용히 단지들을 짐수레로 운반하고 노새를 끌었다. '으뜸 가정교사' 니콜라우스 다마스쿠스로 말하면, 몸이 아프고 무기력증에 빠진 듯했다. 그는 누워서 시간을 보냈고, 의사 올림포스만 만났다.

"상태가 심각한가요?"

셀레네가 걱정하며 물었다.

"그리 심각하진 않습니다."

올림포스가 대답했다.

"공주님의 가정교사는 빗나간 야망 때문에 괴로워하고 있어요. '그렇게만 된다면' '차라리 이렇게 된다면' '그렇게 되지 않고 이렇게 된다면' 같은 생각들 때문에 시작된 근심으로 인해 생긴 병이지요. 하지만 저는 그가 그것으로 죽을 거라고는 생각하지 않는답니다. 영악한 사람이니 곧 회복될 거예요."

6월 말. 헤로데를 통해 물자를 넉넉히 보급받은 옥타비아누스의 군대가 삼각주의 오리엔트 쪽 방어물인 펠루시움 성벽 밑에 도착했다. 위기를 맞이한 여왕 부부는 다시 협상을 시도했다. 부부가 모두 신뢰하는 드문 이집트인 중 하나인 유프로니오스가 옥타비아누스에게 새로운 제안을 전하는 임무를 맡았다. 클레오파트라 대신 안토니우스가 목숨을 내놓겠다는 제안을. 클레오파트라는 자기 아이들 중 누구에게든 왕위를 양위하도록 허락해준다면 더 많은 황금을 주겠다고 약속했다. 건강이 좋지 않은 어린 프톨레마이오스라도 상관없었다. 그러나 옥타비아누스는 답변하지 않았다.

일주일 뒤 펠루시움이 함락되었다. 여왕이 선발한 장군이 싸워보지도 않고 항복한 것이다.

여왕은 자신의 충실함을 남편에게 확신시키기 위해(그가 그것을 의심할 이유가 있는가?), 알렉산드리아에 남아 있던 장군의 아내와 아들을 즉시 처형했다.

그는 자신이 죽는 모습을 보았다. 마르쿠스 안토니우스는 자신이 죽는 모습을 보았다. 바닥이 발밑으로 자꾸만 꺼져들었다. 그는 남은 군대를 이끌고 침략자들을 맞이하러 삼각주로 갈 수 없었다. 동쪽 사막에서 갈루스의 리비아 군단이 다시 움직이고 있었기 때문이다. 그 군단은 알렉산드리아에서 30킬로미터 떨어진 타포시리스를 위협하고 있었다. 타포시리스는 방어할 수 없는 도시였다. 제국 없는 최고사령관인 그는 달의 문에서 해의 문까지, 더 넓게는 서쪽 지하 분묘에서 동쪽 지하 분묘까지 수도를 겨우 보호할 수 있을 뿐이었다. 얼마나 오래 보호할 수 있을까? 무엇을 얻을 수 있을까? 한 달? 그들은 겨울까지 살지 못할 것이다. 오시리스의 부활까지도 살지 못할 것이다. 빨리 결판을 내는 편이 나았다. 이제 그는 클레오파트라를 위해 죽을 준비가 되었다고 느꼈다. 그녀 곁에서, 그녀와 함께 죽을 준비가 되었다.

오래전부터 그는 자살 방법을 사실적으로 그리고 정확하게 연구했다.

자부심 강한 로마의 장군이 그런 성찰을 하지 않고 넘어갈 수는 없다. 하물며 그는 권세 있는 가문 출신이고 정치인이었다. 한편으로 그것은 명예의 문제가 아니라 안락함의 문제였다. 산 채로 적의 손아귀에 떨어지면 최악의 형벌을 받게 될 것이다. 역사를 살펴보면 페르시아인이나 게르만족이 적에게 가한 기상천외한 가혹 행위들이 넘쳐난다. 문명화된 로마인들도 마찬가지였다. 안토니우스는 이미 열여덟 살 때 친구 쿠리오와 이 문제에 대해 이야기한 적이 있었다. 쿠리오는 전통적인 방법을 쓸 수는 없으니, 충실한 노예에게 임무를 맡겨 참수하게 하는 방법을 지지했다.

"그 노예가 완벽하게 훈련받았고 검이 말을 잘 듣는다면 죽음은 즉각적이고 고통도 없을 거야."

"이런 게으른 친구!"

안토니우스가 대꾸했다. 그들은 웃으며 서로 끌어안고 뒹굴었다.

쿠리오가 추천한 이 자발적 참수형을 그는 늘 머릿속에 그리고 시행했다. 파르티아와 싸우기 위해 원정하는 동안 그의 해방 노예 중 한 명인 람누스에게 처음 그 임무를 맡겼다. 람누스가 죽고 없는 지금은 주의 깊고 헌신적인 젊은 하인 에로스가 그를 '처형해주기로' 약속했다.

그렇기는 해도 죽은 뒤 사람들이 그의 머리를 베어낼 거라는 생각에 그는 본능적인 반감을 느꼈다. 잘린 머리가 이성을 넘어서는 충격을 주기 때문은 아니었다. 자신이 임무를 잘 완수했다는 것을 병사가 달리 어떤 방법으로 증명하겠는가? 그는 자신의 머리가 창끝에 박히거나 포룸 연단 혹은 궁전 문 위에 본보기로 전시될 수도 있다고 각오했다. 그는 허약한 남자가 아니었다. 사람들이 그의 머리를 민중에게 전시한다. 그건 넘어갈 수 있다. 하지만 사람들이 그것을 갖고 놀 수도 있다는 생각을 하니 싫었다. 독재자 마리우스가 유명한 연설가였던 그의 할아버지 마르쿠스의 머리를 가지고 만찬 내내 그랬던 것처럼. 혹은 파르티아 왕이 극장에서 로마 장군 크라수스의 머리를 가지고 그랬던 것처럼. 파르티아 왕은 크라수스의 머리를 공처럼 던지고, 쟁반 위에 얹고, 배우들에게 던지고, 그 위에 오줌을 쌌다. 그런 행동이 그에게는 무례해 보였다. 그는 그 문제에 대해 자기 입장을 내세우지 못했고, 매우 로마인다운 남자임에도 불구하고 약간의 혐오감을 느꼈다.

실제로 말하면 참수에는 쿠리오가 열여덟 살 때 순진하게 생각했던 것보다 훨씬 불확실한 요소가 많았다. 그러니 스스로 실행할 수 있어야 할 것이다. 해방된 노예든 그렇지 않은 노예든 주인의 명령에 복종해야 한다는 도덕원칙과 주인에게 해를 가할 수는 없다는 상반된 도덕원칙 사이에서 갈등할 것이기 때문이다. 어떤 이들은 결정적인 순간이 왔을 때 그 갈등을 극복할 수 없을 것이다. 심지어 주인을 '자살하게' 하느니 자신이 자살하는 편을 택할지도 모른다. 주인보다 오래 살아남을 경우 주인을 죽였다는 죄목으로 고발당할 수도 있으니 현명한 생각이다. 죽음을 위한 죽음. 그들은 복종한 다음 자살하기보다는 자살함으로써 불복종하는 쪽을 선호할 것이다. 노예란 놈들은 항상 안이함에 이끌린다!

사실 로마 장군에게 어울리는 형태의 자살이 딱 하나 있다. 바로 할복이다. 바닥에 검을 꽂는다. 그런 다음 체중을 전부 실어 그 위에 몸을 날린다. 너무 늙어서 그렇게 하기 힘든 사람들은 침대에 누운 상태에서 온 힘을 다해 배에 단검을 박아넣는다. 핵심은 칼이 간이나 장에 도달해야 한다는 것이다. 어떤 방법이든 죽음은 천천히 찾아올 것이고, 과정은 까다로울 것이다. 확실한 솜씨가 요구된다.

안토니우스는 시종 에로스에게 반복적으로 주지시켰다. 우선 명청이들을 참수하고, 그다음에 두세 명의 사형수를 처형하라고. 모든 군사적 행위에는 약간의 훈련이 요구된다. 하지만 안토니우스가 그런 행위를 어떻게 적절히 보장할 수 있겠는가? 사람의 배를 가르는 법을 배운다는 것이 과연 가능할까? 내장 들어내는 법을 훈련받을 수 있을까? 많은 로마인들이 경험 부족으로 실패했다. 첫 번째 할복 시도 뒤 주치의가 내장을 봉합해주었지만, 목숨을 정말로 끝내기 위해 봉합한 실을 한 땀 한 땀 풀어낸 뒤 제 손으로 내장을 다시 찢었던 가여운 소小카토와 같은 불운은 예로 들지 않는다 해도……

안토니우스는 이런 생각을 하느라 꾸물거리고 싶지 않았다. 목이 베인 형제 가이우스를 떠올리기도 싫었다.

그는 전장에서 죽고 싶었다. 그런 희망을 갖고 위험에 뛰어들고 싶었다. 파레토니움에서 그는 호위대 없이 갈루스(시인 갈루스, 그의 '친구' 갈루스)의 군단이 정복한 성벽 아래까지 앞장서서 갔다. 자신의 옛 군대에게 연설을 한다는 구실로 혼자 앞장섰다. 그는 그들에게서 자비로운 독설만을 바랐을 뿐이다. 그러나 그들은 오지 않았다. 심지어 옥타비아누스의 명에 따라 '방향을 바꾸'었다. 그의 부하들은 그물에 걸린 새에게 하듯 그를 쓰러뜨리기에는 그를 너무 사랑했다.

그러니 다른 사람의 도움 없이 죽어야 할 것이다. 그는 클레오파트라를 위해, 심지어 클레오파트라 때문에 죽기를 바랐다. 그는 그녀 곁에서 죽기를 바랐을 것이다. 하지만 그녀는 그런 이야기를 용인하지 않았다. 그가 에페소스에서 세상의 절반을 지배하던 시절의 어느 오후, 그들은 극장 맨 앞줄 금빛 간이의자에 함께 앉아 즐거운 분위기에서 이 주제를 이야기한 적이 있었다. 배우들이 디오니소스를 기려 1만 5천 명의 관객을 위해 고전 비극들에서 발췌한 부분들을 막 연기한 참이었다. 배우들이 〈아이아스〉*를 연기한 후, 불가피하게 자살이 화제에 올랐다.

---

* 고대 그리스의 비극 시인 소포클레스가 기원전 5세기에 쓴 비극. 현존하는 소포클레스의 비극 중 가장 오래된 비극으로 추정된다.

"사람들이 피가 낭자한 자살을 왜 그토록 좋아하는지 난 모르겠어요."

클레오파트라가 잣을 소리 내어 씹어먹으며 말했다.

"삶에서 죽음으로 건너갈 때는 어떤 형태든 항상 폭력이 필요하고 주변 사람들에게 누를 끼쳐야 해요. 우리 여자들은 다른 식으로 한답니다. 더 신중하고 세련되었죠!"

"모두 그런 건 아닙니다!"

당시 그들의 가장 친한 친구였던 델리우스가 반론을 제기했다. 아직 배반을 하지 않은 시절의 델리우스.

"고결한 루크레치아는 단검으로 자살해 주저 없이 피를 흩뿌렸어요!"

"그래요."

클레오파트라가 대답했다.

"강간을 당해서 기분이 몹시 나빴으니까요. 하지만 루크레치아는 예외이고, 우리 여자들은 깨끗하게 자살해요. 이를테면 먹지 않고 굶어 죽는 거죠. 우아한 죽음이에요."

"하지만 그건 언제 결판이 날지 모르잖소."

안토니우스가 강조했다.

"그렇게 죽으려면 시간이 걸려요. 사랑의 슬픔, 집안의 몰락, 남편의 죽음, 그런 일들을 겪었을 땐 자살을 실행에 옮기기까지 며칠이 걸리지. 하지만 전투에서 패배한 장군은 즉시 일을 끝내야 하오."

"집 안을 온통 더럽히면서요? 그러면 그렇게 하세요! 위기에 몰릴 때 우리도 빠른 방법을 사용하자고요. 하지만 아무것도 더럽히지 않아야 해요. 그러려면 어떤 방법이 좋을까. 익사, 질식, 가루약……"

"가루약? 시시하군! 성공한다는 보장이 전혀 없잖소!"

"모든 건 준비하는 사람에게 달려 있어요, 최고사령관님. 의사에게 시키는 것만으로는 충분하지 않아요. 식물학과 향에도 정통해야 하죠. 우리의 친구 글라우코스(그녀가 글라우코스를 죽이기 전의 일이었다)가 박물관에서 효과 빠르고 확실한 가루약을 손에 넣었어요. 최악의 경우 타오르는 숯불을 삼켜 자살한 브루투스의 미망인 흉내는 막아주지 않겠어요? 안타까운 심정은 마음속에 남고, 품위가 떨어질 일은 아무것도 없을 거예요……."

하지만 안토니우스가 자살에 관한 실질적인 고찰(어떻게, 누구와, 언제 죽을 것인가?)로 넘어가려 하자, 그녀는 다음의 말로 그 시도를 무력화했다.

"마르쿠스, 한 시간 사는 것도 사는 거예요!"

아마도 그녀는 자기 아이들을 생각했을 것이다. 틀림없이 그녀는 그보다는 아이들 생각을 했을 것이다. 하지만 그녀는 아이들을 구원하지 못할 것이다. 스스로 도망쳐서 몸을 숨길 만큼 자란 카이사리온만 제외하고. 설사 파라오로서의 삶이 미지와 대면하는 방법이나 불편함을 견디는 방법을 그 소년에게 거의 알려주지 못했다 해도! 그리고 언젠가 왕위를 되찾는 일이라면…….

안토니우스는 군단을 점검하고 자신이 지휘하는 이집트 기병대를 평원에서 훈련시킨 뒤, 매일 밤 카이사르 아들의 운명과 쌍둥이 자식들의 운명을, 그리고 스스로의 운명을 슬퍼하며 눈물을 흘렸다. 그래서 에로스를 불러 술을 마셨다. 치료받듯 술을 마셨다. 훌륭한 의사인 올림포스가 그렇게 하라고 조언했기 때문이다.

"신들은 인간들이 지복을 누리도록 술을 내려주었지요. 술은 모든 고통에 대한 치료약이랍니다. 최고사령관이시여, 당신은 명민한 정신과 굉장한 통찰력을 지니셨으니, 예측하고 상상하실 겁니다. 그리고 쉽게 우울한 기분에 빠져드시겠지요. 어떤 때는 살고 싶다고, 또 어떤 때는 죽고 싶다고 느끼실 겁니다. 치료약은 술입니다. 술을 드십시오. 하지만 담근 지 얼마 되지 않은 가벼운 백포도주를 드세요. 그런 백포도주에 4분의 3 분량의 물을 타서 드세요."

그러나 안토니우스는 의심하듯 뿌루퉁한 표정을 지었다.

"지금은 그보다 물을 훨씬 적게 타지 않습니까?"

"그렇소, 덜 타지. 나는 군인이니까."

"오전 11시까지는 저의 조언을 따르십시오. 그 후에는 원하는 대로 하시고요."

그의 부하들은 그가 술 취한 모습을 전혀 보지 못했다. 친구들은 가끔 보았다. 하지만 그들은 친구들이었다. 그들이 '뱃속까지 친구'였을까? 그는 포로처럼 결박되어 옴짝달싹할 수 없을 때만 과음했다. 반대로 원정 때면 물을 마셨다. 그 행동은 그를 얼근히 취하게 하기에 충분했다. 옥타비아누스가 여기에 있다면 좋을 것이다. 나팔 소리, 기병대의 돌격, 갑옷들이 내는 충격음. 그리고 매번 그를 사로잡는 교교한 정적. 그 무기력한 우아함. 위험에 아랑곳하지 않는 그 태평함. 우아함과 영원성에 대한 그 욕구. 마침내 그것이 그를 사로잡는다……. 약간의 운만 따른다면 그는 전장에서 쓰러질 수도 있을 것이다.

여왕의 명령에 따라 판 언덕에 있는 '안쪽' 궁전으로 통하는 지하도
가 건설되었다. 뾰족하고 나무가 우거진 그 작은 원추형 건물은 극장 뒤
에 위치해 있었다. 초기 그리스인 파라오들의 시대에는 알렉산드리아
거리들이 항상 북적였으므로, 궁전까지 가는 시간을 벌기 위해 나일 강
물이 저장된 물탱크를 따라가는 이 비밀 통로를 설치했다. 그리고 신중
하게도 카이사르는 왕궁 구역이 포위될 때 그 출입구를 막을 수 있게
했다. 안토니우스는 궁전에서 성벽까지, 그리고 조만간 로마 군대가 군
기를 치켜세우고 튀어나올 평원까지 더 빨리 가기 위해 지하도를 정비
하기를 원했다.

보이지 않는 그 길을 통해 중요한 장교들이 비밀스럽게 이동할 수 있
었다. 옥타비아누스가 벌써 이쪽 진영에 스파이들을 심어두었을 경우,
그들은 '안쪽'의 정문을 감시해봐야 아무것도 알아내지 못할 것이다. 여
왕은 그곳을 통해 맏아들을 도망치게 하기로 마음먹었다.

그는 지하도를 통해 궁전을 떠날 테고, 어린 상인으로 변장한 채 호위
병 없이 늙은 하인 한 명과 선생 로돈만 대동하고 천사의 운하를 통해

도시를 떠난 것이다. 토착민인 로돈은 지금은 옥타비아누스에게 포로로 잡혀 있는 가정교사이자 사자인 유프로니오스의 명령을 오랫동안 수행했다. 요컨대 카이사리온의 디오텔레스인 로돈에게 여비를 맡겨야 할 것이다.

그들은 옥타비아누스가 삼각주를 정복하기 전에 함께 멤피스에 다다를 것이고, 나일 강을 거슬러 올라 코프토스까지 갈 것이다. 그런 다음 홍해 위의 베레니케 쪽으로 비스듬히 돌아갈 것이다. 거기서 7월 말까지 기다리다가 여왕의 전갈이 없으면 상선을, 첫 서풍을 맞아 '호랑이들의 나라' 인도로 출항하는 점점 더 과감해지는 상선들 중 한 척을 타야 할 것이다…….

"하지만 제가 거기에 가면 저를 어떻게 다시 찾아내실 거예요, 어머니?"

카이사리온이 갑자기 어린아이처럼 무장 해제되어 물었다.

"애야, 나는 너를 찾아낼 거란다. 선주나 선장이 된 너를 다시 찾아낼 거야. 옥타비아누스가 교섭에 응하지 않을 경우, 내가 너를 만나러 갈 거야. 거기로, 바다 끝으로. 인도에서 다시 만날 수 있단다. 거긴 그다지 넓지 않거든! 그리고 로마인들이 교섭에 응할 경우 나는 즉시 베레니케에 있는 너에게 전령을 보낼 거야. 그러니 떠나거라. 떠나서 돌아오지 마, 내 사랑. 내가 너를 지켜줄 테니."

혼란과 불안감이 나란히 커져갔다. 즐거운 안틸루스, 너그러운 안틸루스의 '교육적인 지도'하에 아이들이 모두 천 개의 기둥 궁전 정자에 모였다.

"브람, 브림, 브룸."

네 글자로 이루어진 음절들을 배우고 있는 프톨레마이오스 필라델푸스가 되뇌었다.

"알파와 베타, 감마와 델타가 있어. 그리고 제타도 있지."

이오타파가 허공을 응시하며 노래했다.

"아-침-의 아-폴-론……."

알렉산드로스가 낭독했다. 그리고 셀레네는 스스로 리라 반주를 넣으며 에우리피데스의 〈헤카베〉에 나오는 탄식을 읊조렸다. 디오텔레스가 예술의 최고봉으로 여기는 작품이었다. 아이들은 함께 종알거리며 거기에 있었다. 카이사리온만 빼고. 카이사리온은 사라지고 없었다.

그는 수수께끼처럼 증발했고, 셀레네는 벌써 여러 주 동안 그를 보지 못했다. 하지만 셀레네는 그가 매우 가까이에 있다는 것을, 궁전의 다른 쪽 날개에 머물고 있다는 것을 알고 있었다. 그녀는 그의 나이 든 유모나 선생과 마주쳤고, 그가 경기장에서 세운 수훈들에 대해 사람들이 이야기하는 것을 들었다. 복도에서 그의 안마사가 사용하는 방향성 수지^{樹脂} 냄새를 맡았고, 멀리서 울리는 그의 목소리의 메아리를 불시에 듣기도 했다. 그리고 여왕의 미소 속에 항상 그의 얼굴이 비치고 있었다. 그러나 갑자기 궁전을 뒤덮은 슬픔에서 그녀는 그가 떠났다는 것을 알 수 있었다. 어디로?

"제 생각에는 말이죠."

큐프리스가 말했다.

"젊은이들이 도시 남쪽의 요새들에 배치된 것 같아요. 적합한 나이에 다다른 모든 시민이 무기를 들어야 하나봐요. 왕자님도 더 이상 어린아이가 아니니, 여왕님과 왕위를 공유하고 병사들에게 용감한 모습을 보여줘야 하는 거죠."

곳곳으로 귀를 쫑긋 세우고 있던 디오텔레스는 다른 의견을 내놓았다.

"왕자님은 도시를 떠났습니다. 틀림없이 옥타비아누스에게 새로운 제안을 하러 갔을 거예요."

"하지만 나에게 작별인사도 하지 않았는걸……."

"곧 돌아올 거니까 그러셨겠죠. 그러니 울지 마세요. 그러면 어머니께서 좋아하지 않으실 거예요!"

그녀는 오빠가 지하도를 통해 왕궁을 떠났을 거라고 생각했다. 왕궁 구역에서 지하도의 존재를 아는 사람은 별로 없었다. 그녀도 카이사리온 덕분에 지하도에 대해 알게 되었다. 몇 주 전, 그녀에게 통 관심이 없던 그가 '산책을 가자'며 그녀의 방으로 찾아왔다. 그들은 신성한 카이사르 신전 뒤까지 걸어갔다. 거기서 흑인 하인 하나가 카이사리온이 새 포석 하나를 들어올리도록 도와주었다. 포석 밑에 물탱크 같은 것이 하나 있고, 그 속으로 내려가는 나선형 계단이 있었다. 희미한 횃불 빛 속에서 셀레네는 그 밑에 수많은 기둥들이 있는 것을 보았다. 둥근 활처럼 휘어진 가지들이 세 층으로 된 석회질의 둥치들을 이어주었다. 사람들의 목소리, 발소리가 둥근 지붕 밑에서 울려 퍼졌다. 모든 것이 무한으로 연장되는 것 같았다. 기둥들, 소리들, 그리고 물도. 빛을 받은 물이 내 벽의 돌에 움직이는 영상을 비추었다. 도시 밑에 또 하나의 도시가 있는 걸까? 꽉 찬 도시 밑의 움푹한 도시, 환한 도시 밑의 어두운 도시. 그 도시의 등대는 깊은 우물이었다.

카이사리온은 셀레네에게 적이 도시 안에 침입하면 즉시 이 지하도를 통해 빠져나가라고 말했다.

"누구의 말도 듣지 마. 시키는 대로 하지도 말고. 옷도 노예처럼 입어. 타우스 딸의 짧은 드레스를 입어. 얼굴에는 숯검댕을 칠해. 그리고 큐프리스와 함께 도망치는 거야. 이 궁전에서 도망치라고!"

"그럼 오빠는? 오빠도 나와 함께 갈 거야? 바깥에 나가면 무서울 텐데……."

그래도 그녀는 약속했다. 그를 안심시키기 위해. '달아나겠다고', 저수지를 건너, 운하들을 건너, 강을 건너 비밀스러운 고장까지, 나일 강의 수원까지 올라가겠다고 약속했다.

이제 그녀의 오빠는 떠나고 없었다.

얼마 되지 않아 그녀는 처음으로 '떠들썩한 굉음'을 들었다. 그것은 성벽을 건너왔다. 떠들썩한 소리가 갑자기 도시를 뒤덮고, 탄식 소리가 파도를 뒤덮었다. 소리는 마른천둥처럼 퍼져갔다. 옥타비아누스의 병사들이 동쪽 지하 분묘에서 박자에 맞춰 창으로 방패를 두드리고 있었다.

가장 힘든 것은 갑옷 뒷부분이 앞부분에 맞춰지도록 어깨의 고리들에 가죽 끈을 통과시킨 뒤 힘껏 끌어당기고 꽉 묶는 것이었다. 힘과 정확성을 요구하는 일이었다. 셀레네는 어머니가 최고사령관이 즐겨 입는 사자 머리가 그려진 갑옷 입는 것을 도와주면서 그렇게 하는 것을 본 적이 있었다. 물론 클레오파트라가 그가 갑옷 입는 것을 매번 도와주지는 않았을 것이다. 그녀는 자신이 솜씨가 없다고 스스로 비웃었고, 그 일을 끝까지 완수하기 위해 에로스와 무기 담당 하인의 도움을 필요로 했다. 물론 그것은 여자의 일이 아니다. 하물며 여왕이 할 일은 더더욱 아니다! 셀레네는 그때 아버지가 보여준 인내심을 영원히 기억할 것이다. 그녀의 아버지는 임시 의상 담당자가 하라는 대로 마네킹처럼 돌기도 하고, 그녀의 서투른 솜씨를 격려하기 위해 주인이 처음 봉사를 시작한 위안 주는 남자아이에게 하듯 다정한 입맞춤도 여러 번 해주었다.

떠들썩한 굉음이 들렸을 때, 셀레네는 수많은 것을 떠올렸다. 혹은 그랬다고 믿었다. 그녀의 기억 속에는 그 시절의 사건, 몸짓, 말 들이 혼돈스럽게 쌓여 있었다. 기억의 벽장을 반쯤 열자마자 모든 것이 굴러 떨어졌다. 뒤죽박죽 섞인 과거가 그녀 위로 떨어져 내렸다. 거기에는 그녀가 존재하기를 바란 '세부들'도 포함되었다. 그녀는 더욱 경계했을 것이고, 문을 닫은 채로 그것들을 보존했을 것이다. 하지만 갑옷 장면은 너무나 흡족한 기억이라서, 그녀는 그 장면을 되풀이해 떠올리기를 무척 좋아했다. 그녀를 제외한 배우들이 모두 오래전에 죽었고, 그 그림 속에 정말로 있던 것이 무엇이고 자신이 덧붙인 것이 무엇인지 알지 못하긴 했지만.

한가운데에 그녀의 아버지가 신전의 주신主神처럼 서 있다. 진지한 표정이지만 환하게 빛이 난다. 금빛 갑옷이 제대로 붙어 있지 않고, 이번에는 안틸루스가 가죽 끈 끄트머리를 붙잡고 청동으로 된 갑옷 상반신을 최대한 잡아당겨 앞판과 뒤판을 맞추고 있다. 뒤에는 여왕이 남편의 큰 키 때문에 반쯤 가려져 있다. 그녀는 장식 징이 박힌 가죽 끈이 남편의 넓적다리 사이에 정확히 늘어지도록 혁대를 채우려고 애쓴다. 하지만 성공하지 못하자 신경질이 나서 이렇게 외쳤다.

"에로스, 제발 나 좀 도와줘!"

시종 에로스가 무릎을 꿇고 앉아 주인의 장딴지에 아마 띠를 둘둘 감싼 뒤 각반을 고정했다. 알렉산드로스가 감탄하며 손에 들고 무게를 헤아렸던 은빛 각반이다.

"정말 이걸 차실 거예요, 아빠?(나이 어린 두 아들은 안토니우스를 감히 아빠라고 불렀다. 하지만 셀레네는 존경심 때문에 혹은 오빠 안틸루스를 흉내내기 위해 절대 그렇게 부르지 않았다) 말해주세요. 그 위에 조각된 사람들이 누구예요?"

"디오스쿠오리*란다, 아들아. 신성한 쌍둥이 카스토르와 폴룩스 말이

---

* '제우스의 아들들'이라는 뜻.

야. 그들은 기병들을 구하러 전장으로 달려갔지. 창백한 말을 타고 투명한 유령처럼 도착했단다. 그들이 로마 군대를 여러 번 구했지."

"저도 쌍둥이니까 훌륭한 기병이 될 수 있을까요?"

"물론이지."

이윽고 알렉산드로스는 아버지의 멜빵을 붙잡고는 상상 속의 말을 탄 채 방 안을 시끄럽게 뛰어다니기 시작했다. 어린 프톨레마이오스는 좀 더 조용히, 걸상 위에 놓여 있는 투구의 붉은 깃털 장식을 경탄하며 어루만졌다. 그런데 이오타파, 이오타파는 어디 있지? 셀레네는 기억나지 않는다. 아마도 이오타파는 한쪽 구석에서 투구의 목덜미 덮개에 달린 사파이어 장식을 손톱 끝으로 떼어내려고 애쓰고 있었을 것이다.

"아빠, 검을 가져다드려도 돼요?"

프톨레마이오스가 물었다.

"그건 안틸루스가 하게 하려무나. 검은 너에겐 너무 무거워."

"그럼 저는요, 아빠? 아빠의 갑옷 팔받이를 끼워드려도 돼요?"

그날, 7월 25일에서 30일 사이에 셀레네는 무엇을 했을까? 그녀는 이 영웅이 갑옷 입는 일에 참여하지 않았다. 그저 바라보는 것으로 만족했다. 보는 것이 그 연극에서 그녀가 할 역할임을 이미 깨달은 것처럼. 떠올리기 위해 보았고, 이야기하기 위해 보았다.

그들의 부모는 그들의 사랑, 그들의 위대함, 그들의 행복의 마지막 장면을 아이들에게 보여주었다. 그리고 그녀는 그것을 눈 속 가득 담아두었다.

마르쿠스 안토니우스는 변변찮은 기병이 아니었다. 알렉산드리아에서의 마지막 나날들 동안 그는 여러 번 전투를 개시했고, 예측과 달리 그 전투들에서 이겼다. 몇 주 전부터 그는 몸을 아끼지 않고 기병대를 직접 훈련시켰다. 그가 빠르게 달리는 말 위에서 가뿐히 검을 빼들었다가 가뿐하게 다시 칼집에 집어넣자, 성벽 위에 올라가 있던 그리스인, 유대인, 남부 이탈리아인이 모두 감탄했다. 이윽고 그가 투창을 던지기 시작했는데, 던지는 힘이 너무 세서 젊은 부하 몇 명만 그 힘을 넘어섰다. 그 시절 그는 간소한 편물 작업복을 입고 카니디우스의 보병들 한가운데를 걸어다니며 싸웠다. 그는 죽음을 바랐다. 하지만 맹렬함 속에서 승리만 마주칠 뿐이었다.

그렇게, 기병대의 선두에서 몸을 사리지 않고 싸움으로써, 막 진지를 구축한 옥타비아누스의 군대를 전차 경기장 변두리 밖으로 격퇴하는 데 성공했다. 안토니우스는 그들을 엘레우시스 주둔지까지 추적했다.

그날 밤 그는 너무나 기쁜 마음으로 궁전에 돌아온 나머지 갑옷을 벗고 땀을 닦아낼 여유가 없었다. '관례'상 군대의 장수가 전투 뒤 옷을 갈아입지 않고 다른 곳에 모습을 드러내서는 안 되었다. 여자들과 아이들이 겁을 낼 수 있기 때문이다. 혹이 생긴 방패, 뽑혀나간 깃털 장식, 찢어진 망토, 먼지로 잿빛이 된 얼굴, 그리고 팔들, 튜닉, 사람의 피로 붉어진 흉갑. 그는 푸주한보다 더 더러웠고, 마라톤 주자보다 더 심하게 숨을 헐떡거렸다. 전투의 열기 때문에 아직도 몸이 뜨겁고 악취가 났다. 그는 클레오파트라의 품으로 곧장 뛰어들었다. 다시는 그녀를 보지 못할 거라 생각했던 것이다! 그녀도 다정하게 그를 안아주었다.

이 재회 장면에 아이들도 함께 있었을까? 아마도 그랬을 것이다. 관례는 느슨해졌다. 시종들과 사람의 이름 알려주는 노예들은 마우솔레움을 '장식하는' 데 열중하고 있었다. 정원에서는 사람들이 상아, 티레의 양탄자, 흑단 가구, 실크 두루마리 그리고 횃불 묶음 사이를 힘겹게 지나다녔다. 그들은 격식 차리지 않고 서로 도우며 살아갔다. 지체 높은 집안의 늙은 부인들이 가발도 쓰지 않은 채 돌아다녔고, 국방 담당 관리들은 양산도 없이 외출했다. 어떤 낙타는 장미를 먹기도 했다. 말과 병사들이 도처에 있었다. 아마 어린 왕자들도 아버지가 지하도를 통해 데려온 젊은 그리스 기병을, 아테네 시민권을 가진 그 식민지인을 보았을 것이다. 안토니우스가 말했다.

"이 병사가 내 모든 병사들 중에서 가장 열심히 싸웠다오! 헥토르처럼, 아킬레우스처럼! 이 병사에게 상을 주도록 해요!"

여왕은 병사에게 갑옷과 황금 투구를 내렸다. 상을 받은 그 용감한 병사가 밤중에 궁전을 떠나 적에게로 건너갔다는 것을 아이들은 알지 못했다.

마지막 만찬이 벌어졌다. 마르쿠스 안토니우스는 자신이 오래 자리를 지키지 못하리라는 사실을 알고 있었다. 그는 전차 경기장을 되찾았고, 아직 서쪽 지하 분묘를 장악하고 있었다(동쪽 지하 분묘는 나무들이 불탔다). 남쪽의 경기장과 호수 기슭, 여섯 개의 항구와 해변도로도 장악하고 있었다. 도시의 성벽은 견고했고, 창고에는 밀이 넘쳐났다. 물탱크에는 물이 있었다. 알렉산드리아 시민들에게 부족한 것은 저항하고자 하는 의지였다. 토착민들은 그리스의 지배에서 로마의 지배로 바뀌는 것에 전혀 개의치 않았다. 지배를 위한 지배, 복종을 위한 복종일 뿐이었으니까. 그들은 상황이 최악으로 치닫지는 않으리라 생각했다(지금이 최악이니까). 디아스포라 상태의 헬라인들로 말하면, 이 나라가 예전 그들의 나라보다 더 그리스적으로 보이는 것을 수긍하지 못했다. 아테네, 코린토스, 스파르타, 펠라, 그리고 소아시아의 모든 도시들이 오래전에 자유를 잃었는데, 알렉산드리아라고 무슨 이유로 특별한 운명을 꿈꾼단 말인가? 도움의 손길은 지나갔다. 쇠퇴를 향한 경쟁심리가, 포기의 전염 현상이 일어났다. 알렉산드리아 시민들은 독립을 잃고 '다른 민족들처

럼 되는 것'을 불만스러워하지 않을 것이다. 로마와 옥타비아누스에 복
종하는 것 말이다. 그들에게 중요한 것은 규범적인 삶을 방해받지 않는
것, 그리고 상업이 다시 시작되는 것이었다.

그들은 방어하다가 죽기보다는 도시를 넘겨주는 편을 선호할 것이다.
안토니우스는 그것을 잘 느끼고 있었다. 그는 최근의 성공에 용기를 얻
어 모든 것을 걸고 단판 승부를 걸어보기로 했다. 그는 공격할 것이다.
이집트 함대가 항구에서 나가 옥타비아누스의 소형 함대를 파괴할 것이
고, 그 동안 그는 남은 보병들과 함께 적의 진영을 동시 공격할 것이다.

그는 이 계획이 성공할 거라고 정말로 믿었을까? 전차 경기장을 되찾
은 이후 그는 적에게 일 대 일 대결을 제안했다. 병사 수천 명을 계속 희
생시키느니 단둘이 싸우는 게 낫지 않겠는가? 그들 단둘이 말이다. 하
지만 옥타비아누스는 이런 답변을 보내왔다.

'안토니우스, 잘 찾아보면 목숨을 부지하며 싸움을 끝낼 다른 방법을
찾아낼 수 있을 겁니다……'

그리하여 마지막 만찬이 벌어졌다. 공격은 다음날로 예정되었다. 그
는 파란 궁전에 죽음의 친구들을 모아놓고 싶었다. 아이들도 불러 모으
고 싶었다. 어수선한 왕궁 구역에서 사람들은 엎드려 절하는 의례를 날
림으로 해치웠고, 노예들에게 채찍질도 하지 않았다. 하지만 주방은 계
속 돌아갔다. 다만 신선한 채소들이 부족해지기 시작했다. 주방장은 생
선 파테와 가금류 파이를 많이 만들었다. 꽃이 없었지만 식탁을 새 깃털
과 리본으로 장식하여 결핍을 메우려고 애썼다. 대단한 연금술이었다!
셀레네는 그 만찬을 떠올린다. 만찬에 나왔던 음식들을 떠올리는 것이
아니라, 금 식기, 아버지가 즐거움을 강요했던 것, 그리고 만찬 참석자
들이 사용한 잔에 평소와 다른 장식이 새겨져 있었던 것을 떠올린다. 그
잔들에는 해골이 조각되어 있었다. 해골들이 춤을 추고 성대한 식사를

했다.

당직 철학자 필로스트라투스는 동료 아리스토크라테스가 '신의 섭리'라는 개념을 해석하는 방법을 세 가지 측면에서 비판했다. 그러나 아리스토크라테스는 무기력하게 대답했을 뿐이다. 대화에 활기를 불어넣기 위해 여왕이 끼어들어 플라톤의 『고르기아스』를 인용했다. 신의 섭리, 우연, 행복, 운명은 로마 정치가들이 매우 즐기는 토론 주제였다. 죽음 전 마지막 15분에……. 하지만 안토니우스는 초조해했다. 그가 말했다.

"그런 것은 신들의 소관이니 내버려둡시다."

하기야 사람들은 그날 밤 궁전에서 연회가 벌어지는 동안 신들이 그 도시를 떠났다고 주장할 것이다. 안토니우스의 '수호신' 디오니소스가 맨 앞에 앞장서서. 자정쯤에, 집에 틀어박힌 주민들이 깊은 침묵을 지키는 동안, 카노포스 대로에서 축제를 즐기는 군중이 웅성거리는 소리가, 예배 행렬의 음악 소리가 들렸다고 말할 것이다. 그런 다음 그 웅성거리는 소리가 눈에 보이지 않는 행렬이 멀어져 가듯이 태양의 문을 통과해 알렉산드리아를 떠나 동쪽을 향해 천천히 사그라졌다고. 삶의 신, 기쁨의 신이 안토니우스를 버리고 있었다.

그것이 사실이라 치자. 하지만 대체 누구를 위해? 옥타비아누스와 로마 군대를 위해? 아, 마르쿠스 안토니우스가 알았다면 무척 웃었을 것이다! 디오니소스가 권위적인 옥타비아누스를 위해 그를 버렸다고? 그 환하게 빛나는 존재가 냉정함을, 권위를 선택했다고? 나중에 질문을 받자 셀레네는 거짓이라고 부인한다. 그날 밤 그녀는 자지 않았다. 그렇지만 아무런 소리도 듣지 못했다. 평소와 다른 소리는 아무것도 듣지 못했다. 그녀는 이렇게 말한다.

"며칠 전부터 폭풍우가 일었어요. 날씨가 매우 무더웠죠. 내 남동생은 밖에서 자고 싶어했어요. 서늘한 곳을 찾아 바다 위로, 파란 궁전으

335

로 돌아가고 싶어했어요. 그런데 천둥이 쳤어요. 그래요, 틀림없어요. 때로는 멀리서, 군대가 있는 곳에서 로마의 양날검들이 방패에 부딪치는 소리도 났어요. 그들은 우리를 위협하려고 했죠. 우리가 들은 것은 바로 그 소리예요. 나머지는 모두 미신적인 생각이에요!"

미신적인 생각은 물과도 같다. 그것은 낮은 고장들을 뒤덮는다. 미신적인 생각이 알렉산드리아 사람들의 마음을 두려움으로 뒤덮었다. 두려움은 사람 마음의 낮은 지대이다.

그날 밤 안토니우스가 말했다.

"졸렬하오! 클레오파트라, 당신의 주제들은 졸렬하오! 겁쟁이들. 뭐, 세련되긴 했지. 매우 세련됐소. 하지만 도시들의 유대는 향유로 맺어지는 것이 아니라오. 피로 맺어지지."

또한 그는 거의 미련 없이 이렇게 말했다.

"오직 로마만이 세계의 수도로 불릴 자격이 있다오."

그는 로마인으로서 로마인들에게 맞설 준비를 했던 것이다. 게다가 그 만찬 동안 루킬리우스에게, 오비니우스에게, 카니디우스에게, 그리고 그 도시(세계에서 유일하게 대문자로 적는)의 시민인 모든 친구들에게 라틴어로 이야기하려고 여러 번 애썼다. 라틴어로 이야기하면 안틸루스를 제외하고는 여왕도, 아이들도 대화를 따라오지 못했다.

안토니우스가 갑자기 물병과 대야를 나르는 하인들에게 말을 걸었다. 호화로운 침대 앞 의자에 앉아 있던 셀레네는 프톨레마이오스가 속을 채운 개똥지빠귀 요리를 왼손으로 붙잡지 못하도록 막고 있었다. 안토니우스는 그리스어로 말을 걸었지만, 어린 셀레네는 오래전부터 사람들의 말에 더 이상 귀 기울이지 않았고, 듣지 않았다. 이윽고 그녀는 모든 사람들이 우는 것을 알아차렸다. 어린아이에게 어른이 우는 것보다 더 겁나는 일은 없다. 셀레네는 수염 난 나이 든 사람들의 뺨에 눈물이 흐르는 것을 보았다. 장군들, 철학자들, 의사가 울었다. 안틸루스도 눈가를 훔쳤다. 그녀는 자신이 더 이상 보호받지 못한다는 것을 깨달았다. 부모님도, 오빠들도 모두 무능력했다. 심연 하나가 그녀 앞에 입을 벌리고 있었다.

마르쿠스 안토니우스는 즉시 다시 말을 이었고, 친구들을 안심시켰다.

"여러분은 나를 오해했소. 내가 여러분을 승리가 아닌 죽음의 전투로 이끄는 일은 절대 없을 거요. 안토니우스의 행운을 위해 건배합시다!"

그가 이렇게 의례적인 건배사를 내뱉었으므로, 만찬 이후의 긴 시간은 서로 건배하고, 음악을 듣고, 술 마시는 것 말고는 아무것도 하지 않았다. 여왕은 식탁을 물리는 동시에 아이들을 데려가라고 명했다. 셀레네는 어머니 쪽을 돌아보았다. 헤어지기 전에 어머니와 입맞춤을 하고 싶었다. 하지만 여왕은 셀레네가 있는 쪽을 바라보지 않았다. 그녀는 자기 남편을 바라보며 상냥한 목소리로 고대의 시 한 구절을 인용했다.

"밤꾀꼬리를 닮은 동포여, 목숨을 보전하려면 주저 말고 모든 방법을 취하라."

셀레네는 감히 그들을 방해하지 못했다. 그녀가 아버지를 본 것은 그것이 마지막이었다. 그리고 이 말, '목숨을 보전하려면'은 그녀가 들은 어머니의 마지막 말이었다. 안토니우스가 중얼거렸다.

"당신은 나를 돕지 않겠지……."

그의 연회용 침대에서 안틸루스가 두 팔에 머리를 묻고 울고 있었다.

이 책에 나오는 로마인들은 많이 운다. 나도 인정한다. 하지만 그들은 정말로 많이 울었다. 그 시절의 엘리트들은 스토아 철학에 그리 동조

하지 않았다. 특히 의사 올림포스의 이야기들을 소개한 플루타르코스는 안토니우스와 클레오파트라의 마지막 만찬에 술보다 눈물이 더 많이 넘쳐흘렀음을 확인해준다. 그것을 의심할 이유는 전혀 없다. 고대는 세계의 청춘기였다. 모든 사람들이, 심지어 가장 난폭한 군인들조차 어린아이처럼 울었다. 그런 예를 수없이 들 수 있다. 안토니우스의 친할아버지 마르쿠스 안토니우스 시니어가 죽을 때도 마찬가지였다. 독재자 마리우스가 그를 죽이려고 청부 살인자들을 보냈을 때, 그는 다락방 깊숙한 곳에 꼼짝 못하고 숨어 있으면서도 그 살인 전문가들에게 언변 좋게 훈계를 했다. '감히 아무도 그를 건드리지 못했다. 그들은 고개를 숙였고, 모두 흐느껴울기 시작했다.' 무리의 대장이 주문받은 '머리'를 가져가지 못할까 걱정이 되어 결국 끼어들었고, 자신의 늑대 무리가 모두 어린양 주위에 모여 송아지처럼 울고 있는 것을 발견했다! 대장 자신이 직접 일을 처리해야 했다. 바로 이것이 로마였다! 고대인들? 그들은 어린애들이었다. 쉽게 난폭해지고, 쉽게 마음이 약해졌다. 감정에 관련된 '의혹을 풀' 시간이 없었다. 삶이 너무 짧았던 것이다. 그들의 평균수명은 25년밖에 되지 않았다.

그들은 현대의 몇몇 제3세계 나라 주민들처럼 극도로 젊고, 사람의 마음을 감동시키고, 감정적이었다. 잔인한 동시에 변덕스러웠다. 아이들은 아무런 죄책감 없이 다른 사람들을 비난한다. 하지만 순수함이 있다. 게다가 도처에 죽음이 존재할 때 삶은 아무런 가치가 없다. 삶은 귀납적으로만 그리고 죽음 자체를 통해서만 가치를 획득한다. 놀라운 결말, 비범한 용기에 예절을 결합하는 것. 성공적인 고대의 삶의 비밀은 바로 이것이다.

그렇다고 해서 이 로마인들이 화성에서 온 것은 아니다. 여기에 덧붙여 이타성을 언급하는 것은 쓸모없다. 우리는 '정신사'에 많은 몫을 할

애할 수 있고, 타키투스를 읽으면서 오늘날 아마존 열대우림에 인디언들이 살고 있는 것에 어리둥절해하지 않을 수도 있다. 우리는 그들을 '가족'으로 느낀다. 우리가 식물학을 연구하듯 민족학을 연구하지는 않으니까. 마찬가지로 나는 조약돌을 관찰하는 것처럼 셀레네의 이야기를 밖에서 바라볼 수는 없다.

떠들썩한 굉음은 결코 멈추지 않았다. 커다랗고 어수선한 웅성거림이 작고 수많은 소음들을 만들어냈다. 말발굽 소리, 전차 굴러가는 소리, 갑옷들 부딪치는 소리, 십인대장들의 호루라기 소리, 보병들의 발자국 소리, 욕설, 함성, 수레바퀴 덜거덕거리는 소리, 뭔가가 규칙적으로 움직이는 소리, 비명들. 하지만 마지막 공격을 알리는 것은 아직 아무것도 없었다.

메조리 달* 20일, 율리우스력 여덟 번째 달의 초하루, 디오텔레스는 '마우솔레움 부역'을 피해(짐 나르는 가축들도 햇볕에 지쳐 휴가를 받았다) 이집트 함대가 출항 준비하는 것을 보려고 아이들 모두와 유모들을 왕들의 항구 순찰로로 데려갔다. 권양기들이 도크의 사슬들을 천천히 내리면서 끽끽거리는 소리가 들렸다. 권양기들은 도크를 다시 열었다. 마치 소리 내어 울듯이. 전반적으로 시끄러운 가운데 함대가 조용한 것이 오히려 깊은 인상을 주었다. 짧은 명령들, 명령에 따른 움직임들. 여

---

* 고대 이집트 나일력의 열두 번째 달. 오늘날의 6~7월에 해당한다.

왕이 해군에 대한 지휘권을 보전했고, 동쪽 해안이 전부 보이는 이시스 로키아스의 지붕에서 전투를 지켜볼 거라고들 했다. 최고사령관은 보병대와 함께 유대인 구역 근처에 자리를 잡았다. 성벽 바깥, 바다와 가까운 작은 언덕 꼭대기였다.

"나중에 크면 난 해군대장이 될 거야!"

알렉산드로스가 말했다.

"그러면 형은 말을 못 탈 텐데?"

프톨레마이오스가 끊임없이 엄지손가락을 빨며 걱정했다. 눈이 좋은 안틸루스는 대항구의 운하 위 수평선에 로마 갤리선들이 보인다고 주장했다. 이집트 배들이 한 번에 네다섯 줄씩 운하를 넘어왔다. 노를 천천히 미끄러뜨리면서. 모두 입을 다물었다. 신들도 숨을 죽였다.

디오텔레스도 농담할 기분이 아니었다. 알렉산드로스와 프톨레마이오스는 이집트가 이길 거라고 확신했다. 안틸루스와 셀레네는 아버지가 질 거라고 확신했다. 하지만 아무도 이야기하지 않았고 귀만 기울였다. 바다 위에 아지랑이가 피어올랐고, 그 속에서 여왕의 검은 배들이 침묵 속에 차례로 사라져갔다. 멀리서 봐도 전투의 승패는 자명했다. 선생, 유모들, 파리 쫓는 하인들, 의자 나르는 하인들은 꼼짝 않고 기다렸다. 뱃머리의 충격음, 돛대들이 무너지는 소리, 으스러진 사람들의 뱃속에서 터져나오는 끔찍한 비명들.

그러나 함대의 마지막 3단 노선들은 아직 등대를 가로지르지 않았다. 피어오르는 수증기 뒤에서 나는 함성 소리가 그들의 귀에까지 와 닿았다. 만세! 기쁨의 폭발! 후위의 노 젓는 사람들은 놀라워하는 구경꾼들의 눈길을 받으며 단 한 번의 움직임으로 하늘을 향해 노를 치켜들어 배를 멈추었다. 노를 치켜든 채 가만히 있었다. 함대가 항복한 것이다! 그들은 적들의 갈채를 받으며 싸워보지도 않고 항복했다! 클레오파트라의 범선들이 항구 쪽으로 천천히 뱃머리를 돌려 충각을 도시로 향했다.

울부짖는 소리가 났다. 안틸루스가 몸을 반으로 접고 웅크린 자세로 있었다. 누가 배에 검이라도 박아넣은 것 같았다. 동시에 저쪽 언덕 위에서 그의 아버지 소리와 똑같은 단말마의 헐떡임 소리가 들려왔다.

아이들과 노예들이 궁전으로 달려갔다. 몸을 피하려고 온힘을 다해 달려갔다. 도중에 다른 방향으로, 반도 끄트머리로 달려가는 하인, 서기, 여자들과 마주쳤다. 병사들은 군중 속에 섞이려고, 왕들의 항구에, 카이사르 신전에, 갤리선들의 도크에, '안쪽'에 닿으려고 무기와 투구를 던졌다. 붉은 머리카락을 챙 없는 모자 밑에 감춘 켈트족 경호원이 유모들에게 소리 질렀다.

"보병대가 방금 도망쳤어요. 그들은 전투를 개시하지 않았습니다. 안토니우스는 배신당했고, 여왕님께서 우리를 놓아주셨어요. 도시가 무방비 상태가 됐습니다!"

도시만이 아니라 왕궁 구역도 마찬가지였다. 조신들은 대항구의 빗장을 푼 뒤 짐수레를 타고, 가마를 타고, 또는 걸어서 금박공 구역과 토착민이 사는 골목들 쪽으로 도망쳤다. 그러는 동안 'C'자가 새겨진 왕실 목걸이를 건 안토니우스의 장교들은 성벽 안으로 전속력으로 밀려들어가 동물원과 정원에, 성벽 혹은 무덤들의 울타리와 이어지는 막다른 골목 깊숙이 숨었다. 남쪽 카노포스 대로에서, 도서관과 박물관 건물 뒤에서 요란한 행진 소리가 들렸다. 옥타비아누스 군대의 전위 부대일까?

안틸루스는 달렸다. 울면서 달렸다. 더 빨리 달리기 위해 셀레네의 손을 잡았다. 하지만 어디로 가야 하지? 큐프리스가 프톨레마이오스를 품에 안았다.

"아빠, 아빠 보고 싶어!"

아이가 신음했다. 화려한 옷을 입은 환관 두 명이 연못가 정자 밑에

허리띠로 목을 매 죽어 있었다. 타우스가 그 모습을 보지 못하도록 이오
타파와 알렉산드로스를 자기 뒤쪽으로 밀어냈다. 알렉산드로스가 자기
젖누이의 이름을 불렀다. 그 아이는 포석들이 깨진 오래된 뜰 안에 넘어
져 있었다. 디오텔레스가 걸음을 멈추고 그 아이를 일으켜 세웠고, 다른
사람들은 계속 달렸다. 그들은 어느새 디오텔레스의 시야에서 사라져버
렸다. 지나가던 요리사 조수 한 명이 루킬리우스가 자살했다고 외쳤다.
안토니우스에게 사랑받았던 충성스러운 부관 루킬리우스. 오비니우스
와 알비우스도 자살했다.

"방들이 모두 피투성이예요!"

이제 타우스는 뒤처진 사람들을 걱정하지 않고 방향을 잡았다.

"이시스 신전으로 갑시다. 설마 신전에 피신한 사람을 죽이진 않을
거예요! 빨리, 셀레네의 천국을 경유해서……."

궁전 위에서는, 왕궁 구역의 성벽 위에서는 더 이상 경호원이 보이지
않았다. 천 개의 기둥 궁전 뜰 안에서 유모들과 아이들은 참수된 시체들
과 배가 갈린 채 '마지막으로 봉사'한 주인의 발치에서 죽어가는 노예들
을 뛰어넘어 걸어야 했다. 죽지 않은 노예들은 도시 쪽으로 도망가기 전
아직 따뜻한 시체들을 뒤져 값나가는 물건들을 약탈하고 있었다.

"지독한 것들!"

타우스가 외쳤다. 물 나르는 노예의 가슴에 아리스토크라테스의 커다
란 목걸이가 걸려 있었던 것이다.

모든 것이 뒤죽박죽이었다. 꽉 찬 도시 밑에 움푹한 도시가, 환한 도
시 밑에 어두운 도시가 있었다. 그리고 그 도시의 등대는 깊은 우물이
었다. 셀레네는 지하도로 빨려 들어가는 것을 느꼈다. 대낮에 밤 속으로
나아가고 있었다.

어떻게 성벽 발치에, 마우솔레움 앞에 다다랐는지 그녀는 알지 못한

다. 그 막다른 골목에, 좁은 곳에 많은 사람들이 있었다. 마우솔레움은 강력한 탑이었다. 그 청동 문이 외부의 접근을 막아주었다. 사람들은 여기서 몸을 피하기를 바란 걸까? 하지만 너무 늦었다. 문이 이미 닫혀버린 것이다.

"여왕님이 이 안에 계신데."

큐프리스가 중얼거렸다.

염려하는 소규모의 군중 속에서 안틸루스는 갑자기 필로스트라투스를 알아보았다. 그렇다면 죽음의 친구들이 아직 살아 있다는 건가? 혹시 아버지도? 필로스트라투스 옆에는 테오도루스가 있었다. 그렇다, 그의 가정교사가! 테오도루스는 도서관에서 도망쳐 나온 것이다! 그들의 가족이 목숨을 건졌다. 문법학자 한 명과 철학자 한 명 말이다. 얼빠진 시녀들 무리는 별개로 하더라도! 안틸루스는 길을 트며 그들에게 다가갔다. 필로스트라투스가 안틸루스에게 말했다.

"아버지께서는 돌아가셨습니다. 전장에서 죽기를 원하셨지만 전투가 벌어지지 않았어요. 그래서 자살하셨지요."

그는 완벽한 소피스트답게 사건을 논리적으로 설명해주었다. 전제를 제시한 뒤 삼단논법을 통해 결론을 끌어내듯이.

"에로스도 자살했어요. 그 비열한 녀석은 주인을 참수시키려고 하지 않았어요! 주인이 꼬챙이에 꿰이도록 확실하게 검을 내밀지도 않았고요……"

안틸루스가 셀레네의 손을 잡았다. 다시 뛰어가려는 것이었을까? 아니다. 그는 셀레네의 손을 잡은 채 꼼짝 않고 앞을 똑바로 바라보았다. 그렇게 조용히 있었다. 하지만 손이 몹시 차가웠다. 바람이 불어, 불타는 문서 보관소 건물의 연기를 마우솔레움 쪽으로 몰아왔다. 공포 속에서 램프 하나가 엎어졌다. 옥타비아누스의 군대는 아직 왕궁 구역을 포위하지 않았다. 마우솔레움에 웬 여자의 윤곽이 나타나자, 전율이 군중을 휩쓸었다. 사람들이 수군거렸다.

"이라스예요. 여왕님의 미용사요……."

그 안에는 얼마나 많은 사람들이 갇혀 있을까? 그리고 여왕은? 그녀는 죽었을까, 살았을까? 군중과 수행원들 사이에 대화가 시작되었다. 이라스가 외쳤다.

"카이사리온이 이집트 왕위에 오르는 것을 허락하지 않으면 여왕께서 탑에 불을 지르고 자결할 거라고 옥타비아누스에게 말하세요. 여기에는 햇불, 기름, 대마 부스러기, 나뭇조각, 그리고 국가의 모든 재물이 보관돼 있어요!"

밑에서 도르래가 삐걱거릴 때마다, 들것이 앞뒤로 흔들릴 때마다 들것에 누운 사람의 입에서 신음이 새어나왔다. 위층 창가에서 세 여자가 고통스러워하는 부상자를 끌어올리기 위해 밧줄을 끌어당겼다. 하지만 조금만 흔들려도 부상자의 입에서 신음 소리가 새어나왔다. 석공들이 들것을 도르래에 비끄러매기 전에, 그가 자꾸만 몸을 움직이며 포안砲眼에 몸을 숙인 여왕을 향해 손을 내밀고 애원했다.

"당신 옆에서 죽게 해주시오."

Sunapothnèskein. 함께 죽다, 같이 죽다. 이것이 그가 사용한 동사였다. 그들 두 사람이 자기들의 마지막 동아리에 지어준 이름과 같은 어원에서 나온. 그것은 정확히 말하면 '죽음의 친구들'이라기보다는 '함께 죽는 친구들'이었다. 그들 중 셋, 즉 클레오파트라, 늙은 카니디우스, 그리고 소위 '현자' 필로스트라투스는 별도로 하고. 나머지 사람들은 모두 계획을 완수했다. 예정된 시간에 정확하게.

"문 여십시오!"

최고사령관을 그곳으로 옮겨온 병사들이 간청했다.

"자비를 베푸십시오, 여인들이여. 이분은 아직 돌아가시지 않았어요. 이분 몸에서 피가 더 이상 흐르지 않습니다. 옥타비아누스가 오면 이 분을 고문할 겁니다. 그러니 문을 열어주세요."

병사들이 청동 문을 마구 두드렸다. 그러자 여왕이 말했다.

"안 된다. 난 문을 열지 않을 것이다."

여왕은 더 이상 아무도 믿지 않았다. 죽어가는 남편을 자기에게 데려온 병사들의 행동 속에서 그녀는 새로운 함정의 냄새를 맡았다. 그들은 왜 훌륭한 병사들이 하는 대로 자기들 장군의 목숨을 끝내드리지 않았는가? 그녀는 반역 행위가 두려웠다. 옥타비아누스가 그녀가 살아 있기를 원한다는 것을, 그녀와 더불어 이집트의 국고를 원한다는 것을 그녀는 너무나 잘 알고 있었다. 하지만 결국 그녀는 도르래를 내렸다.

죽어가는 최고사령관은 더 이상 몸을 움직이지 않았다. 들것을 끌어 올리도록 여자들이 끈질기게 격려하는 소리, 혹은 흥분한 나머지 그 여자들이 줄을 놓기 직전에 폭동을 일으킬 것 같은 군중의 비명 소리에 뒤덮여 헐떡이던 숨결도 한결 잦아들었다. 그의 몸을 실은 들것은 이제 붉게 물든 천이 보일 만큼 사람들 위 충분히 높은 곳에 있었다. 그의 몸에서 다시 피가 흐르기 시작했다. 오리엔트의 오토크라토르에게는 자줏빛 수의가 필요했다. 카이사르의 친구, 헤라클레스의 후손을 진홍색 천으로 감싸라. 하지만 삐걱거리던 도르래가 멈추었을 때 여왕이 그에게 부여한 호칭은 그것이 아니었다. 그녀는 그에게 "내 남편, 내 황제, 내 주인"이라고 말했다. 여왕은 예전에 부르던 이 호칭들을, 그들만의 비밀스러운 표현들을 입 밖에 내어 말했고, 그는 칼에 베여 배가 열려 있음에도 불구하고, 심한 출혈에도 불구하고, 몸을 관통하는 고통에도 불구하고, 그를 괴롭히는 갈증에도 불구하고, 죽은 두꺼비의 악취에도 불구하고 눈을 들어 주변을 보았다. 마침내 여자들이 그를 도르래에서 떼어내 자기들 앞에 내려놓자, 그는 정신을 잃었다.

밑에 있던 셀레네는 피가 흐르는 그 작은 무더기가 예전에 그토록 힘이 셌던 자기 아버지라는 것을 깨달았다. 어머니가 궁지에 몰렸고 더 이상 자식들을 구원할 수 없다는 것도. 이제 아버지와 어머니가 모두 탑 속에 있었다. 하얀 탑 속에 갇혀 있었다. 그리고 아이들은 밖에 있었다. 적들에게 넘겨진 채. 버려진 채. 그녀는 로마인 오빠 안틸루스의 손을 꼭 쥐었다.

그녀는 카이사리온이 알려준 지하도에 안틸루스를 숨기려 했다.

"이 비밀 통로는 나일 강 근처로, 나일 강 수원으로 통해. 거긴 아무도 모르는 곳이라서 병사들이 없어."

하지만 안틸루스는 이렇게 말했다.

"날 혼자 두지 마, 셀레네. 같이 가……."

"그럴 순 없어. 나는 프톨레마이오스를 돌봐야 해. 지하도 끝에 가면 카이사리온 오빠가 있을 거야. 나도 합류할게. 될 수 있는 대로 빨리."

하지만 지하도로 통하는 포석을 들어올리려면 도움이 필요했다. 혼자라도 먼저 가기로 결심한 안틸루스는 자신의 가정교사 테오도루스에게 도움을 청하기로 결심했다. 테오도루스? 셀레네는 테오도루스보다는 디오텔레스나 니콜라우스에게 도움을 청하고 싶었다. 하지만 디오텔레스는 날아가버렸고(타조를, 장밋빛 홍학을 타고?), 니콜라우스는 병에서 회복한 뒤 옥타비아누스 진영에 가담했다. 헤로데가 자기 아들들의 가정교사가 되어달라고 부탁한 듯했다. 니콜라우스는 그 기회를 이용해

얼른 찬양의 글을 지어 옥타비아누스에게 바쳤다. 덕분에 그 젊은 남자는 멀리, 유대보다 더 멀리 갈 자격을 얻었다!

2천 년이 흐른 뒤, 우리는 니콜라우스 다마스쿠스라는 이름을 여러 백과사전에서 발견한다. 백과사전들은 그를 이렇게 소개하고 있다. 헤로데의 측근으로 나중에 그의 대사가 되었다. 옥타비아누스 아우구스투스의 최측근으로서 그의 첫 전기를 썼다. 안토니우스를 고발했으며, 저서『세계사』에서 정치 범죄와 왕위 찬탈을 찬양했다. 하지만 가정교사로서 자기가 맡았던 왕자들의 목숨을 빼앗지 않고 그냥 적에게로 넘어간 것은 칭찬해야 하지 않을까?

그와 비교할 때 테오도루스는 그런 양심을 갖고 있지 않으니 말이다. 테오도루스는 자신의 학생을 팔았다. 두 아이의 도주 계획을 로마인들에게 알렸다. 그 아이들을 추적하고 죽이게 했다. 그것은 마우솔레움에서 여자들의 슬픈 곡소리가 들리기 전이었을까? 안토니우스의 장례식이 열리기 전이었을까, 후였을까? 이오타파가 제거되기 전이었을까, 후였을까? 여왕이 죽기 전이었을까, 후였을까? 카이사리온의 처형 전이었을까, 후였을까? 재앙들이 숨 돌릴 새도 없이 연이어 일어나서 셀레네의 기억 속에서 모든 것이 뒤섞여버렸다. 사건의 장면들이 무질서하게, 시간 순서와 상관없이 마구 솟아올랐다. 그 기억들에 사로잡힐 때면, 비극들이 서로를 떠오르게 하고 서로 겹쳐졌다. 전이든 후든 그녀는 각각의 재앙으로부터 똑같은 거리를 두었고, 불행은 그녀가 절대 깨뜨리지 못할 완벽한 원을 그녀 주위에 만들었다.

나중에 그녀는 함대의 배신과 비극의 마지막 장 사이에 삼 주 가까운 시간이 있었다는 것을 알게 된다. 단검을 든 붉은 병사가 숨어 있던 곳에서 그들을 끌어낸 일 말이다. 그런데 안틸루스는 언제 살해당했을까? 십중팔구 아이들이 아직 왕궁 구역을 돌아다니던 때였을 것이다. 그러니까 삼 주 중의 초반부. '안쪽' 궁전 안에는 벌써 적군의 병사들이, 순찰대가 있었고, 명령들이 떨어졌다. 다시 말해 성벽 안에 옥타비아누스의 사자들이 도착한 후였다. 그리고 그의 친구 두 명, 즉 마에케나스의 처남 프로쿨레이우스와 리비아 군단 대장 갈루스가 속임수를 써서 마우솔레움에 스며들어가 여왕을 사로잡는 데 성공한 뒤였다. 안틸루스가 처형된 날짜야 아무려면 어떠랴. 셀레네에게 그 일은 영원히 현재일 것이다.

그녀는 매일 아침 잠에서 깨어나면서 그 장면을 무기력한 마음으로 떠올렸다. 그녀가 안틸루스와 함께 지하도 입구에, 포석 가까이에 도착한 순간, 갑자기 카이사르 신전 뒤에서 병사 한 무리가 모습을 드러냈다. 테오도루스가 그들을 데려온 것이다! 안틸루스는 즉시 상황을 깨닫고 도망치려 했다. 토가를 걷어올리고 장미 정원 쪽으로 달려갔다. 하지만 레바논 원군 한 무리(전날 그의 아버지를 보호하던 사람들)가 도중에 그를 막아섰다. 안틸루스는 덤불숲을 가로질러 전력질주하여 신전의 계단 밑에 다다랐고, 계단을 기어 올라갔다. 하지만 위로 올라가니 문이 닫혀 있었다. 그래서 카이사르의 대형 조각상을 타고 올라 조각상의 무릎 위로 기어오르는 데 성공했고 어깨에 매달렸다. 그리고 큰 소리로 외쳤다.

"자비를 베풀어줘요! 신성한 율리우스의 이름으로 자비를 베풀어줘요! 난 죽기 싫어요!"

그러자 백인대장이 말했다.

"분별 있게 행동해라. 네가 다 컸다는 걸 우리에게 보여줘. 넌 성년 남자의 토가를 입었잖느냐. 어서 내려와서 목을 내밀어라."

"카이사르의 보호를 간구할게요! 그의 아들, 당신들의 장군 옥타비아누스의 보호를 간구할게요! 모든 신의 이름으로 당신들에게 탄원할게요! 테오도루스, 테오도루스, 제발 부탁이에요……."

"이 젊은이, 영 버릇이 없군."

백인대장이 짜증을 내며 말했다. 그리고 부하들에게 소년을 조각상에서 끌어내리라고 명했다. 그 순간 그는 그쪽으로 다가오는 어린 소녀를 보았을까? 그 광경을 너무나 강렬하게 지켜보느라 눈이 아플 지경인 열 살짜리 소녀를?

안틸루스가 그녀를 보고는 그리스어로 외쳤다.

"셀레네, 나 좀 구해줘! 이 사람들에게 네 보석을 갖다줘! 셀레네……."

병사들이 그의 토가를 벗기고 튜닉을 잡아당겼지만, 조각상을 끌어안고 있는 그의 몸을 떼어내지는 못했다. 한 병사가 양날검 끝으로 안틸루스의 오금을 베었다. 그러자 안틸루스는 힘이 빠졌고, 디딤판으로 주르륵 미끄러져내렸다. 병사들이 그의 겨드랑이 밑에 손을 넣어 아래로 끌어내렸다. 그는 강아지처럼 낑낑댔다. 백인대장이 민첩한 동작으로 그의 머리카락을 움켜쥐었다…… 그다음에 일어난 일을 셀레네는 기억하지 못한다. 그리스인들이 트로이의 가장 어린 공주를 처형한 일을 묘사한 「헤카베」의 시구들이 그녀와 그 일 사이를 늘 가로막고 있을 것이다.

'황금으로 뒤덮인 그녀의 목에서 피가 솟구쳤다. 그것은 검은 광채를 띤 웅덩이가 되었다.'

참수 뒤(안틸루스가 너무 몸부림을 쳐서 깨끗하게 목을 베기가 힘들었다) 마침내 백인대장이 움직임 없는 머리를 피가 흐르는 몸통에서 분리해내는 데 성공했을 때, 그녀는 테오도루스가 자기 학생의 목걸이를 탈취하기 위해 피 웅덩이 속을 파헤치는 것을 보았을까? 그녀가 그 도둑질을 고발했을까? 그녀는 알지 못한다. 더 이상 알지 못한다. 테오도루스가 궁전의 문 근처에서 십자가형을 당한 것을 기억할 뿐이다. 옥타비아누스는 밀고를 장려했지만 약탈은 용서하지 않았던 것이다.

　모든 것이 뒤죽박죽 섞여버렸다. 안틸루스의 죽음과 카이사리온의 죽음. 지하도가 그것들을 차례로 삼켜버렸다. 지하도는 지옥을 향해 곧장 이어졌다. 갈루스 군대의 병사들이 야영하면서 궁전의 고양이들을 잡아 불에 굽고 있는 주랑들 중 하나를 지나가면서, 그녀는 로돈의 모습을 보았다고 생각했다. 불 옆에 서 있던 그는 즉시 고개를 돌렸다. 하지만 한순간 그들의 눈길이 마주쳤고, 그녀는 그가 로돈이라고 믿었다.
　"로돈요? 그럴 리가 없어요!"
　큐프리스가 말했다.
　"그 사람은 카이사리온 왕자님과 함께 갔어요. 공주님이 여기서 그 사람을 봤다면 그건 카이사리온 왕자님도 여기에 있다는 뜻이에요!"
　그랬다. 불가능한 일이었다.
　로돈이 어떻게 멤피스에 있던 카이사리온을 알렉산드리아로 돌아오라고 설득했는지("여왕님께서 왕자님을 부르고 계십니다. 로마인들이 왕자님을 이집트의 차기 왕으로 인정했어요."), 적에게 넘겨질지 모른다는 경계심을 갖고 있는 그 고결한 젊은이를 어떻게 설득했는지 아무도 알지 못했다. 셀레네는 그것을 상상했다. 그것을 상상하는 것은 몹시 고통스러웠다. 그녀는 왜 오빠가 자기와 결혼하기 위해 돌아왔다고 믿게 되었을까? 로돈이 카이사리온에게 "여왕님께서 양위를 승인하셨습니다. 하지만 왕자님은 나라를 통치하기 위해 우선 누이동생과 결혼해야 합니다. 지금 궁전에서 왕자님의 결혼식을 준비하고 있습니다"라고 말했다고 믿은 걸까? 그녀는 미끼와 함정을 믿었다. 지하도의 약혼녀, 죽음을 지참금으로 가져온 약혼녀.

하지만 그녀는 그의 처형을 확실히 목격하지 못했다. 아마도 로돈은 배신의 대가로 부자가 되었고, 우쭐대려고 궁전에 돌아왔을 것이다. 그리고 카이사리온은 도시 바깥에, 옥타비아누스 진영에 억류되어 있었을 것이다. 나중에 옥타비아누스는 자신이 오랫동안 주저한 뒤 카이사리온의 피를 뿌렸다고, 총애하는 철학자 아레이오스의 압력에 결국 굴복했다고 주장한다. 아레이오스가 이렇게 말했다고.

'카이사르가 둘일 수는 없는 법입니다……'

허튼소리다. 카이사르가 둘일 수는 없는 법이라는 생각은 옥타비아누스가 늘 했던 생각이다. 마르쿠스 안토니우스와 클레오파트라 역시. 이 불분명한 커튼을 찢어버리자. 카이사리온은 갈등의 뇌관이었고 숨겨진 쟁점이었다.

카이사리온은 열여섯 해를 살았다. 온화한 카이사리온. 열여섯 살, 로미오의 나이. 그는 상반신을 벌거벗은 채 목을 내밀었다. 그리고 더 이상 자기 몸을 붙잡지 말아달라고, 팔에 족쇄를 채우지 말아달라고 요청했다.

"날 자유롭게 놔둬요. 자유롭게 죽게 해줘요. 왕족인 내가 죽은 자들의 집에서 노예로 불리면 얼굴이 붉어질 테니……"

셀레네는 이 장면을 보지 못했지만 영원히 이 장면을 눈앞에 떠올릴 것이다. 안틸루스의 학살 장면만큼이나 정확하게. 튜닉의 어깨 혹이 벗겨지고 옷이 허리까지 내려간 소년의 모습, 우아하게 무릎을 꿇고 당당하게 고개를 숙인 소년의 모습. 그 모습은 오래된 기억 같은 고색古色을 띨 것이다. 너무나 자주 그려본 나머지 진실의 색채를 띠게 된, 여러 해가 지나면서 퇴색하고, 빛바래고, 과거의 낡아빠진 골조 속에서 나머지 기억들처럼 녹아버린, 환상이 가미된 기억.

때때로 셀레네는 기묘한 작은 에피소드들에서 왕궁 구역이 점령된 뒤 그곳에서 보낸 나날들을 떠올렸다. 이를테면 안토니우스의 특별 철학자였고 지금은 옥타비아누스의 공식 철학자로 활동하고 있는 필로스트라투스의 장례식 망토 같은 것에서. 소피스트인 필로스트라투스는 '함께 죽을' 생각도, 붙잡힌 안토니우스의 측근들, 즉 충성스러운 기병대 장교 카니디우스나 공화주의자 투룰리우스 혹은 풍자문 작가인 파르마의 카시우스처럼 처형당할 생각도 전혀 없었다. 그는 그렇게 쉽게 삶을 놓아버리기에는 너무 큰 인물이었다.

"진정 지혜로운 현자는 현자를 구원한다네."

그는 자기 동료 아레이오스에게 되풀이해 말했다. 그의 망토에 매달리며 귀찮게 굴었다.

"자네도 알겠지, 아레이오스. 자네는 상복을 입도록 나에게 강요하지 않았나! 지금 나는 사는 게 아니라네."

그는 아레이오스가 갈 길을 막고 바닥에 길게 드러누웠고, 한탄을 하며 화장실까지 따라다녔다. 결국 옥타비아누스는 친절을 베풀어 그 귀찮은 자를 자신의 고문 자격으로 받아주었다.

그 음산한 망토를 셀레네는 완벽하게 다시 눈앞에 떠올린다. 아버지의 장례식에서 몇 달 전 티모니에르에서 본 밀랍 가면들을 떠올렸듯이. 사람들은 그 희미한 '형상들'을 옷장에서 다시 꺼냈고, 이제는 그녀가 모르는 사람들이 그 가면들을 얼굴에 쓴 채 가짜 갑옷 혹은 널찍한 검은 옷 밑에 숨어 있었다. 마치 안토니우스 가문의 유령들이 그들 가운데 가장 유명한 사람의 관 위로 소리 없이 몸을 숙이고 있는 것 같았다.

장례식은 성대했다. 클레오파트라는 반도半島 끄트머리에 갇혀 있음에도 불구하고 장례식을 허락받았다. 그리고 그녀가 하는 일들이 모두 그렇듯 장엄하고 화려하게 장례식을 치렀다. 하지만 그녀의 딸은 그 장례식을 기억하지 못한다. 시신은 장작 위에서 불태웠을까, 아니면 매장했을까? 그녀는 그것을 알지 못한다. 방부 처리되었을까? 아니다, 그건 확실히 아니다. 그럴 만한 시간이 없었다. 서둘러 시신을 씻기고, 옷을 입히고, 향유를 바르는 것으로 만족해야 했다. 그녀는 아버지의 얼굴을 마지막으로 보았을까? 여왕은 로마인들의 마음을 감동시키기 위해 옥타비아누스의 병사들이 '혼혈 꼬마들'이라고 부르는 '안토니우스의 사생아들'에게 장례 침대에 누운 사랑하는 아버지 얼굴에 입 맞추라고 시켰을까? 셀레네는 이따금 기억 깊은 곳에 그물을 던진 뒤 아름다운 곱슬머리가 이마에 늘어져 있는, 다시 젊어진 모습의 대리석 얼굴 하나를 끌어올렸다. 그것은 죽은 아버지의 얼굴이었을까, 아니면 그녀가 소마의 유리 관 속에서 보고 늘 경탄했던 알렉산드로스 대왕의 얼굴이었을까?

비탄에 빠진 어머니, '최후의' 어머니, 더 이상 예전 모습이 아닌 어머니를 그녀는 멀리서만 볼 수 있었을 뿐이다. 시간이 어머니의 윤곽을 지워버렸다. 검은 옷을 입었고 머리가 재투성이인 여인을. 보석도 금도 달지 않은 광채 없는 그 여인을. 베일을 드리웠는데도 가냘프기 짝이 없는 윤곽을.

"여왕님이 야위셨네요. 많이 야위셨어요."

시녀들이 말했다.

"사람들이 그러는데 여왕님께선 음식을 드시지 않는대요. 곡기를 끊어 세상을 등지려 하신대요……. 손톱으로 가슴을 쥐어뜯으셨는데, 그 상처들도 곪은 것 같아요."

장례식이 진행되는 동안에도 아이들은 여왕에게 다가가도 좋다는 허락을 받지 못했다. 아이들은 멀리에 엎드려 있었다. 옥타비아누스의 개인 경호원이 포로 신세가 된 여왕을 에워싸고 있었다. 하지만 적어도 그녀는 아이들이 아직 살아 있음을 확인할 수 있었다.

그때 그녀는 만이들의 운명을 알았을까? 그 아이들이 벌써 죽었다는 것을? 안틸루스가 죽은 것은 확실히 알았을 것이다. 카이사리온의 경우는 알지 못했을 것이다. 카이사리온이 죽은 것을 아는 사람은 아무도 없었다. 그를 죽인 사형집행인과 옥타비아누스를 제외하고는. 정평 있는 철학자이자 양심적인 통솔자인 아레이오스를 제외하고는.

셀레네는 그들의 응고된 피를 자신의 튜닉 자락으로, 자신의 머리카락으로 닦지 않았다. 어떤 손이 그녀의 살해된 형제들을 위해 그 신성한 의식을 완수했을까? 어떤 손이 나일 강의 물을 붓고 다음과 같은 희망의 말을 했을까? '나는 지고의 선을 찾기 위해 악에서 벗어난다'. 사람들은 그들의 시체를 재칼에게 던졌을까? 그들의 머리를 까마귀에게 던졌을까? 봉헌물도 묘소도 없이?

그녀는 아버지와 어머니의 유해가 어디에 있는지도 궁금하다. 마우솔레움 안은 아니었다. 그들이 죽었을 때 마우솔레움은 여전히 함, 조각상, 가재도구, 견직물, 석관들로 가득했다. 훌륭한 골동품 마우솔레움. 지금은 로마 군대의 무거운 짐수레들이 그 주위를 쉬지 않고 부지런히 움직이고 있다. 그녀 어머니가 남긴 마지막 편지와 그녀 아버지의 너무나 명확한 유서에도 불구하고, 혹시 로마인들이 그들의 시신을 떼어놓은 것은 아닐까? 그들의 사랑을 능지처참하고 그들의 운명을 갈라놓은 것은 아닐까?

아무러면 어떠랴. 사람들은 그들의 유해 위에 흙을 부었고, 그들의 영혼은 편안하다. 하지만 그녀의 형제들은? 그들의 피 흐르는 사지에 한 줌의 모래조차 덮지 않았다면, 정화해주는 물을 뿌리지 않았다면, 그들은 당연히 받아야 할 것을 계속 요구할 것이다. 위로받지 못한 그들의 그림자들이 애도의 눈물을 박탈당한 채 사랑하는 누이의 이름을 부르며 지하도 속을 방황할 것이다. 그들은 그녀를 초대하고 끌어당길 것이다. 하지만 그들과 합류할 채비를 할 때마다, 그들을 향해 움푹한 도시의 암흑 속으로, 그녀 영혼의 카타콤베 속으로 내려갈 때마다 어머니의 목소리가 들려오는 바람에 그녀는 걸음을 멈추었다.

"목숨을 보전하려면 주저 말고 모든 방법을 취하라."

그녀는 불현듯 현기증에서 빠져나왔다. 그녀는 클레오파트라의 딸이었다. 그녀는 마음에서 멀어졌다. 우물에서 멀어졌다. 그리고 조용히 울부짖었다. 헤카베처럼 자신의 고통을 울부짖었다. 헤카베처럼 짖어댔다. 헤카베처럼 암캐로 변했다. 어느 날 그녀 역시 물어뜯을 것이다. 찢고, 탐욕스럽게 먹어치우고, 눈을 뽑고, 목을 드러내고, 죽일 것이다! 이제 그녀는 인간의 살을 탐하고, 피에 갈급할 것이다. 살인자들의 피에.

옥타비아누스가 알렉산드리아를 장악했으며, 안토니우스가 죽고 클레오파트라는 포로가 되었다는 소식이 로마에 알려지자, 은행가들은 즉시 금리를 3분의 1로 인하했다. 이집트의 국고 덕분에 로마 정부의 지불 능력이 다시 커졌다.

장교들이 아이들의 보석을, 그들의 보석 전부를 빼앗으러 왔다. 막내의 터키석 부적과 셀레네의 조그만 황금 호루스 상만 빼고. 옥타비아누스는 보석들을 거미발에서 뽑고 금속을 녹였다. 알렉산드리아에서는 이미 그를 위해 동전을 주조하고 있었다. 동전 앞면에는 패배한 왕국의 상징인 사슬에 묶인 악어 한 마리와 '이집트가 함락되었다'는 문구가 새겨졌다. 아이들의 장난감들도 가져갔다. 왕궁 구역에 있는 짐수레, 인형, 굴렁쇠, 팽이 같은 장난감들은 납으로 만든 것도, 나무로 만든 것도 아니었다. 오직 금, 은, 상아로만 만들어졌다.
이 일을 제외하면 '혼혈' 왕자들은 적절한 대우를 받았다. 그들은 궁전 안에 갇혔고 외출이 금지되었다. 하지만 잘 먹었다. 더 잘 잡아먹으려고 잘 먹인 것이다. 옥타비아누스가 마지막 공연에서 가장 중요한 역할을 그들에게 마련해놓았기 때문이다. 그러므로 축제 때까지는 그들이 건강을 잘 유지해야 했다.

주연 여배우인 클레오파트라의 상태가 조금 염려스러운 만큼 더욱 그랬다. 그녀는 파란 궁전에 누워서 지냈다. 옷도 갈아입지 않고 음식도 일절 거절했다. 옥타비아누스는 주연 여배우를 잃을까 두려웠다. 그렇게 되면 로마 민중이 실망할 것이다. 로마 민중은 패자를 능욕하는 데 익숙했다. 그것이 볼거리의 클라이맥스였다. 거물 베르생제토릭스*는 사슬을 지고 카이사르 앞에 섰고, 마케도니아 왕 페르세우스는 노예가 되어버린 자기 아이들을 모두 데리고 정신 나간 표정으로 정복자 앞으로 걸어갔다. 플루타르코스는 그 장면을 이렇게 이야기한다.

'유모와 선생들이 아직 아이들과 함께 있었다. 그들은 눈물을 흘리며 관객을 향해 손을 내밀었고, 더 어린 아이들에게 어떻게 민중에게 애원하면 되는지 알려주었다. 더 어린 아이들 중에는 남자아이 두 명과 여자 아이 한 명이 있었는데, 그 아이들은 나이 때문에 자기들에게 닥친 불행의 크기를 의식하지 못했다. 타인에게 연민을 불러일으키는 만큼이나 자기들의 운명이 바뀐 것에 무감각했다. 페르세우스는 별로 주목을 끌지 않고 지나갔다. 로마 사람들이 그 아이들을 바라보고 그 아이들이 보여주는 기쁨과 고통이 뒤섞인 정서를 경험하는 데 너무나 몰두했기 때문이다.'

확실히 별난 감정이다. 직접적인 감정과 죽음의 실황 중계. 이런 집단적 관음증이 시민들 사이에 미덕의 수준까지 고양되었다. 로마인들은 그것에서, 페르세우스의 아이들을 위해 눈물을 흘리는 데서 쾌락을 느꼈다! 하지만 그것은 페르세우스의 교살도, 그 아이들이 노예가 되는 것

---

* 뤼테스 전투에서 로마군에 저항한 갈리아족 장군.

도, 어린 나이에 죽는 것도 막지 못했다.

옥타비아누스는 선임자들이 제공했던 볼거리보다 못한 볼거리를 민중에게 제공한다는 것은 상상조차 하지 못했다. 그는 개선 행사에 암사자 한 마리와 새끼 사자들이 등장하기를 원했다. 사슬에 묶인 암사자라, 멋질 것이다! 턱수염 기른 전사들만 끊임없이 등장하는 것보다는 훨씬 더 독창적이었다. 게다가 운이 좋았다. 쌍둥이 새끼 사자들을 데려올 수 있었던 것이다! 지금껏 한 번도 보지 못한 대단한 광경이 연출될 것이다! 그 자극적인 매력을 충분히 활용한다면 말이다. 옥타비아누스는 수도의 비공식 총독이자 유흥거리 담당인 마에케나스에게 그 귀여운 무리를 어떤 식으로 전시할지 잘 생각해보라고 말해두었다. 하지만 그 전에 주연 여배우가 굶주려서 그의 손가락 사이로 빠져나간다는 것은 말도 안 되는 일이었다! 그래서 그는 클레오파트라에게 분명한 전언을 보냈다. 만약 그녀가 스스로 죽음을 선택하면 아이들을 모두 죽일 거라고.

그녀는 체념하고 다시 음식을 먹기 시작했다. 올림포스와 그녀의 경호를 맡은 옥타비아누스의 부하들이 주는 약도 모두 먹었다. 포로의 몸은 간수의 것이었다.

셀레네의 몸은 죽은 사람들에게만 속했다. 그녀가 눈이 곪아 열에 들뜬 채 아이들과 남은 하인들이 갇혀 있는 궁전 깊숙한 곳 불운의 침대 위에 누워 있는 동안, 그녀 안에는 죽은 자들이 살았다.

"요전 날 아침 그 사람들이 이오타파 공주님을 붙잡으러 왔을 때 증세가 시작되었답니다."

큐프리스가 의사에게 설명했다.

"안틸루스 왕자님이 돌아가신 후 그들이 그 어린 공주님을 어디로 보넣지 우리가 궁금해한다는 것도 말해야겠네요. 그 공주님의 아버지는 더 이상 메디아 왕이 아니잖아요! 로마 사람들이 그 공주님을 어떻게 할까요? 그 공주님도 죽일까요? 우리 공주님 같았으면 비명을 질렀을 거예요. 하지만 이오타파 공주님은 입을 다물고 가만히 있었죠. 평소처럼요. 타우스와 토니스가 이오타파 공주님을 도와 두세 가지 소지품을 정리하게 했죠. 하지만 셀레네 공주님은 머리에서 발끝까지 떨기 시작했어요. 이봐요, 올림포스 님, 셀레네 공주님이 어떻게 된 건지 살펴봐 주세요! 이렇게 눈을 감고 지낸 지 꼬박 이틀이 되었어요. 시리아인 데케르타이오스가 우리 경호원들의 지휘를 맡게 된 때부터예요. 그래요, 그 시리아인이 여기서 무슨 짓을 했는지 우린 모두 알고 있어요. 옥타비아누스에게 갖다주려고, 그래서 상을 받으려고 아직 숨이 붙어 있는 제 주인의 배에서 검을 뽑아냈다는 걸 말이에요. 그 너절한 인간은 주인의 상처에서 흐르는 피가 멎을 때까지 기다릴 인내심도 없었어요! 세상에! 내장이 전부 쏟아져나온 채 다시 정신을 차렸을 때, 최고사령관님은 가엾게도 스스로 목숨을 끝낼 수조차 없었어요. 단검도, 검도 없었으니까요! 그 불행한 분이 돌아가시기까지는 시간이 더 필요했지요! 아마 그분은 자신의 목을 베어달라고 애원했을 거예요. 말해보세요, 올림포스 님. 당신 아세요? 그분들이, 여왕님과 최고사령관님이 나중에 마우솔레움 안에서 무슨 이야기를 나누셨는지? 사람들이 그러는데 너무나 아름다운 장면이었대요. 너무나 불행한 일이에요! 우리 여자들끼리는 그런 이야기를 하지 않을 수 없었어요. 그래서 우리 셀레네 공주님께서는 데케르타이오스의 모습이 입구에 보이기만 하면 울부짖는답니다. 그냥 울부짖기만 해요! 몸을 움직이지는 않고요. 이렇게요. 오-오-오-오…… 공주님은 울부짖음을 멈추지 않아요. 제가 간신히 조용히 시키니 눈을 감더군요. 그리고 이틀 뒤에야 다시 눈을 떴어요. 이오타파 공주님이 떠나는 것을 보려고요. 그리고 다시 비명을 질렀고요! 명심하세요. 저는 '비명'이라고 말했어요. 공주님이 그러기 시작하면 마치 개 비슷한 짐승이 죽도록 울부짖는 것 같아요. 암캐 말이에요. 저는 공주님의 눈꺼풀이 떨어지도록 수건으로 잘 닦아드렸어요. 그리고 언제나 하던 것처럼 개구리 즙으로 적셔드렸죠. 하지만 그 열병은…… 저는 이오타파 공주님의 매트리스 밑에서 어제 발견한 것을 공주님께 보여드릴 수 없었어요. 이사할 때 잃어버린 줄 알았던 사문암 주사위 세 개와 마우레타니아 나무로 된 예쁜 원뿔 모양 주사위 통이었죠. 아, 이오타파 공주님은 숨을 쉬듯 물건을 훔쳤던 거예요! 카이사리온 님이 선물하신 주사위 통을 찾았다고 공주님에게 말하자 공주님은 다시 소리 내어 울기 시작했어요. 허파가 뽑혀 나올 정도로요! 저는 공주님이 기뻐할 줄 알았는데 말이에요! 공주님은 그 조그만 원뿔 모양 주사위 통을 무척 좋아했고, 이시스를 모시는 사제가 성스러운 화병을 지니고 다니듯 늘 지니고 다녔거든요! 그런데 갑자기…… 아, 아이들은 변하기 쉬운가 봐요!"

셀레네는 옥타비아누스가 왕궁 구역을 방문하는 것을 보지 못했다. 도시 안으로 들어오기 전 그에게는 시간이 있었다. 안토니우스의 시신을 사람들의 관심에서 사라지게 할 시간, 패자의 친구들을 숙청할 시간, 그리고 알렉산드리아 사람들이 두려움 때문에 온순해질 시간이. 그는 알렉산드리아 유지들을 대체육관에 모이게 했다. 그리고 사 년 전 안토니우스가 증여에 대해 연설한 바로 그곳에 자리를 잡고 이야기했다. 꿇어 엎드린 군중 앞에서 이야기했다. 보이는 것은 사람들의 등과 엉덩이뿐이었다! 엎드린 사람들에게, 겁을 먹고 땅에 코를 박은 사람들에게, 그는 신전도 집도 불태우지 않을 거라고, 도시를 파괴하지 않을 거라고 말했다.

"동정심 때문이 아니라(자비는 그에게 자연스러운 것이 아니었다), 명확한 두 가지 이유 때문이오."

그가 말했다. 첫째 이유는 역사적인 이유였다. 이곳 알렉산드리아는 알렉산드로스 대왕이 몸소 설계한 도시였기 때문이다. 둘째 이유는 좀 더 현실적이었다. 그가 총애하는 철학자 아레이오스가 이곳 출생이었기 때문이다. 안타깝게도 이 두 가지 이유는 우리 눈에 똑같은 무게를 가진 것으로 여겨지지 않는다. 사실 말이지 옥타비아누스는 조상들보다 자기 광대를 더 좋아한 최초의 정치가도 마지막 정치가도 아니었다. 뿐만 아니라 그는 부연 설명을 거의 하지 않았다. 연설은 매우 간결했다. 사람들은 그에게서 '아시아적 언변'이나 서정성, 감상적인 면을 기대하지 않았다. 그런 부분은 안토니우스가 뛰어났다. 옥타비아누스는 자신이 웅변술에서도 철저히 로마인답기를 바랐다.

대체육관에서 위의 선언을 한 뒤, 옥타비아누스는 알렉산드로스의 시신을 보기 위해 '관광객'처럼 소마에 갔다. 그는 시신을 '만져'보려고 수정으로 된 관을 열게 했다. 그리고 그 반신半神의 코를 부러뜨렸다! 이 위업을 달성한 뒤 그는 의식용 갑옷을 갖춰 입은 에스파냐 경호원 2천 명과 함께 왕궁 구역의 길과 정원 안으로 들어갔다. 그는 아직 한 번도 클레오파트라를 본 적이 없었고, 직접 보고 그녀의 건강 상태를 확인하길 원했다. 하지만 그녀가 건방진 왕족의 태도, 모욕당한 여왕의 태도를 자신 앞에서 보이지 않기를, 여자 티를 내며 아양 떨지 않기를 바랐다! 그녀가 매력 발산을 해봐야 소용없었다. 그는 이 첫 만남을 위해 그녀를 모욕할 거리를 가져왔다. 그녀가 가진 보석들의 정확한 명세였다. 최근 며칠 동안 그는 자신의 군단 병사들이 마우솔레움에서 찾아내지 못한 보석들의 상세한 명세를 그녀에게 요구했고, 그녀는 그를 속였다. 그는 하인들을 통해 그 사실을 알았고, 이제 그녀가 그것들을 숨겨둔 장소를 자신에게 밝히기를 바라고 있었다. 그는 그녀가 거짓말했다는 것을 그녀 앞에서 증명할 것이고, 그녀의 아이들에 대해 이야기할 것이다. 아이들이 맞이할 운명을 상상해보라고 강요하면 그녀도 협조적으로 나올 것이다.

그 조그만 볼모들. 옥타비아누스는 그들을 불러서 만나보고 싶은 호기심은 없었다. 클레오파트라가 회담 동안 감언이설로 꾀기 위해 그에게 내민 율리우스 카이사르의 예전 편지들을 읽어보고 싶은 욕구가 없었던 것처럼.

"당신 아버지가 나에게 쓴 편지들을 읽어보세요."

(그녀는 마치 카이사리온에게 말하듯 '당신 아버지'라고 말했다. 옥타비아누스는 더도 덜도 아니고 고인인 카이사르의 이름을 지니도록 유서를 통해 인정받은 조카손자인데도. 자존심 강한 여군주는 결국 그의 뜻에 따랐다) 정치적 편지들, 사랑의 편지들. 옥타비아누스는 이 이집트 여자가 모든 것을 갖고 있으리라는 것을 의심하지 않았다. 안토니우스가 보관한 그 위대한 남자의 행정적, 군사적 서류들에 대해서는 말할 것도 없었다.

세계의 최고사령관 옥타비아누스 카이사르는 알렉산드리아를 떠나기 전 그것들을, '그의 아버지'의 글들을 잊지 말고 불태워야 할 것이다. 이때부터 옥타비아누스는 자신이 더 이상 본보기를 찾지 않을 나이임을 느꼈다. 이제 그는 뒤돌아보지 않고 혼자서 전진할 것이다.

적들(승리한 로마 남자와 패배한 이집트 여자)은 각자 상대방을 파악했다고 생각하면서 헤어졌다. 옥타비아누스는 클레오파트라가 아첨꾼이며 좀 어리석다고 생각했다. 삶에 대한 집착이 강하니 개선 행사에도 충분히 참여할 거라고. 하지만 그의 생각은 틀렸다.

반면 클레오파트라는 옥타비아누스에 대해 틀리게 생각하지 않았다. 그는 그녀를 능욕할 것이고, 그러지 않고는 그녀가 스스로의 목숨도, 아이들의 목숨도 구원하지 못할 터였다. '능욕.' 안토니우스는 죽어가면서 생에 대한 욕구를 보존하라고 그녀에게 부탁했다. 하지만 그것은 그녀의 유일한 한계였다. 그는 그녀가 얼마나 행복에 재능이 있는지, 그녀가 피부에 와 닿는 바람, 갈대들이 구겨지는 소리, 신선한 수박 맛 등 이 세상의 자잘한 것들을 맛보는 데 얼마나 뛰어난지 알고 있었다. 또한 그는 그녀가 비상식적일 만큼 희망을 잃지 않는 데 재능이 있다는 것을 알고 있었다. 그가 상처에서 흘러나온 피로 더러워진 채 마우솔레움의 침대 위에서 죽어갈 때, 그녀는 눈물을 흘리며 침대에 몸을 기댄 채 지혈을 해보려고 옷을 찢었다. 그때 그는 그녀에게 이해한다고, 그녀가 당장은 그와 함께 죽고 싶어하지 않는 것을 이해한다고, 아직은 시간을 벌 수 있고 남아 있는 재물로 협상을 시도해볼 수 있다는 것을 이해한다고 말했다. 하지만 명예에 손상을 입기 전에 멈춰야 할 거라고 말했다. 프톨레마이오스 왕가의 그 여자에게 '명예'는 '삶'과 동등한 가치를 지닌 유일한 단어였다.

클레오파트라의 시녀인 이라스와 카르미온은 파란 궁전의 침실에 그녀를 눕혀 올림포스에게 치료 받고 노예들의 시중을 받게 했다. 그녀는 그곳에 갇혀서도 왕궁 구역에서 무슨 일이 일어나고 있는지, 참모부에서 무슨 음모가 획책되고 있는지 쉼 없이 정보를 들었다. 어느 첩자가 사흘 안에 로마인들이 그녀를 배에 태워 이탈리아로 보낼 거라고 알려주었다. 그녀는 카이사리온의 죽음에 대해서도 들었을까? 적어도 그가 체포된 것에 대해서? 가능한 이야기다.

그녀는 안토니우스의 무덤을 꽃으로 장식하러 가고 싶으니 허락해달라고 옥타비아누스에게 겸손하게 편지를 썼다. 벌써 사람들이 카이사르라고, 아주 짧게 카이사르라고만 부르는 서양의 최고사령관에게. 그녀도 그를 카이사르라고 불렀고, 그런 공손함에 약한 그는 그녀의 외출을 허락해주었다. 그날 유모들은 아이들에게 말했다.

"잘 들어보세요! 시스트럼 소리와 노랫소리를요. 여왕님께서 천 개의 기둥 궁전 뒤를 지나 최고사령관님의 총寵에 가시나 봐요."

타우스는 '총'이라는 표현을 사용했다. 안토니우스가 잠들어 있는 무덤이 어떤 모습인지 알았던 걸까? 만약 알았다면 셀레네는 그것에 대해 물어볼 수 있었을 것이다. 하지만 삼 주 뒤, 모든 것이 수포로 돌아갔다.

"여왕님께서 돌아가셨다! 여왕님께서 독으로 자살하셨다!"

소문이 아이들이 갇혀 있는 궁전 안에 다다르자, 시녀들은 얼이 빠져서 울부짖음을 토해냈다. 패배, 안토니우스의 죽음, 학살, 배신, 그리고 도시 점령에도 불구하고, 유모들은 계속 '전처럼' 살 수 있다고 믿었다. 요리가 담긴 접시들이 주방에서 계속 날라져오고, 세탁부들이 매일 아침 더러워진 옷들을 세탁하기 위해 가져가고, 나일 강은 마이안드로스의 저수지를 매년 가득 채울 거라고 믿었다. 궁전의 하층민들은 여왕이 살아 있는 한 보호받을 거라고 느꼈다. 사람들이 알고 있는 여왕은 오디세우스처럼 영리한 사람이자 큰부자였다! 그녀는 틀림없이 새로운 최고사령관과의 결혼에 성공할 것이다. 그리고 그에게도 아이들을 낳아줄 것이다. 그녀는 번식력이 좋았고, 그 불행한 남자에게는 아들이 없었다.

"여왕님께서 돌아가셨다."

그것은 지진이었다! 두 다리로 달릴 수 있는 모든 사람들이 함대가 항복했을 때처럼 이리저리 되는대로 달렸다. 여왕이 죽었다. 이라스와

365

카르미온도. 그들을 시중들던 늙은 환관 한 명도. 옥타비아누스는 경보를 발령했다. 그는 방금 클레오파트라가 보낸 서판 하나를 받았다. 그 서판에는 안토니우스 곁에서 영원히 쉬게 해달라는 내용이 적혀 있었다. 그는 즉시 사자 둘을 파란 궁전으로 보냈다. 보초들은 무척 놀랐다. 대체 어떻게 된 일이지? 아니다, 모든 것이 평소와 다름없었다. 여왕은 남편의 무덤에서 돌아와 목욕을 하고 질 좋은 식사를 주문했다. '그리고 지금은 낮잠을 자고 있다…….'

문을 열어젖힌 옥타비아누스의 사자들은 의식용 의상을 차려입고 금빛 침대에 반듯하게 누워 있는 클레오파트라를 발견했다. 시녀 한 명이 그녀의 발치에 죽어 있고, 다른 한 명은 꼼짝 않고 있는 여주인의 머리카락에 왕을 상징하는 하얀 띠를 묶으려고 애쓰며 비틀거리고 있었다.

"아, 카르미온."

경호원 중 하나가 격앙되어 외쳤다.

"세상에, 잘한 짓이로군!"

"그래요, 아주 아름답지요. 그 많은 왕들의 후손다워요."

시녀는 이렇게 말하고 침대 옆에 쓰러지더니 숨이 끊겼다. 바다를 향해 열린 창문을 통해 모래사장과 파도, 등대가 보였다……. 왕궁 구역의 소란스러움은 몇 시간 동안 계속되었다. 여왕의 몸이 아직 따뜻했기 때문에, 얼굴에 화장을 해서 안색이 나빠 보이지 않았기 때문에 로마인들은 그녀를 소생시키는 것이 가능할 거라고 생각했다. 그래서 올림포스에게 해독제를 처방하라고 명했다. 올림포스는 해독제를 제대로 처방했을까? 확실한 것은 그가 세 시신을 조사하면서 아무런 흔적도 발견하지 못했다는 것이다. 긴장이 풀리자 그 방의 노예들이 술술 이야기를 풀어놓기 시작했다. 그들에 따르면 여왕은 글라우코스가 추출한 독이 든 머리핀 여러 개를 항상 머리칼 속에 지니고 있었다고 했다. 경호원들은 그녀의 옷을 철저히 뒤져보았을 것이다. 하지만 머리핀은 생각이나 했을까? 창가에 몸을 숙인 늙은 환관이 갑자기 모래사장에 뱀이 지나가는 것을 보았다고 말했다. 어떤 사람들은 여왕의 팔에 뱀에 물린 자국이 있는 것을 보았다고 말했다. 경황이 없었으므로, 어찌 되었든 간에 뱀 부리는 하인에게 뱀에 '물린 상처'를 빨게 했다. 그 리비아인들은 뱀독에 면역력이 있다는 이야기가 있었다. 뱀 부리는 하인은 죽지 않았다. 하지만 여왕의 몸은 뻣뻣하게 굳어갔다. 차갑게 식어갔다.

스무 세기가 지났지만 솔직히 말해 이 '역사적' 세부들 중 사실로 밝혀진 것은 아무것도 없다. 소생시키려는 시도? 의사의 기록을 참고한 플루타르코스조차 이것에 대해 아무런 암시도 하지 않았다. 죽음(시신이 서너 구 발견되었으니 죽음들)의 원인으로 그는 두 가지 가설을 제시했다. 속이 빈 머리핀 속에 독이 들어 있었다. 혹은 살무사에게 물렸다. 그리고 이렇게 결론지었다. '진실은 아무도 알지 못한다.' 공식적인 기록을 남겨야 했던 옥타비아누스는 살무사 가설을 선택했다. 하지만 그 유명한 '무화과 바구니' 설은 배제했다.

무화과 바구니 설이란 그 파충류를 무화과 바구니에 넣어 여왕의 방 안에 들여보냈다는 이야기이다. 동시대인들은 이 설에 대해 한마디도 하지 않았다. 예를 들어 호라티우스는 뱀에 관해 아무 언급도 하지 않았다. 무화과 바구니 이야기는 250년이 흐른 뒤 루카노가 뱀 부리는 사람들의 재능에 대해 노래했을 때, 수에토니우스가 여왕의 머리맡에 뱀 부리는 하인 한 명을 등장시켰을 때, 그리고 카시우스 디오*가 클레오파트

---

* Cocceianus Dio Cassius, 150?~235?, 로마의 정치가·역사가. 『로마사(史)』를 집필했다.

라의 죽음을 둘러싼 세부들을 대대적으로 소개했을 때에야 등장한다. 뱀의 흔적을 로마인들에게 처음으로 지적한 사람이 늙은 환관이었고, 그 역시 곧 자살했을 거라고 덧붙이면서. 하지만 뱀 부리는 사람 이야기와 그 사람을 통해 여왕을 소생시키려 했다는 이야기는 어떻게 믿어야 할까? 아무리 어리석었다 해도 산 사람과 죽은 사람을 구분할 수는 있었을 것이다! 이미 숨이 끊어진 여인을 몇 시간 동안 '소생시키려' 한다는 것은 쓸데없는 짓이다.

　늙은 환관과 살무사 이야기 역시 별로 설득력이 없다. 어떤 사람들은 당시 알렉산드리아가 살무사들이 가득한 도시였고, 살무사들이 가정집에 살면서 사람들이 주는 밀가루 탄 술을 먹었다고 주장한다. 하지만 살무사들이 그런 이상한 먹이를 먹으며 가정집에 살았다는 가설 역시 그럴 법하지 않다. 뱀은 고양이와 사이가 좋지 않다. 그런데 알렉산드리아에는 고양이들이 아주 많았다. 유일하게 뱀 모양을 닮은 '천사의 운하'는 알렉산드리아의 그리스인들에게 숭배받았다. 고대의 독 없는 뱀은 가정 제단을 지켜주었고, 제우스-아몬이 뱀 형태를 취해 알렉산드로스 대왕을 낳았기 때문이다. 한편 이집트인들은 오래전부터 왕실 머리쓰개에 장식된 코브라(2미터 길이의 사막 코브라)가 부활한 오시리스가 다스리는 저승의 문을 파라오에게 열어준다고 믿었다. 그러므로 클레오파트라는 뱀에게 물림으로써 이 두 전통을 결합하고, 알렉산드로스-제우스-오시리스가 그녀를 데리러 왔다는 것을 보여줄 수 있는 것이다. '나는 겉으로만 죽을 뿐이야……' 사실은 확실하다. 살무사가 세 사람을 동시에 물 수는 없으므로, 여왕은 그런 식으로 자살한 것이 아니다.

　살무사 세 마리를 각각 무화과 바구니에 넣어 여왕의 방에 들어갔을 거라고 추측하는 사람들도 있다.

　"요즘 무화과가 제철이다. 그러니 무화과 세 바구니를 가져오너라!"

하지만 그러려면 그 파충류들을 미리 사로잡아 한동안 굶겨야 했을 것이다. 먹이를 먹은 지 얼마 되지 않은 살무사는 사람을 죽일 만한 독을 몸속에 저장하지 못하기 때문이다. 그러므로 살무사는 자살할 때 쉽게 쓸 방법이 못 된다!

그렇다면 대체 누가 이런 황당무계한 이야기를 지어냈을까? 이집트 사람들일 것이다. 그들은 자기들의 마지막 여왕이 불멸의 존재이기를 너무도 바랐던 것이다. 한편 로마인 경호원들은 안도하며 이 동화 같은 이야기에 달려들었을 것이다. 그런 전례 없는(그리고 이후에도 한 번도 사용된 적 없는) 자살 방법은 상상을 초월하는 대담함 때문에 그들을 현혹시킬 만했고, 따라서 자기들이 기본적인 조사(침실 안, 망자가 입고 있던 옷, 머리카락 등 그들이 조사해야 한다고 여겨지는 것들을 샅샅이 뒤지는 일)를 소홀히 했다 해도 죄책감을 덜 느껴도 되었기 때문이다.

내가 보기에 셀레네는 잘못 생각하지 않았을 것 같다. 그녀는 어머니의 예쁜 머리핀들을 자주 갖고 놀았다. 진주와 석류석이 장식된 긴 머리핀의 머리 부분은 반지에 얹힌 보석처럼 이따금 회전했고, 그 속에 아주 조그만 빈 공간이 있었다. 연회가 열리던 어느 날 저녁 그녀가 그 머리핀 중 하나를 만지려고 하자 여왕이 연지용 순가락으로 그녀의 손가락을 찰싹 때렸다. 만지면 안 되는 머리핀들이었다. 나중에 그녀는 어머니 주변에 독이 보편적으로 존재했다는 사실을 알게 된다. 여왕은 박물관에서 식물학 연구를 감독했다. 의사 글라우코스는 보좌관 델리우스에게 그녀의 독살 의도를 밝힌 바 있다. 사형수들에 관한 다양한 경험들. 혹은 제비꽃 만찬. 그렇다. 셀레네는 명석했으므로 머리핀 이야기보다 뱀 이야기에 더 무게를 둘 수는 없었다. 한동안의 공황 상태에도 불구하고.

여왕과 두 시녀 그리고 노예 한 명이 죽었다는 사실이 천 개의 기둥 궁전에 알려졌을 때 유모들은 한동안 암살이라고 믿었다. 로마인들이 왕궁 구역에서 다시 사람을 죽이기 시작한 것이다! 이라스와 카르미온은 여주인을 위해 방어하다가 죽었을 것이다! 이제 살인자들은 세 아이를 노릴 것이다. 프톨레마이오스 왕조의 마지막 자손들을 학살하려 할 것이다.

그 고아들을 빨리 숨겨야 한다. 어딘가에 지하도가 있는 것 같다. 그런데 어디에?

"아니야!"

셀레네가 외쳤다.

"지하도는 안 돼!"

"공주님이 칭얼거리면 군단 병사들이 전부 모여들 거예요."

타우스가 투덜거렸다. 그러니 그녀를 언짢게 해서는 안 되었다. 그녀의 뜻을 얌전히 따라야 했다.

"무서워하지 마요, 공주님."

큐프리스가 말했다.

"공주님과 왕자님들을 땅 밑에 데려다놓지는 않을 테니까요. 우린 공주님과 왕자님들을 궁전 안에 숨길 거예요. 우리가 적당한 장소를 찾아볼게요……."

커튼, 벽장, 찬장, 어디든.

건물 다른 쪽 끝에서 보병대 특유의 덜커덕 덜커덕 부딪치는 소리와 목청껏 외치는 야만족의 명령 소리가 들려왔다. 왕가 아이들이 어떻게 하고 있는지 보고 오라고 옥타비아누스가 명령한 것이다. 그는 개선 행사를 망칠까 염려하고 있었다. 점성가와 환관들이 가득한 왕궁 구역에서, 미로 같은 뜰에서, 막다른 길에서, 암사자의 머리를 한 여신들이 지키고 있는 그 컴컴한 미궁에서 왕가 아이들이 즉시 나오기를 그는 원했다. 쌍둥이와 그들의 남동생을 당장 로마 갤리선으로 옮겨야 했다.

천 개의 기둥 궁전 여자들은 옥타비아누스의 관심거리가 아이들을 보호하는 것임을, '널려 있는 뱀들'에게서, 하인들의 필사적인 헌신에서 그 아이들을 벗어나게 하는 것임을 알지 못했다. 여자들은 그것을 알지 못했다. 그녀들은 두려워했고, 도망쳤다. 네 개의 벽 사이로, 닫힌 문들 사이로, 감시받는 문들 사이로 도망쳤다.

궁전의 벽에는 새들이 가득한 섬, 꽃이 핀 과수원, 물고기들이 넘쳐나는 낚싯배, 넓은 강가에서 사냥하는 소인족의 그림이 그려져 있었다. 거짓말처럼 아름다운 나일 강 풍경들이었다. 그 진짜 같은 벽들은 때때로 다른 궁전들, 궁전들 속의 궁전들로 통하는 것 같았다. 장식 기둥, 발코니, 테라스, 정자, 그리고 끝이 없는 주랑들로. 마지막 방(시골풍의 신전 같고 빛이 들지 않는 방)에 작은 계단이 있었다. 그 방은 어디로도 이어지지 않았고, 계단 수직 부분의 가짜 대리석 뒤에 숨을 곳이 있었다. 탐욕스러운 손길들을 피해 은으로 된 화병 몇 개를 거기에 보관해두었다.

토니스가 그 안에 아이들을 밀어넣으면 될 거라고 말했다(그녀는 '아이들'이라고 말했다. 그녀는 제 또래인 왕가 아이들보다 훨씬 더 성숙했다). 공간이 넓지는 않지만 차곡차곡 몸을 붙이면 그럭저럭 지낼 수 있을 것이다.

"그 안에서 화병들을 꺼낼 시간은 벌어야 할 텐데……."

'시간을 벌기' 위해 유모들은 방문에 빗장을 질렀다. 문 하나, 문 두 개. 멀리 규방에서 날카로운 소리가, 뚱뚱한 내의 담당 시녀의 울부짖는 소리가, 방적 담당 시녀들의 애처로운 울음소리가 들렸다. 하지만 그 무엇도 마지막 방 쪽으로 전진해 들어오는 병사들의 금속성 발소리를 멈추지 못했다. 빗장을 닫아건 마지막 문에 다다르자, 그들은 으르렁거리고, 문을 두들기고, 화를 내고, 문을 부쉈다. 타우스가 큐프리스에게 말했다.

"당신이 아이들을 맡아요. 나는 저 괴물들을 상대하며 시간을 끌어볼게요. 나랑 함께 가자, 헤르마이스, 이리 오거라, 토니스……."

'목숨을 보전하라.'

그들의 어머니는 말했다. 그 말에 복종해야 할까? 하지만 어떻게? 모든 것이 너무나 빠르게 돌아갔다! 지금 그들은 어두운 구멍 속에 몸을 웅크리고 있다. 큐프리스가 마치 무덤 문을 닫듯 아이들 위로 가짜 계단을 닫았다. 공기도 빛도 들어오지 않았다. 프톨레마이오스가 신음했고, 셀레네는 손으로 프톨레마이오스의 입을 막았다. 알렉산드로스는 이렇게 중얼거렸다.

"저들이 우릴 죽일 거야."

셀레네는 더웠고, 숨이 막혔다. 심장이 거칠게 뛰었다. 갑자기 어둠 속에서 뚜렷이 보이는 것 같았다. 붉은 병사 하나가 그들을 향해 다가오는 모습이…….

그 백인대장은 솜씨가 좋았다. 그는 에스파냐에서, 발칸 반도에서, 시리아에서 십 오 년간 '군단 생활'을 했으며, 주로 정복한 마을들을 수색하는 임무를 맡았다. 정복된 자들이 숨긴 것을 토해내게 하는 일에는 그와 견줄 사람이 없었다. 올리브나무 밑에 묻힌 마지막 몇 푼을 찾아내고, 시신들이 지닌 작은 보석들을 약탈하고, 지하실에 숨은 여자들과 아이들을 끌어내는 일 말이다. 아무것도 놓치는 법이 없었다. 그는 눈치가 빨랐고, 사냥을 좋아했다.

오늘 그가 맡은 임무(어린 왕족들을 사로잡아 왕들의 항구로 데려가는 것)는 의례적인 것이었다. 하지만 그 임무가 사냥감 몰이로 변해버렸다. 여자들이 그에게 저항했고, 그가 해치기라도 할 것처럼 그 혼혈 꼬마들을 숨겼다. 우습지도 않은 일이었다. 추적하고 내모는 것은 그의 장기였다. 그는 12군단의 가장 훌륭한 사냥꾼이었다. 기절초풍할 정도로. 뚱뚱한 이집트 여자 하나가 두 팔을 벌리더니, 이해하지 못할 말을 큰 소리로 내뱉으며 그의 앞길을 막아섰다. 좋다, 그는 여자를 조각조각 베어버렸다. 마음대로 문에 빗장을 걸면 그리고 로마 시민에게 맞서면 어떻게 되는지 가르쳐주기 위해. 이 처벌이 머리가 조금 돈 다른 여자들에게 교훈을 줄 수 있다면 좋으련만……. 하지만 전혀 그렇지 못했다. 두 번째 미친 여자가 그의 앞길을 다시 막아섰고, 격분한 소녀 하나가 그 뒤를 이었다. 그는 가시덤불을 헤치듯 찌르고, 자르고, 베고, 토막냈다. 두 여자가 다시 머리를 내밀지 못하도록 조치를 취했다! 그는 자기 수하의 가장 뛰어난 십인대장에게 명령했다.

"그 여자들을 끝장내버리게. 하지만 구석에 꿇어 엎드려 있는 나이든 여자는 살려주게. 우리는 살인자가 아니니까."

부하들이 벽걸이 천을 뜯어내고, 매트리스들을 찢어발기고, 향로들을 뒤엎는 동안, 그는 그들을 앞질러 마지막 방, 빛이 들어오지 않는 방으로 들어갔다.

"횃불을 가져와, 아비디우스. 서둘러!"

그는 문을 향해 올라가는 계단을 즉시 알아보았다. 물론 가짜였다. 진짜 문이 아니라 벽에 그려놓은 가짜 문이었다. 아, 부자들은 이런 빌어먹을 눈속임을 만들어놓는다. 진짜 기둥, 진짜 문을 갖고 있으면서도 가짜를 좋아한다. 지독히도 머리가 돈 자들이다. 꽃, 과일, 사냥감들을 그린 그림도 있었다. 이 궁전 안에는 척하는 것들뿐이었다. 그래서 이렇게 문이 없고 출구도 없는 것인가? 막다른 골목인가?

백인대장은 한 손에 양날검을 든 채 꼼짝 않고 있었다. 주변을 주의 깊게 살피고, 냄새를 맡았다. 아이들이 거기에 있었다. 그는 그것을 느꼈다. 그가 배로 데려가야 하는 '사생아들'이 거기에 있었다! 숨어 있었다. 그는 움직이지 않고 눈으로 그곳을 살폈다. 숨을 멈추고 오랫동안 귀를 기울였다. 그리고 천천히 기쁨을 맛보았다. 벽화에 정신을 빼앗기지 않았고, 식기나 뒤죽박죽이 된 은 화병들 때문에 정신이 산란해지지도 않았다. 그것은 미끼, 가짜 가시덤불, 속이 빈 수풀이었다. 그보다 그는 계단에 관심을 가졌다. 그는 가까이 다가가기도 전에 깨달았다. 마지막 계단의 수직 부분은 대리석을 본떠 만든 것이었다. 그는 의심하지 않았다. 진짜 대리석이 아니라, 그림이 그려진 직물이었다. 그는 숨을 죽이고 근육을 긴장시켰다. 그리고 양날검 끝으로 그 은폐물을 찢었다. 검을 관통시켜 그 종이벽을 단숨에 절단했다.

"거기서 나오너라!"

검은 옷을 입은 여자 아이가 구멍 밖으로 기어 올라왔고, 뒤이어 금발의 사내아이가 벌벌 떨면서 따라 올라왔다. 세 번째 아이는 은신처 깊숙한 곳에 손을 넣어 목덜미를 붙잡아 끌어올려야 했다. 어린애는 쥐덫에 갇힌 쥐처럼 찍찍댔고, 겁이 난 나머지 오줌을 쌌다! 그는 왼팔을 쭉 펴서 어린애를 흔들어 소변의 물기를 털어냈다. 오른손으로는 양날검을 쥐었다. 그때 갑자기, 예고도 없이 여자아이가 그에게 달려들었다. 노련한 병사의 반사반응으로 즉시 무기 끝을 세우지 않았다면, 여자아이는 그의 칼끝에 꿰였을 것이다! 요컨대 그가 그 여자아이를 죽였을 것이다. 그의 임무는 그 여자아이를 피난시키고 안전을 보장해주는 것인데 말이다.

붉은 병사는 검을 신속히 칼집에 다시 넣고, 여자 아이를 손으로 떼어냈다. 가죽 팔찌를 찬 피가 흐르는 손으로. 그런 다음 투구를 위로 올리고 이마를 닦았다. 벌금형, 파면, 혹은 채찍질. 확실한 것은 그가 간신히 벌을 면했다는 사실이었다. 대참사가 비켜 지나간 것이다! 고약한 일이었다.

그는 그 혼란을, 부서진 문들을, 헤르마이스의 시신을, 타우스의 피를, 그 딸의 시체를 보았을까? 군단 병사 하나가 궁전을 다시 가로지르기 위해 프톨레마이오스를 양탄자처럼 어깨에 둘러멨다. 프톨레마이오스의 머리는 아래를 향해 있었다. 하지만 알렉산드로스는? 셀레네는?

셀레네가 간직한 알렉산드리아의 마지막 모습은 부두와 배를 잇는 부교의 모습이었다. 병사 하나가 그들이 배에 오르도록 도와주었고, 수병 한 명이 그들에게 손을 내밀어 뱃전을 뛰어넘게 했다. 하지만 셀레네는 수병의 손을 잡을 수 없었다. 이오타파가 제거된 후 큐프리스가 찾아낸 보물, 즉 카이사리온의 선물인 '마우레타니아' 주사위 통과 초록색 주사위 세 개를 넣은 작은 부대자루를 가슴에 꼭 안고 있었던 것이다. 붙잡을 손도, 눈도, 균형감도 없었지만, 그녀는 어깨를 움직여 사람들 사이를 빠져나가 혼자 무턱대고 갑판을 뛰어갔다.

왕들의 항구의 성벽, 청동 투구를 쓴 남자들, 3단 노선과 너무나 낮은 선실. 그녀는 그것들을 보지 못했다. 더 이상 보이지 않았다. 눈앞에 다른 것을 보고 있었기 때문이다. 그 부두에서 벌어진 재무장관의 죽음이, 증여를 발표한 개선 행사 때의 아르메니아 아기가, 그녀가 구하지 못한, 포로로 붙잡힌 그 갓난아기가 눈앞에 보였다. 인내심 있고 단호한 아버지의 목소리도 들려왔다.

"그것이 전쟁의 법칙이야, 셀레네. 어제의 어린아이는 더 이상 존재하지 않아."

　이미지나 단어를 통해 고대 세계를 재창조한다는 건 확실히 광기의 소산이라 하겠다. 로마나 헬레니즘 사회가 알 수 없는 사회라는 말은 아니다. 그 사회가 우리가 이해해지 못할 정도로 '이국적'이라는 뜻도 아니다. 그저 영화 예술가나 소설가가 사용하는 도구(영화 예술가에게는 빛, 소설가에게는 단어)가 그 먼 옛날을 진실하게 복원해내기에 적절치 않다는 뜻이다. 수많은 예들 중 두 가지를 말해보자. 고대인들은 기름램프를 켜고 어둡게 살았으므로, 영화 예술가들은 실내 장면을 찍을 때 '조명'을 비춰야 한다. 반면 소설가의 경우는 사어死語로 글을 쓸 수는 없으므로 좀 더 현대적인 감수성이 깃든 어휘와 구문을 사용하는 수밖에 없다.

　작가 마르그리트 유르스나르는 라틴어로 『하드리아누스 황제의 회상록』을 씀으로써 이 문제를 해결했다고 믿었다. 나는 그다지 동의하지 않지만. 어쨌든 당시의 정신구조를 존중한다는 이유로 1인칭 시점이었던 전작 『왕의 산책로』를 그랑 시에클(루이 14세 집권기를 가리킨다-옮긴이) 스타일로 썼다. 하지만 이 소설까지 그런 식으로 쓸 수는 없었다. 고대를 배경으로 하는 소설에 그런 방법을 사용하여 나 자신을 소진시킬 수는 없는 노

롯이다. 나는 저자는 처음부터 스스로 적응하고 적응시켜야 하며, 타협의 결과물은 영광스럽지 못하고, 평가 또한 애초의 의도와는 다르리라는 사실을 잘 안다. 하지만 3차원으로 펼쳐진 현실을 2차원으로 재현하는 것이 그림이라고 해서 화가가 붓 드는 것을 단념할 수 있겠는가?

이 소설 역시 하나의 재현이다. 나는 이 소설을 읽을 때 어떤 관습을 따라야 하는지 그리고 내가 사용한 방책들이 무엇인지 독자에게 알려주고 싶고, 그것이 독자에게 유익하기를 바란다. 간단히 말해 내가 어느 부분에서 어떻게 사실들을 개작하고 정리했는지를, 그리고 이따금 역사가 확실한 것을 알려주지 않을 때는 한 가지를 과감히 선택할 수밖에 없었다는 것을. 참고로 말하면, 이런 선택과 '조정'은 사실보다는 형태의 문제(이름, 직위, 언어)와 관련된 때가 더 많았다.

*

언어와 관련하여 어려운 점은 대화 속 '표현'의 문제나 오늘날에는 사라져버린 물건을 지칭하는 용어들의 번역 문제 외에도 무수히 많다. 고유명사가 등장할 때부터 어려움이 시작된다. 지명 혹은 인명들이 그렇다.

왕국, 국가, 민족들의 명칭에서, 나는 명백한 시대착오는 피하되, 현대 독자들의 이해를 촉진하는 방법을 택했다. 옥스퍼드에서 오랫동안 시학을 강의한 심술궂은 소설가 로버트 그레이브스의 『나는 황제 클라우디우스다』[1]를 읽으며 내가 늘 즐거움을 느끼긴 해도, 그레이브스가 그랬듯이 갈리

---

1) 『I, Claudius』, 로버트 그레이브스, 런던, 1934, 리브레리 플롱, 파리, 1939 그리고 갈리마르, 파리, 1964; 『Claudius the God』, 로버트 그레이브스, 런던, 1934 그리고 두 권으로 분권된 『Claude, empereur malgré lui』그리고 『Le divin Claude et sa femme Messaline』, 갈리마르, 파리, 1978.

아 대신 '프랑스'에 대한 글을 쓰거나 게르만족 대신 '독일인'에 대한 글을 쓸 수는 없었기 때문이다. 오늘날 게르마니아, 유대, 페니키아를 구별하는 데는 그리 대단한 지식이 필요하지 않을 것이다. 무어인, 바타비인, 아라비아인이 어디에 살았는지 대략 아는 것으로 충분하다. 게다가 이탈리아, 시칠리아, 에스파냐, 그리스, 마케도니아, 아르메니아, 카파도키아, 이집트, 리비아, 시리아, 벨기에(갈리아 벨기카) 같은 많은 지역과 국가들이 국경은 달라졌을지 몰라도 옛 명칭을 그대로 보존하고 있다.

문제는 왕국과 다양한 지역들로 분할된 발칸 반도와 중동이다. 이 지역을 다루는 일은 정말로 까다롭다. 나는 독자들이 일리리아, 다키아, 모이시아, 트라키아에서 헤맬까봐, 아니면 비티니아, 폰투스, 갈라티아에서 갈피를 잃지는 않는다 해도 파플라고니아(북쪽), 실리시아(남쪽), 리디아(서쪽)와 콤마게네(동쪽) 사이의 아시아 쪽 기슭에서 독자를 잃을까봐 두려웠다. 그래서 현대의 총칭總稱을 선택해 '발칸' '다뉴브' '흑해' '소아시아' 같은 명칭을 자주 사용했다. 하지만 이런 명칭들이 등장인물의 입에서 직접 나오지는 않게 했다.

정치적 쟁점을 밝힐 필요가 있을 때는 이야기에 필요한 정보를 제공했다. 예를 들어 로마인들이 파르티아 왕국을 몹시 꺼려했다는 것, 두 나라가 오늘날의 이란과 이라크만큼이나 앙숙이었다는 사실은 흥미롭다.

나는 군주들의 호칭이나 특정한 맥락 안에서 민족과 왕국의 원래 명칭을 보존했다. 매혹적이든 야만적이든, 그 명칭들이 '동방박사' 같은 말이 주는 즐거운 효과, 어떤 소설가도 포기하지 못할 음악성을 자아내기 때문이다. 하지만 독자들은 안심해도 된다. 노래 한 곡을 알기 위해 반드시 가사를 전부 알아야 하는 것은 아니니까.

반면 몇몇 지리적 'faux-ami'(다른 언어의 특정 단어와 형태는 비슷하지만 의미가 부분적으로 다른 단어-옮긴이)들은 주의해야 한다.

이를테면 고대인들에게 '아프리카'는 북아프리카만을 가리키는 명칭이었다. 그 나머지 곳들은 전혀 알지 못했다. '검은 아프리카(사하라 사막 이남의 아프리카-옮긴이)'라는 명칭을 쓰면 에티오피아의 경우가 애매해진다. 또한 학자들은 이집트를 아시아보다는 아프리카에 속하는 것으로 본다. 고대에 '아프리카'라는 단어는 로마가 지배하던 아프리카Afrique romaine만을 가리킬 때가 많았다. 아우구스투스 시대에 그 영토는 현재 튀니지의 영토보다 조금 더 넓은 정도였다.

마우레타니아(나는 클레오파트라 셀레네의 칭호에 관련되기 때문에 키레나이카라는 명칭을 보존한 것과 같은 맥락에서 이 명칭도 보존했다) 이야기를 하자면, 마우레타니아Maurétanie, 혹은 '무어인의 나라'는 오늘날의 모리타니아Mauritanie와는 아무런 상관이 없다. 'i' 하나로 의미가 완전히 달라진다. 마우레타니아는 현재의 모로코와 알제리 영토에 해당하는 비옥한 왕국이었다(마우레타니아는 품질 좋은 측백나무 목재와 대리석처럼 결이 진 목재로 지중해 전체에서 유명했다. 당시 사람들은 그것으로 '세상에서 가장 값진' 탁자를 만들었다).

고대 도시들의 명칭은 상대적으로 수월했다. 현재의 프랑스어 명칭이 그리스어, 라틴어, 이집트어 혹은 야만족의 언어로 된 원래 명칭에서 파생한 경우가 많기 때문이다. 고대인들이 Tingis, Gades, Gaza, Memphis, Puteoli, Damascus, Berytos, Byzancium, Brindisium 혹은 Massilia라고 썼으므로, 우리는 아무런 거리낌 없이 탕헤르Tanger, 카딕스Cadix, 가자Gaza, 멤피스Memphis, 포추올리Pouzzoles, 다마스쿠스Damas, 베이루트Beyrouth, 비잔티움Byzance, 브린디시Brindisi 혹은 마르세유Marseille라고 쓴다. 몰락하거나 사라진 도시들의 경우는 옛 명칭을 보존해줘야 한다고 생각한다. 카노포스Canope와 볼루빌리스Volubilis는 영원히 카노포스와 볼루빌리스이다. 현재의 명칭과 원래의 명칭 사이에 공통점이 없는 도시들은 나중의 문화가 본래의 문화를 덮어버려서 그런 것이다(키르타Cirta가 콩스탕틴Constantine 이 되고, 테베Thèbes가 룩소르Louqsor, 이올Iol이나 카에사레아Césarée가 셰르셸 Cherchell이 되었다). 불편한 시대착오에 빠지지 않기 위해, 약간의 예외가 있긴 하지만 이런 도시들의 당시 이름을 보존했다.

*

　인명(이집트인, 그리스인, '아프리카인' 혹은 라틴 사람)은 다른 유형의 문제들을 야기했다.

　우선 그리스어 인명을 쓰지 말아야 하는가 하는 문제가 있었다. 일반적으로 그리스어 인명은 엄밀히 말하면 이름도 아니고 성姓도 아니다. 가계가 아니라 그 사람 개인에게 배타적으로 결부되기 때문이다. 가계는 '~의 아들' 같은 언급을 통해서만 지칭된다. 똑같은 이름을 가진 사람이 여럿일 때는 '로도스의' 아폴로니오스, '다마스쿠스의' 니콜라우스(원문 표기는 'Nicolas de Damas'이다. 직역하면 '다마스쿠스의 니콜라우스'이지만, 소설 본문에서는 편의상 '니콜라우스 다마스쿠스'로 표기했다 – 옮긴이) 하는 식으로 출신지를 덧붙인다.

　프랑스어 발음을 용이하게 하고자 몇몇 이름의 그리스어 철자를 수정했다. '셀레네Sélénè' 대신 '셀레네Séléné'로, '이오타페Iotapè' 대신 '이오타파 Iotapa'로 바꾸었다. 대중에게 널리 알려진 이름일 때(예를 들면 카르미온)를 제외하고는 그리스어의 'chi'를 'kh'로 바꾸었다. 또한 이름들의 발음이 그리스어에는 존재하지 않는 프랑스어의 '슈' 음音과 비鼻모음에 의해 변질되는 일을 피하기 위해 이따금 끝부분의 'on'을 'ôn'으로 바꾸기도 했다. 똑같은 문제에는 똑같은 해결책을 쓰는 격으로 'c'에 'e'나 'i'가 뒤따를 때는

대개 'k'로 대체했다.[2]

　노예들의 이름은 그 시대의 모든 문화권에서 간단한 이름을 사용했다. 노예는 출신도 혈통도 없었기 때문이다. 남자든 여자든 노예 신분이 되자마자 새로운 이름을 부여받았다. 어미동음의 그리스어 이름을 받는 경우가 가장 많았다. 때로는 신화에서 이름을 따오기도 했고, 주아외(Joyeux, 유쾌한), 그라시외즈(Gracieuse, 상냥한) 등 그 사람의 특성을 연상시키는 형용사를 이름으로 쓰기도 했다. 해방된 노예는 이전 주인 이름의 일부를 이름에 썼다. 지나간 노예 생활의 마지막 흔적인 셈이다.

　역사가나 소설가에게 가장 큰 고민거리는 자유민 로마인의 이름이다. 로마인의 이름 체계는 무척이나 복잡했다. 유명한 로마 황제 세 명이 사실 같은 이름을 갖고 있었다. 좀 더 정확히 말하면 이름을 이루는 요소 세 개(이름, 성, 가족의 별칭)가 똑같이 배열되었다. 이런 '세 개의 이름 tria nomina'은 라틴 문화권의 모든 시민에게 적용되었으며, 그들이 지녀야 할 필수 지식이기도 했다. 입양을 하거나 가계의 분파가 여럿 뻗어나갈 경우 필요한 최소한의 지식 말이다. 이때 이름은 여섯 개 혹은 일곱 개까지 배열되었다.[3] 앞서 언급한 세 황제의 경우 '티베리우스 클라우디우스 네로'라는 이름을 갖고 있었다. 일반적으로 이들 중 첫째 사람을 티베리우스 황제라고 부르고, 둘째 사람을 클라우디우스 황제라고 부르며, 셋째 사람은 네로 황제라고 부른다. 로마인들은 이들을 구분하기 위해 (심지어 화폐에서도) 한 사람

---

2) 몇몇 라틴어 이름에도 비슷한 조치를 취했다. 예를 들어 바이에스(Baies)이다. 나는 이것을 Baïès로 썼다. 그러지 않으면 프랑스어로는 '베(Bai)'로 읽힐 것이다.

3) 나는 독서를 하면서 루키우스 풀비우스 가비우스 누미시우스 페트로니우스 아이밀리아누스라는 사람을 만난 적도 있다. 한마디로 "로마인들은 미쳤다!"

은 이름으로 부르고, 다른 한 사람은 성으로 부르고, 또 다른 사람[4]은 입양 가정의 별칭으로 불렀다. 이렇듯 고대인들조차 무시한 일관성을 오늘날의 독자에게 권유할 이유가 무엇이겠는가?

프랑스 문인들은 오래전부터 유명한 역사적 인물들의 이름을 프랑스어화했다. 가이우스 율리우스 카이사르Gaius Julius Caesar를 쥘 세자르Jules César로, 마르쿠스 아이밀리우스 레피두스Marcus Aemilius Lepidus를 레피드Lépide로, 마르쿠스 안토니우스Marcus Antonius를 마르크 앙투안Marc Antoine으로 불렀다. 이런 전통을 계속 지키는 것이 바람직하기는 하지만, 그런 인물들 옆에 무나티우스 플랑쿠스Munatius Plancus나 발레리우스 메살라 코르비누스Valerius Messala Corvinus처럼 라틴어 이름을 계속 지니는 단역들이 존재한다면 낭패이다. 바로 이것이 저자가 만들어낼 수밖에 없는 비일관성이다.

로마 성姓들이 프랑스로 건너와 이름으로 변모했다는 사실도 덧붙이도록 하자. 앙투안Antoine, 에밀Émile, 쥘Jules, 옥타브Octave, 클로드Claude, 폴Paul, 마르셀Marcel, 발레리Valérie, 뤼실Lucile, 쥘리Julie는 라틴 가문의 성에 근원을 두는 이름들이다.[5] 마르크 앙투안은 줄표(-) 없이 적는데, 마르크가 이름이고 앙투안은 성이기 때문이다. 그러므로 '앙투안 집안 사람un Antoine' '클로드 집안 사람un Claude' 혹은 이탈리아식으로 '안토니우스 가문les Antonii', '레피두스 가문les Lepidi' 혹은 '실라누스 가문les Silani'이라고 말할 수 있을 것이다.

---

4) 그의 원래 이름은 루키우스 도미티우스 아헤노바르부스로, 이중 일부가 법적인 새 이름 안에 보존되었다. 그는 악티움 해전 전날 안토니우스의 주둔지에서 도망친 해군제독 '붉은 수염', 즉 그나이우스 도미티우스 아헤노바르부스의 증손자였다. 그의 조모인 안토니아(장녀)는 이 소설 속에 '프리마'라는 이름으로 등장한다. 또한 그는 마르쿠스 안토니우스와 옥타비아의 손자이며, 아우구스투스의 종손(從孫)이다. 다시 말해 그는 황제의 양자가 되기 전에도 좋은 가문 출신이었다.

5) 로마의 이름에서 건너와 프랑스 이름이 된 것들도 있다(이를테면 마르크Marc나 뤼크Luc). 직위명, 별명 혹은 노예 이름에서 온 것들도 있다(오귀스트Auguste, 빅토르Victor, 펠릭스Félix, 쥐스트Juste, 나르시스Narcisse, 디안Diane 등).

하지만 우리가 마르크 앙투안 혹은 가이우스 율리우스 옥타비아누스 카이사르(옥타비아누스 아우구스투스)를 이름으로 부를 일이 절대로 일어나지 않을까? 역사가는 이 질문을 무시할 수 있지만, 소설가는 이 질문에 대답할 필요가 있다. 로마인들은 친한 사이(형제자매간, 부부간 혹은 연인 사이)에 서로 이름을 불렀을까? 어떤 사람들은 로마인들이 사용한 이름 종류가 많지 않았다(전부 합쳐 열여덟 개였다)는 이유로 그들이 그러지 않았을 거라고 생각한다. 그러나 나는 이름 종류가 많지 않아서 이름을 부르지 않았을 거라고는 생각하지 않는다. 유럽에서는 중세 그리고 17세기까지도 민중 계층에서 사용한 이름의 종류가 매우 적었다. 거의 모든 남자들의 이름이 피에르, 폴, 자크, 장 혹은 시몽이었고, 모든 여자들의 이름이 마리, 안, 마들렌, 잔이었다. 상류계급 사람들만 이름이 다양했다. 그런데 문학작품이나 고문서들을 살펴보면, 몇 개 안 되고 그다지 '개별화되'지 않았던 이 세례명들이 가문과 마을 안에서 일반적으로 사용되었음을 알게 된다. 다른 사람과의 혼동을 피하기 위해 애칭을 만들어 쓰는 한이 있어도 말이다.[6]

만약 친한 사이에 이름을 부르지 않았다면 아들을 여럿 둔 로마인 어머니가 자기 아들들을 어떻게 불렀겠는가? 형제들끼리는 서로를 어떻게 불렀겠는가? 안토니우스 가문의 어머니는 아들이 셋일 때 그들을 마르쿠스, 루키우스, 가이우스라고 불렀다. 바로 이런 이유로 이 소설 속에서 옥타비아가 자기 남동생 아우구스투스 황제를 태어날 때 붙여진 이름인 가이우스로 부르고, 클레오파트라가 안토니우스를 마르쿠스라고 부르는 것이다. 그렇기는 하지만 그것이 전설적인 이 연인이 서로를 직위명으로 부르는

---

6) '안틸루스'의 경우가 그런 것 같다. 어떤 역사가들은 이 아이가 자기 아버지와 똑같은 이름과 성을 가졌지만 아버지 마르쿠스 안토니우스와 구별하기 위해 이런 별명으로 불렀을 거라고 추측한다. 다시 말해 '안틸루스'는 아명 혹은 라틴어 '안토니우스'의 그리스식 이름일 거라고 말이다.

데, 다시 말해 클레오파트라가 안토니우스를 '최고사령관'이라고 부르고 안토니우스가 클레오파트라를 '전하Domina'라고 부르는 데 방해가 되지는 않는다. 모든 일에는 때가 있고, 순간순간 다른 이름이 필요한 법이다.

고유명사 부분에서 풀어야 할 마지막 숙제는 여성 이름이다.

그리스 여자들의 이름은 가족의 전통을 따르기는 하지만 확실히 특수하다. 클레오파트라를 그녀의 자매들인 베레니케나 아르시노에와 혼동할 위험은 없다. 클레오파트라 7세를 이 소설의 주인공이자 그녀의 딸인 클레오파트라 셀레네와 혼동할 위험도 없다. 셀레네가 복합어를 이름으로 가진 이상 말이다. 남은 문제는 셀레네의 이름 뒷부분('달')이 사람들이 흔히 말하는 것처럼 정말로 안토니우스가 안티오크에서 그 아이들을 만났을 때 붙여준 것일 경우이다. 셀레네의 쌍둥이 오빠의 이름 '알렉산드로스 헬리오스'가 프톨레마이오스 왕조에서 새로운 이름이었고(삼 세기 동안 프톨레마이오스 알렉산드로스는 단 한 명만 있었고 헬리오스는 아무도 없었다) 안토니우스 자신이 그 이름을 고른 반면, '클레오파트라 셀레네'의 경우는 사정이 전혀 다르다. '클레오파트라 셀레네'라는 이름은 프톨레마이오스 왕국에서 이미 여러 번 사용되었다. 처음에 클레오파트라 7세가 자신의 쌍둥이를 '알렉산드로스'와 '클레오파트라 셀레네'(여왕 자신과 구별하기 위해 채택한 복합어 이름)로 불렀다고 봐도 될까? 그리고 나중에 안토니우스가 쌍둥이로써 유사성을 부여하기 위해 '헬리오스'(해)라는 별명을 알렉산드로스의 이름에 덧붙인 걸까? 나는 우세한 가설을 따랐다. 셀레네도 오빠와 마찬가지로 세 살이 되어서야 온전한 이름을 가졌을 거라는 가설 말이다.

로마 여인들을 이름으로 구분하는 것은 까다로운 일이다. 그녀들은 이름이 없었고, 결혼하면 성姓을 여성화한 명사를 이름으로 가졌기 때문이다. 다시 말해 로마에서 안토니우스 가문의 여자들은 모두 안토니아였고 평생 그 이름으로 불렸다. 율리우스 가문의 여자들은 모두 율리아라고 불렸다. 딸, 고모, 할머니 모두. 얼마나 간단한지!

하지만 이런 공식적인 관습의 테두리 밖에서는 그녀들을 구분하게 해주는 사적인 별명을 가졌던 것 같다. 별명은 집안 형제자매 중에서 그 여자가 태어난 순서에 따라 붙이기도 했고(프리마, 테르티아, 퀸타), 정신적이거나 육체적인 특징을 강조하기도 했으며(베라, 풀크라, 프리스카), 어떤 때는 애칭이기도 했고(율리아), 아버지나 어머니 쪽 성의 한 요소를 따서 붙이기도 했다(때로는 할머니 쪽 성도). 우리는 클라우디우스 황제가 자기 딸들에게 각각 안토니아와 옥타비아라는 이름(혹은 별명)을 붙였음을 알 수 있다(자신의 어머니 안토니아와 할머니 옥타비아를 기리는 뜻에서). 로마의 공식적인 관습을 따르면 클라우디아라고 불러야 했을 테지만.

이 소설에서(특히 2권과 3권에서) 나는 마르셀라, 안토니아 혹은 도미티아 같은 이름의 여성 인물들을 구별하기 위해 다양한 별명들을 만들어냈다.

칭호와 직함들과 관련해서는 우선 집정관triumvir이라는 칭호를 없애고 완곡한 칭호를 썼다.

사실 옥타비아누스와 안토니우스는 아프리카를 담당하던 옛 집정관consul 레피디우스와 함께 'triumvirat'라는 칭호 아래 한 명은 이탈리아에서, 다른 한 명은 오리엔트에서 권력을 행사했다. 이것은 이십 년 전 카이사르, 폼페이우스, 크라수스가 행사했던 권력 체제를 연상시키는, 예외적이긴 하지만 합법적인 집단 권력 체제였다. 세 명의 지배자 각각에 대한 공식적 칭호가 'triumvir'였다. 그런데 역사가 증명하듯 이 합헌적인 삼각 체제(우리 프랑스 사람들이 집정정부 초기에 경험한)는 다리가 셋 달린 조그만 원탁보다 훨씬 더 불안정하다. 이 소설이 시작되는 시점에서 레피두스는 이미 '면직'되었다(이후 그는 생애 말기까지 대신관grand pontife이라는 종교적 칭호만을 지니게 된다). 예전의 사건들로 돌아가(이것은 지겨워질 위험이 있는 일이다)지 않는 한, 나는 지식이 별로 없는 독자들을 어리둥절하게 만들 위험을 무릅쓰고 triumvir라는 칭호를 2두 정치가의 직함에 적용했다. 또한 안토니우스와 옥타비아누스가 둘 다 공식적으로 '최고사령관Imperator'이라는 매우 군사적인 칭호를 갖고 있었으므로, 그들 중 한 명에게는 동방 최고사령관Imperator d'Orient이라는 칭호를, 다른 한 명에게는 서방 최고사령관Imperator d'Occident이라는 가공의(하지만 세계 분할이라는 측면에서는 당시의 상황을 명확히 설명해주는) 칭호를 부여했다.

프톨레마이오스 왕조 시대에 이집트에서 사용된 칭호들은 절대적으로 존중하면서 '상황에 맞게' 사용했다. 하지만 그 칭호들이 구체적으로 어떤 것을 의미하는지 독자들이 반드시 알아야만 이야기를 이해할 수 있는 것은 아니다. 직함들의 정확한 명칭은 독자들을 웃게 하거나 꿈꾸게 할 때만 소설에서 의미가 있다.

이제 물건, 관습, 건물 등을 지칭하는, 우리와는 다른 생활양식에 부합하는 보통명사들 이야기를 해보자.

여기서도 내 관심사는 가능한 한 정확하게 고증을 하면서도 이해하기 쉽게 쓰는 것이었다. 그런 만큼 지나친 현대화에 빠지는 것을 경계해야 했다. 예를 하나 들어보겠다. 고대인들은 형편이 넉넉해도 집에서 벨트도 하지 않고 실내화도 신지 않고 옷만 입고 지냈다. 하지만 로버트 그레이브스처럼 로마 황제가 '실내복과 실내화 차림으로' 모습을 드러냈다고 쓰면 그 것을 읽는 독자는 피레네 산產 양모 가운을 입고 검은 펠트 슬리퍼를 신은 위엄 있는 카이사르의 모습을 즉시 떠올릴 것이다! 단어는 시각적 요소를 떠올리게 한다. '실내복'은 본래의 의미로는 '집 안에서 입는 옷'이지만, 그 표현이 오늘날 우리에게 너무나 정확한(그리고 이 경우에는 너무나 불충분한) 시각 요소를 전달하기 때문에 독자들을 어리둥절하게 하거나 주의산만하게 만들 수 있다. 그렇게 함으로써 과거로의 접근을 단순화한다고 생각하지만 사실은 복잡하게 만드는 것이다.

요리 레시피가 그렇듯 역사소설의 기법은 용량 조절에 좌우된다. 오늘날 교양 있는 프랑스인 대부분이 고대극과 원형 극장을, 원형 극장과 서커스를 구별하지 못한다는 것을 깨달은 날, 나는 좋든 싫든 그것의 등가물을 찾아야 했다. 그리하여 검투사들이 맹수들과 싸우던 원형 극장을 이야기하기 위해 '원형 경기장arènes'이라는 단어를 채택하고(비슷한 '개념'의 건축 형태지만), 서커스(팽데르 서커스단보다는 마권 판매소와 관계가 더 밀접한)를 지칭하기 위해 '경마장champ de course' 혹은 '타원형 경기장hippodrome'이라는 단어를 사용했다. 알렉산드리아의 무세이온Mouseion에 일반적으로 번역되는 Musée보다 Muséum이라는 프랑스화한 로마식 명칭을 부여한 것은, 무세이온이 학문 연구의 중심이라는 방대한 의미를 지녔기 때문이다. 프랑스어에서는 Muséum이 그 개념을 더 잘 나타내주는 것 같다.[7]

고대인이 일상생활에서 사용한 물건들에도 비슷한 노력을 했다. 왜 목욕과 관련된 어휘에서 '때 미는 도구'라는 뜻으로 racloir 대신 strigile을 사용하면 안 되는가? 왜 글쓰기와 관련된 어휘에서 '갈대펜'이라는 뜻으로 calame 대신 'roseau taillé, roseau à écrire, plume de roseau'를 쓰면 안 되는가? 왜 '도장'이라는 뜻으로 stilus 대신 poinçon이라고 쓰면 안 되는가? 왜 '브로치'라는 뜻으로 fibule말고 broche나 agrafe라고 쓰면 안 되는가? 왜 '연회용 드레스'라는 뜻으로 synthésis 말고 robe de banquet라고 쓰면 안 되는가? 왜 '캐스터네츠'라는 뜻으로 crotale 말고 castagnette라고 쓰면 안 되는가? 왜 '술단지'라는 뜻으로 oenochoé 말고 pichet라고 쓰면 안 되

---

7) 일관성이 있어야 한다는 생각 때문에 나는 세라페움(Sérapéum, 세라피스 신전)이나 이세움(Iséum) 같은 알렉산드리아의 다른 기념물들의 이름까지 라틴어화했다.

는가? 나는 이 소설 속에서 그리스어의 스타드stade와 로마어의 마일mile(각각 그리스와 로마의 거리 단위. 1스타드는 약 0.18킬로미터, 1마일은 약 1.6킬로미터이다-옮긴이)을 킬로미터로 바꾸기도 했다.

어떤 단어들은 대체가 불가능하다. 예를 들어 나는 시스트럼sistre을 몇몇 역사학자들처럼 crécelle로 대체하지 못했다. 금속으로 만들었고 리듬을 강조하기 위해 흔드는 시스트럼의 날카로운 소리가 나무 재질이고 균일한 소리를 내는 crécelle과는 퍽이나 거리가 있으니 말이다.

어떤 단어들은 세월이 흐르면서 골치 아픈 'faux-ami'가 되었음에도 불구하고 다른 단어로 바꾸는 것이 적절치 않아 보였다. '젊은이Éphèbe'는 éphèbe가 아니고, '체육관gymnase'도 단지 gymnase가 아니다. '문법학자grammairien' 역시 그저 grammairien이 아니며, '교육자pédagogue'는 드물게는 정말로 pédagogue이지만 우리 문화에서는 딱 들어맞는 단어가 없다. pédagogue는 '가정교사précepteur'로도, '선생professeur'으로도, '복습교사répétiteur'로도 번역할 수가 없다. (본문에서는 내용 이해를 돕기 위해 상황과 문맥에 따라 적절히 '교육자' 또는 '선생'이라고 옮겼다-옮긴이) 그리스와 로마 가정에서는 가정교사, 선생, 복습교사가 따로 있어도 pédagogue가 '젖을 먹이지 않는 보모nourrice sèche' 역할을 담당했다. 아이와 애착관계가 있는 노예가 pédagogue로서 아이의 놀이를 감독하고 모든 곳에 아이와 동행했다. 어떤 의미에서 pédagogue는 오늘날 아이를 하교시키고 아이와 함께 놀아주는 베이비시터 같은 존재였다. 노예제도라는 것은 결국…….

*

고백할 것이 하나 있다. 우리는 고대 세계를 근접하게 그려낼 뿐 반드시 다른 것으로 대체할 수는 없다는 점이다. 어쨌든 나는 고대 세계에서 멀어

389

지려는 목표는 갖고 있지 않다. 이런 관점에서 대화들은 어떻게 다루어야 할까?

폴 베인이 『역사를 어떻게 쓸 것인가』[8]에서 유감스러워하며 인정했듯이, "가장 잘 고증된 역사소설의 등장인물은 입을 열자마자 거짓을 외친다." 대화는 작품의 성공을 돕는 시금석이지만, 과거를 배경으로 한 소설의 경우 뜻하지 않은 실패의 원인이 될 때도 많다.

프랑스를 배경으로 하는 역사소설은 아무리 옛날이라도 17세기 이전으로 거슬러 올라가지는 않으므로, 등장인물들의 대화에서 그 시대의 언어를 존중하는 것이 가능하다. 그래서 내가 『침실』이나 『빛의 아이』의 주인공들이 18세기 사람들이 쓰지 않았을 것 같은 단어는 절대 말하지 않게 한 것이다. 그 밖에도, 이야기가 3인칭 시점으로 서술되었으므로 대화에 나오는 어투와 저자-화자의 현대적 문체 사이의 간극을 매워야 했다. 최근에 유행하는 은어들을 피해야 하고 다른 한편으로는 멋 부린 고풍스러운 말들도 피해야 하는 이상 어떻게든 해볼 만했다. 하지만 더 옛날로 거슬러 올라가면 독자들이 원어原語를 이해할 수 없다. 대화와 현대적인 서술어 간의 차이도 엄밀한 의미에서 조롱거리가 될 것이다. 결론은 이렇다. 르네상스 시대 이전을 배경으로 하는 이야기들은 모두 간접적인 문체를 유지해야 하며(사실 이것은 회고록 형식의 소설에만 해당한다) '변조'하면서 개작해야 한다. 다시 말해 역사적 측면보다 예술적 측면에서 도전을 받는 것이다. 본질적으로 문학이기 때문이다. 사실 (고대의) 대화들을 (현대적으로) 써내는 것은 번역자에게 제기되는 문제와는 다른 문제를 야기한다.

그런데 프랑스 사람들은 그랑 시에클 문학이라는 왜곡된 프리즘, 즉 장중함과 엄격함이라는 측면에서만 고대인의 언어를 보는 경향이 있다. 프랑

8) 'L'Univers historique', Le Seuil, Paris, 1971.

스의 번역자들도 오랫동안 이런 모범을 따랐고, 순진한 사람들은 그것을 읽으면서 그리스어나 라틴어를 읽는다고 생각했다. 하지만 사실 그들은 라틴어를 읽은 게 아니라 고전 프랑스어를 읽은 것이고, 심지어 없어진 언어를 읽은 적도 많았다. 현재 쓰이는 어휘들을 많이 사용한 최근의 번역들이 모든 것을 고려할 때 더 충실해 보인다. 악트쉬드나 아를레아 출판사에서 최근 몇 년 사이에 출간한 카툴루스, 유베날리스, 세네카, 마르티알리스, 오비디우스, 페트로니우스, 소小플리니우스 등의 새로운 번역본의 경우가 그렇다. 현대의 몇몇 소설가들은 '새롭게 하기'라는 감탄스러운 작업을 완수했다. 도미니크 노게가 마르티알리스의 『풍자시편』[9]을, 마리 다리외세크가 오비디우스의 『비가』[10]를 새로운 문체로 번역했다. 이들 덕분에 이 텍스트들이 다시 우리를 즐겁게 하고 감동을 준다. 그것들은 여전히 살아 있다.

생명력 부여하기. 이것 역시 아미요가 자기 시대에 플루타르코스의 작품들로 행했던 일이 아닐까? 플루타르코스의 『영웅전』[11]은 16세기의 '베스트셀러'였다. 라신에게 자양분을 제공하기 전에 셰익스피어에게 영감을 주었으며, 번역되기도 하고 개작되기도 했다. '노예esclave'가 '하인valet'으로 바뀌었고 몇몇 부분들은 삭제되기도 했다. 아름다운 여자들이 '비올라와 오보에'(고대인들은 알지도 못한!) 소리에 맞춰 춤추기 위해 '치마를 교묘히 걷어올렸'고, 로마의 기병대는 '몸을 가리는 큰 방패와 노출된 방패를 든 기병들'을 평원에 풀어놓았다. 간단히 말해 아미요는 오늘날 사람들은 거의 이해할 수 없는, 자기 세기의 요구와 감수성에 부합하는 번역을 했던 것이다. 그것을 유감스럽게 여겨야 할까? 중요한 것은 아미요가 자유롭게

---

9) 파리, 아를레아, 2001.

10) 『흑해의 비가Tristes Pontiques』, 파리, P.O.L., 2008.

11) 플레야드 문고, 제라르 발터의 주석본.

'번역하면서' 광명을 전달했다는 사실이 아닐까? '저명한 인물들'에 대한 기억을 영속화했다는 사실이 아닐까? 더 이상 아무도 알지 못해 이름이 사라져버릴 수도 있었던 그 영웅들의 죽음을 한두 세기 연장시켰다는 사실이 아닐까?

번역가가 하는 일은 뱃사공이 하는 일과 비슷하다. 역사가와 역사로부터 영감을 받는 저자들이 하는 일도 마찬가지이다. 독자로 하여금 '지나간 일들'과 그 현장에 있었던 사람들을 보게 하고, 느끼게 하고, 만지게 해야 한다. 이것이 그들의 의무이다. 마르크 블로크는 과거를 생생하게 포착할 능력이 없는, '학식 팔아먹는 날품팔이들'을 거칠게 단죄했다. 그는 이렇게 썼다. "훌륭한 역사가는 전설 속에 나오는 식인귀와 비슷하다. 그는 인간의 육체를 냄새 맡으며, 자신의 사냥감이 거기에 있다는 것을 알고 있다." 인간의 육체에 굶주린 식인귀는 다름 아닌 소설가가 아닐까?

바로 이런 이유로 이 책에서 안토니우스, 클레오파트라, 아우구스투스, 티베리우스가 라틴어나 그리스어로 이야기하지 못하고, '쇠약한 코르네유의 언어'로도 이야기하지 못하고, '초보적인 라신의 언어'로도 이야기하지 못하는 것이다. 그들은 '인간의 육체'로, 부도덕하고 수선스럽고 고약한 냄새가 나지만 영원히 젊은 육체로 이야기할 것이다. 나는 이 소설에 등장하는 아이들이 현재의 언어 풍조에 굴복하지 않고 아이들답게 자신을 표현하기를(혹은 오늘날 우리가 생각하는 것처럼 자신을 표현하기를), 정치가들이 정치가답게, 병사들이 병사답게 자신을 표현하기를 바랐다.

심지어 나는 그 시절에 쓰이던 언어지만 우리의 선생님들이 학생들에게 숨겼던 강렬함을 이따금씩 되살려냈다. 초등학생들이 문제라면 그냥 넘어가겠다(실은 초등학생들이 더 활달하게 이야기한다!). 하지만 성인 독자에게까지 숨긴다면 그들을 바보 취급하는 것이다. 게으른 편집자들은 백 년 된 번역물을 출간하고, 신중한 대학교수들은 오늘날에도 '점잖지 못한 표현을 삭제한ᵃᵈ ᵘˢᵘᵐ ᵈᵉˡᵖʰⁱⁿⁱ' 판본을 권유한다. 우리가 유베날리우스, 호라티우스, 페트로니우스가 사용했던 단어들을 참아내지 못할 정도로 빅토리아 시대 정서에 머물고 있단 말인가? 더 이상 말줄임표를 사용해 표현을 뭉개서는 안 될 것이다. 하지만 우리는 지금도 여전히 1982년에 발행한 신판본을 읽는다. "오, 메미우스, 그대는 얼마나 오랫동안 그대의 신중함에 나를 붙들어놓았는지." 사실 카툴루스는 이렇게 썼다. "오, 메미우스, 너는 온갖 몽둥이질을 해서 벌렁 나자빠질 정도로 나를 궁지에 몰아넣었지!" 호라티우스의 최근 번역본(2001년)에는 이런 문장이 나온다. "나는 내 후위부로 소리를 배출했다." 노골적으로 번역하면 "나는 방귀를 뀌었다"이다. 마찬가지로 현대의 번역가가 별뜻없는 pedere와 cacare를 삭제할 때 얼마나 많은 collei, mentulae 그리고 turgentes caudae[12] 같은 단어들이 흔적도 없이 사라져버리는지. 지나친 새침함은 그만큼의 배반을 가져온다.[13]

또한 나는 번역과 치환에 위세가 꺾인 고대 언어의 입체감을 보존하기 위해 가능한 한 등장인물들의 말 속에 원래의 은유와 진짜 격언들을 보존했다. 1권에서는 그것들이 그리스적이거나 이집트적인 반면, 2권과 3권에서는 로마적인 경우가 많다. 부자니까 믿어준다는 격으로, 최초의 황제 아우구스투스가 대중적인 어법을 자주 구사한 것으로 알려졌으므로 옥타비아누스—아우구스투스에게 그런 어법을 많이 사용했다.

*

이상하게도 '고대' 역사소설에서 사건의 핵심은 그 형태보다 문제를 덜

---

12) 정확히 설명하지는 않겠지만 매번 그렇듯이 '외설스러운 의미'이다.

13) 이 주제에 대해서는 『카툴루스 베로나의 책』의 새로운 번역본을 위한 다니엘 로베르의 재미있는 서문, 아를, 악트쉬드, 2004를 보라.

제기한다. 물론 사실들의 불확실성이 여기저기 잔존한다. 때때로 소설가는 다양한 가설들 중에서 선택을 할 수밖에 없다. 전기작가가 하는 작업과 본질적으로 다른 것은 아무것도 없다.

의사 두 명과 안토니우스의 하인 등 1권의 등장인물들(그리스인, 이집트인 혹은 로마인)은 실존했던 인물들이다. 예외가 있다면 유모들(이들은 아이들의 유년기가 지나서도 중요한 역할을 한다), 교육자들(카이사리온의 교육자 로돈을 제외하고), 그리고 니콜라우스 다마스쿠스 전에 쌍둥이 곁에 있었던 가정교사(다른 아이들의 가정교사 이름은 우리가 알고 있다)이다.

'규범 따위는 무시하는' 셀레네의 교육자 디오텔레스가 가공의 인물이므로 이 소인족을 클레오파트라의 궁정에 등장시키는 것이 양식에서 벗어난 행동으로 보이지 않는 것이다. 로마 회화를 살펴보면 소인족은 소위 '나일강' 장면들과 자주 연관된다. 로마인들은 강가에, 코끼리나 하마 사냥 장면에 소인족을 그려넣었다. 그들이 춤추는 모습이나 사랑의 유희를 즐기는 모습을 묘사하기도 했다. 당시의 로마인에게 '소인족'과 '이집트'는 거의 동의어였다. 이것은 근거 없는 상상의 소산일까? 중세의 장식융단에 등장하는 일각수처럼 사실과 관련이 없는 장식용 모티프일 뿐일까?

이집트 궁정에서는 상아와 코끼리도 다량으로 소비했다. 상인들은 현재의 수단 그리고 아마도 에티오피아에서 그것들을 공급받았다. 중간상인에서 또 다른 중간상인으로의 유통이 그 시절 소인족이 아직 존재했던 대호수 지역Grands Lacs에까지 미쳤을까? 어쨌든 스미르나(오늘날의 이즈미르)의 장인들은 그들의 얼굴을 몽골이나 티베트 사람처럼 묘사한 작은 조각상들을 많이 만들었다.[14] 그리고 로마인들 모르게 중국과 실크를 교역했다. 어느

---

14) 모리스 사르트르, 『로마의 상(上)제국. 준엄한 아우구스투스의 오리엔트 지중해 지방』, 파리, 르 쇠유, 1991을 볼 것.

나라의 생산품들을 얻기 위해 반드시 그 나라의 위치를 알아야만 하는 것은 아니다. 소인족 노예가 생산품일 경우(알비노 노예와 같은 이유로), 드물기는 하지만 소인족이 알렉산드리아에 팔렸을 거라는 가설을 배제하지 않았다.[15]

확실한 것은 기원전 40년 안토니우스가 클레오파트라의 궁전에 처음 체류한 이후 나중에 사람들이 '안토니우스의 난쟁이들' 혹은 '알렉산드리아의 난쟁이들'이라고 떠올릴 만큼 자질이 뛰어난 난쟁이들을 데리고 로마로 돌아갔다는 사실이다. 그 특별한 자질들이 매력을 부여했다고 보아야 한다. 안토니우스는 리비아(드루실라)나 율리아와는 달리 스스로를 위해 난쟁이를 수집하는 사람이 아니었기 때문이다.[16] 그들이 뛰어난 곡예사였기 때문일까? 아니면 왜소증에 걸린 누비아인이었기 때문일까? 그것도 아니면 '돌을 먹는다'는 돌맛조개처럼 가공의 민족이었던 소인족 중 몇몇 사람만이 고대인들의 관심을 끌었던 걸까? 어쨌든 소인족과 돌맛조개 사이에, 혹은 소인족과 일각수 사이에 큰 차이가 존재한다는 것을 잊지 말자. 소인족은 실제로 존재한다.

1권에 나오는 주요 등장인물의 외모와 관련된 사항들은 규명하기가 쉽지 않다.

고대의 역사가와 시인들은 안토니우스, 클레오파트라, 혹은 카이사리온의 외모보다 로마 황제들의 외모에 관해 더 많은 말을 했다.[17] 플루타르코

---

15) 파스칼 발레의 의견 역시 같은 듯하다. 『알렉산드리아의 일상생활(기원전 331~30년)』, 파리, 아셰트 리테라튀르, 1999.

16) 반대로 마르쿠스 안토니우스는 옥타비아누스-아우구스투스와 다른 많은 사람들처럼 '위안 주는 아이들(enfants délicieux, pueri delicati)'을 수집했다. 가짜 쌍둥이 노예 일화는 진짜로 있었던 일이다.

17) 수에토니우스의 경우에 특히 그렇다. 수에토니우스는 자신의 책 『열두 명의 카이사르』에서 각각의 황제들을 질병까지 포함해 매우 정확하게 묘사했다.

스는 안토니우스가 헤라클레스 같은 힘을 타고났고 '찬란하게 빛나는 외모'를 지녔다고, 클레오파트라는 아름답기보다는 매력적이고 요염했다고 말하는 것으로 만족했다. 여기저기서 발견되는 조각상, 저부조, 혹은 흉상의 경우 시대 표시를 통해 그것들은 식별할 수 있는 경우가 드물었다. 그렇다고 해서 박물관들이 멋진 가설들을 다양화하는 것을 막을 수는 없다. 대중의 흥미를 유발하려면 장식틀에 '미지의 여인의 초상'이라고 쓰기보다는 '클레오파트라의 흉상'이나 '아그리피나의 흉상'이라고 쓰는 것이 낫다. 철저한 재검토에 착수하는 것은 나중의 일이다.

공식적 초상肖像이 충분히 많을 때, 미술사가들은 다른 사람들의 초상과 구별할 수 있도록 유형론을 만든다. 로마 황제들의 경우가 그렇다. 지금 우리는 첫눈에 그들을 알아본다. 하지만 '알렉산드리아의 아이들'과 그 부모의 경우는 사정이 다르다. 정치적 상황 때문에 그들의 초상이 많이 사라져 버린 것이다.

안토니우스의 초상은 서너 점만 남아 있다. 그중 두 점이 로마에 있고, 가장 유명한 것은 바티칸에 있다. 어쨌든 그는 곱슬거리는 풍성한 머리칼이 이마 위에 늘어진 사십대 미남자의 모습으로 묘사되어 있다. 진귀한 이 초상들은 서로 닮았다. 적어도 사람들은 그 초상들을 보면서 만키에비치 감독이 안토니우스 역할을 맡은 두 남자 배우를 잘 골랐다고 생각한다. 그의 영화 〈율리우스 카이사르〉에서 젊은 말론 브란도가 '갓 정치에 입문한' 안토니우스 역을 연기했고, 그 뒤에는 〈클레오파트라〉에서 리처드 버턴이 완숙기의 안토니우스를 구현했다. 영국의 시리즈물 〈로마〉도 캐스팅이 훌륭하다. 하지만 그 남자 배우들의 외모가 안토니우스와 정말로 비슷할까? 그들의 외모는 우리가 안토니우스에 대해 가지고 있는 관념에만 부합하는 것은 아닐까? 박물관에 전시된 흉상들에도 똑같은 문제가 제기된다. 그 흉상들이 마르쿠스 안토니우스의 모습을 충실히 재현하는가? 안토니우스의 외모와 비슷하다는 이유로 '미지의 인물' 조각상 중에서 선택된 것은 아닌가? 고대 역사가들에 따르면 옥타비아누스가 안토니우스의 초상을 전부 파괴하라는 명령을 내린 만큼, 이 흉상들은 보증을 요한다. 이 명령으로 미루어볼 때 셀레네 아버지의 '확실한' 흉상을 발견할 희망은 별로 없어 보인다.

셀레네의 어머니 클레오파트라의 경우는 많은 흉상이 존재해 우리의 감탄을 끌어낸다. '자신만의' 클레오파트라 상을 소장하는 것은 일부 박물관들에게는 수준의 문제와 결부되기도 한다. 그녀의 초상들 중 가장 그럴듯한 것은 베를린에 전시되고 있다. 대영 박물관에 있는 지나치게 유명한 초상(타원형 얼굴에 광대뼈가 높고 코가 매부리코이며 멜론 껍질의 줄무늬 머리모양을 한)은 왕관을 썼다면 안성맞춤이었을 것이다. 하지만 그녀의 초상이라고 전해오는 것들이 정말로 그녀의 모습을 묘사하고 있는지는 역시 확실하지 않다. 좀 더 풍부한 정보가 주어질 때까지는 말이다. 알렉산드리아 스타일의 머리모양을 한 중동 여자. 이집트나 시리아에는 이렇게 묘사될 수 있는 '여자들'이 수백 명 있었을 것이다.[18]

대항구 해저 탐사 때 발견되었고 지금은 알렉산드리아 박물관에 귀속된 카이사리온의 초상은 〈이집트의 사라졌던 보물전〉이라는 타이틀로 파리에 전시되었다. 정말 카이사리온의 초상인지 전적으로 확실하지는 않지만 개연성이 있는 아름다운 초상이다.[19]

흉상에는 모델의 이름이 거의 새겨지지 않은 반면, 화폐에는 권력을 행사한 사람들에 의해 모델의 이름이 새겨졌다. 화폐에서는 사실적인 초상을 위해 '메달용 옆모습'을 표현했다. 관습적인 모습의 이 옆얼굴들은 대개

---

18) 크리스티앙 조르주 슈방첼의 의견 역시 비슷하다(『클레오파트라』, 파리, P.U.F., 1999).

19) 이 전시회의 카탈로그(파리, 5대륙 판본/르 쇠유, 2006)는 반은 로마적이고 반은 이집트적인 이 독특한 초상화를 훌륭한 사진으로 보여준다.

기법이 매우 거칠었고, 오늘날의 화폐보다 작은 금속 조각에서 눈에 잘 띄도록 이목구비가 극도로 강조되었다. 알렉산드로스 대왕처럼 옥타비아누스 아우구스투스도 젊고 아름다운 모습으로 표현되었으며(그는 무엇보다 의사소통 기술로 세상을 지배했다), 다른 사람들, 즉 장군이나 국가원수들은 대개 추남으로 묘사되었다. 다른 한편으로 클레오파트라의 외모가 저평가된 원인은 그녀의 얼굴이 새겨진 화폐에서 찾을 수 있다. 이 '매혹적인 여자'의 얼굴은 대부분의 화폐들에서 마녀처럼 보인다! 하지만 고대 세계에서 백성을 통치하는 여자는 남성적으로 보여야 했다(제노비아 여왕도 화폐에서 똑같은 취급을 받았다). 그래서 갈고리 모양의 코와 주걱턱으로 묘사된 것이다.

안토니우스의 얼굴을 새긴 화폐에도 똑같은 문제가 보인다. 화폐 속의 그는 앞머리가 술장식처럼 이마를 덮고 있고, 나이는 45세 정도에 강인한 목과 조금 육중한 턱을 갖고 있다. 마치 범죄자의 인상착의처럼 간결하다.

바로 이런 이유 때문에 내가 이 책에서 클레오파트라의 경우 아마도 옆모습보다는 앞모습이 더 보기 좋았을 거라고 상상하고, 안토니우스의 경우는 건장했을 때는 숱이 많고 부드러운 금발 머리로, 나중에는 반백의 머리로 상상한 것이다.

셀레네는 나이가 어려서 아직 초상의 대상이 되지 못했다. 하지만 나는 역사에서 잊힌 이 작은 인물의 부활을 시도했고, 그녀 부모의 인생 역정을 침묵 속에 묻어둘 수 없는 만큼(모든 사람이 안토니우스와 클레오파트라의 딸로 태어나는 행운-혹은 불운-을 가지는 것은 아니다) 그녀에게 외양을 부여하고 싶었다. 그녀의 초상이 없으므로 [20], 나는 소설가의 '시각'을 가지고 보이는 대로 묘사했다.

---

20) 3권에서 나는 성년기에 이른 그녀의 모습을 다룬다(화폐와 보스코레알레의 보물 중 '아프리카의 잔').

                      *

특정한 장소들을 묘사할 때도 활용 가능한 정보들을 모은 뒤 약간의 상상력을 발휘해야 한다. 특히 프톨레마이오스 왕조 시대의 알렉산드리아의 경우가 그렇다. 물론 그 시절의 알렉산드리아는 다양한 모습으로 복원되어 있다. 지도[21], 축소모형, 스케치, '예술가의 시각' 그리고 지질조사와 해저 탐사를 통해 작성한 대항구의 지도. 이런 복원들이 대부분의 관점들과 일치한다 해도, 다른 것들과는 어긋날 것이다. 그러므로 소설가는 자기 확신에 따라 선택하거나 아무 정보도 없는 지점에서 그것을 만들어내야 한다.

그래서 나는 클레오파트라의 마우솔레움과 알렉산드로스 대왕의 소마의 위치를 선정하는 데 과감한 승부수를 띄웠다. 나는 그것들이 모두 왕궁 구역, 즉 로키아스 곶에서 가까운 곳에 있었을 거라 생각했다. 우리는 플루타르코스를 읽으면서 마우솔레움에 관한 두 가지 사실을 알게 된다. 그것이 적어도 두 개 층으로 되어 있었고, '이시스 성소 근처'에 만들어졌다는 것 말이다. 어떤 성소? 파리아의 이시스 신전일 수는 없고, 내가 볼 때는 안티로도스 섬의 신전도 아닌 것 같다. 이 두 경우였다면 도시의 중심지가 아니기 때문에 왕궁 구역에서 여왕의 재산을 옮겨와야 했을 것이다. 그게 아니고 왕궁에서 가까운 이시스 로키아스 신전이 정말로 존재했다면, 그 신전 가장자리에 건설된 마우솔레움은 편리한 '금고'인 동시에 적이 도시에 침입할 경우 쉽게 접근할 수 있는 피난처가 되었을 것이다.

더구나 클레오파트라의 조상들이 모두 프톨레마이오스 4세 치하에서 재건된 알레산드로스 대왕의 무덤 주위에 자기들의 무덤을 건설했으므로, 클레오파트라 역시 그런 전통에서 멀어질 이유가 전혀 없었다. 그러므로

---

21) 고대도시 알렉산드리아의 최초의 '가상지도'는 1866년 마흐무드 알 팔라키가 만들었다.

마우솔레움의 위치는 소마의 위치와 같았을 것이다.[22] 아마도 도심과 아고라[23]에서 충분히 멀리 떨어진 브루키온 북쪽, 하지만 로키아스 곶에서, 박물관과 도서관에서 아주 가까운 곳이 아니었을까.[24]

많은 역사가들처럼, 나 역시 율리우스 카이사르가 벌인 전투 때 알렉산드리아 도서관이 불타지 않았을 거라고 가정했다. 디온 카시우스가 지적했듯 불은 책창고까지만 번졌을 것이다. 혹은 세라페스 신전 내부에 있던 '여자들의 도서관' 중 하나인 별관까지만 번졌을 것이다. 게다가 도서관과 박물관은 클레오파트라 치하에서도, 아우구스투스 시대에도 한 번도 문을 닫은 적이 없었다. 그러므로 셀레네는 세상의 모든 지식들을 보존해둔 이 성스러운 장소를 틀림없이 방문할 수 있었을 것이다. 전쟁으로 인해 알렉산드리아에 일어난 화재들은 이시스 신전을 제외한 파로스 섬을 황폐화했다.

왕궁 구역에 있던 궁전들의 경우, 그 수가 매우 많았다는 것은 알지만 그 이름들은 일일이 알 수 없고, 클레오파트라가 재정비했던 안티로도스의 궁전(하지만 아마도 이곳은 여름 거주지였을 것이다)과 안토니우스의 '티모니에르'[25](해저탐사 덕분에 이곳의 위치를 정확히 알 수 있었다)를 제외하고는 그녀가 어느 궁전들에 살았는지도 알 수 없다. 다른 궁전들의 경우는 이야기 속에서 구별할 수 있도록 명칭을 고안해내야 했다.

또한 나는 그 시대에도 알렉산드리아를 가로지르는 두 개의 운하가

---

22) 안토니우스와 클레오파트라의 시신이 여기에 매장되었는지는 확실하지 않다. 옥타비아누스는 안토니우스가 사 년 전 본인의 유언에서, 클레오파트라의 경우 작별 편지에서 표명한 소망을 들어주기 위해 그들을 함께 매장했다고 말했다. 하지만 그들이 자살할 즈음 마우솔레움의 건축은 아직 끝나지 않았다. 그러므로 매장은 임시로 이루어졌을 것이다. 어디에? 우리는 그것을 알지 못한다. 마우솔레움 건축이 끝난 뒤 시신들을 거기로 옮겨왔는지도 알지 못한다.

23) 로마 제국 치하에서 알렉산드리아 항구와 창고의 관리를 맡아본 두 행정장관 중 한 사람이 네아폴리스와 마우솔레움을 책임지는 재무 담당관이었다. 네아폴리스(도심)는 항구에서 보면 마우솔레움과 뚜렷이 구분되는 별개의 구역처럼 보였다.

24) 고고학자들에 따르면 최근 낙성식을 한 '비블리오테카 알렉산드리나(Bibliotheca Alexandrina)'는 최초의 도서관이 있던 위치에, 로키아스 곶에 남아 있는 유적 입구에 세워졌다.

25) 그리스 명칭은 티모네이온(Timoneión)이다. 나는 이 명칭을 프랑스어화했다.

있었다고 가정했다. 확실히 알렉산드리아의 서쪽 지역에는 천사 운하 Agathos Daimôn에서 네모난 항구 키보토스까지 물길이 뻗어 있었다. 다른 운하(이 운하는 원래는 로키아스 곶까지 이어졌고 왕들의 항구에 인접한 저수조와 연결되었던 것 같다)는 어디에 있었는지 알 수 없다. 고대도시 알렉산드리아의 지도나 축소 모형을 제작하는 사람들처럼 그리고 역사가들처럼[26] 나도 승부수를 띄워야 했다.

운하가 있었든 없었든, 왕궁 구역의 저수조들은 천사 운하에 연결된 넓고 긴 저수조로부터 물을 공급받았고, 소요 시에는 파라오가 안전하게 빠져나갈 수 있도록 왕궁 구역에서 극장까지 연결되는 지하도가 존재했다.

나머지에 대해서는 널리, 보편적으로 받아들여지는 것들을 따랐다.

*

사건들에서는 내가 상대적으로 자유로웠을까? 별로 그렇지 못했다. [27] 클

---

26) 특히 장 이브 앙프뢰르의 『알렉산드리아의 등대』(갈리마르 '데쿠베르트 총서', 1998)에 나오는 장 클로드 골뱅의 '예술가의 시각', 앙드레 베르나르의 『프톨레마이오스 시대의 알렉산드리아』(CNRS 출판사, 2001) 그리고 장 이브 앙프뢰르의 『알렉산드리아』(갈리마르 '데쿠베르트 총서', 2001)를 볼 것. 에디트 플라마리옹이 『클레오파트라, 어느 파라오의 삶과 죽음』(갈리마르 '데쿠베르트 총서', 1993)에서 제시한 지도(이 지도는 두 개의 내부 운하를 뚜렷이 보여준다)와 파스칼 발레가 알렉산드리아에 대해 묘사한 내용(앞의 책)도 볼 것.

27) 먼 옛날을 배경으로 하는 소설의 경우, 독자들이 생각하는 것과는 달리 삶의 평범한 사건들을 구성하는 것이 사실들을 구성하는 것보다 더 어렵다(소설가는 훌륭한 가정주부처럼 자기가 갖고 있는 재료로 요리를 만들 것이다). 그것은 우리의 능력을 벗어나는 행동일 수도 있다. 성(性)(이것에 관해서는 그리스와 로마의 회화 덕분에 몇 가지를 알 수 있다)은 식습관, 식생활, 종교적 관습, 혹은 예의 바른 몸짓들과 관련된다. 예를 들어 소설가는 '그녀는 어깨를 으쓱했다' '그는 고개를 끄덕였다'라고 쓰고 싶은 욕망에 저항해야 한다. 기원전 1세기 아르메니아 사람들도 고개를 끄덕였을까? 클레오파트라 시대의 이집트 사람들도 어깨를 으쓱했을까? 만약 그랬다면 그 몸짓에는 어떤 의미가 있었을까? 고대의 인물들이 이야기할 때 드러나는 악센트를 구성하는 것 역시 어려운 일이다. 그들의 모국어보다 다른 언어가 더 고약하다(라틴어에 드러나는 그리스어 악센트, 그리스어에 드러나는 이집트어 악센트 등). 이 점에 관해 나는 수가 적긴 하지만 암시적인, 로마 풍자가들의 지시를 따랐다. 결국 소설가가 자신이 묘사하고자 하는 고대 세계를 '볼' 때에는 '정신구조'에 대한 지식(현대의 역사가들은 이것에 관해 우리에게 많은 것을 알려주었다) 이상으로 구체적인 세부도 부족한 것이다.

레오파트라의 모기장 이야기조차 사실이다. 시인 호라티우스가 이 이야기를 널리 퍼뜨렸다.

주요한 사실들을 다룰 때는 되도록 현대의 역사가들 사이에 가장 널리 퍼져 있는 설명을 채택했다. 설령 그 설명이 완전히 납득되지 않더라도.

그래서 안토니우스와 클레오파트라의 결혼 시기에 대한 몇 가지 의혹을 간직한 채(실제는 더 일렀을 수도 있다) 우세한 의견을 받아들였다. 이 의견은 여왕의 화폐 주조와 왕국의 확장에 근거를 두고 있다.[28] 내가 '고안한' 사건들은 주로 주인공들의 감정과 다섯 아이들 사이의 관계, 그들의 일상생활에서 일어나는 사소한 사건들 그리고 역사와 직접적으로 관련될 나이가 아니었던 그들이 그 역사를 바라보는 시선과 관련된다.

악티움 전투의 전개 양상에 대해서는 자세히 이야기하지 않았다. 이 전투의 전개 양상은 전투를 둘러싼 상황보다 더 잘 알려져 있다. 사실 고대의 역사가들은 옥타비아누스의 정치선전에 의해 걸러진 이야기만 우리에게 전해주었다. 클레오파트라가 겁에 질려(생각해보라. 그녀는 여자였다!) 한창 전투를 치르는 중에 갑자기 도망쳤고, 안토니우스는 그녀 없이 오 분 이상 견딜 수 없어서 이성을 잃은 나머지 군대를 버리고 그녀에게로 달려갔다는 이야기 말이다. 이 이야기는 개연성이 없다(현대의 역사가들은 이것을 인정한다). 안토니우스에게 유리한 것은 전부 배제한 듯한 다른 이야기들도 그렇다. 안토니우스가 접전 전에 육중한 배들을 자발적으로 파괴했고, 돛을 바꿔 달게 했고, 얼마 후에는 노만 저어 배를 조종하라는 비상식적인

---

28) 정설처럼 여겨지는 기원전 37년이라는 이 시기는 기원전 31년 혹은 32년에 작성된 안토니우스의 원본 편지에 나오는 언급("여왕은 구 년 전부터 내 합법적인 아내이다.")에 비추어볼 때 의혹의 여지를 남긴다. 나는 이 소설의 내용을 대부분의 역사가들의 의견과 일치시키기 위해 그가 이 편지를 구술하는 장면에 문장 두 개를 끼워넣어야 했다. 안토니우스는 언제 중혼자가 되었을까? 그는 클레오파트라와 결혼하기 전에 옥타비아와 결혼했을까, 아니면 후에 결혼했을까? 사실 우리는 이것을 알지 못한다.

명령을 내렸다는 이야기 말이다. 안토니우스와 클레오파트라의 계획은 그리스 남부, 시리아, 혹은 이집트를 획득하는 것이었으므로 순풍을 활용하려 했으며, 적의 함대를 파괴하기보다는 전선을 뚫는 데 중점을 둔 것은 확실하다. 하지만 전투의 급변과 안토니우스 쪽의 (상대적) 패배의 원인에 대해서는 역사가들의 의견이 일치하지 않는다. 워털루 전투에서 파브리스가 그랬던 것처럼 당사자들 자신도 그리 대단한 것을 파악하지는 못했을 것이다. 마찬가지로 나는 그 사실들을 '객관적으로', 전지적 작가의 시점에서 다루기보다는 이야기의 속편(2권과 3권)에서 셀레네가 이 혼돈스러운 전투에 대해 모순적이고 주관적인 설명들을 차례로 듣도록 만들었다.

안토니우스와 클레오파트라의 자살의 경우 그 느리고 끔찍한 전개를 길게 서술하지 않았다. 이 부분에서는 그 어떤 소설가도 플루타르코스와 셰익스피어를 능가할 수는 없을 것이다. 그들이 이미 매우 멋지고 철저하게 이 주제를 파헤쳤으니 말이다. 나는 사람들이 아무것도 가르쳐주지 않고 스스로도 아무것도 파악하지 못하는 어린 소녀 셀레네의 눈을 통해 그 사건을 바라보는 쪽을 선택했다.

하지만 나는 안토니우스가 자살하도록 클레오파트라가 덫을 놓았다는 가설(플루타르코스의 가설)은 전혀 언급하지 않았다. 그 가설을 거의 믿지 않기 때문이다. 옥타비아누스는 이미 오래전에 편지를 보내 안토니우스에게 자살하라고 말했고 클레오파트라에게는 남편을 제거하라고 말했다. 그러나 클레오파트라는 자신에게 안토니우스의 목숨이 '협상 가능한' 대상이 아님을 잘 보여주었다. 그런 그녀가 무슨 이유로 뒤늦게 옥타비아누스를 만족시키려 했겠는가? 마우솔레움 안으로 피난하고 아이들과도 격리되어 희망이 별로 없는 마당에 왜 그런 연약한 모습을 보였겠는가?

사람들은 알렉산드리아 함락이 피를 흘리지 않고 이루어졌다고 주장했다. 하지만 제1선에 있던 몇몇 인물들은 피를 흘리지 않았을까? 왕자들과 스스로 죽음을 택하거나 받아들인 안토니우스의 몇몇 친구들 말이다. 로마가 적의 수도를 평화롭게 정복했다는 것을 내가 믿지 않는다 해도 부디 나를 용서하기를. 한 도시가 '비무장'을 선언하고 저항을 포기할 때 권리를 박탈당하는 사람은 적어진다. 그것이 사실이다. 하지만 승리한 군대가 꽃과 함께 맞아들여지고 그 병사들이 신사답게 행동한다는 것은 말 그대로 터무니없는 생각이다. 나는 프놈펜 강제 퇴거와 사이공 함락 때 파리의 신문들이 정복자들이 평화롭고 온화하게 그 두 도시로 입성한 것처럼 보도했던 것을 기억하고 있다. 멀리서 보면 모든 것이 좋게 보인다. 하지만 나중에 우리는 프놈펜에서 어떤 일이 벌어졌는지 알게 되었다. 직접적이고 중립적인 증인들을 통해 얼마나 많은 자살과 즉결처형이 일어났는지를, 그리고 사이공 해방 때는 심지어 국지적 학살까지 일어났다는 것을 알게 되었다. 그러니 옥타비아누스 군대의 왕궁 구역 점령이 온화하게 행해졌다고 가정하기 위해 나를 의지하지는 말아주길. 불쌍한 안틸루스가 살해된 방식은 정복자들의 정신상태와 그들이 생각한 자칭 '예의 바른 행동'이 어떤 것이었는지를 충분히 알려준다.

이오타파의 경우는 아버지인 메디아 왕 아트로파테네에게 돌려보내는 것으로 만족했던 같다(운 좋은 아이 같으니!). 이 왕은 그 동안 왕위를 잃었다가 되찾고 다시 잃는다. 아르메니아 왕의 생존한 아들이자 클레오파트라의 옛 포로였던 티그라네스는 파르티아와 지나치게 가까웠던 전임자가 제거되자마자 아르메니아로 돌아가 왕위를 잇기 위해 로마로 보내진다. 오리엔트의 여러 군주국 그리고 우리가 '고객 왕자들'이라고 부르는 사람들에 대해 옥타비아누스는 자신이 안토니우스에게 했던 근거 없는 비판들을 무시하고 모든 점에서 안토니우스가 행한 정치를 따른 것 같다. 승자가 악착스러운 선거운동 후 갑자기 현실을 대면하고는 패자의 계획을 따르는 일은 오늘날에도 드물지 않다.

　미묘한 차이, 설명, 상세한 사항, 신중함. 요컨대 내가 설득하려고 애쓰는 사람은 독자인 것인가? 나는 진실에(혹은 진실임 직한 것에) 충실하려고 무척이나 고생했고 사람들을 설득하려고 애쓰지 않았는가? 그런 점에서 아랍의 이야기꾼들은 청중의 신뢰를 얻어낼 필요가 있다. 특히 자신이 하는 이야기를 스스로 믿어야 한다. 나는 오랫동안 자료조사를 하고, 그 시대에 존재했다고 상상할 수 있는 수단들을 강구한 뒤에야 역사소설 집필에 착수한다. '시대적 거리'를 감히 파괴하고 과거를 자기 식으로 재구성하기 위해서는 지식 이상의 것이 필요하기 때문이다. 이야기꾼의 순진함, 탐험가의 대담함, 예언자의 광기, 숯 제조인의 신념이 동시에 필요하다.

　몇몇 출처는 이 소설 세 권에 공통되며, 참고서적 목록은 3권 말미에 첨부할 예정이다.

프랑수아즈 샹데르나고르

최정수

연세대학교 불어불문학과와 동대학원을 졸업하고 전문 번역가로 활동하고 있다.
파울로 코엘료의 『연금술사』, 『오 자히르』, 아니 에르노의 『단순한 열정』, 프랑수아즈 사강의 『한 달 후, 일
년 후』『어떤 미소』『마음의 파수꾼』『고통과 환희의 순간들』, 모파상의 『오를라』, 아멜리 노통브의 『아버
지 죽이기』, 『찰스 다윈-진화를 말하다』『르 코르뷔지에의 동방여행』『소설 거절술』『존재한다는 것의 행
복-장애를 가진 나의 아들에게』『엘렌의 일기』『셜록 미스터리』『딜레마』 등 많은 책을 우리말로 옮겼다.

클레오파트라의
딸 Les enfants
d'Alexandrie

초판 1쇄 발행 2014년 1월 27일
초판 2쇄 발행 2014년 2월 21일

지은이 프랑수아즈 샹데르나고르
옮긴이 최정수
펴낸이 김선식

경영총괄 김은영
마케팅총괄 최창규
책임편집 박여영 **디자인** 문성미 **크로스교정** 김현정
콘텐츠개발2팀장 김현정 **콘텐츠개발2팀** 박여영, 백상웅, 문성미
마케팅본부 이주화, 윤병선, 이상혁, 박현미, 백미숙, 반여진
경영관리팀 송현주, 권송이, 윤이경, 김민아, 한선미

펴낸곳 다산북스 **출판등록** 2005년 12월 23일 제313-2005-00277호
주소 경기도 파주시 회동길 37-14 3, 4층
전화 02-702-1724(기획편집) 02-6217-1726(마케팅) 02-704-1724(경영관리)
팩스 02-703-2219 **이메일** dasanbooks@dasanbooks.com
홈페이지 www.dasanbooks.com **블로그** blog.naver.com/dasan_books
종이 월드페이퍼(주) **출력·인쇄** 스크린 **후가공** 이지앤비 특허 제10-1081185호

ISBN 979-11-306-0116-8 (04860)
(세트) 979-11-306-0115-1 (04860)

• 책값은 뒤표지에 있습니다.
• 파본은 구입하신 서점에서 교환해드립니다.
• 이 책은 저작권법에 의하여 보호를 받는 저작물이므로 무단 전재와 복제를 금합니다.
• 이 도서의 국립중앙도서관 출판시도서목록(CIP)은 서지정보유통지원시스템 홈페이지(http://seoji.nl.go.kr)와
  국가자료공동목록시스템(http://www.nl.go.kr/kolisnet)에서 이용하실 수 있습니다. (CIP제어번호 : CIP2014002166)

다산북스(DASANBOOKS)는 독자 여러분의 책에 관한 아이디어와 원고 투고를 기쁜 마음으로 기다리고 있습니다.
책 출간을 원하는 아이디어가 있으신 분은 이메일 dasanbooks@dasanbooks.com 또는 다산북스 홈페이지 '투고원고' 란으로
간단한 개요와 취지, 연락처 등을 보내주세요. 머뭇거리지 말고 문을 두드리세요.